Sarn

Mary Webb

Sarn

roman

Traduit de l'anglais par
JACQUES DE LACRETELLE
et MADELEINE T. GUÉRITTE

Préface de Jacques de Lacretelle

Bernard Grasset
Paris

L'édition originale de cet ouvrage a été publiée par Jonathan Cape Ltd., à Londres, en 1924, sous le titre :

PRECIOUS BANE

ISBN 978-2-246-19473-6
ISSN 0756-7170

© *Éditions Grasset & Fasquelle, 1930, pour la traduction française.*

Mary Webb/*Sarn*

Ce n'est pas dans le Surrey que Mary Webb écrivit cet ouvrage, mais à Hampstead, faubourg de Londres situé sur une hauteur, très populeux et peu riant. Auparavant elle avait vécu trente années, c'est-à-dire jusqu'à son mariage, dans son comté natal, le Shropshire, qui touche au pays de Galles. Elle appartenait à une famille modeste (son père était maître d'école) et trouva difficilement à se marier en raison d'une infirmité[1] qui la défigurait, tout comme Prue, l'héroïne de Sarn.

Ce que fut sa jeunesse, on le soupçonne à la lecture de ce livre. Elle avait le culte du foyer, l'amour des plus petits, des infirmes, des bêtes, mais aussi un goût, jugé presque bizarre autour d'elle, pour la nature et pour les révélations poétiques qu'elle trouvait dans la solitude.

Ce mélange de générosité et de sauvagerie, de mélancolie et d'optimisme, apparaît bien dans l'introduction suivante qu'elle écrivit pour le livre :

---

1. Elle était affligée d'un goitre.

Evoquer, ne serait-ce qu'un instant, cette chose mélancolique qu'est le passé, c'est comme tenter de serrer entre ses bras la teinte mauve des lointains horizons. Mais si nous y sommes parvenus, quelle douceur nous respirons! Douceur semblable au parfum délicat et fugitif qui vient des fleurs de printemps, séchées parmi la bergamote et le laurier. Comme les larmes vont jaillir à la lecture d'un vieux parchemin – « pour mon cher enfant, mes tablettes et ma bague » – ou de lettres jaunies, encore imprégnées d'un sentiment frais et pur, bien que l'encre soit effacée – « et maintenant bonne nuit, mon très cher cœur, et que Dieu vous garde heureux ». – Ce présent qui fut si brillant pour ces êtres, qu'il nous paraît pâle aujourd'hui!

Le passé n'est que le présent devenu invisible et muet; c'est pourquoi ses lueurs et ses murmures sont infiniment précieux. Nous sommes le passé de demain. En cet instant même, nous glissons comme ces images peintes sur le cadran mobile des anciennes horloges : un navire, une maison, le soleil et la lune, un bouquet. Le cadran tourne, le navire monte et s'enfonce une fois de plus, le soleil jaune se cache, et nous, qui étions toute nouveauté, nous acquérons un charme magique par notre disparition.

Le ronronnement des rouets a cessé dans nos demeures, nous n'entendons plus ni la pédale du métier à tisser, ni le bruit vif et soyeux de la navette qui vole, ni les coups intermittents de la chasse; mais notre imagination les conçoit et en fait une chanson mélodieuse et romanesque.

Quand les choses du passé appartiennent à la vie de la campagne, il est plus facile d'en parler, car il y a dans cette vie une constance et une continuité qui réduisent l'étendue des siècles.

Le Shropshire est un comté où se sont perpétuées la beauté et la dignité des choses anciennes. J'ai eu le bonheur de naître et d'être élevée dans son atmosphère enchantée et de me faire, de ferme en chaumière, de nombreux amis dont les souvenirs et les propos ont enflammé mon imagination ; j'ai eu aussi le bonheur de vivre dans la compagnie d'un esprit tel que celui de mon père ; esprit plein de vieux contes et de vieilles légendes qui ne venaient pas des livres, et qu'un vivace attachement pour les beautés des forêts et des champs avait enrichi avec d'autant plus de force qu'il n'avait guère eu le moyen de s'exprimer.

Le mariage, tout en procurant à la vie de Mary Webb de grandes douceurs, ne lui apporta pas l'aisance. Elle avait épousé un maître d'école qui, épris de la campagne autant qu'elle et envoyé dans une ville, renonça à sa profession.

Tous deux retournèrent alors dans le Shropshire et essayèrent de l'exploitation agricole. Il s'agissait, à la vérité, d'une entreprise très modeste, et Mary Webb s'en allait elle-même à pied à la ville voisine, les jours de marché, pour écouler leurs produits.

Ce fut à ce moment qu'elle se mit à écrire, mais il est probable que, toute sa vie, étant donné la puissance et la poésie de sa vision, elle avait eu en tête des formes à demi créées.

Son premier roman, Golden Arrow, *parut en 1915. Il recueillit de nombreux éloges, de même que ceux qui suivirent, et cela poussa le ménage à s'installer à proximité de Londres et des milieux littéraires. Toutefois, le succès d'argent ne vint pas, et ce fut dans la gêne qu'elle écrivit trois autres romans, dont le dernier, celui-ci, fut publié en 1924 sous le titre de* Precious Bane.

Cette œuvre lui gagna tout à fait l'attention du public. La récompense matérielle vint un peu plus lentement[1]. *On eût dit que son cher étang de Sarn ne parvenait pas distinctement aux yeux du monde, parmi les brumes et le triple cercle de nénuphars, de roseaux et de mélèzes, dont l'artiste, amoureuse de son sujet, l'avait si bien entouré.*

Ce paysage, elle ne le connut pas dans sa gloire. Elle mourut en 1927, à trente-six ans, et ce fut plus tard seulement que de multiples éditions de Precious Bane *s'enlevèrent; plus tard aussi que M. Baldwin, le Premier ministre, parla de cette œuvre, dans son discours au Parlement, comme d'un des plus grands romans de la littérature anglaise.*

JACQUES DE LACRETELLE.

---

[1]. *Precious Bane* fut couronné en 1926 par le comité anglais du Prix Femina-Vie Heureuse.

Livre premier

CHAPITRE PREMIER

L'étang de Sarn

Ce fut à une veillée d'amour que je vis Kester pour la première fois. Et si, en ces temps nouveaux où des inventions singulières nous envahissent, où j'entends même dire que des machines à moissonner et à lier commencent à être en usage en quelques endroits du pays, on ne sait plus ce qu'est une veillée d'amour, ceux à qui il adviendra de lire ceci le sauront bientôt. Mais quoique ce fût la veillée d'amour de Jancis Beguildy, qui avait vingt-trois ans à cette époque (deux ans de plus que moi), ce n'est pas, toutefois, le début de l'histoire que je veux raconter.

Kester dit que toutes les histoires, vraies ou inventées, remontent plus loin que les jours de l'enfance, oui plus loin même que le bébé dans son berceau de jonc. Peut-être n'avez-vous jamais dormi dans un berceau de jonc ; mais nous autres l'avons tous fait, à Sarn. Il y a là tant de roseaux ! La vieille Beguildy était habile comme pas une pour les tresser sur des cercles de tonneaux. Puis on y fixait deux balanciers, et l'on avait un joli berceau vert et moelleux, où le bébé pouvait se sentir aussi à l'aise qu'une petite chenille dans son cocon, ou, comme disait Kester, un papillon prêt à naître. Kester a la marotte de parler ainsi. Jamais il ne dira des chenilles, mais, par exemple : « Prue, il y a des tas de papillons prêts à naître sur nos choux. » Il ne dira pas non plus « c'est l'hiver », mais « l'été dort ». Et il n'est bourgeon si petit ni si tristement coloré que Kester n'appelle « le début de la floraison ».

Mais le temps n'est pas encore venu de parler de Kester. Ce que je veux raconter, c'est notre histoire à tous, à Sarn, celle de mère, de Gédéon et la mienne, celle de Jancis (qui était si belle), du sorcier Beguildy et de deux ou trois autres qui vivaient là. Ils étaient peu nombreux, et sans doute en sera-t-il toujours ainsi, car le pays n'a rien d'encourageant. Cela vient peut-être de l'eau qui clapote d'un bout de l'année à l'autre. Partout où vous regardez ou écoutez, de l'eau. A moins que cela ne vienne des grands arbres immobiles et pensifs à votre droite et à votre gauche, ou de la tranquillité inanimée du lieu qui semble avoir été créé juste une heure auparavant et pas même pour vous. Ou sans doute le sol est-il pauvre et marécageux, l'herbe de mauvaise qualité, comme il arrive toujours quand les roseaux et les joncs croissent en abondance, ainsi que les fleurs de « paigle ». Peut-être les appelez-vous coucous, mais nous les appelions toujours « paigles », ou clés du ciel. Nos prés, à Sarn, étaient merveilleux à voir à l'époque des coucous. Ils étaient tout en or, à tel point qu'on se disait que les pieds d'un ange même ne seraient pas dignes de s'y poser. On pouvait en faire une grosse balle avant qu'une grive eût chanté deux fois sa chanson, car on n'avait qu'à se baisser et à cueillir à pleines mains. Partout où l'on regardait, il n'y avait que de l'or, sauf vers Sarn où commençaient les bois et la large étendue d'eau grise qui brillait et frémissait sous le soleil. Ni les bois ni l'eau n'avaient l'air sombre en ces beaux jours de printemps où les feuillages étaient neufs et où les bourgeons du bouleau avaient la couleur du blé. Seule notre chênaie gardait un aspect d'arrière-saison à cause de ses jeunes feuilles brunes. Ainsi y avait-il toujours un souffle d'octobre dans notre mai.

Cependant, il faisait bon s'asseoir dans les prés et contempler au loin les collines. Les mélèzes s'élançaient en leur verdure vive, l'or des coucous vous allait au cœur, et l'étang de Sarn même n'était qu'une brume bleue dans la brume jaune des bouleaux. Une telle atmosphère de songe régnait dans ce lieu que le simple vol d'une abeille vous faisait sursauter comme un cri. Aujourd'hui encore, si une abeille vient vers les giroflées de ma fenêtre, je revois clairement tout cela, et Plash étendu au soleil couchant, par-delà les bois, semblable à un tesson de bouteille.

L'étang de Plash était plus grand que celui de Sarn, et privé d'arbres, si bien qu'aux endroits où les collines ne l'entouraient plus, les nuages semblaient y naître et me faisaient toujours penser aux grands nénuphars qui fleurissaient sur les bords de Sarn pendant la majeure partie de l'été. L'étang de Plash ne différait en rien des autres lacs ou étangs. Il n'y avait pas, comme à Sarn, le trouble *des eaux* ni les cloches d'un village englouti, résonnant dans ses profondeurs. On avait bien raison de dire qu'à Sarn on éprouvait quelque chose de singulier.

C'est à Plash que vivaient les Beguildy, et c'est dans leur logis en partie maison de pierre, en partie caveau, que j'appris à lire. Il peut paraître étrange qu'une femme de ma condition sache lire, écrire et raconter toutes ces choses dans un livre. En vérité, quand j'étais jeune, peu de grandes dames étaient capables même de griffonner autre chose qu'une lettre d'amour; beaucoup pouvaient tout juste écrire sur leurs pots de confitures : « ceci est du coing et de la pomme », et d'autres avaient bien du mal à inscrire leur nom sur le registre des mariages. Combien sont venues me prier d'écrire des lettres à leur amoureux, et quelle tâche amère d'écrire avec son cœur brûlant les lettres d'amour d'autres femmes !

Sans maître Beguildy, je n'aurais jamais pu me tirer de ce récit. Il m'enseigna à lire, à écrire et à compter. Cétait un homme réprouvé ; il se prétendait capable d'accomplir toutes sortes de choses, ce que, du reste, je n'ai jamais cru ; il se mêlait d'affaires où il n'est pas bon que nous intervenions ; mais je n'oublierai jamais de remercier Dieu à son sujet. Il me semble aujourd'hui que ce fut par une grâce singulière de la puissance divine que Beguildy eut la pensée de me donner des leçons. Car on ne peut guère considérer un sorcier comme un serviteur de Dieu, mais plutôt comme un des sujets de Lucifer. Ce n'est pas que Beguildy fût méchant ; il était seulement dépourvu de bonté, comme si tout le bien eût été chez lui réduit en cendres par l'ardeur d'un esprit bouillant qui veut savoir tout et pénétrer tous les mystères. Quant à l'amour, il n'en connaissait même pas le nom. Il pouvait lire dans les étoiles, prédire l'avenir et il prétendait savoir conjurer les esprits. Je lui demandai, un jour, où était l'avenir, qu'il pouvait voir si clairement. Il répondit : « Il est avec le passé, mon enfant, derrière le Temps. » On ne pouvait jamais avoir raison de maître Beguildy. Mais quand j'ai répété à Kester ce que le bonhomme avait dit, Kester s'est refusé à le croire. Il me dit que le passé et l'avenir sont deux navettes dans les mains du Seigneur, tissant l'éternité. Kester était lui-même un tisserand, et c'est ce qui avait pu lui donner cette idée. Mais pouvons-nous savoir ce que sont le passé et l'avenir? Nous sommes si petits et si faibles sur la terre, ce berceau de jonc où l'humanité repose et regarde vers les étoiles sans savoir ce qu'elles sont.

Dès que je sus écrire, je me fabriquai un cahier couvert de calicot, et chaque dimanche j'y écrivis tous les moments joyeux ou les événements agréables de la semaine afin d'en conserver le souvenir. S'il était survenu des jours troublés ou malheureux, je les inscrivais de même et m'en sentais apaisée. Aussi quand notre pasteur, entendant les mensonges qu'on racontait sur mon compte, me pria de composer un livre de tout ce que je pouvais me rappeler et d'y mettre toute la vérité et rien d'autre, je pus rafraîchir mes souvenirs en relisant ce que j'avais noté chaque dimanche.

Enfin, tout est passé maintenant, le malheur aussi bien que la lutte. Le temps est calme comme par une de ces paisibles nuits qui suivent la neige, quand le firmament est vert et que les agneaux bêlent. Je suis assise près du feu avec ma Bible à portée de ma main; je suis une très vieille femme, très lasse, qui a une besogne à faire avant de quitter ce monde. Quand je regarde par la fenêtre et que je vois la plaine et le grand ciel avec ses nuages au-dessus des montagnes, je me rappelle les bois épais de Sarn, le murmure de l'étang lorsque la gelée le prenait, et la façon qu'avait l'eau d'envahir le placard, sous l'escalier, au moment de la fonte des neiges. On ne voyait guère de ciel là-bas, sauf ce qui s'en reflétait dans l'étang; mais le ciel qu'on aperçoit dans l'eau n'est pas le vrai ciel. Il apparaît comme dans un miroir obscur, où les longues ombres des roseaux lancent leurs pointes contre les mouvantes étoiles. Le soleil et la lune même peuvent être absents du paysage, car parfois la lune se perd dans les feuilles des nénuphars et un héron se dresse contre le soleil.

CHAPITRE II

Les abeilles sont averties

Mon frère Gédéon naquit l'année où commença la guerre avec les Français. C'est pourquoi père voulut le nommer Gédéon, qui est un nom guerrier. Jancis avait coutume de dire que cela lui allait très bien parce qu'on n'en pouvait faire un diminutif. De la plupart des prénoms vous pouvez former de petis noms d'amitié, de même que vous pouvez tailler dans un manteau ou une robe de quoi vêtir un enfant. Mais de Gédéon, vous ne pouviez rien faire ; et le nom était comme l'homme. J'étais plus attachée à mon frère que ne sont d'habitude les filles, mais je ne pouvais m'empêcher de remarquer cela. Si personne ne vous appelle par votre prénom, il finit par être oublié. Or la plupart des gens faisaient ainsi : ils l'appelaient Sarn. Du temps de père, c'était le vieux Sarn et le jeune Sarn ; mais après la mort de père, Gédéon parut prendre toute la place pour lui. Je me souviens comment il sortit, en cette nuit d'été, et comment il semblait manger et boire toute la ferme, en dévorant tout des yeux. Pourtant ce n'était point par amour, mais pour le profit qu'il en pouvait tirer. Il était alors tout à fait comme père, et il le devint de plus en plus chaque année, de visage et d'esprit. Sauf qu'il était moins colère et plus obstiné, il était père jusqu'à la moelle. Père se mettait terriblement vite en colère, et il faisait penser alors à un lion rugissant. C'est peut-être ce qui donna à mère ce regard d'épouse résignée. Mais Gédéon, je ne le vis en colère, ce qui s'appelle en colère, que trois fois. D'habitude, cela se manifestait par un coup d'œil; et c'était assez. Il vous lançait un regard coupant comme une lame, après quoi vous le laissiez faire ce qu'il voulait. J'ai vu un chien ramper et pleurer après avoir reçu un de ces regards. Les Sarn ont presque tous des yeux gris – d'un gris froid comme l'étang en hiver – et les hommes sont taciturnes et sombres. « Morose comme un Sarn », dit-on là-bas. On assure qu'il y a de la bizarrerie dans la famille depuis que Timothée Sarn fut frappé par la foudre fourchue au temps des guerres de religion. Il y avait déjà des Sarn ici; il y en a toujours eu depuis que le pays est habité. Or, Timothée, malgré les avis des siens et d'un homme de Dieu, était passé dans le mauvais camp, peu importe maintenant lequel. Il avait été frappé de la foudre et était resté comme mort. Après qu'il eut recouvré ses esprits, l'homme de Dieu lui avait conseillé de se rallier à la bonne cause et d'échapper ainsi à la foudre; mais les Sarn sont obstinés. Il s'était tenu à son parti, et, rentrant chez lui par la chênaie, de nouveau il avait été frappé. Apparemment, la foudre incendia son sang, car, après cette aventure, il put sentir et annoncer la tempête bien avant qu'elle éclatât, et l'on disait qu'au milieu d'un orage, les éclairs crépitaient de telle façon autour de lui que nul ne pouvait l'approcher. Depuis ce jour, les Sarn ont la foudre dans le sang. Je me demande parfois si cette histoire est vraie ou si elle est trop ancienne pour qu'on puisse y ajouter foi.

Souvent je me figurais que la contrée était trop vieille pour être réelle; les bois, la ferme et l'église à l'autre bout de l'étang avaient un air si ancien qu'ils semblaient sortir d'un rêve. Une angoisse indéfinissable émanait de ce lieu. Les gens avaient peur d'y venir à la tombée du jour. Le bruit léger d'un poisson sautant dans l'eau, la barque de Gédéon heurtant les marches à petits coups comme quelqu'un qui frapperait à une porte, la chaussée qui, de la barrière de notre jardin, s'enfonçait droit dans l'étang et se perdait dans ses profondeurs, tout rendait plus sensible la solitude de ce lieu. Souvent, les dimanches soirs, un léger son de cloches passait sur l'eau. Nous croyions que c'étaient celles du village englouti, mais il me semble aujourd'hui que ce ne pouvait être que l'écho des cloches de notre église; car on dit qu'en certains endroits un son se heurte à une rangée d'arbres et rebondit comme une balle.

Ce fut par une de ces soirées de dimanche, alors que leurs sons étouffés se mêlaient aux carillons de nos quatre cloches, que nous manquâmes pour la seconde fois le service religieux. La nuit était si belle, père et mère étaient si affairés par l'essaimage des abeilles, que nous convînmes de nous sauver et d'aller attendre Jancis au portillon du cimetière pour l'emmener avec nous. Le vieux Beguildy ne se souciait guère de l'assiduité de sa fille à l'église, n'étant pas lui-même très bon camarade avec le pasteur. Il envoyait Jancis quand le cadran solaire marquait cinq heures, tous les quatrièmes dimanches (car nous n'avions un service qu'une fois par mois, le pasteur ayant une église à Bramton où il vivait, et une autre encore, ce qui nous rendait d'autant plus coupables de manquer le service). Mais que Jancis fût en avance ou en retard, qu'elle y allât ou non, son père ne s'en informait jamais, et à plus forte raison ne l'interrogeait-il pas sur le sermon. Notre père nous interrogeait, lui, à la fin de la soirée, quand nous étions en chemise de nuit. Il s'asseyait sur le banc, la houssine en main, et ce banc qui, toute la semaine, avait paru si grand, semblait soudain aussi petit qu'un meuble de poupée. Sur quelque siège que père s'assît, il le faisait paraître minuscule. Nous nous tenions devant lui, pieds nus sur les dalles froides, dans nos chemises bises dont mère avait filé le fil et que le tisserand en journée avait tissées sur notre métier, au grenier, parmi les pommes. Alors père nous questionnait, et quand nous répondions de travers, il faisait une marque sur le banc, et pour chaque marque, nous recevions un coup de houssine à la fin de la leçon. Père ne savait pas lire, mais il n'oubliait jamais rien. Il semblait remuer tout dans sa tête pendant qu'il était au travail. Je crois que c'était un homme très intelligent qui n'avait pas de quoi occuper suffisamment son esprit. S'il avait eu à surveiller une de ces nouvelles machines à tisser dont on parle maintenant, cela l'aurait satisfait ; mais on ne connaissait pas encore ces choses. Il n'avait que nous comme machines, et, tous les quatrièmes dimanches, aussi bien qu'à Noël et à Pâques, nous souhaitions de grand cœur être les enfants de Beguildy, bien que notre pasteur pensât tant de mal de lui, et ne se privât même pas de le blâmer au prêche.

Je me rappelle qu'un jour, Gédéon ayant sept ans et moi cinq ans, mon père nous avait tant fouettés après le long sermon de Pâques que Gédéon, debout au milieu de la cuisine, s'écria : « Je souhaite et désire être le garçon de maître Beguildy, et le diable aura mon âme.

Amen. » Père se mit dans une belle colère ce soir-là ! Il s'en prit à mère d'une façon terrible, en disant qu'elle avait bien mal réussi avec ses enfants, car la fille portait sur elle la marque du diable, et le garçon avait maintenant tout l'air de sortir de la même chaudière. Je le sais parce que mère me le raconta ensuite ; mais ce dont je me souviens c'est qu'elle se fit toute petite (et comme elle l'était déjà, on aurait dit d'une fée), et elle s'écria :

— Est-ce ma faute si le lièvre a croisé mon chemin ? Est-ce ma faute ?

C'était si bizarre de l'entendre répéter cela sans cesse ! Je puis voir encore la salle en fermant les yeux, et surtout si j'ai près de moi un bouquet de coucous. Car, cette année-là, Pâques devait être tardif ou dans une semaine chaude, et, les coucous étant précoces dans les endroits abrités, nous en avions cueilli un grand bouquet. La salle était sombre comme une caverne, et la flamme rouge du feu, tranquille et vigilante, semblait être l'œil du Seigneur. Son reflet formait aussi un petit œil rouge sur chaque faïence du dressoir. Bien souvent, depuis lors, j'ai regardé ces lueurs rouges, échos du feu, comme les cloches-fantômes étaient le reflet des carillons, et j'ai pensé que les pompes de ce monde n'étaient comme elles que des reflets. Des rangées de feux rougeoyants, mais rien que des images de feux. Des carillons de cloches joyeuses, et pourtant l'écho seul des cloches ; un simple soupir venu d'un mur tapissé de feuillages ou d'une eau polie.

Les yeux de père avaient attrapé aussi ce reflet, et ceux de Gédéon également ; mais non ceux de mère qui se tenait le dos au feu, près de la table ornée de coucous, et enlevait les timbales et les assiettes du souper.

Si l'on trouve étrange qu'une enfant si jeune se rappelle aussi clairement le passé, il faut se dire que le temps grave ses images dans notre mémoire comme un gamin grave des lettres avec son canif; moins il fait de lettre, plus elles sont profondément creusées. Il y avait si peu d'événements dans notre vie à Sarn que nous ne pouvions les oublier. La voix de mère s'accroche à mon cœur comme ces touffes de gratterons qui vous agrippent au long des sentiers. Elle avait une voix douce et plaintive. Tout ce qu'elle disait semblait avoir un sens plus fort que ses paroles, et parfois, à l'entendre, on croyait voir quelqu'un tâtonnant dans l'obscurité ou s'avançant dans de sombres passages, une main étendue par ici, l'autre par là. C'était de cette façon qu'elle disait :

— Est-ce ma faute si le lièvre a croisé mon chemin ? Est-ce ma faute ?

En parlant, même sans dire quoi que ce fût de joyeux, elle souriait légèrement, comme on sourit quand on veut adoucir la colère de quelqu'un, ou quand on s'est fait mal et qu'on ne veut pas le montrer. C'était un sourire très pénible. Aussi, quand père fouetta de nouveau Gédéon pour avoir souhaité être le fils de Beguildy, mère, près de la table, s'écria :

— Oh ! non, Sarn ! Retiens ta main, Sarn !

Et elle souriait tout le temps comme si elle eût tenu la main de père avec sa douce voix. Pauvre mère ! Oh ! ma pauvre mère ! Nous rencontrerons-nous dans un autre monde, chère âme, et pourrons-nous racheter notre négligence ?

Je n'ai jamais oublié ces fêtes de Pâques ; mais Gédéon ne s'en souvenait plus, bien sûr, car le jour où je les lui rappelai en lui disant que nous ne pourrions pas recommencer notre escapade, il répondit :

— Ça ne fait rien. Nous dirons à la Tivvy du sacristain d'écouter le sermon pour nous, de façon que nous puissions répondre. Et je me moque pas mal si je suis fouetté du moment que je pourrai trouver de belles coquilles et battre Jancis, car elle m'a battu la dernière fois.

Des coquilles, vous le savez peut-être, ce sont des coquilles d'escargots que les enfants ramassent quand elles sont vides pour les enfiler comme on le fait avec les marrons. Nos bois étaient pleins d'escargots, et Gédéon organisait des concours avec des garçons qui habitaient quelquefois à cinq milles au-delà de Plash. Il était réputé dans tout le voisinage parce qu'il jouait sauvagement et pas du tout comme si ce fût un jeu.

Toutes les cloches sonnaient quand nous nous mîmes en route ce dimanche de juin, les quatre cloches de métal de l'église et les quatre cloches-fantômes de je ne sais où. Mère aidait père à s'occuper des abeilles et préparait une nouvelle ruche près du gros châtaignier pour y mettre l'essaim. Elles avaient essaimé dans un groseillier desséché, et mère avait dit, avec son étrange sourire :

— C'est signe de mort.

Mais Gédéon s'était écrié :

Abeilles en mai valent un louis d'or,
Abeilles en juin c'est chance encore.

Et il avait ajouté :

— Dès l'instant que nous avons les abeilles, mère, tant mieux pour nous, et meure qui voudra !

Ah ! Seigneur ! Je crois que Gédéon se montrait très accapareur. Mais père, sur cette répartie, le jugea un garçon pratique et se mit à rire en disant :

— Ma foi ! nous avons tant d'abeilles, j'espère que ce ne sera pas moi qui devrai leur annoncer la nouvelle, si quelqu'un meurt.

— Où sont vos rameaux de romarin, et vos livres de prières, et vos mouchoirs propres ? nous demanda mère.

Gédéon avait eu l'espoir de laisser tout derrière lui, mais il courut les chercher, et mère ajusta mon fichu bien droit sur mes épaules. Elle le fixa avec la grosse broche faite d'une pierre noire qu'elle avait portée à la mort de George II ; et tandis qu'elle l'attachait, elle murmurait :

— Ça n'y change rien comment la pauvre petite est attifée ! Pauvre, pauvre de moi ! Mais est-ce ma faute si le lièvre a croisé mon chemin ? Est-ce ma faute ?

Chaque fois qu'elle disait cela, sa voix s'endeuillait et je voyais de nouveau quelqu'un tâtonnant dans un couloir sombre.

— Allons, mère ! tiens bien la ruche pendant que je soulève la branche, dit père. Elles ont fait leur essaim si près de terre !

J'aurais bien voulu rester, car j'aimais à voir le grand ballon d'abeilles, doré comme un gâteau de Noël, et à entendre leur bourdonnement.

Nous nous en allâmes par la barrière et la chaussée : c'était le plus court chemin vers l'église et nous voulions attraper Tivvy avant qu'elle y entrât. Les râles d'eau s'ébattaient déjà sur l'étang qui avait la couleur de la lumière et était tout strié de lances.

— Maintenant, dit Gédéon, il faut courir tant qu'on peut.

— Qui court après nous ?

— Les nains de l'étang.

Nous courûmes comme des fous et arrivâmes à l'église juste comme les deux dernières cloches commençaient leurs Ding, Dong! Ding, Dong! qui me rappelaient toujours les coups de houssine. Nous nous assîmes sur la tombe plate où nous nous asseyions d'habitude pour jouer aux conquérants, et, l'église se trouvant sur un coteau, nous pouvions voir les deux ou trois fidèles qui arrivaient par les champs. Il y avait Tivvy avec son père, venant de Coppy de l'Est, et Jancis dans les prairies du bord de l'eau où les grandes haies d'aubépines étaient toutes fleuries. Jancis était une petite personne, bien moins grande que moi, mais vous l'aperceviez toujours avant les autres tant il semblait que la lumière se concentrât sur elle. Elle avait des cheveux dorés qui paraissaient teindre de leur pâle reflet les ombres de son visage. Pour moi elle avait toujours l'air d'un nénuphar blanc rempli de pollen jaune ou de miel. Elle avait la peau très blanche, d'un blanc crémeux, sans couleur aucune, sauf quand elle était intimidée ou excitée, et sa figure était ronde et douce, juste à point. Sa bouche était rouge, fraîche et toute souriante ; ses fossettes couraient les unes dans les autres. Parfois je l'aurais presque étranglée à cause de ce sourire.

Elle s'en vint vers nous, très modeste dans sa robe bleue dont le corsage était fleuri d'un petit bouquet piqué à son fichu. Elle n'avait que deux ans de plus que moi, étant du même âge que Gédéon, mais elle paraissait bien plus âgée, car elle commençait déjà à sourire aux garçons, ce qui faisait dire aux gens : « La Jancis de Beguildy aura bientôt un amoureux. » Mais je savais que le vieux Beguildy ne voulait pas la marier. Il tenait à la garder comme un appât pour attirer les garçons, car la plupart des gens qui venaient le consulter étaient des filles sans le sou ou des vieux qui voulaient faire jeter un sort à quelqu'un sans trop débourser. Aussi, quand il s'était aperçu que Jancis devenait un joli brin de fille blanche et fleurie, l'avait-il encouragée à se parer et à s'asseoir près de la fenêtre du caveau pour le cas où quelqu'un passerait par le chemin. Cette chance ne se présentait qu'un dimanche par mois, car Plash était à peu près aussi solitaire que Sarn; mais le vieux avait fait une lanterne de verre, couleur de rose rouge, et quand Jancis s'asseyait dans l'embrasure de la fenêtre, il suspendait au-dessus d'elle sa lanterne éclairée par une grande chandelle, moyen inconnu dans nos parages où nous ne brûlions que des mèches de roseaux. Il avait en tête l'idée qu'un grand seigneur, se rendant à la foire ou au combat de coqs sur l'autre versant de la montagne, pourrait bien tomber amoureux d'elle; alors il le ferait entrer, lui donnerait de la bonne bière, lui parlerait de charmes et d'enchantements, et lui offrirait, à la fin, de lui montrer la naissance de Vénus. Tout cela était écrit dans un de ses livres : comment vous allez dans une salle obscure et donnez au sorcier cinq pièces d'or; comment il prononce une formule magique, et comment, un instant après, il se produit une lueur rosâtre et, dans un parfum de roses, Vénus s'élève toute nue au milieu de la salle. Seulement, au lieu de Vénus, c'eût été Jancis.

Mais le grand seigneur était long à venir, et le seul homme qui la vit à la fenêtre fut Gédéon, un soir d'hiver qu'il rentrait par là du marché parce que l'autre route était inondée. Il en devint aussitôt absolument fou, et me parla d'elle jusqu'à m'en rompre la tête. Il avait dix-neuf ans en ce temps-là, ce qui est un âge bien sot chez les garçons. Jusqu'alors il n'avait jamais fait attention à elle, sauf pour lui dire une chose ou une autre comme à moi. Mais, dès ce jour-là, il ne fut plus qu'un nigaud auprès d'elle. Je n'aurais jamais cru qu'un garçon si résolu et si malin pût être si penaud en face d'une fille.

Ce soir-là, il n'avait encore que dix-sept ans, et il dit :

— Décampe, Jancis, et viens aux coquilles avec nous.

— Oh ! dit Jancis, je voulais jouer au gravier vert !

Elle avait une façon de dire « oh ! » en commençant ses phrases, qui faisait ressembler sa bouche à une rose. Mais qu'elle le fît pour cette raison ou parce qu'elle était timide et d'esprit lent, je ne saurais le dire.

— Il n'y a rien à gagner au gravier vert, dit Gédéon. Nous allons jouer aux conquérants.

— Oh ! je voulais le gravier vert ! Tu me battras si nous jouons aux conquérants.

— Pardi ! c'est pour cela que nous y jouerons.

A ce moment, Tivvy s'en vint par le portillon et Gédéon lui dit ce que nous attendions d'elle. C'était une pauvre sotte créature qui, parfois, ne pouvait même plus se rappeler son nom malgré sa consonance étrangère, et à plus forte raison un sermon. Mais Gédéon déclara que si elle lui en donnait un résumé, il arrangerait le reste. Il ajouta que si elle ne s'en souvenait pa suffisamment, il lui tordrait le bras de la belle façon. Elle se mit à pleurer.

A ce moment, nous vîmes le sacristain qui arrivait par le champ labouré, très solennel, avec sa grande canne rayée de noir et de blanc, et nous entendîmes le poney du pasteur trotter dans le chemin ; nous filâmes donc, laissant Tivvy dont le menton rond tremblait et dont la bouche grimaçait d'appréhension, car elle savait qu'elle ne se rappellerait jamais un mot du sermon. Tivvy au prêche me faisait toujours penser à notre chien quand on le lavait. Il se couchait, laissant l'eau couler sur lui ; ainsi du sermon sur Tivvy. C'est pourquoi je prévis beaucoup d'ennuis.

La soirée était magnifique, les hirondelles volaient haut, et l'air était chargé de la forte senteur des aubépines. Quand les cloches se turent (les nôtres et les autres) nous allâmes regarder dans l'eau, comme nous le faisions presque tous les dimanches pour essayer d'y apercevoir le village. Mais on n'y voyait que notre église renversée ainsi que deux ou trois tombes, et le poney du pasteur paissant la tête en bas.

Parfois, les soirs d'été, quand le soleil baissait, l'ombre du clocher traversait l'eau jusqu'à notre logis et il me semblait voir le doigt du Seigneur tendu vers nous.

Nous allâmes dans le marais, où les coquilles étaient abondantes. Gédéon battit chaque fois Jancis, ce qui fut une bonne chose, car il accepta enfin de jouer au gravier vert et tous deux furent contents. Seulement nous nous mîmes en retard et manquâmes presque Tivvy.

— Allons, raconte ! dit Gédéon.

Elle se mit à pleurer en disant qu'elle ne se souvenait de rien. Alors il lui tordit le bras, et elle s'écria :

— Feu éternel !

Elle se rappelait sans doute ce texte que le sacristain aimait à répéter en battant la mesure avec sa canne.

— Et quoi ensuite ?

— Rien.

— Je vais te tordre le bras jusqu'à te le faire sauter, si tu n'en retrouves pas plus.

Tivvy prit un air sournois comme Minet dans la laiterie et dit :

— Le pasteur a parlé d'Adam et d'Eve, de Noé et de Shemamanjaphet, et de Jésus dans la crèche et des trente pièces d'argent.

Le visage de Gédéon s'assombrit.
— Ça n'a point de sens, dit-il.
— Mais elle t'a répondu quand même ; faut la laisser aller.

Nous rentrâmes donc à la maison pendant que l'ombre du clocher s'étendait tout au long de l'étang.
— Quel était le texte ? demanda père.
— Le feu éternel.
— De quoi parlait le prêche ?

Le pauvre Gédéon fabriqua toute une histoire avec ce qu'avait dit Tivvy. On n'a pas idée d'un pareil conte ! Père ne bougeait pas et mère souriait douloureusement, debout près du feu où elle faisait griller une tranche de lard.

Tout à coup père s'écria :
— Menteur ! Menteur ! Le pasteur vient de venir pour savoir si quelqu'un était malade, vu qu'il n'y avait quasiment personne à l'église. Non seulement t'as été te promener et t'as menti, mais tu te payes ma tête !

Sa figure passa du rouge au pourpre et l'on y voyait les veines comme dans la viande crue. C'était horrible. Il alla prendre alors la houssine en disant :
— Je vas te donner la plus belle frottée que t'aies jamais reçue, mon garçon !

Et il traversa la cuisine pour venir près de Gédéon. Mais celui-ci se précipita vers lui tête baissée et, le surprenant par le choc, le jeta d'un seul coup à la renverse.

Etait-ce que père avait mangé trop copieusement après une journée de gros travail près des abeilles, ou était-ce sa colère et la surprise de sa chute ? Nous ne l'avons jamais su. Quoi qu'il en soit, il fut pris d'une attaque. Il ne bougeait pas et restait étendu sur les dalles rouges en respirant si fort que le bruit emplissait la maison comme lorsqu'on ronfle la nuit. Mère lui dénoua sa cravate des dimanches, le souleva, lui jeta de l'eau froide à la figure ; rien n'y fit.

L'affreux ronflement continuait et semblait engloutir tous les autres bruits. Ils s'éteignaient comme des chandelles dans le vent. On n'entendait plus le balancier de l'horloge, ni le ronronnement du chat, ni le grésillement du lard, ni le bourdonnement des abeilles sur la fenêtre. Cela engloutissait aussi la lumière et le parfum des roses blanches du jardin, et les sensations de mon corps, et toutes les pensées que j'avais eues jusque-là. Nous étions tous devenus comme une partie de ce ronflement funèbre.

— Sarn, Sarn ! criait mère. Oh ! Sarn, mon pauvre vieux, reviens à toi !

Elle essaya de verser un peu de genièvre entre ses lèvres, mais elles étaient trop serrées. Bientôt le ronflement devint un râle horrible à entendre, et peu après, il s'arrêta. Il y eut alors un silence effrayant, comme si toute la terre fût devenue muette.

Pendant ce temps, Gédéon était resté pétrifié, ne se rappelant, me dit-il ensuite, que le fouet, avec lequel père avait voulu le battre. Bien qu'il n'eût encore jamais vu personne mourir, quand il vit père silencieux et toutes choses muettes alentour, il dit de sa voix ordinaire où ne perçait qu'un léger tremblement :

— Il a passé, mère. Je vas le dire aux abeilles, sans quoi nous pourrions bien les perdre.

Nous pleurâmes longtemps, mère et moi, et lorsque nous n'eûmes plus une larme, les petits bruits se firent entendre de nouveau – le battement de l'horloge, les morceaux de braise tombant du feu, le chat respirant dans son sommeil.

Quand Gédéon rentra, nous parvînmes tous les trois à

poser père sur un matelas et à l'ensevelir dans un drap propre. Il était devenu assez beau depuis que son visage n'était plus violacé.

Gédéon ferma les portes dans la maison et alla voir si le bétail et toute la ferme étaient en ordre.

— Vaut mieux aller te coucher, mère, maintenant, dit-il en revenant. Tout va bien, les bêtes sont rentrées. J'ai prévenu les abeilles; je sais qu'elles sont satisfaites et qu'elles veulent bien de moi pour maître.

CHAPITRE III

Prue porte les invitations

A cette époque, la famille du mort n'avait guère le temps de songer à sa douleur avant la fin de l'inhumation. Il y avait trop à faire : le deuil à préparer, et auparavant, si le tisserand n'était pas venu récemment dans la maison, il fallait tisser et teindre. C'était le cas chez nous; aussi étions-nous court d'étoffe. Mère pria Gédéon d'aller quérir le vieil homme qui vivait à Lullingford, près des montagnes, et s'en allait tisser à la journée ou à la semaine. Gédéon sella Bendigo, le cheval de père, et saisit la houssine avec un sourire étrange.

Dès qu'il fut parti, mère et moi commençâmes à enfourner, car il n'y avait pas seulement le tisserand à nourrir, mais aussi les femmes que nous devions inviter à la couture du deuil. Elles viendraient gracieusement selon l'usage, mais il faudrait s'occuper de leur repas.

Nous nous sentîmes solitaires, cette nuit-là, sans Gédéon, qui devait souper et coucher à Lullingford; mais il revint le lendemain matin de bonne heure, et j'entendis le son des sabots de son cheval sur les pavés de la cour pendant que je filais. Nous nous hâtions pour que le vieux trouvât le fil tout prêt à tisser. Il arriva peu après Gédéon, sur un grand cheval blanc qui n'avait que la peau et les os, me rappelant ainsi le cavalier de l'Apocalypse. C'était l'homme le plus vieux qu'on pût voir. Il sautillait comme un oiseau, furetant dans tous les coins du métier à tisser, examinant la navette avec l'œil d'une pie tout heureuse de l'objet brillant qu'elle vient de trouver. Il me fallut lui porter ses repas au grenier, car il ne voulait pas perdre son temps ni délaisser son ouvrage. C'était une chance qu'il n'y eût plus de pommes sur les claies, car il pouvait ainsi virevolter dans la mansarde tout à son aise.

— Maintenant il faut aller porter les lettres d'invitation pour la couture, Prue, me dit ma mère.

— Puis-je en envoyer une à Jancis ?

— Non, y a point d'utilité à faire la dépense pour Jancis. Mais elle peut venir, elle sera la bienvenue.

— Je vais aller le lui dire. Elle coud très bien.

— Pas si bien que toi, ma fille. Malgré ce qui est de travers, tu couds de belles coutures droites, Prue.

Je m'enfuis, toute contente de ces louanges que je ne recevais pas souvent. Je rencontrai Gédéon près de l'étang.

— Les invitations ? dit-il.

— Oui.

— Jancis vient ?

— Oui.

— Bon. Pendant que tu seras chez eux, demande à Beguildy de nous prêter le bœuf blanc pour l'inhumation, pas ?

— Pour traîner père à l'église ?

— Oui. Et quand nous aurons enterré père, toi et moi nous aurons à causer un brin. Y a des tas de choses à arranger pour l'avenir. Toutes ces lettres d'invitation, par exemple, t'aurais bien pu les écrire toi-même et épargner un écu.

Je me demandai ce qu'il voulait dire puisqu'il savait que je ne pouvais pas écrire ; mais selon son habitude, il me l'expliquerait en son temps, et non auparavant. Nul n'aurait pu croire qu'il n'avait que dix-sept ans ; il en paraissait vingt-cinq par sa façon de parler, vive et saccadée, quoique tranquille.

Quand j'arrivai à Plash, Jancis était assise au jardin et filait. Elle me dit que nous pourrions emprunter les bêtes. Elles lui appartenaient en propre, puisqu'elles lui avaient été données par sa grand-mère ; toutefois, elle n'eût jamais eu la force de conduire l'attelage ni de labourer comme j'y fus obligé par la suite. Mais elle se faisait de petits bénéfices en les louant pour les veillées, quand Beguildy n'empochait pas l'argent. Ornées de fleurs et de rubans, après avoir été étrillées, ces bêtes étaient magnifiques.

J'entrai dans la maison pour parler à Beguildy.

— Père est décédé, maître Beguildy, lui dis-je.

— Eh bien ! Eh bien ! Qu'est-ce que ça peut me faire, nigaude !

Il était toujours bizarre, ce Beguildy.

— Conte-moi ce que je ne sais pas, mon enfant, reprit-il.

— Vous le saviez donc ?

— Oui, je savais que ton père avait passé. N'ai-je pas vu son fantôme dans un coup de vent, dimanche dernier, me criant de sa voix sèche et mauvaise : « Vous me devez un écu, Beguildy ! » Conte-moi quelque chose de neuf, ma fille – du frais et du rare. Si tu pouvais me dire que toutes les feuilles sont tombées ce jour de juin et que mes prunes rouges sont mûres pour le marché, ou que l'étang est à sec, ou que l'homme ne cherche plus à blesser celle qu'il aime, ou que Jancis ne se mire plus dans l'étang de Plash, ça vaudrait la peine, pour sûr ! Mais ton père, ça n'est rien. Je n'avais point d'amitié pour lui.

Et saisissant un petit marteau, il en frappa une rangée de silex jusqu'à ce que la chambre devînt comme une caverne magique. Chaque silex avait sa voix propre ; il les connaissait comme un berger connaît ses moutons, et il avait l'habitude, quand la causerie ne lui plaisait pas, de jouer ainsi un carillon.

— Je suis venue voir si nous pouvions emprunter les bêtes pour notre char. Jancis a dit oui.

— Faudra payer.

— Combien, maître ?

— Comme pour la veillée, deux sous par tête. Alors tu portes les invitations ? Qui donc ta mère a-t-elle payé pour les écrire ?

— Le pasteur les a écrites pour nous, et mère a mis un écu dans le tronc des pauvres.

— Nigaude ! Quel gaspillage ! Je les aurais écrites, bien nettes et bien belles pour la moitié de ça. Je sais écrire le grand et le petit modèle, la ronde et la carrée, en rouge ou en noir. Le pasteur ne sait écrire que l'écriture d'église, et encore assez mal.

— Je voudrais bien savoir écrire, maître Beguildy !

— Oh ! toi !

Il se mit à rire à sa façon, qui était très particulière, avec douceur et légèreté et sur un ton aigu.

— C'est point pour les enfants, dit-il.

Mais je me mis à y réfléchir longuement. Je songeais que ce serait beau d'être assise près du feu, au coin du banc, et d'écrire des lettres d'invitation, et des lettres d'amour, et des notes de marché, ou même un verset pour une tombe, de savoir faire la ronde ou la carrée, la majuscule ou la petite, et même l'écriture d'église aussi, si j'en avais envie. Je songeais que si quelqu'un comme Jancis me mettait en colère par sa jolie figure, je ferais ses lettres d'une écriture toute biscornue, et sans y mettre du rouge. Mais je savais que ce serait méchant de ma part, puisque la pauvre Jancis ne pouvait s'empêcher d'être jolie.

Alors Beguildy sortit pour aller soigner les cors d'un vieillard, et Jancis et moi jouâmes aux amoureux ; mais Jancis déclara que je tenais très mal mon rôle et que Gédéon le jouerait sûrement bien mieux que moi.

CHAPITRE IV

Torches et romarin

Ce fut par une calme et fraîche nuit d'été que nous enterrâmes père. A cette époque, l'usage dans notre pays de Sarn était de faire les inhumations de nuit. Il en avait été ainsi dans notre famille depuis des siècles. Je fus occupée toute la journée à décorer le char avec des branches d'if et de ce laurier fleuri dont le parfum est si lourd et si doux. Je cueillis toutes les roses blanches et quelques œillets bien épanouis et les mêlai à des pâquerettes du pâturage. Tout en les cueillant, je pensais à la colère de père s'il m'avait vue marcher dans l'herbage, et je faillis plusieurs fois me retourner pour voir s'il venait.

Après la traite, Gédéon alla chercher les bêtes ; je leur mis des banderoles noires à l'encolure et attachai des rameaux d'if à leurs cornes. Il fallait s'y prendre avec précaution, car c'était des longhorns, et si on les irrite, elles vous envoient une cornade mortelle en un rien de temps.

Le meunier était l'un des porteurs ; l'autre était maître Callard, du vallon de Callard, qui cultivait toutes les terres entre Sarn et Plash. Puis il y avait nos deux oncles, de par-delà la montagne.

Gédéon, étant le chef des affligés, portait un haut chapeau garni de rubans noirs, des gants noirs et une canne de bois tordu ornée d'un flot de rubans. Il fallut un bon moment pour faire sortir le cercueil, car il était grand et pesant, et les portes étaient trop étroites. On avait eu les mêmes difficultés à chaque enterrement d'un Sarn, et néanmoins personne n'avait jamais songé à élargir ces portes.

Le sacristain venait en tête, tenant son chapeau d'une main et une grande torche de l'autre. Puis venait le char, avec le fils du meunier et un camarade pour conduire les bêtes. Le char était couvert de feuillages et de rameaux, et tout le monde m'en fit compliment. Mais je me souvenais seulement que mon pauvre père me disait toujours d'enlever de la maison toutes ces mauvaises herbes; et maintenant c'était lui que nous emportions, cahoté sur les pavés, hors de la demeure où il avait été le maître. Cela me troublait; cela me semblait dur et irrespectueux d'abandonner ainsi le pauvre homme tout seul à l'autre bout de l'étang. J'étais bien aise que la nuit fût une douce nuit de juin, et pas trop sombre.

Nous dûmes prendre par le plus long chemin, l'autre n'étant qu'un sentier. Quand nous fûmes hors de la cour aux bestiaux, passé le fumier, et sur la route, nous prîmes nos places. D'abord Gédéon, tout seul derrière le char, puis mère et moi, avec nos châles noirs et nos cabriolets, tenant à la main nos livres de prières et des branches de romarin. Les oncles, le meunier et maître Callard venaient ensuite, portant des torches et des rameaux semblables.

La route était bonne, plus douce que la plupart des

routes ; c'était celle de Lullingford. Notre pasteur disait qu'elle avait été faite par des hommes qui vivaient au temps de notre Rédempteur. Des Romains, les nommait-on. Quel que fût leur nom, ils savaient faire des routes. Celle-ci surplombait l'eau et contournait l'étang ; et pendant que nous avancions avec solennité, j'y vis notre reflet. Nous formions un tableau indistinct, éclairé seulement par les torches et par la lune déclinante que des nuées obscurcissaient. Mais dans l'eau noire on apercevait un mouvement, une lueur, une étincelle, et quand la lune fut plus claire on vit nos formes qui glissaient dans les profondeurs comme des ombres aquatiques ; une grande masse noire, le char ; les bœufs, qui ressemblaient à des nuages bas ; puis les torches comme renversées dans l'eau pour s'y éteindre.

Pendant que nous avancions, nous entendions sans cesse les cloches appelant le corps vers sa demeure. Elles résonnaient d'une manière étrange par-dessus l'eau dans la vaste nuit, et les échos en étaient plus étranges encore. Un hibou blanc nous suivit un moment, doux et léger comme une plume envolée. Mère déclara que c'était l'âme de père cherchant son corps. Il n'y avait pas d'autre bruit que le son des cloches et le grincement des roues, jusqu'au moment où le poney du pasteur, qui paissait dans la glèbe, apercevant de loin les formes indistinctes des bœufs, se mit à hennir, croyant sans doute que c'était d'autres poneys, et content de sentir dans la solitude de la nuit ses semblables passer près de lui.

Enfin le grincement cessa à la barrière. On descendit la bière, on la posa sur des tréteaux, et au milieu de la pesante respiration des porteurs, on entendit les paroles d'espérance :

Je suis la résurrection et la vie.

Elles firent l'effet d'une pluie paisible après la sécheresse.

Je me pris à me demander sous quelle forme nous renaîtrions à la résurrection ? Nos corps seraient-ils nets ou bien indistincts comme dans l'eau ? Père reviendrait-il dans un accès de colère, tel qu'à l'instant de sa mort, ou comme un petit garçon courant vers grand-mère avec un bouquet de primeroles à la main ? Mère sourirait-elle de son sourire si triste, ou aurait-elle trouvé une lumière dans le sombre passage ? Serais-je toujours attachée à un corps qui me déplairait, ou nous permettrait-on de nous tisser des corps à notre convenance d'après la trame de nos âmes ?

On posa la bière sur un autre tréteau, près de la fosse, et on la couvrit d'un drap blanc. C'était notre plus belle nappe. Puis on mit dessus le grand pichet d'étain rempli de vin de sureau, seule chose que mère pût offrir ; par bonheur, elle en avait une provision suffisante pour le repas de deuil et le reste, grâce à la grande récolte de baies de sureau faite l'année précédente. C'était bizarre d'apercevoir, à la douteuse clarté de la lune, notre pichet planté là sur le cercueil, alors que nous avions coutume de le voir sur notre table, éclairé par le reflet de la bûche de Noël.

Le pasteur s'avança et, l'élevant, s'écria :

— Je bois à la paix de celui qui est parti.

Puis chacun, s'avançant à son tour, but pour l'âme de père.

Au pied du cercueil était notre petite mesure d'étain, pleine de vin, et un quignon de pain ; mais personne n'y toucha.

Alors le sacristain approcha et dit :
— Y a-t-il un mangeur de péchés ?
— Hélas non, s'écria mère. Malheur à moi ! Y a point de mangeur de péchés pour ce pauvre Sarn ! Gédéon n'en a point voulu.

Il était encore d'usage à cette époque dans notre campagne, après un décès, de louer un pauvre qui venait prendre le pain et le vin qu'on lui tendait par-dessus la bière. Il mangeait et buvait alors en disant :

> *Je te donne aise et repos maintenant, pauvre homme, afin que tu ne reviennes point dans les champs ni sur les routes. Et pour que tu sois en paix, je mets mon âme en gage.*

Puis il s'en allait d'un air calme et douloureux. Mon grand-père disait que les mangeurs de péchés étaient d'habitude de vieux sages ou des exorciseurs qui avaient eu des malheurs. C'était parfois de pauvres hères qui, par quelque méfait, avaient été rejetés de la vie commune, à qui personne ne voulait avoir affaire et dont, bien souvent, la seule nourriture était le pain et le vin offerts ainsi par-dessus le cercueil. De notre temps, il n'y en avait plus un seul dans le pays de Sarn. Ils étaient presque tous morts, et il fallait envoyer chercher l'un d'eux dans la montagne. C'était loin, et ils demandaient un bon prix, au lieu de venir pour rien comme dans l'ancien temps. Aussi Gédéon avait dit : « Gardons notre argent. A quoi cet homme serait-il bon ? » Mais mère avait pleuré et gémi toute la nuit suivante, et quand le sacristain s'écria : « Y a-t-il un mangeur de péchés ? » elle se mit de nouveau à pleurer d'une façon pitoyable, parce que père était mort en pleine colère, tout chargé de péchés, et mort, en outre, dans ses bottes, ce qui n'était pas naturel et n'annonçait rien de bon. Aussi pensait-elle qu'il avait grand besoin d'un mangeur de péchés, et l'on ne parvenait pas à la consoler.

Il se produisit alors quelque chose d'inattendu qui nous bouleversa. Gédéon s'avança près de la bière et dit :

— Y a un mangeur de péchés.

— Qui donc ? J'en vois point ! dit le sacristain.

— C'est moi qui serai le mangeur de péchés.

Il souleva la petite mesure d'étain pleine de vin sombre en regardant mère.

— Tu me bailleras la ferme et tout, si je suis le mangeur de péchés, mère ? dit-il.

— Oh ! mais les mangeurs de péchés sont maudits !

— Quel mal y a-t-il à boire une rasade de ton vin et manger une croûte de ton pain ? Mais si tu ne veux point, tant pis ! Il peut bien s'en aller avec le péché sur lui.

— Non, non ! Fais qu'il aille en paix, Gédéon ! Qu'il repose, le pauvre homme ! T'es jeune et vivant, lui est froid et sans recours entre les mains de Satan. Il est parti tout chargé de péchés, et dans ses bottes, pauvre vieux ! S'il n'y a personne pour nous aider, que son garçon ait pitié !

— Et tu me donneras la ferme, mère ?

— Oui, oui, mon fils ! Je pense point à la ferme. Tu peux tout prendre, à ta convenance.

Alors Gédéon avala le vin d'un trait et mangea la croûte. On n'entendait pas d'autre bruit que le son de ses dents mordant le pain.

Puis il posa sa main sur le cercueil, et redressé, grandi par son haut chapeau noir, le visage brillant de pâleur, il dit :

Je te donne aise et repos maintenant, cher homme. Ne reviens pas dans les sentiers ni sur nos prés. Et pour que tu sois en paix, je mets mon âme en gage. Amen.

Un soupir passa dans toute l'assistance comme une brise sur les foins desséchés. Il me parut que les bœufs eux-mêmes mêlaient un soupir à leur ruminement.

Mais quand Gédéon avait dit : « Ne reviens pas dans les sentiers ni sur nos prés », il avait semblé donner un avertissement à un maraudeur.

Le moment était venu de jeter le romarin dans la fosse. Après quoi on y descendit la bière, et tous y renversèrent leurs torches enflammées pour les éteindre.

Tout était enfin terminé ; nous revînmes à la maison par le plus court chemin. Gédéon seul s'en alla par la route avec le char. Nous formions une assez grande troupe, car tous ceux qui avaient été à l'église revenaient avec nous pour le repas funèbre. Il y avait le forgeron et le bouvier de la ferme de Plash, et le berger de la montagne, et le valet du meunier, et des femmes, sans compter ceux dont j'ai parlé.

Mère avait chargé Tivvy de veiller au feu et aux bouilloires afin de faire du posset et de la bière aux épices, car l'air était glacé au bord de l'eau à cette heure de la nuit.

Quand nous atteignîmes la maison, Mme Beguildy était là aussi avec Jancis. Le feu était beau et la casserole à bière y chauffait. C'était une bonne âme que Mme Beguildy, mais détestée cordialement parce qu'elle était la femme d'un sorcier, d'un hérétique. On ne l'invitait jamais aux mariages ni aux baptêmes ; mais à un enterrement, quand le malheur est déjà sur la maison, quel mal pouvait-elle faire ? Mme Beguildy aimait beaucoup les distractions. Elle aurait voulu vivre à Lullingford et y tenir une boutique, aller à l'église deux fois le dimanche et chanter dans le chœur. Elle n'avait aucune foi dans les sortilèges de son rebouteux, bien qu'elle n'en dît rien, sauf à moi et à deux ou trois de ses intimes. Un jour, bien longtemps après ces événements, quand des difficultés survinrent à la maison de pierre (vous les connaîtrez en temps voulu), et qu'elle se fut querellée avec Beguildy, j'entrai chez elle par hasard et lui vis entre les mains le flacon de lady Camperdine (où il prétendait garder l'esprit de la vieille dame) ; elle le secouait comme une sauce mal faite, de telle façon que je m'attendais à voir le bouchon sauter, et elle criait :

— Je t'apprendrai ! Je t'apprendrai ! Lady Camperdine, vraiment ! De l'eau de Plash ! Voilà ce qu'il y a dans cette bouteille. De l'eau de Plash et rien d'autre !

Il était rare que l'on vît Mme Beguildy. Elle était toujours dehors, occupée avec la volaille et les canards, ou à bêcher le jardin ou à pêcher. C'était une excellente pêcheuse. Sans elle, ils seraient morts de faim, car Beguildy ne faisait rien que ses sorcelleries. Elle nous avait cuit une fournée de gâteaux funéraires pour le cas où nous en manquerions. Blonde et rondelette comme Jancis, elle était si aimable et si avenante, et la boisson qu'elle avait préparée était si bonne que tout le monde, même le pasteur, oublia qu'elle était la femme du sorcier.

— Je vais remmener les bêtes, ma chère, dit-elle à mère ; nous en avons grand besoin pour les foins.

— Avez-vous commencé ?

— Oui. Et vous ?

— Je commence demain, dit Gédéon.

Tout le monde se tourna vers lui. Sur le seuil de la porte, il paraissait très grand et donnait une impression de force. Il me sembla qu'on reculait un peu, comme devant quelque chose de fâcheux.

Le pasteur se leva pour partir.

— C'est demain maintenant, jeune Sarn, dit-il. Conduis-toi bien demain et dans les jours suivants.

— Demain ! Oh ! Demain ! dit Jancis. C'est un mot de promesse.

Elle bâilla ; aussitôt sa bouche devint une rose, et je sentis que je ne pouvais la souffrir.

— Un chant ! dit très solennellement le sacristain. Un chant sacré avant de nous séparer.

Alors nous nous levâmes autour de la table où coulaient les deux chandelles, et nous chantâmes :

> *Avec un gazon sur la tête, cher homme,*
> *Et un autre à tes pieds,*
> *Tes bonnes actions et les mauvaises*
> *Devant le Seigneur se rencontreront.*

Les hommes étant un peu plus nombreux que les femmes, le chant était grave et rappelait le bourdonnement des abeilles dans un tilleul. Jancis et Tivvy chantaient d'une voix claire et nette, peu émues, comme indifférentes à l'idée du pauvre corps couché là-bas, dans la seule compagnie du gazon.

Puis il y eut des allées et venues et tous s'en furent, tandis que mère restait sur le pas de la porte, offrant les gâteaux funéraires. C'étaient de bons gâteaux, d'une pâte légère, faits avec beaucoup d'œufs ; ils avaient la forme d'un cercueil et étaient entourés d'un papier bordé de noir.

A ce moment, les oiseaux chantaient haut et clair, faisant un bruit mêlé d'échos sonores. Nos cheminées se reflétaient dans l'étang, signe que le soleil se levait.

On entendait le coucou dans la chênaie, et le premier râle de genêt bavardait dans les foins, impérieusement.

— Il est trop tard maintenant pour dormir, me dit Gédéon. Demain est venu. Viens-t'en au verger. Je veux te dire les projets que j'ai faits.

En le suivant dans le verger qui n'avait encore ni fleurs ni fruits, j'étais loin de prévoir ce que ces projets allaient être pour nous tous.

CHAPITRE V

La première javelle tombe

Nous grimpâmes dans le vieux pommier entre les branches duquel nous avions une place favorite, et comme je regardais la figure de Gédéon parmi les feuilles luisantes, je pensais avec un peu d'effroi à tous ces péchés qu'il avait pris sur lui. Depuis que père était un petit bébé, criant et gigotant dans son berceau d'osier, jusqu'à l'âge où il avait été un grand garçon, manquant l'église, puis allant aux combats de coqs et courtisant les filles, tout le mal qu'il avait fait, Gédéon devait le porter. Toutes ses colères étaient devenues les colères de Gédéon.

— Allons, Prue, dit-il. Ecoute ce que je vais te dire. Toi et moi, faut nous enrichir.

— Et mère ?

— Oh ! mère aussi. Mais elle est vieille.

— Elle aimerait aussi s'enrichir avec nous, pour sûr.

— Ça ne fait ni chaud ni froid. Si nous faisons fortune, elle sera riche aussi. Toi et moi, nous avons de la besogne, Prue.

— Je ne suis point rétive à l'ouvrage.

— Ben, y en aura. Je veux tirer de l'argent de la ferme, des tas d'argent. Et puis, quand le moment sera venu, nous la vendrons. Alors nous irons acheter une maison à Lullingford, tu tiendras ta place avec les plus huppés, tu seras une belle dame.

— Ça m'est égal d'être riche et de tenir ma place.

— Ben, ça *doit pas* t'être égal. Et je serai du conseil de fabrique et je donnerai mon avis au recteur, et je dirai qui doit être mis au pilori et qui envoyé à la maison de retraite, et j'aurai le droit de voter. Et quand une fille aura un mioche qui sera un enfant de l'amour, tu iras la sermonner.

— J'aimerais mieux jouer avec le bébé.

— N'importe qui peut jouer avec un bébé. Y a qu'une grande dame qui peut sermonner. Et nous achèterons une belle maison. J'en ai pas encore choisi une, mais nous avons le temps. Et un jardin avec un homme pour l'entretenir, et des servantes, et des beaux meubles plein la maison avec de l'argenterie et des porcelaines.

— J'aime beaucoup les belles porcelaines, dis-je. Aurons-nous de ces tasses du Staffordshire où il y a des petits personnages ?

— Tu pourras avoir tout ce que tu voudras, et un dé en or, et une armoire pleine de robes par-dessus le marché. Seulement faut commencer par m'aider. Ça prendra des années et des années.

— Mais ne pourrions-nous pas rester à Sarn, et avoir juste quelques meubles et quelques porcelaines, et nous passer de toutes ces servantes et de ces valets ?

— Non. Y a point assez de gens à Sarn, excepté à la veillée, et ce n'est qu'une fois l'an. Qu'est-ce qu'une fois l'an ? A quoi bon être le maître si on n'a personne à qui commander ? « Maître parmi dix mille. » Voilà une bonne parole. Je voudrais être maître parmi dix mille.

— Je me demande si c'est la foudre de ton sang qui te fait parler ainsi, dis-je.

Il semblait toujours l'avoir en lui quand survenaient des événements extraordinaires. Ses yeux étincelaient d'une lueur glacée, et il vous amenait à vouloir comme lui en dépit de vos désirs. Parfois quand il avait l'idée d'aller dans les bois à la recherche des terriers de blaireaux, il me faisait croire que c'était aussi ce que je voulais faire. Et pourtant mon désir eût été d'aller cueillir des primeroles.

— Ben, il me faudra beaucoup de foudre dans le sang pour faire ce que j'ai dans la tête, répondit-il. Mère m'a dit que la ferme n'a jamais rapporté que juste de quoi nous faire vivre; et père n'a rien laissé, rien que ce qu'il fallait pour payer le tisserand et le sacristain et acheter les cierges, les gants et le reste pour l'inhumation.

— Que pourrons-nous faire maintenant si nous n'avions censément que le nécessaire auparavant? dis-je. Et père travaillait pour nous. Nous ne pourrons jamais mettre de l'argent de côté, mon garçon.

— Je ferai ce qu'il faisait, et bien plus encore.

— Tu ne pourras jamais y arriver.

— Je peux tout ce que je veux. Y a quelque chose en moi qui ne sera muselé que par la mort. Et avec toi pour m'aider...

Il s'arrêta sur ces mots, arracha une feuille et la déchiqueta.

— Etant donné les choses, tu te marieras jamais, Prue.

Mon cœur se mit à battre douloureusement. Je pensais que ne jamais se marier était un sort bien affreux. Toutes les filles se marient. Jancis se marierait, et Tivvy aussi, et même la Polly du meunier qui avait toujours des boutons, de la gourme, de la teigne, ou je ne sais quoi. Et quand une fille se marie, elle a une maison et peut-être, une lampe qu'elle allume le soir à l'heure où son homme rentre ; si elle n'a que des chandelles, c'est tout pareil, car elle peut les mettre près de la fenêtre ; alors il se dit : « Ma femme est là, elle a allumé les chandelles. » Et un autre jour vient où Mme Beguildy lui fait un berceau de roseau ; et un autre jour on y voit un bébé, beau et grave ; et l'on envoie des lettres d'invitation pour le baptême ; et les voisins accourent autour de la mère comme les abeilles autour de leur reine. Souvent quand les choses allaient mal, je me disais : « Ça ne fait rien, Prue Sarn ! Un jour viendra où tu seras reine dans ta propre ruche. » Aussi répondis-je :

— Ne pas me marier, Gédéon ? Oh ! si, je me marierai, pour sûr.

— Je crains que personne ne te demande, Prue.

— Ne me demande ? Et pourquoi pas ?

— Parce que... ah ! ma foi, tu le sauras bientôt. Mais tu pourras avoir une maison et des meubles et tout, de la même façon, si tu aides à les gagner.

— Mais pas de mari, pas de bébé dans un petit berceau ?

— Non.

— Pourquoi ?

— Tu feras mieux de le demander à mère. Peut-être bien qu'elle pourra te dire pourquoi le lièvre a croisé son chemin. Mais ça me fait deuil pour toi, Prue ; je te rendrai riche, va, et quand nous aurons beaucoup d'argent, nous pourrons peut-être chercher un onguent pour te guérir. Mais ça coûtera gros ; il faut que tu travailles bien et que tu fasses tout ce que je te dirai. T'es un beau brin de fille bien taillée, Prue, et sans cette affaire-là, les garçons tourneraient autour de toi comme autour de Jancis.

Je réfléchis à tout cela un moment tandis que l'eau frappait la berge à l'extrémité du verger. Puis je déclarai à Gédéon que je ferais tout ce qu'il voudrait.

— Faut le jurer, Prue, en serment solennel sur la Bible. Sinon tu pourrais bien te lasser et quitter tout bientôt. Je ferai aussi le serment de ce que je t'ai promis.

Il alla chercher la Bible dans la maison. J'étais assise, immobile, écoutant les corneilles qui volaient vers leurs nids, au-delà du jardin et de la cour. Elles revenaient de picorer les champs du côté de Plash. J'avais aussi envie de mon déjeuner, car les nôtres ont beau mourir, il nous faut quand même manger. Et tout en écoutant le son étouffé de leurs craillements et le battement de leurs ailes quand elles descendaient au ras du sol, je me disais que c'était un monde bien étrange que le nôtre où l'on enterrait son père à la nuit et où, dès les premières lueurs de l'aube, on commençait à penser au déjeuner, à des maisons et à l'argent ; où l'on était maudit toute sa vie parce qu'un misérable lièvre avait regardé votre mère avant votre naissance ; et où un garçon, en mangeant d'un gâteau cuit par sa mère et en buvant de sa boisson, chargeait son âme de tous les péchés commis par son père.

Gédéon revint en courant ; il portait la Bible qui était très lourde et ornée d'un fermoir d'argent.

— Allons, Prue, jure, dit-il. Prends le Livre.

Je lui demandai s'il était sûr que mère nous permettrait d'agir ainsi.

— Nous permettrait ? Ce n'est pas à elle de nous permettre. Elle ne peut point m'en empêcher. Je suis le maître de la ferme. Ne l'as-tu pas entendue le dire quand j'ai pris le péché sur moi ?

— Mais tu ne vas point forcer mère à tenir sa promesse ?

— Est-ce qu'on met pour rien son âme en gage ? Le péché d'un autre est-il bon à manger que j'accepte de l'avaler à moins que ça ? La ferme m'appartiendra pour toujours, jusqu'à ce que je veuille la vendre. Maintenant, jure. Dis :

> *Je promets et jure d'obéir à mon frère Gédéon Sarn et de me louer gratis à son service comme servante jusqu'à ce que toutes ses volontés soient faites. Et je serai aussi soumise qu'une domestique, qu'une épouse et qu'un chien. Je le jure sur le Livre saint. Amen.*

Je répétai ces paroles. Puis Gédéon dit :

> *Je jure de rester fidèle à ma sœur, Prue Sarn, et de partager tout avec elle quand nous aurons fait fortune, et de lui donner au moins cinquante livres pour la guérir quand nous aurons vendu Sarn. Amen.*

Quand ce fut fini, il me sembla que l'étang de Sarn nous submergeait, et je frissonnai comme dans un accès de fièvre.

— Qu'est-ce qui te prend ? dit Gédéon. Va-t'en allumer le feu si t'as froid, et prépare le déjeuner. Nous pourrons causer en mangeant. Mère dort. Nous avons encore beaucoup à dire.

Je rentrai donc, allumai le feu et mis la table de mon mieux, pour égayer cette salle sombre. Je me demandais si ce serait indécent d'y poser quelques boutons de roses, mais puisqu'il n'était pas indécent de manger et de boire, il n'y avait certainement rien de mal à cueillir une rose ou deux.

Quand Gédéon revint de la traite, nous nous assîmes et il me dit tout ce qu'il avait en tête. D'abord, j'allais apprendre à faire les fromages et le beurre. Puis il allait fabriquer des hottes pour Bendigo, et les jours de marché, il irait à cheval à Lullingford en emportant le beurre, les œufs, les fromages, les gâteaux de miel, les fruits, les légumes, et même des fleurs.

— Ces roses, dit-il, tu peux les mettre en bouquets, elles rapporteront quelque chose.

Et bientôt, il y aurait de la volaille, des canards, des lapins, du poisson, des champignons.

— Tu verras, Prue, nous gagnerons beaucoup.

— Mais quel voyage ! Douze lieues dans la journée !

— Je labourerai un peu de terre pour donner de l'avoine à Bendigo. Et pour ce qui est de moi, je suis censément jamais las.

Quand nous aurions fait quelques économies, nous achèterions une autre vache. Au printemps, elle aurait un veau, et nous aurions ainsi deux vaches, l'une donnant du lait quand l'autre serait sèche. Cela ferait plus de beurre pour le marché. Après quoi, nous achèterions deux bœufs pour labourer, actionner la batteuse et traîner le fumier; et nous n'aurions plus à louer les bêtes de Beguildy. Quand notre truie mettrait bas nous conserverions les petits et les laisserions courir dans la chênaie; mère irait les garder en tricotant. Nous aurions alors une provision de lard pour le marché en plus de ce que nous mangerions. Nous n'avions que cinq moutons, mais nous allions remédier à cela en gardant tous les agneaux, afin d'avoir de la laine à vendre et un beau troupeau l'an prochain. Mère et moi filerions tout l'hiver, et Gédéon vendrait notre travail au drapier ou l'échangerait contre ce qu'il nous fallait chez l'épicier : sel pour les conserves, levain, sucre. Le savon, nous le faisions nous-mêmes avec des cendres. Les chandelles, nous les fabriquions avec du suif et de gros roseaux séchés. Du seigle, nous en avions, ainsi qu'un petit champ de blé. Père avait pris l'habitude, pour avoir de la farine, d'en porter plusieurs sacs à la fois au moulin où vivait l'oncle de Tivvy.

— Je ferai plus de blé, dit-il, des acres de blé, et je le porterai au moulin dans le char à bœufs. Quoi que puissent faire les Français, le blé ne sera jamais inutile. Il ne coûte guère à présent, mais ça changera si on le taxe, comme c'est plus que probable. Il vaudra mieux alors avoir un acre en blé que de se dorloter avec vingt acres d'autre chose. Nous ferons du houblon aussi, et nous ne manquerons jamais d'une goutte de bonne bière, car si je veux te faire travailler, Prue, je ne veux pas te laisser mourir de faim. Une bonne nourriture simple, autant que tu en peux manger, mais pas de fariboles. Le miel qui restera, quand nous aurons pris le meilleur pour le marché, les fruits quand ils ne coûteront pas grand-chose, le lard, les pommes de terre, le pain, et puis les œufs et le beurre quand les routes seront trop mauvaises pour aller au marché.

— Je ferais une prière pour qu'elles soient mauvaises, dis-je.

Gédéon me jeta un regard perçant, mais voyant que je plaisantais il se mit à rire.

— Très bien ; mais, tu sais, faudra un temps du diable pour m'arrêter.

Il avait décidé aussi que j'apprendrais à calculer, à tenir les comptes et à écrire. J'étais contente et je me réjouissais à la pensée de pouvoir lire des livres et surtout la Bible. Cela m'ennuyait toujours, à l'église, d'entendre le sacristain lire les textes, car quels qu'ils fussent, on aurait dit le bourdonnement d'une abeille dans une bouteille. Cela m'était égal qu'il lût : « Il prit une femme et engendra Aminadab », car celui-là me laissait bien froide ; mais quand il lisait de ces choses qui portent en elles le son du vent dans les trembles, je trouvais pitoyable de l'entendre bafouiller, tout en se rengorgeant de son savoir.

Je voulais pouvoir lire « Que la corde d'argent soit déliée » et savourer cela toute seule. Ce serait aussi bien beau de savoir écrire et de mettre sur le papier ce que je voulais garder dans ma tête. Quand Gédéon me dit que je devrais apprendre tout cela, j'acceptai donc avec joie.

— Mais si maître Beguildy m'enseigne, comment pourrai-je le payer ? demandai-je.

— Tu peux lui déterrer ses pommes de terre et l'aider à faner, et aussi labourer de temps en temps. Beguildy est un si grand fainéant et si fier d'être sorcier qu'il sait point travailler de ses mains. Il rêvasse, il rêvasse ! Un remède pour tous les maux qu'il a, sauf pour la fainéantise. Toi t'es forte. Tu peux quasiment bêcher bêche pour bêche avec moi. Paie de cette façon. Et si ça te dit, tu peux mettre ton deuil et aller lui demander ce soir même.

Il s'en fut dans l'herbage avec sa faux, et je me mis au travail avec courage. J'aurais même chanté un peu si le souvenir de notre pauvre père ne m'avait retenue. Cet espoir d'avoir un peu d'éducation me rendait si contente ! C'était comme une grande fenêtre qui s'ouvrait : et par cette fenêtre, qui sait ce que j'allais apercevoir ?

Quand je m'en fus porter à Gédéon son dîner, il me vint à l'esprit, en passant par le bois des corneilles, que nous ne les avions pas averties de notre deuil. Une ancienne coutume veut qu'on les prévienne. On dit que si on ne le fait pas, il leur vient un mécontentement ; elles tombent dans une sorte de mélancolie et oublient de revenir. Alors vous voyez bientôt vos ormeaux, portant toujours des nids comme des fruits sombres sur le ciel, mais des nids silencieux et désertés. Bien que les corneilles fassent pas mal de ravages, c'est une grande malchance de les perdre, car la maison qu'elles quittent ne prospère plus jamais dans la suite. Aussi le rappelai-je à Gédéon, et nous nous dirigeâmes vers le bois.

Je n'ai jamais vu de plus grands ormeaux, aussi bien de l'espèce commune que de l'espèce montagnarde. A leur pied, l'ombre était très profonde à cause du feuillage d'été. Les chélidoines qui avaient à peine passé la floraison verdissaient le sol ainsi que les belles-de-nuit prêtes à s'épanouir. Les feuilles étaient blanchies par la fiente des corneilles. C'était une journée calme et très chaude, où l'on ne percevait qu'une brise légère balançant l'extrême cime des arbres et un lent croassement descendant de temps à autre jusqu'à nous. J'aimais à venir chez les corneilles par des journées comme celle-ci, après la collation, quand j'étais propre. Le jour de l'Ascension, en particulier, j'aimais à voir si elles travaillaient; car on dit que nulle corneille ne travaille ce jour-là. Il est bien certain que je n'en vis jamais une apporter même une brindille en ce jour de fête ; elles semblaient recueillies saintement, chacune assise sur son arbre comme le pasteur dans sa chaire.

— Ohé ! corneilles ! cria Gédéon. Père est décédé, et c'est moi le maître. Je suis venu vous le dire pour que vous restiez en paix sur vos nids. Je vous protégerai de tout sauf de ma carabine, et je vous invite à rester.

Les corneilles l'épiaient du haut de leurs nids. Quand il se tut, on entendit un rapide bruissement d'ailes, et elles balayèrent le ciel bleu dans une grande clameur comme si elles se fussent concertées sur ce qu'elles venaient d'entendre. Après un instant, elles revinrent et se tinrent calmes et sérieuses. Nous sûmes ainsi qu'elles avaient décidé de rester.

Quand nous fûmes de nouveau dans le pré, Gédéon

eut un petit rire tout en aiguisant sa faux sur la pierre, et me dit :

— Je suis content de ne pas les perdre. J'aime diablement le pâté de corneilles.

Là-dessus, il lança la faux dans l'herbage, parsemé de grandes marguerites, d'où s'éleva alors une sorte de bref soupir. Comme l'herbe était fine, on pouvait distinguer, avant sa chute, la faux, pareille à un éclair d'acier, derrière la moisson toute droite. Et il me semble maintenant que ce spectacle représentait la volonté fatale de Dieu, qui attend sans relâche derrière nous que l'heure sonne pour nous faucher; non par dureté, mais parce qu'il vaut mieux que nous ne continuions pas à croître dans la prairie et que nous soyons amenés dans sa cour paisible et engrangés sous le chaume de sa miséricorde éternelle.

CHAPITRE VI

Sellez vos rêves avant de les chevaucher

Dès que j'eus trait les vaches, je laissai Gédéon à son travail dans la prairie et montai mettre mon deuil et ma coiffe. Je ne la portais pas pour travailler, afin d'économiser sur la lessive, et on me considérait un peu comme une païenne, sans coiffe, ni souliers, ni bas, la plupart du temps, les pieds nus ou dans des sabots. Gédéon savait très bien tailler des sabots qui convenaient à la besogne assez malpropre que j'avais à faire. Je m'étais fabriqué aussi une blouse en toile à sac qui me venait aux genoux et que j'enfilais pour aller nettoyer les étables. Je savais qu'on m'appelait la sauvage de la grange à Sarn ; mais quand je songeais à la belle maison que j'aurais à Lullingford, aux robes brochées, aux rideaux de basin et aux porcelaines, je ne m'en faisais point trop de chagrin.

J'étais très fière de ma robe de droguet au corsage croisé et de mon nouveau chapeau, garni de petites saucisses de florence à la nouvelle mode. Aussi je me coiffai ce soir-là avec des boucles, une de chaque côté, et deux qui me tombaient dans le dos jusqu'à la taille.

L'esprit à l'aise, je rêvais au moment où nous achèterions des remèdes qui me rendraient aussi belle qu'une fée. J'y pensais en trayant les vaches, en nettoyant la porcherie, en frottant les dalles de la cuisine.

Mère protesta un peu en apprenant que je m'en allais à Plash, car elle était triste et mélancolique à force de vivre dans l'ombre de la mort. Elle avait si bien pris l'habitude d'apaiser un homme violent qu'elle se sentait maintenant aussi désemparée que lorsqu'on vient d'arrêter la dernière maille d'une paire de bas. Elle s'asseyait tranquillement dans un coin de l'âtre, et l'on entendait le rouet ronronner doucement comme une petite poulette. Puis, tout à coup, elle abandonnait son ouvrage, et tordant ses mains qui me faisaient toujours penser aux petites pattes, levées vers Dieu, d'une taupe prise au piège, elle disait :

— Ça a fait une semaine dimanche, il n'avait pas eu de lard pour son souper ! Ça a fait quinze jours dimanche, il n'a pas aimé les douillons, et ce n'est pas étonnant, car ils étaient bien manqués, Prue. Et deux fois j'ai fait trop cuire ses œufs à la coque dans cette dernière semaine, et la nouvelle blouse, Prue...

A ces mots elle pleurait un long moment.

— J'ai lambiné et lanterné dessus, tant et si bien qu'il est mort avant qu'elle soit finie. Oh ! ma fille, rien que d'y penser ! Il ne manquait plus que les pattes d'épaules et les poignets, et ç'aurait été la plus belle blouse que j'aie jamais faite. Mais j'ai lambiné et lanterné, et il n'a pas pu attendre plus longtemps. Il a entendu la puissante voix, mon enfant, qui l'appelait là-bas, dans les ormeaux, et il ne pouvait point s'attarder pour sa blouse, pauvre vieux. V'là tous mes points inutiles.

— Allons, mère, il faut la finir pour Gédéon, dis-je. Elle lui ira très bien; il est si bel homme, bien qu'il ne soit pas aussi conséquent que père. Mais il forcira. Ses dix-huit ans venus, je ne serais point surprise qu'il ait très bon air dedans. Aussi tu feras bien de te dépêcher.

— Ma foi, dit-elle, ma foi! y a du bon dans ce que tu dis, fillette. Il a pris le péché pour le porter toute sa vie. Il aura la blouse.

Elle s'en alla chercher le paletot de dimanche de Gédéon et sortit la blouse du tiroir pour la mesurer.

Je souhaitai que les deux vêtements fussent assez semblables pour la satisfaire; et ils l'étaient en effet. Elle se calma donc et reprit son rouet qui ronronna de nouveau comme une petite poulette.

Mais pas pour longtemps. Pendant que j'enfilais mes mitaines elle m'examina, puis me dit :

— Tes boucles font très bien, Prue. T'es bien tournée, ma fille.

Et à l'instant, se courbant sur son rouet, elle reprit son vieux cri douloureux :

— Est-ce ma faute si le lièvre a croisé mon chemin? Est-ce ma faute?

— Oh! Mère, mère! implorai-je, cesse de te désoler sur ce que nous ne pouvons réparer. Je ne peux supporter de t'entendre pleurer ainsi, chère mère. Regarde! Ça m'est bien égal. Allons, allons, mon agneau (je l'appelais souvent ainsi tant elle semblait petite et égarée), allons ne te fais point tant de deuil! Ecoute ce que je vais te dire. *J'aime autant avoir un bec-de-lièvre!*

Et là-dessus, je m'enfuis de la maison, par la petite porte, jusque dans le sentier du bois, en sanglotant.

Je pleurais si fort qu'un bruit d'ailes se fit entendre ici et là, et dans la clairière un lapin s'assit au milieu du sentier, une patte levée, comme fait le pasteur quand il donne la bénédiction. Mais c'était une malédiction que son cousin le lièvre m'avait jetée !

Je me demandais pourquoi il m'avait ainsi maudite. Etait-ce de lui-même, ou le diable l'avait-il poussé ? Est-ce que Dieu, en le laissant faire, voulait jalousement me refuser un mari et un berceau de roseau ? Plus tard, je trouvai souvent bizarre d'avoir à travailler des semaines et des dimanches entiers pour gagner de quoi réparer le dommage qu'un stupide lièvre avait causé, et je savais qu'il faudrait beaucoup d'argent pour guérir ma difformité. J'étais prise d'une sorte de rire amer en y songeant, rire sinistre comme le cri du coq de bruyère, quand par les noires soirées d'automne, il s'élève des marais et puis s'envole entre les bruyères fanées et le ciel froid.

Oui, telle était la façon dont je riais en ce temps-là. Mais aujourd'hui, je suis assise entre le foyer et la fenêtre, pendant que le thé se prépare pour quelqu'un qui rentrera à la maison avant le coucher du soleil. Les nuages sont immobiles sur la montagne, et quand je ris je le fais à mon aise comme le pivert au printemps. Car c'est un rieur que le pivert et un rieur bien joyeux. Il vole dans un ormeau et rit de le voir si vert. Puis il s'élance dans un frêne et rit de le voir si nu, portant seulement ses bourgeons noirs et point de feuilles. Alors il s'envole dans un chêne et rit aux éclats à la vue des nouvelles feuilles brunes. Ah ! le pivert est un joyeux vivant dont la gaieté est fraîche comme une cerise. Quand, à la fin d'une longue vie, nous pouvons rire ainsi, nous n'avons pas vécu en vain.

Mais ce soir-là, je riais comme le coq de bruyère et mon cœur se révoltait en moi.

Pourtant j'étais contente de songer aux leçons d'écriture. Je me réjouissais aussi de penser que ce serait un moyen de tenir Gédéon, car s'il devenait un peu trop dur pour mère ou pour moi, je pourrais lui en faire voir avec mes écritures. Je courais le long de l'eau, me sentant légère dans mes plus fins souliers, et réfléchissais à la manière dont je travaillerais pour me procurer l'onguent qui me rendrait aussi belle qu'une fée. Alors, me disais-je, un amoureux viendrait ; puis on lirait les bans à l'église, et un jour je serais assise dans ma maison, un pied sur un berceau, et portant sur mes genoux un bébé grave et beau, plus parfait que ces poupées de cire françaises dont on parlait tant, que je n'avais jamais vues et que je désirais si vivement.

J'étais contente de voir les râles d'eau voguer en traînant derrière eux un sillage de petits qu'on eût dit enfilés sur une corde. Et je riais de voir le héron qui habitait de l'autre côté de l'eau où il avait une femme et un nid ; il était là comme pétrifié dans les nénuphars. Plus tard, je vis souvent Gédéon prendre cet air quand il aurait voulu parler à Jancis et ne pouvait sortir un mot, ou quand il essayait de mettre sa plus belle cravate et ne pouvait la nouer à son gré.

Je rencontrai Jancis avant d'atteindre la maison de pierre. Elle rentrait les bœufs, car on les avait loués pour une foire et on devait venir les chercher de grand matin. Entre les deux bêtes blanches, avec une de ses mains posée sur chacune d'elles, ses cheveux d'or éblouissants, son visage semblable à une rose pâle, elle était comme l'apparition d'une belle dame morte autrefois, qui revenait chaque année à la Saint-Jean et s'enfuyait au chant du coq.

— Oh ! dit-elle, tu as des boucles, Prue. Faudra-t-il que j'en aie pour la veillée de Sarn ?

— Comme tu voudras, répondis-je d'un ton hargneux ; car elle était bien assez jolie sans boucles avec sa bouche qui ressemblait plus que jamais à une rose. Je pensais que ses boucles seraient bien belles, suspendues comme les grappes de groseilles dorées quand elles se pressent le long des branches, et je voyais Jancis dire « oh ! » de cette manière qui donnait aux garçons envie de l'embrasser.

Quand elle eut attaché les bêtes dans l'étable, nous entrâmes dans la maison.

— Maître Beguildy, m'écriai-je, je désire que vous m'enseigniez à lire, à écrire et à compter, enfin tout ce que vous savez. Je vous paierai en travail. Gédéon et moi nous allons être riches, et nous achèterons une maison à Lullingford, et nous aurons des servantes et des valets, des robes brochées pour moi, et des porcelaines...

Beguildy me regarda par-dessus le bord d'une grande pinte d'hydromel.

— Selle tes rêves avant de les chevaucher, ma fille, dit-il.

— Que voulez-vous dire, maître Beguildy ?

— La réponse est sous ta coiffe. Si je t'enseigne, il ne faut ni discussion, ni question, ni réponse. Je te dirai la chose, mais il faudra que tu trouves le sens. Allons, reviens dans huit jours et tu me diras ce que j'ai voulu dire. Alors pour te distraire un peu, je te ferai voir la bouteille où est le vieux châtelain, le vieux Camperdine, l'arrière-grand-père du nôtre, celui qui revenait fort mécréant à chaque fête de la moisson, et qui chantait des chansons égrillardes, caché quelque part dans l'église. Mais comme personne ne le voyait, personne ne pouvait l'attraper.

— Excepté vous.

Beguildy sourit. Il avait un sourire lent et furtif qui se formait comme une risée sur l'eau et demeurait longtemps.

— Oui, excepté moi. Je l'ai pris de la belle façon.

— De quelle façon ?

— Si je te le dis, Prue Sarn, tu en sauras autant que moi.

— Mais dites comment vous l'avez mis dans la bouteille ?

— Sapristi ! T'as donc oublié le marché ? Pas de questions !

Il saisit son marteau et, frappant sur sa rangée de cailloux, y joua un petit air. Là-dessus arriva Mme Beguildy, tout comme la dame de la foire arrive quand on roule le tambour. Elle avait des truites dans un panier et une couple de volailles qu'elle allait préparer pour la veillée où l'on devait conduire les bœufs. Elle portait un vieux chapeau haut de forme vert bouteille qui avait appartenu à Beguildy ; ces chapeaux étaient de mode parmi les voleurs de grands chemins, et celui-ci, posé sur ses cheveux gris frisés, lui donnait un air très étrange.

— As-tu entendu les nouvelles ? me dit-elle.

Elle était trop affairée pour parler beaucoup, et tout ce qu'elle disait de sa voix grave et solennelle prenait de l'importance, comme si le tambour de ville l'eût dit, debout au seuil du marché, dans son habit galonné.

— J'ai entendu dire que le diable était mort, dit Beguildy, mais c'est point vrai, car je l'ai rencontré hier ; il est de conversation bien plaisante et il est content d'avoir la compagnie de ton père, Prue.

— Allons, arrête ton babillage, dit Mme Beguildy en plumant si vivement ses poulets que la salle fut soudain comme sous une rafale de neige.

— As-tu entendu dire, Prue, que ce pauvre John le Tisserand s'est égaré à travers les bois, la nuit dernière, et qu'il s'est noyé dans l'étang noir ? La mort est bien contagieuse, pauvre vieux !

— Mais il ne s'en fallait que d'une heure qu'il fît jour quand il est parti, m'écriai-je.

— C'est bien assez, c'est bien assez. Il fait noir comme en Afrique, là-bas, dans ces bois.

— Qui va le remplacer ?

— On dit qu'il avait un neveu à qui il enseignait le métier, mais il est en apprentissage pour un an ou deux. En l'attendant, on en louera un autre, je suppose. Et il vaudrait mieux, en fait de charmes, que tu prennes ce métier ! s'écria Mme Beguildy.

Elle enleva du feu le tisonnier et flamba son poulet d'un air aussi rancunier que si ç'avait été son mari.

— Femme, j'ai autre chose à penser que tisser des herbes pour couvrir de pauvres corps mortels. Est-ce que je n'attrape pas les âmes comme des lapins pour les empêcher de troubler la vie des hommes ? Je les bénis, et elles sont bénies ; je les maudis, et elles sont maudites. Est-ce que je ne guéris pas les verrues, la coqueluche, la stérilité et les rhumatismes ? Et je prédis l'avenir, et je trouve des sources, même dans les profondeurs de la terre ! Et les oiseaux que je bénis ne battent-ils pas tous les autres aux combats de coqs ? Oui, et si je le voulais, je pourrais faire une figure de cire de tous les hommes de la paroisse et les brûler tous, cire, hommes et tout. Est-ce que je ne peux pas faire tout cela, femme ?

— C'est du moins ce que tu prétends, mon ami.

Mme Beguildy liait les pattes du poulet et passait au travers une brochette pour tout tenir en place.

Voyant que le sorcier commençait à se fâcher, je contai à sa femme mes projets d'écolière.

— Ta cervelle y tiendra-t-elle, ma fille ? dit-elle.

Car d'accord avec la plupart, elle pensait que si quelque chose semble aller mal chez quelqu'un, cela doit venir de sa tête. A ce compte-là, Jancis, qui était si sotte qu'elle en paraissait souvent simple d'esprit, aurait dû être très intelligente.

— Oh ! la cervelle de Prue est solide, dit Beguildy. Il y a seulement trop de questions dedans. Mais elle sera une bonne écolière. Nous commencerons dans huit jours. Jancis, prends le balai et va nettoyer un peu ma chambre. Mets les livres ensemble, va me chercher des plumes, et aie soin de mes bocaux, car on ne sait jamais qui est dedans. Nous n'avons pas besoin de fantômes ici. Oh ! tu pourras aussi enlever les crapauds de derrière l'armoire ; ils sont tous morts.

— Prue, me dit Jancis comme je m'en allais, si tu m'expliques comment on fait des boucles comme les tiennes, je te dirai ce que signifie la devinette de père. Je le sais, car il l'a souvent répétée, et j'ai entendu quelqu'un lui en donner la réponse.

— Je les enroule sur le tisonnier, ma petite, lui dis-je. Pas trop chaud, et lave-le bien d'abord. Mais tu n'as point besoin de me dire la réponse de la devinette ; j'aime mieux la chercher.

Quand, à la barrière, je passai près du buisson d'aubépines, la rosée, jaillissant des pétales, tomba en averse sur ma robe. Tout était si calme que je pouvais entendre les moutons brouter dans la glèbe, à l'autre bout de l'étang, les poissons sauter à la surface, et l'eau clapoter contre les grandes feuilles raides des roseaux.

Vêtue de mes plus beaux effets un jour de semaine, je m'imaginais être une dame. Il ne m'arrivait pas souvent de pouvoir m'échapper, et cela devait m'arriver plus rarement encore par la suite. Aussi étais-je contente que Gédéon voulût bien faire de moi une personne instruite, car, une fois par semaine, je pourrais sortir l'après-midi et le soir.

Quand la brise vint, les feuilles lapèrent le silence comme fait la langue des petits animaux en buvant. On voyait dans le ciel des nuages semblables à la dentelle qui ornait la robe de mariage de mère, et une lune déclinante aussi verte qu'une jeune feuille de hêtre. Sous l'eau unie étaient une autre lune, un peu moins brillante, d'autres nuages un peu moins dentelés, et l'ombre du clocher, vague et mystérieuse, dont la pointe se tendait vers nous.

CHAPITRE VII

Reinettes et jargonelles

Mère leva la tête quand je rentrai. Elle brodait la blouse.

— Quelle grande fille tu fais, Prue ! dit-elle. Et t'as point encore seize ans !

Je demandai où était Gédéon.

— Il fauche au clair de lune. J'ai jamais vu un gars pareil ! Il peine et sue comme si quelqu'un était après lui.

— Bon, dis-je. La lune se couche derrière l'enclos de l'église, mère ; il aura bientôt fini.

Je m'en fus au pré. Il avait déjà coupé autant qu'un homme dans toute la force de l'âge aurait pu faire, et quand j'arrivai, il frottait sa faux avec une poignée d'herbe et l'affûtait avant de la ranger. Je trouvais agréable de marcher parmi ces javelles humides et presque indistinctes, mais c'était mélancolique aussi. En songeant à tout ce que ce garçon s'était mis sur les épaules, j'en étais attristée pour lui.

— Viens souper, Gédéon, lui dis-je.

— Sapristi ! T'as l'air d'un fantôme quand tu sors comme ça de la haie sombre, toute en noir avec cette figure blanche !

Puis il parut se rappeler tout ce que nous avions en main et commença à m'interroger sur mon travail.

— T'as enfermé la volaille ?

— Non.

— Dépêche-toi alors. Ça devrait être fait à cette heure. T'as veillé aux pièges ?

— Non, je croyais que tu le ferais.

— Quand je fauche, je peux rien faire d'autre ; sauf les choses qui sont trop dures pour toi.

— Y en a pas beaucoup.

— Quand tu auras vu au poulailler et aux pièges, tu pourras tendre deux ou trois lignes dans l'étang. J'ai encore à scier.

— Ça prendra bien du temps et je suis point habile à tendre des lignes de nuit, dis-je presque en pleurant, car j'étais déjà lasse, il était tard, et il me semblait qu'une autre journée de travail commençait.

— As-tu fait un contrat, oui ou non ?

— Oui, je l'ai fait.

— Alors, ne rechigne pas.

En allant et venant dans la ferme quand mère fut couchée, Gédéon étant encore aux champs, je me sentais bien seule. J'avais grande envie de trouver une manière plus rapide de devenir aussi belle qu'une fée. Alors une pensée me vint tout à coup. Je m'étonnai de n'y avoir pas songé plus tôt, mais c'est que je n'avais jamais tant souffert de mon bec-de-lièvre. Bien souvent, c'est quand on entend les autres vous plaindre d'une infirmité qu'on commence à en souffrir. Si Eve avait eu le malheur d'être défigurée ainsi, elle n'en aurait eu de la peine, j'en suis sûre, qu'en voyant Adam s'approcher d'elle avec un regard craintif, et le Seigneur froncer le sourcil devant son œuvre gâchée.

Voici quelle fut mon idée : pourquoi moi qui avais si grand besoin d'être guérie, ne ferais-je pas comme les pauvres gens de Sarn autrefois, et même de notre temps ? Au moment du trouble des eaux, qui a lieu chaque année au mois d'août, entrer dans l'étang, vêtue d'une blouse blanche, en présence de tous les assistants de la fête ? On prétendait que ce mouvement des eaux était le même que celui de Béthesda ; et bien qu'il ne fût pas aussi puissant que celui-là, qui guérit chaque année les pires maladies, parce qu'il est dans cette Terre sainte où les miracles sont le pain quotidien, on disait pourtant que, tous les sept ans, il guérissait quelqu'un, si la maladie n'était point trop grave. Il fallait descendre dans l'eau à jeun et en prononçant d'anciennes prières fort étranges. Il me serait facile de les apprendre quand je saurais lire, car elles étaient dans un vieux livre que notre pasteur gardait dans la sacristie. Non pas qu'il y crût ou qu'il le niât tout à fait, mais le livre était rare et curieux.

Ce qui me faisait hésiter, c'est que la chose devait se faire en public. Il me faudrait être bien hardie pour m'exhiber ainsi, comme une donzelle ou une sorcière, assise sur la sellette à plongeon. Et quand j'en parlai timidement à mère et à Gédéon, cela ne leur plut pas du tout.

— Pourquoi, dit Gédéon, t'exposer à la risée de trois cents personnes ? Autant aller te montrer en femme colosse à la foire !

— Mais je ne suis point une femme colosse, dis-je.

— Ça ne fait rien. On parlerait de toi de Sarn à Lullingford et de Plash à Bramton. Aller dans l'eau comme n'importe quelle pauvre pestiférée sans le sou ! Les gens diraient : « V'là la sœur à Sarn plongée dans l'eau commes les miséreux parce que Sarn est trop rapiat pour demander le remplaçant du docteur, ou le docteur lui-même. Et quand j'irais au marché, ils riraient de moi en se détournant. Tu ne ferais jamais une chose aussi effrontée ! Va donc cuire des galettes à la menthe et préparer de la bière aux épices pour la foire prochaine comme mère en préparait d'habitude. Tu te ferais un petit profit de cette façon-là.

— Oui, ma fille, dit ma mère, écoute Sarn. Ça te rapportera et tu verras tout ce qu'il y a à voir, ce qui te serait impossible sans ça, à cause de ton deuil, puisque y a point deux mois que ton père est enterré. Et penses-y bien, quelle misère ce serait pour une pauvre veuve comme moi de se voir jeter à la figure devant un tas de gens que sa fille a un bec-de-lièvre !

Elle se mit à tordre ses petites mains et je sentis qu'elle allait retomber dans sa vieille lamentation ; aussi cédai-je bien vite.

— Faut me promettre que tu ne feras jamais ça, Prue, ordonna Gédéon.

— Je promets pour cette année, mais pas davantage.

— T'es une sacrée entêtée, mais que tu promettes ou non, tu le feras point tant que tu seras en vie.

— Et dans la mort, ça me sera bien égal, dis-je, car si je me conduis bien et que j'aille au ciel, je serai refaite à neuf et je deviendrai aussi belle qu'un nénuphar sur l'étang. Et si je me conduis mal, je vendrai mon âme un millier de fois pour acheter une figure magnifique, et j'en serai contente même si je suis damnée.

Là-dessus, je courus au grenier où je pleurai longuement. Mais le calme et la solitude du lieu finirent par me réconforter. J'ouvris le volet qui donnait sur le verger et au bas duquel un grand poirier était dressé en espalier ; puis je sortis un tricot de mon réticule. Car c'était un samedi après souper que j'avais parlé du trouble des eaux, et l'ouvrage de la semaine étant à peu près achevé, j'avais ma robe propre et le réticule assorti.

Je m'étais assise et je regardais les arbres verts, en humant l'odeur de notre foin apportée par la brise, odeur à laquelle se mêlait le parfum des églantines et des reines-des-prés fleuries sur les talus du verger. Je prêtais l'oreille au chant des merles proches ou lointains; quand ils étaient loin, on pouvait à peine distinguer leur chant de celui des autres oiseaux, grives, roitelets, chardonnerets, mésanges, pinsons et bruants qui formaient un cercle magique. C'était un tissage fait à l'aide de nombreux fils et d'un maître fil d'or clair, musique très apaisante à entendre.

L'amour était peut-être ainsi, me disais-je, un assemblage de fils de toutes couleurs avec un maître fil d'or pur.

Le grenier touchait au chaume, et des nids nombreux s'étaient établis sous le rebord du toit d'où s'échappait l'incessant gazouillis des hirondelles. La fenêtre de ce grenier s'ouvrait dans un grand pignon et le toit descendait d'un côté jusqu'au sol, portant à son sommet une haute cheminée. Dans un coin des chevrons était caché un nid d'abeilles sauvages dont on entendait le doux murmure et qu'on voyait, matin et soir, aller boire en file à l'étang. A ce moment le calme était si parfait, le verger au-dehors si vide, à part l'ombre claire des pommiers, si vides aussi les prés voisins, puisque Gédéon faisait les meules dans le dernier champ où j'aurais dû être à l'aider, qu'il me vint je ne sais d'où un sentiment de douceur plus puissant que je n'en avais jamais éprouvé. Cela n'avait rien de religieux comme le bien que peut faire un texte entendu au prêche. C'était plus profond encore. On eût dit qu'un être éblouissant, venu de très loin, avait soudain envahi mon cœur. Tout prenait un autre aspect, plus clair, plus beau, comme il arrive parfois dans ces matins brillants qui succèdent à la pluie et font dire : « La journée est belle, le coucou va monter au ciel. »

Seulement le jour n'y était pour rien ; c'était bien autre chose. Je ne me souciais point de savoir quoi. Lorsque l'oiseau des bois arrive dans son arbre, il ne demande pas qui l'a planté ni comment les hommes le nomment, car cet arbre est tout pour lui ; de même ce que j'avais en cet instant était tout pour moi. Plus tard, quand je pus lire dans la Bible, je lus :

Son étendard sur moi c'est l'amour.

Et je me souvins de cette soirée. Mais si l'on m'avait demandé « l'étendard de qui ? », je n'aurais pu répondre. Aujourd'hui même, quand notre pasteur dit : « C'était la volonté du Seigneur qui se manifestait en vous », je n'en suis pas sûre ; car rien n'y rappelait l'église ni les fidèles, la prière ni l'action de grâces, le péché ni le repentir. C'était plutôt lié à des choses comme les chants d'oiseaux ou le bruissement des jonquilles balancées par le vent ; et cela allait et venait à son gré comme la brise passe sur les blés. Il était bien singulier qu'une femme vêtue de toile à sac, occupée chaque jour à nettoyer la porcherie et l'étable, vivant chichement en épargnant jusqu'au moindre liard, connût soudain une telle merveille. Car malgré la paix de cette minute, ce fut là un grand miracle et qui transforma désormais ma vie. Quand il m'advint ensuite de ne plus savoir de quel côté me tourner, je courais au grenier, et c'était comme un fruit savoureux que je trouvais dans une écorce amère.

Cette visitation ne se manifestait que rarement, mais son parfum demeurait dans le grenier. Je n'avais qu'à y grimper, entendre le murmure des abeilles, respirer le parfum sauvage et douceâtre des pommes sur les claies, écouter les feuilles qui heurtaient doucement la croisée, contempler les rameaux gris tordus sur le ciel; aussitôt le souvenir m'en revenait et j'oubliais tout le reste.

La porte avait un grand verrou de bois que je tirais d'habitude sans raison puisque ce grenier était un lieu perdu où n'entraient jamais que le tisserand en tournée, Gédéon à l'époque de la cueillette des pommes, ou moi-même. Personne n'aurait eu l'idée de venir m'y chercher, et cela me tenait lieu à la fois de salon et d'église.

Le toit tout autour tombait jusqu'au plancher, les poutres et les chevrons étaient de chêne, et le sol était bosselé comme une mer houleuse. Les pommes et les poires avaient leur place, selon les espèces, à travers toute la pièce. Il y avait les coussinettes, les reinettes dorées ou grises, les pommes d'api toutes rouges et les francatus, les nonpareilles et les royales, les grandes pommes vertes à cuire au four, les mouronnets et les court-pendus. Nous avions aussi une quantité de poires, car dans ce vieux jardin qui avait toujours appartenu à notre famille, chaque génération plantait quelque arbre. On y trouvait des worcesters, des beurrés, des jargonelles, des bergamotes et des bons-chrétiens.

Juste après la récolte, le grenier devenait aussi resplendissant qu'un vitrail avec ses rouges et ses ors; et les couleurs des fruits évoquaient toujours ma visitation, bien que le fruitier eût été vide à ce moment; mais les couleurs étaient liées au parfum conservé là depuis des siècles. Chacune de ces rondes joues rouges souriait à la pauvre Prue Sarn, assise entre la fenêtre et le métier à tisser, toute à sa solitude.

Un jour, je découvris un vieux coffre abandonné aux souris ; je le frottai, y mis une serrure et y rangeai désormais mon encre, mes plumes, mon cahier et la Bible que mère voulut bien me donner, puisque ni elle ni Gédéon ne savaient lire.

Un soir d'octobre, j'étais assise là, éclairée par une chandelle de roseau, et faisais mes exercices d'écriture. La lune bloquait l'étroite fenêtre, comme si on eût suspendu là un plat d'étain. Les pommes étaient pressées tout autour de moi, imitant la foule qui, à la foire, attend quelque chose de merveilleux. Il me semblait les entendre se dire les unes aux autres : « Restez tranquilles, ne faites pas de bruit, ne poussez donc pas ainsi ! »

Je me mis à songer que la béatitude que je trouvais là m'était venue du fait que j'étais maudite. Car sans ce terrible bec-de-lièvre qui m'avait fait chercher refuge au fond de ma pauvre âme abandonnée, jamais rien n'aurait eu lieu. C'est en vain que les pommes se seraient pressées pour voir une merveille, jamais je n'aurais su quelle splendeur peut surgir de l'autre rive du silence.

Pendant que je méditais ainsi, la chose adorable se manifesta de nouveau, venue je ne sais d'où, et se nicha dans mon cœur, graine tombée du fruit de l'amour.

Livre deuxième

CHAPITRE PREMIER

À *cheval vers le marché*

En poursuivant cette histoire, je ne tiens guère compte du temps, car lorsque le cœur est en détresse, qu'est-ce que le temps ? Ce n'est rien. Le marié qui a été longuement affamé d'amour prête-t-il l'oreille à la voix du veilleur de nuit criant les heures rapides ? Celui qui meurt à l'aube se soucie-t-il de l'heure que marque le cadran solaire au lever du soleil qui ne se lève pas pour lui ? Et quand nous autres, pauvres humains, luttons contre les forces ennemies à la recherche de notre paix, ou de ce que nous croyons être notre paix, quand nous sommes abasourdis comme une bête harcelée dans l'arène, alors nous oublions le temps. Ainsi quatre ans passèrent ; il y eut beaucoup d'événements dans le monde, mais aucun chez nous.

Nous entendîmes la rumeur de grandes batailles à l'étranger et d'un fort mécontentement dans le pays. Les Français s'en furent en Russie et n'en revinrent jamais, sauf quelques-uns.

Enfin, un soir d'été tout doré, un cavalier accourut nous annoncer la grande victoire de Waterloo. Mais la nouvelle qui satisfit le plus Gédéon et qui survint la même année, fut l'annonce des taxes sur le blé.

— Va me chercher une pinte de notre bière, Prue, s'écria-t-il, quand il m'eut appris cela au retour du marché. C'est la meilleure nouvelle que nous ayons jamais eue. Nous serons riches d'ici deux ou trois ans. Faut faire encore plus de blé. Je pensais bien que le blé serait toujours utile, mais on ne pouvait pas espérer tant. Quand Callard est venu m'apporter la nouvelle, j'en ai été tout ébloui. « Par ma fine ! que j'ai dit. Ben ! que j'ai dit. Faire payer les horsains pour traîner leur blé chez nous ? » – « Oui ; c'est tout comme, a dit Callard. Et ça va le faire rare, mon vieux, et ça va le rendre plus cher, sais-tu ! » – « Ma foi, compère, je voyais bien ça qui mijotait depuis longtemps, que j'ai dit, mais je pouvais point croire que ça arriverait. » Et alors qu'est-ce que tu crois que j'ai fait, Prue ? Je l'ai emmené à la *Pinte de cidre* et je lui ai payé une rasade ! Alors tu peux voir si j'étais éberlué ! Et maintenant ce qui nous reste à faire, c'est de conduire la charrue tous les deux.

Ainsi la vie promettait d'être plus dure encore qu'elle l'avait été pendant ces quatre années, où nous avions trimé de l'aube à la nuit, et même pendant la nuit, à la lueur vagabonde de la lanterne de corne. Cela m'eût semblé moins dur si j'avais besogné pour autre chose que l'argent, si j'avais pu être un peu fière de la maison, et si Gédéon avait mis son orgueil à embellir la ferme. Mais il ne s'agissait pas de cela. On ne faisait que gratter et amasser pour tirer de l'argent de tout et s'en aller.

Je devins aussi efflanquée qu'une gaule, et mère commença à se tordre les mains aussi à ce sujet. Car, étant petite et ne voyant autour d'elle que des femmes petites, comme Mme Beguildy et Jancis, il lui semblait naturel qu'une femme ne fût pas grande. Aussi quand je me mis à grandir et grandir, et à maigrir (avec tant de besogne et si peu de temps pour manger, n'importe qui eût été maigre), elle déclara que je ressemblais à un peuplier dans un bois sauvage ou à un roseau trop haut dans l'étang ; et je fus bientôt honteuse de ma taille autant que du reste, jusqu'à ce que... mais n'allons pas si vite dans notre histoire !

Gédéon portait la blouse, qui lui allait très bien. Il avait vingt-deux ans alors et c'était un bel homme, large d'épaules, ferme et bien bâti. Pendant que son corps se formait, son esprit se formait aussi, plus dur que la glace de dix jours. Il n'avait point d'yeux pour les filles sur le marché, et pourtant beaucoup d'entre elles l'admiraient. Un jour qu'il portait l'habit bleu, garni de boutons de cuivre, qui avait appartenu à père, la fille du châtelain (non pas celui qui était dans une bouteille mais son arrière-petit-fils) passa à cheval près de lui et lui sourit. Mais quand je le questionnai, il ne fit que rire en se caressant le menton et en me regardant d'un air prudent. Sans aucun doute, il était beau garçon, et je trouvais fort injuste que ce fût moi et non lui qui fusse née après que le lièvre eut regardé mère ; car Gédéon aurait pu laisser pousser ce qu'on appelle une moustache et n'en aurait pas été plus mal, et nul n'aurait su qu'il avait un bec-de-lièvre, tandis que je ne pouvais rien faire pour cacher le mien.

Quant à la ferme, elle prospérait. Nous avions un si beau troupeau de moutons que la tonte nous prenait plus d'une semaine. Nous avions aussi une troupe de cochons qui occupaient mère tant que duraient les glands, car elle les gardait dans la chênaie. La prairie voisine du verger était en blé, mais nous n'en avions rien tiré de bon la première année, car le blé avait germé dans l'épi à cause de l'humidité de la saison.

Nos économies nous permettaient d'acheter deux bœufs pour le labour et pour les autres travaux pénibles. Comme on les utilisait moins, les bœufs ne coûtaient pas très cher. Gédéon me dit que lorsqu'il irait les acheter, je pourrais l'accompagner et l'aider à les ramener ; je regarderais les boutiques pendant qu'il marchanderait les bêtes ; et puis nous pourrions voir la maison qu'il avait décidé d'acquérir quand elle serait à vendre. Mais il ne fallait pas en parler à mère, car elle le raconterait à tout le monde.

— Et si les gens savaient que je pense à ça, ils marchanderaient tous mes prix et ils doubleraient les leurs. Alors où irions-nous ?

On peut croire que j'étais bien contente d'aller me distraire, car j'avais à peine quitté Sarn depuis le décès de père, et Lullingford me faisait toujours l'effet d'un lieu magnifique.

Je glanais dans les blés quand Gédéon vint me proposer cela au retour du marché, en traversant le champ aux dernières lueurs du jour ; et pendant qu'il approchait, son ombre et celle de Bendigo s'étendaient de la barrière jusqu'au verger.

— Mais comment faire ? dis-je. Je pourrai point monter en croupe, rapport aux paniers.

— Si tu fais encore un peu de glanes, je louerai le poney du moulin quand je porterai les sacs à moudre. Tu vas à Plash demain pour ta leçon ?

— Oui.

— Ben, ramène-le, veux-tu, et je porterai le blé samedi.

— Mais j'ai tant glané qu'il ne reste même pas un épi dans ce champ ni dans l'autre, répondis-je.

— Demande à Beguildy de te laisser glaner le sien. Je les ai vus rentrer leur moisson.

— Mais Jancis et Mme Beguildy...

— Tu sais bien que Jancis est trop fainéante pour ramasser même un épi. Pourtant je l'aime assez, et pour ce qui est de sa figure...

Il s'arrêta, la main posée sur l'encolure de Bendigo, et, d'un air rêveur, il regarda au loin, vers Plash qui, dans la lumière basse, brillait comme du miel.

On voyait bien rarement Gédéon immobile, et il n'accordait pas souvent une pensée à autre chose que l'argent ; mais le nom de Jancis le calmait, et quand il tombait dans un de ces silences, il me faisait penser à cet homme en transe qu'on avait amené, un jour, à Beguildy pour qu'il l'éveillât. Il me rappelait aussi un arbre pleureur par un jour sans vent, remuant ses pensées au-dessus de l'eau, ou l'if de notre barrière qui rêve tout le long de l'année et garde ses songes aussi secrets que ses baies rouges sous ses branches. Gédéon avait l'habitude de tomber ainsi dans ces rêveries depuis qu'il avait vu Jancis dans la lumière rose. Parfois il murmurait : « Non, non ! » et secouait les épaules comme pour se délivrer d'un fardeau. Puis il se reprenait et montrait plus d'autorité que jamais. Il avait la nature d'un chef entre tous, et ce qu'il menait, c'était son propre sang et sa propre chair.

J'éprouvais de la tristesse à penser qu'un jeune homme pût être si obstiné et se priver complètement de plaisirs, car je l'aimais beaucoup. Je savais bien où il allait parfois, le dimanche, quand il ôtait sa blouse et mettait l'habit bleu. Il était bien plus régulier à Plash qu'il ne l'avait jamais été à l'église. C'est la lumière rose qui avait commencé la chose, mais elle se serait produite quand même de toute façon. Mme Beguildy me raconta, plus tard, comment il arrivait et frappait à la porte, et comment Jancis courait lui ouvrir, dans sa plus belle robe, les cheveux ornés d'un ruban ou d'une fleur, en rougissant et pâlissant tour à tour. Je voyais par moi-même, quand elle venait chez nous, comment son cœur palpitait sous son fichu, et je m'en étonnais, car Gédéon n'était pour moi que Gédéon, tandis que pour elle il était le feu et la tempête et le printemps même, et sa voix était celle de Dieu tout-puissant.

Il entrait sans un mot, disait Mme Beguildy, et il s'asseyait. Beguildy le regardait de travers, ne voulant pas marier Jancis ; il restait tapi dans le coin intérieur de l'âtre (car il ressentait beaucoup le froid, la maison étant fort humide et lui très casanier) et Gédéon lui rendait d'aussi mauvais regards.

Jancis rougissait et tremblait sur son rouet en jetant à Gédéon des regards furtifs de roitelet. Quant à Mme Beguildy, son visage devenait dur comme un silex, et elle cherchait le moyen de faire sortir son homme de la cuisine. N'ayant pas beaucoup à penser ni à dire, elle aimait à voir la jeunesse se courtiser. Et puis elle voulait devenir grand-mère. Aussi complotait-elle mille choses en sa tête pour faire sortir Beguildy.

Un jour que Gédéon dévorait Jancis des yeux encore plus que de coutume, désirant fort l'embrasser à cause d'un nouveau ruban ou de je ne sais quoi, et que Mme Beguildy, de la porte, avait appelé son homme, et était revenue encore à la rescousse, puis repartie et rentrée de nouveau, sans réussir à le faire bouger du coin de l'âtre où il se tenait comme un gnome, elle alla à la fin jusqu'à mettre le feu au chaume de la grange. Oui ! C'est ce qu'elle fit ! C'était une femme de tête que la mère Beguildy. Et elle continua toute la soirée à faire faire la navette avec des seaux à ce pauvre homme, qui détestait tant travailler de ses mains ! Quand il avait presque éteint d'un côté, elle mettait le feu à un autre endroit pendant qu'il puisait de l'eau dans l'étang.

— Le briquet restait chaud, ma fille, me disait-elle ensuite.

Et ce qu'elle riait ! Je n'ai jamais vu une femme rire autant de ce qu'elle avait fait. Pendant ce temps, me racontait-elle, elle s'encourageait en jetant un regard par la fenêtre ; et à travers les plus clairs des fonds de bouteilles qui formaient les carreaux, elle voyait les amoureux assis côte à côte sur le banc. Très bien et très convenables, se disait-elle ; et elle reprenait sa besogne.

Une autre fois, elle lâcha la truie qui courut droit à notre chênaie où, naguère, on l'avait conduite. Beguildy aimait son lard, et la truie lui promettait beaucoup de petits cochons qui lui en donneraient ; aussi de crainte qu'il ne lui arrivât malheur, il courut après elle avec son bâton en jurant tant qu'il pouvait. Mais au bout de quelque temps il fut pris de soupçons, car tous ces tracas survenaient toujours le dimanche, et si païen qu'il fût, il aimait son jour de repos. Aussi dit-il à Gédéon :

— Tu me portes point chance. Dès que tu viens, l'ennui se prépare. Ne t'approche plus d'ici.

Gédéon dut renoncer à ses visites. Alors il fit venir Jancis dans les bois, et je les vis souvent dans les sentiers obscurs, par la pluie ou la gelée, elle avec son visage éblouissant comme une rose blanche, et lui la regardant avec amour, furieux néanmoins de se sentir amoureux. Pendant qu'ils étaient dans les bois, Mme Beguildy montrait un tel intérêt aux flacons du sorcier, pleins de fantômes, prétendait-il, qu'il avait fort à faire pour répondre à ses questions. Puis elle lui donnait un thé si copieux que cela le menait presque jusqu'au souper. Mais il découvrit la ruse. Il s'étonna bientôt de ce que Jancis se fût prise d'une telle affection pour Tivvy (car c'était Tivvy qu'elle disait aller voir). Comme il ne pouvait pas parler au sacristain avec qui il était à couteaux tirés, il suivit Jancis, un soir, sans être vu ; et quand elle rentra, il la battit si fort qu'elle en eut les yeux rouges pendant des semaines et, toute malade d'avoir tant pleuré, courut trouver Gédéon. Celui-ci se mit dans une belle rage contre Beguildy ; puis il dit à Jancis qu'il aimerait bien l'épouser, mais pas avant d'avoir gagné davantage et d'avoir fait fortune. Sinon comment pourrait-il réussir avec une femme incapable comme elle, pendue à lui, et sans doute, une tribu d'enfants ? Mais à partir de ce moment, il devint capricieux et troublé, ne pouvant voir Jancis que rarement, car son père la surveillait de près.

Je pensais que son désir de me montrer la maison de son choix venait du besoin de se réconforter et d'affirmer sa volonté parce qu'il craignait de faiblir. Il en avait envie, soyez-en sûr, car il était fou de Jancis ; mais il avait fixé ses plans, et rien alors n'aurait pu le faire céder, même si l'attente eût dû durer toujours.

Il advint que nous ne pûmes emprunter le poney du moulin pendant plusieurs semaines parce qu'il s'était blessé. La moisson était faite depuis longtemps, l'hiver était venu et Noël tout proche, quand ils nous mandèrent que nous pourrions l'avoir pour le marché de Noël, vu qu'ils venaient d'acheter l'un des vieux chevaux de la diligence de Lullingford à Silverton pour les conduire au marché. Je vous assure que je fus bien heureuse de songer à cette sortie, et je surveillai le temps avec inquiétude, car on sentait la neige.

Le jour du marché, je me levai à quatre heures, préparai tout pour mère et rassemblai ce que nous devions emporter : les œufs et la volaille, dont nous avions quantité, ainsi que les légumes, les pommes et un peu de beurre. Pendant que je polissais les pommes au grenier, la paix entra en moi, comme toujours depuis le moment dont j'ai parlé. La chandelle de jonc tremblotait dans l'air froid, les souris trottaient de-ci, de-là, et je me tenais à la fenêtre ouverte qui semblait un grand rectangle de papier noir. Aucun son ne venait jusqu'à moi. Rien ne bougeait au dehors. L'étang même était gelé sur ses bords, de telle façon que les canards devaient patiner chaque matin avant d'atteindre l'eau. Le monde était dans une immobilité presque aussi émouvante qu'une voix appelant au secours; et quand il était immobile ainsi, j'éprouvais toujours la sensation d'être près de quelqu'un qui me connaîtrait très bien, oui, d'être avec ma chère connaissance!

Au loin, dans la grange sombre, le coq lança son chant tendre et clair, qui ne paraissait pas venir d'un oiseau de notre terre; mais peut-être était-ce parce que je rêvais dans ce grenier où toutes choses me semblaient toujours nouvelles. Sans doute trouvez-vous singulier qu'une pauvre femme comme moi, travaillant de ses mains à des besognes fort rudes, pût avoir des pensées qui sembleraient mieux convenir à de belles dames assises devant leur tapisserie; mais j'étais si solitaire, j'avais tant de temps pour méditer que, grâce aux livres que je pouvais lire, toutes sortes d'idées me venaient en tête, de même que les joncs en fleur et les myosotis abondent dans un pauvre terrain marécageux où rien d'autre ne croît. Cela ne me faisait d'ailleurs aucun mal, car ces pensées ne me venaient que dans le grenier et elles ne m'entraînèrent jamais à lambiner sur mon ouvrage.

Aussi, dès que le chant clair de notre coq de combat annonça l'aube, et c'est deux heures avant le jour, je descendis en coup de vent pour préparer le déjeuner.

Tout était prêt quand Gédéon arriva, et un grand feu ronflait. Nous n'avions pas besoin d'économiser le bois, à Sarn, ce dont nous pouvions nous louer à une époque où bien des pauvres familles, en Angleterre, devaient se rassembler à six ou sept, dans une même chaumière et mettre leurs bouillottes sur un seul feu. J'étais toujours heureuse que notre bois fût si abondant ; il ne coûtait rien et ne prenait guère sur le temps de Gédéon, car si j'en brûlais plus qu'il n'en avait coupé, je pouvais en couper moi-même.

Nous nous sentions bien à notre aise, assis dans la joyeuse lueur du feu qui envoyait un reflet rouge sur les dalles, les faïences et les rouets posés dans un coin. Je me disais avec plaisir que mère n'allait pas être trop seule, puisque j'avais prié Tivvy de venir lui tenir compagnie. Il m'était impossible de jouir de quoi que ce fût si un être aimé était triste et solitaire. Comme je secouais la nappe à la porte, le jour étant venu, je pus voir une mante rouge qui approchait dans les bois sombres. Tivvy, ne faisant rien et ne pensant rien, avait tout son temps à elle, comme on dit, et n'avait aucune raison d'être en retard.

Gédéon avait ferré à glace Bendigo et le poney avant la fin de la nuit ; tout étant donc prêt et le soleil levé, nous nous mîmes en route.

L'étang était rempli de lueurs rouges, faisant croire que notre ferme, reflétée dans l'eau, était en feu. Les pins noirs étendaient leurs branches couvertes de givre, dont l'extrémité pendante ressemblait à des doigts qu'on vient de retirer d'une eau savonneuse. Les corneilles satisfaites craillaient doucement, comme si elles eussent su que leur repas serait prêt dès que nos terres labourées auraient un peu dégelé ; et, dans la cour, on entendait un grand babillage d'étourneaux.

— Rapporte-moi un souvenir de la foire ! cria Tivvy, de l'autre rive.

Gédéon se renfrogna et je savais que le seul souvenir qu'il aurait l'idée de rapporter serait pour Jancis. Aussi criai-je à la petite :

— Je t'en rapporterai un. Mais quoi ?

— Un morceau de florence cerise pour attacher mes cheveux, dit-elle.

Car tout en étant assez sotte sur beaucoup de choses, elle savait fort bien qu'elle avait de jolies boucles épaisses et d'un châtain brillant. Elle les secouait de son mieux quand Gédéon était près d'elle et ne perdait pas une occasion de dauber sur Beguildy ; mais elle n'osait rien dire contre Jancis de peur que Gédéon ne s'emportât. Toutefois, elle faisait preuve de finesse, comme il arrive souvent à une femme stupide quand elle est amoureuse, et elle parvenait toujours à démontrer qu'il était bien ennuyeux d'aimer la fille d'un sorcier, tandis que c'était une grande chance de conquérir la fille d'un sacristain qui pouvait réciter des prêches aussi vite que le sorcier débitait ses magies.

La matinée était splendide, le sol ferme, et l'on voyait de nombreux oiseaux de marais, des sarcelles en particulier. La route montait. Au-delà des bois lointains, des landes, des terres labourées et des chaumes couverts de givre d'où s'enfuyaient les perdrix au bruit de nos chevaux, nous apercevions les collines, d'un bleu de pensée. Collines d'une terre promise, me semblait-il. Il y eut un caquetage dans le boqueteau, une compagnie de ramiers s'éleva et prit son vol vers ces collines, dans le soleil qui donnait à leurs ailes une teinte bleuâtre. On eût dit qu'il y avait là-bas quelque merveille, une source miraculeuse peut-être, ou une autre chose surnaturelle, ou un saint personnage comme on en voyait dans l'ancien temps.

Je fis part de mon impression à Gédéon, mais il regardait par-dessus son épaule vers Plash et vers la longue spirale de fumée bleue qui s'élevait de la maison de pierre. Il se mit à siffloter tout bas. Jamais il ne sifflait fort, même dans ses moments joyeux, mais toujours très doucement et pour lui-même. Je me tus donc, et notre vieille route se terminant alors, nous atteignîmes la grand-route qui était assez mauvaise; tandis que, quelque temps qu'il fît, la nôtre, construite par les Romains, était bonne, meilleure même que la route à péage. Peu après, nous dépassâmes les gens du moulin qui avançaient lentement, puis deux ou trois autres, et bientôt nous nous trouvâmes au sommet du coteau, dans le bourg, tandis que les pluviers lançaient autour de nous leur cri d'hiver.

C'est ainsi que nous allâmes à cheval à Lullingford pour voir un rêve. Car la maison que nous devions admirer était tissée dans les rêves de Gédéon. La maison, et tout ce qui s'ensuivait, les servantes et les valets, les bals et les dîners avec les hobereaux à la *Pinte de cidre*, à la veille des élections.

Comme nous passions le gué qui se trouve au bas de la ville, Gédéon s'écria :

— Je voudrais bien que Jancis soit en croupe avec moi !

— Ben, ça arrivera, répondis-je, la prochaine fois que nous viendrons ici. Pourquoi ne l'amènerais-tu pas chaque fois ?

— Y a Beguildy.

— Oh ! Beguildy ! Je l'ensorcellerai avec ses sorcelleries et je l'envoûterai avec ses maléfices, répondis-je en riant, tandis que nous montions la rue étroite où les têtes apparaissaient ici et là aux fenêtres pour voir qui passait.

— Chut ! ma fille ! dit Gédéon. Ris en paix et point comme un courlis sauvage !

— Mais un courlis est une bonne compagnie, et de voix plus plaisante que la sienne je n'en connais guère ; merci du compliment, mon garçon.

Vraiment j'étais contente du monde et de tout ; car il y avait à Lullingford quelque chose de singulier, comme si un air différent y eût soufflé, comme si le soleil y eût été plus brillant et la lumière du jour plus sûre. Je ne sais ce que c'était. Le bourg était tranquille, un peu moins toutefois qu'aujourd'hui. Les gens, maintenant, s'en vont dans les grandes villes ; dans ma jeunesse, ils venaient de plusieurs lieues à la ronde pour se réunir là. Lullingford était calme et paisible, mais sans l'immobilité de Sarn qui, par moments, faisait presque peur.

Il y avait une grande rue entre des maisons noires et blanches qui avançaient en saillie avec un pignon et exposaient, au-dessous, des boutiques aux fenêtres arrondies, en arrière d'un petit jardin. Tout au haut de la rue était l'église, longue, basse, d'aspect fort joli avec sa flèche élancée et finement ajourée. Dans son ombre se tenait la vaste auberge à l'air accueillant et dont l'enseigne portait sur un fond écarlate une grande pinte de cidre toute bleue. On voyait à ses fenêtres des rideaux rouges et, en hiver, le bon reflet d'un feu ; si voisine de l'église, elle donnait à penser que la conscience du tenancier était aussi pure que sa bière, et que nul n'obtiendrait là plus de boisson qu'il ne lui serait bon. Mais sur ce dernier point, j'ai des doutes.

Le dimanche, chaque boutique arborait sur sa devanture une pièce de toile blanche qui tombait comme un tablier et lui donnait un air très pieux et très respectable. Elles n'étaient pas nombreuses et vendaient des denrées différentes, si bien qu'on ne pouvait courir de l'une à l'autre pour marchander.

Il y avait la Corbeille verte où l'on trouvait l'épicerie, la mercerie, la quincaillerie ; il y avait la malteur, le boucher et le boulanger. Lullingford allait de l'avant, car tous les bourgs ne pouvaient se flatter d'avoir un boulanger dans ces temps où presque tout le monde faisait le pain chez soi. Il y avait aussi le bourrelier pour les bottes et les harnais, et le tailleur qui n'ouvrait que l'hiver, car, l'été, il allait en tournée dans le pays et travaillait sur commande. Enfin il y avait le forgeron, chez qui les gamins se pressaient à la sortie de l'école, par les crépuscules d'hiver, demandant à se chauffer les mains et à faire rôtir des pommes de terre et des marrons. C'était chose agréable de voir jaillir les étincelles, d'écouter le ronflement et de sentir sur soi la bonne flamme qui, sans qu'on ait rien à payer ni rien à faire, vous réchauffait comme l'amour jusqu'au fond du cœur.

Près de la forge s'alignait la rangée de maisonnettes où se trouvait le logis du tisserand. Comme le tailleur, il s'en allait pendant l'été dans la campagne, et quelquefois, pendant l'hiver, dans un village, si les routes étaient praticables. Mais par les mauvais temps, il restait dans sa chaude petite bouture de maison à entendre le vent mugir des montagnes du Nord à celles du Midi. Je ne sais pour quelle raison, depuis mon enfance, j'avais toujours été attirée par ce logis. Il possédait un étroit jardinet clos d'une palissade de chêne ; des buissons de lavande en bordaient l'allée de brique rouge. Trois marches bien blanchies conduisaient à la porte, et la fenêtre était faite de nombreux petits carreaux, et non de fonds de bouteilles. Au-dessus était une autre fenêtre. A l'arrière, un petit jardin descendait vers les prés, et la seconde fenêtre de la salle donnait, par-dessus ce jardin et ces prés, sur les montagnes.

Je savais tout cela, ayant porté un jour un message au vieux tisserand. Sur le devant de la maison courait une vigne, très vieille et très tortue. C'était chose rare dans ce pays où les hivers étaient durs, mais le bourg était abrité par les montagnes, et la maison du tisserand regardait le Midi ; la vigne y croissait donc, et si, dans les années froides, les grappes n'arrivaient pas toujours à mûrir, elles y parvenaient bien, d'autres années. Que ce fût pour la vigne, la lavande, l'ombre agréable sur la petite pelouse verte, le lilas près de la porte, ou pour le grand métier à tisser de la salle si bien tenue, où il faisait si bon près du feu qui se reflétait sur les plats de cuivre, je ne passais jamais devant la maison sans y jeter un long regard de désir. J'enviais les grives rondelettes qui sautillaient sur la pelouse. Tout cela m'attirait comme le ciel attire le pauvre pécheur, las de ses égarements dans la fange.

Aussi ce matin-là, en passant à cheval, je m'écriai :

— Gédéon, qu'est-ce qui rend cette maison si différente des autres ?

— Elle n'est point différente.

— Oh ! mais si ! Elle l'est autant que si elle était bâtie avec des pierres venues d'un autre monde, ou avec du bois abattu dans les forêts de la Terre promise !

— Bonté divine, ma pauvre fille, t'as le délire, dit-il. Tais-toi donc, ou bien le garde va t'enfermer !

Je me tus et bientôt nous arrivâmes à la *Pinte de cidre*. Après avoir mis nos chevaux avec les autres, nous portâmes nos provisions au marché.

CHAPITRE II

La pinte de cidre

Le marché se tenait en plein vent, sur une place pavée, près de l'église. Chacun y avait son échoppe, et, entre les échoppes, les fromages s'amoncelaient. Un lot de vieilles femmes, proprement tenues avec leur châle et leur coiffe, y vendaient comme nous des œufs, du beurre et de la volaille. Il y avait un étal pour le pain d'épice, et un autre pour les petits pâtés; d'autres pour les bonnets et les jouets et pour des babioles comme les colliers de corail, les chats de porcelaine, les boucles de souliers, les amulettes et les réticules perlés. Cela formait un spectacle animé, égayé encore par le gui et le houx luisant, les fromages dorés sous le soleil et les pains d'épice aussi bruns et poisseux que les bourgeons du marronnier.

Le boucher, sur le seuil de sa porte, proposait sa viande en criant et en brandissant un long couteau qui eût pu nous faire croire que les Français débarquaient. Une femme vendait des pommes de terre bouillantes et des rillons, et un marchand de vaisselle mettait sa marchandise aux enchères, et cassait une pièce (dont il tenait le pendant tout prêt) chaque fois que sonnait le carillon de l'horloge, ce qui mettait la foule en joie. Puis les masques vinrent nous divertir. Dans un coin, le vétérinaire arrachait les dents moyennant deux sous chacune et les badauds le regardaient faire.

Les cris de la foule, les voix des masques qui récitaient leur rôle, le fracas de la vaisselle brisée, les meuglements et les bêlements du bétail dans le champ de foire voisin, les carillons qui égrenaient doucement les demi-heures faisaient, vous pouvez le croire, un beau vacarme.

Quand nous fûmes débarrassés de notre marchandise, nous entrâmes à la *Pinte de cidre* pour casser une croûte. Une douzaine de vieux étaient assis au dehors, bien que la bise fût si piquante qu'ils eussent dû être transis. Chacun d'eux tenait en main une grande chope d'étain, et ils glapissaient de toute leur force :

Le Seigneur est mon berger, je ne craindrai rien !

Chacun suivait sa mesure et son air, et je pensais à la colère de maître Beguildy s'il les avait entendus faire une telle cacophonie, lui qui était très attentif à son clavier de cailloux et sursautait si, quand il les frappait, la pierre ne sonnait juste sous son marteau.

Quand nous arrivâmes près de ces anciens, chacun tint sa chope immobile, arrêta son chant, et tous restèrent bouche bée, les yeux fixés sur moi. On aurait dit une scène de ces marionnettes à la mode lorsque, le montreur ayant lâché les fils, les petites poupées s'arrêtent toutes à la fois. Ils étaient assis là, le dos à l'auberge, sous un soleil blafard qui éclairait leurs vieilles figures rouges toutes veinées et leurs regards vaguement inquiets. Comme nous dépassions le banc, chaque tête se retourna lentement et une vingtaine d'yeux me regardèrent à la dérobée, par-dessus le bord des chopes, ainsi que de jeunes hiboux vous épient en tournant la tête et vous surveillent derrière leurs plumes.

Après le seuil obscur, dont la porte était garnie de clous à la façon d'une porte de prison, et quand nous nous trouvâmes dans la salle où s'installaient les plus huppés, je surpris aussi les yeux fixés sur moi, quoique avec plus de retenue. Les fermiers et leurs dames, deux ou trois autres venus par le premier coche, qui se rafraîchissaient là, le fils du châtelain, pasteur à Silverton, qui se rendait dans sa famille pour Noël et s'était arrêté pendant qu'on ferrait son cheval, tous levèrent la tête vers moi avec circonspection, mais aussi avec une grande curiosité. Soudain, je devinai que tous, les élégants de l'intérieur et les vieux du dehors, regardaient mon bec-de-lièvre. Selon leur éducation et leur rang, ils pensaient :

— Quelle étrange créature !
— Cette femme-là sort de la foire, pour sûr !
— V'là une fille qui se change en lièvre la nuit !
— C'est une sorcière, une horrible sorcière au bec-de-lièvre !

Sans doute m'avait-on déjà dévisagée ainsi, les deux ou trois fois que j'étais venue à Lullingford, mais je n'étais alors qu'une enfant et je n'avais rien remarqué.

Je pouvais entendre les vieux du dehors croasser comme une bande de corneilles ; l'un d'eux disait :

— Bois point pendant qu'elle est là. Ça t'empoisonnerait.

Un autre :

— Regarde point cette drôlesse, elle te jettera un mauvais sort qui te desséchera et te fera périr.

Ceux de l'intérieur s'entre-regardaient. Je souhaitais en moi-même de mourir. Malgré le froid piquant, malgré ma robe mince et ma place éloignée du feu, je me sentais toute moite. Car j'aimais vraiment mes semblables et j'aurais chèrement désiré être aimée d'eux ; j'éprouvais un sentiment d'amitié pour les fermiers, pour les hobereaux, pour l'aubergiste et sa femme ; ils faisaient partie de mon congé, de Lullingford, de ce vaste monde qui avait pris mon cœur dans sa main, comme un enfant tient un petit oiseau, effrayé et réconforté à la fois d'être tenu ainsi. J'aurais désiré m'en aller bien loin sur mon cheval pour rencontrer de nouveaux visages, de nouveaux chemins, de nouveaux hameaux, voir jouer de nouveaux enfants venus je ne sais d'où, aussi étrangers à moi qu'un peuple d'elfes, apparus en chantant sur des prairies inconnues et s'enfuyant dans le crépuscule ; voir d'autres vieilles gens s'en aller à travers des prés appartenant à je ne sais qui, vers des églises enfouies dans les arbres et dont les cloches tinteraient sous l'élan d'hommes que je n'aurais jamais vus. Ah ! que j'eusse aimé cela ! Mais il eût fallu que les vieux veuillent bien me regarder gentiment au passage, les enfants me sourire ou me lancer une fleur, et qu'à mon entrée dans une auberge ou une taverne, on dise : « Approche-toi du feu, cher cœur, la nuit tombe. » Ah ! que j'aurais aimé cela !

Je n'en fus que plus bouleversée en voyant comment le monde réel me considérait, car, ayant vécu dans la solitude, je n'avais jamais encore vraiment senti mon malheur. Mais je savais maintenant que j'étais « assujettie dans la misère et dans les fers », comme il est dit dans le Livre. Oui, enfermée derrière une porte près de laquelle la grande porte cloutée de l'auberge n'était que cloison de papier !

Comme je me penchais sur mon assiette pour que ma

coiffe pût cacher mes larmes, une dame entra. C'était une belle créature si jamais l'on en vit. Elle était souple comme un jonc, vêtue d'une longue redingote rouge et d'un grand feutre de même couleur posé sur une masse de cheveux châtains enroulés en coque. Ses yeux, qui étaient noirs, n'avaient pas un regard humain, mais étincelaient comme les yeux d'un chat par une nuit de gelée. Des gantelets à ses mains, des éperons à ses bottes, c'est ainsi qu'elle entra, riant encore des paroles qu'elle venait d'échanger avec les vieux assis dehors.

— Un balai, aubergiste ! dit-elle. Il nous faut un balai ici !

Tout le monde sourit avec une sorte de ricanement. Je compris bien ce que cela signifiait. Mère m'avait expliqué, un jour, que si j'entendais les gens parler de balai je ferais mieux de m'en aller, car c'était une façon de dire que j'étais une sorcière.

Mais Gédéon n'y prit pas garde ; n'étant pas affligé comme moi, il ne pensait jamais à ces choses, et, me voyant tous les jours, il ne pouvait imaginer la surprise de ceux qui me rencontraient pour la première fois. Plongé dans ses réflexions, il se demandait ce qui valait le mieux, de Jancis ou de la grande maison avec les servantes et les valets, et cet incident lui échappa.

La dame courut vers le fils du châtelain, le frappa sur l'épaule, ce qui le fit se renfrogner par dignité offensée, et elle lui dit :

— Alors, vous êtes venu faire la Noël comme un garçon bien sage ! Qui est donc cette femme au bec-de-lièvre ?

Il lui fit signe de parler plus bas en montrant Gédéon d'un geste imperceptible.

— Eh ! n'est-ce pas là le jeune Sarn de Sarn ? s'écria-t-elle en rougissant un peu et en accourant vers Gédéon.

Il était très beau dans son habit bleu à boutons d'or, dont une manche portait un crêpe, les yeux tout noyés dans la pensée de Jancis. Je le poussai du coude et il se leva, ce qui le fit paraître à son avantage, car il était fort bien bâti.

Elle lui tendit la main. Les châtelains étaient toujours affables avec les fermiers, et surtout avec les électeurs au moment des élections. Tout en lui lançant les éclairs de ses yeux noirs, elle lui dit :

— Les élections se feront bientôt, et père aura de la besogne pour vous, Sarn. Vous ferez bien de venir nous voir un de ces jours et vous resterez à souper, si votre promise veut bien vous laisser aller.

Et elle me jeta un méchant regard. Apparemment, elle croyait que Gédéon était fils unique et elle fit mine de me prendre pour sa promise, ou peut-être voulut-elle le dominer par une moquerie qui le rendît ridicule.

Gédéon était d'accord avec le châtelain sur la politique à cause de la taxe des blés, mais il n'avait pas encore décidé s'il abandonnerait tous ses rêves et se fixerait tranquillement avec Jancis et une ribambelle de mioches jusqu'à ce que la mort les séparât. Aussi parut-il fort indécis, et elle, peu habituée aux hésitations d'un manant, s'emporta :

— Alors, alors, vous n'avez pas le temps, Sarn ! Vous n'avez pas le temps, je vois, dit-elle. Vous irez danser sur le mont du Diable à la Saint-Thomas prochaine, sans doute ! Oh ! vous y ferez bien avec votre femme quand elle s'agitera sur un manche à balai au clair de lune !

Elle eut un éclat de rire qui sonna comme des cloches discordantes, et Gédéon comprit alors ce qu'elle voulait dire. Il était toujours lent, mais sûr. Ah ! terriblement sûr !

Ce fut une de ces occasions que j'ai rapportées, où je le vis se mettre en colère. Son visage était devenu sombre et on aurait pu croire que l'étang coulait dans ses yeux qui avaient pris une teinte encore plus glacée que d'habitude. Il la regarda d'une façon qui la fit pâlir puis, très lentement, il lui dit :

— Madame, cette personne-là est ma sœur. Si j'ai envie de danser sur le mont du Diable avec les sorcières, je le ferai. Et si j'ai envie de danser là-haut, au bal de la chasse des hobereaux, je le ferai aussi. Mais je ne *vous* inviterai point. Et je ne voterai sans doute pas pour le châtelain. Un homme peut-il gouverner le pays quand il ne sait quasiment point gouverner les femmes de chez lui et qu'il laisse sa fille courir comme la dernière des bohémiennes ? Il aurait dû vous fouetter davantage, Madame.

— Dorabella ! s'écria son frère, très ennuyé de la voir lancée dans cette altercation.

Ils sortirent. Gédéon se rassit et continua son repas. Il n'en mangea pas une bouchée de moins, mais c'est à peine si je pus toucher à ce que j'avais dans mon assiette. Dès qu'il partit pour acheter les bœufs, je me hâtai de sortir aussi. J'avais assez d'achats à faire : le malt, le sucre, le thé, les bottes, le présent pour Tivvy, un peu de tabac pour Gédéon qui ne s'en achetait jamais, car s'il était serré pour les autres, il l'était tout autant pour lui. Quand j'eus fini, en ajoutant encore deux ou trois extras pour Noël, et que j'eus tout entassé dans les bottes, Gédéon se trouva prêt à aller voir la maison. Il était content du bétail. C'étaient des longhorns tavelés, très vigoureux. Comme on ne se servait plus guère de bœufs pour les travaux des champs, ils coûtaient beaucoup moins cher qu'autrefois. Il était joyeux, mon chagrin ne le troublait pas plus ce jour-là qu'un autre jour. En vérité, comment eût-il pu deviner que mon cœur saignait à cause de Mlle Dorabella et des vieux de l'auberge ? Il s'était mis en colère parce que c'était pour lui une honte qu'on parlât de bec-de-lièvre, et de sorcière par-dessus le marché, au sujet d'un membre de sa famille ; mais il ne pensait pas plus à moi que si j'avais été l'un de ses nouveaux bœufs qu'on eût aiguillonné au passage. Il sifflotait doucement pendant que nous suivions le chemin qui menait à la maison de ses rêves. Je ne connaissais pas ce chemin, car il était de l'autre côté du bourg, sur une autre route que la nôtre, et chaque fois que nous étions venus, nous n'avions guère eu le temps de baguenauder. Nous atteignîmes bientôt un sentier défoncé par de profondes ornières gelées et bordé de grandes haies toutes blanches de givre.

La nuit venait ; mais Gédéon assura que cela n'avait pas d'importance, que nous pourrions fort bien conduire les bêtes, car on y verrait comme en plein jour dès que la lune serait levée. Il était visible que la pensée de cette maison l'excitait beaucoup. Je consentis à tout ce qu'il voulut, n'ayant jamais aimé à troubler le plaisir de personne. Dieu sait qu'il n'y en a déjà pas tant dans le monde, et Gédéon était de ceux qui prennent la vie durement. Aussi quand je découvris qu'il avait décidé de m'offrir le thé à la *Pinte de cidre* après cette visite, pour discuter avec moi tout ce que nous aurions à faire (chose impossible en présence de mère), je ne refusai pas, et pourtant j'eusse préféré aller en enfer que de retourner là-bas. Mais Gédéon désirait cet entretien pendant qu'il se trouvait encore en congé, avant que le silence de Sarn l'eût repris.

Car, si étrange que cela paraisse, on ne pouvait pas s'épancher à Sarn. Je ne sais si cela venait des grands arbres pleureurs, de l'impression engourdissante que donnait la proximité de l'eau, ou de notre vieille maison pleine de souvenirs anciens et de pressentiments; toujours est-il que Gédéon gardait ses pensées pour lui et les tournait et les retournait dans sa tête comme une boule de neige, jusqu'à ce que cette boule fût si lourde que six hommes n'auraient pu la traîner, et si grosse qu'on aurait presque pu y ensevelir l'un d'eux.

Nous entrâmes par une grille dans une avenue semblable à une allée carrossable, au bout de laquelle était une autre grille, somptueuse, dont les piliers étaient surmontés d'une grosse boule. De là partait une grande allée recourbée, bordée de parterres bien entretenus.

Nous restâmes à cet endroit, admirant, à travers la grille de fer forgé, cette demeure dont Gédéon assurait qu'elle deviendrait la nôtre. Elle était neuve, bâtie depuis le temps de la reine Anne, très massive et étonnamment grande, avec quatre fenêtres de chaque côté de l'entrée, qui était abritée par un porche de pierre. Au-dessus de ces huit fenêtres, il y en avait huit autres, et au-dessus encore des mansardes qui seraient, dit Gédéon, les chambres des valets et des servantes. Vers l'entrée s'élevait un perron près duquel était un montoir de pierre posé aussi sur des marches; et sur le côté on apercevait un jardin clos de murs et un pigeonnier tout rond.

Aucune lumière n'apparaissait; ce lieu avait un aspect mélancolique tant il était calme et obscur dans l'ombre des arbres immobiles.

— J'aimerais bien voir une lumière, dis-je.

— Bonté divine, une lumière! Il ne fait pas nuit, à cette heure, ce qu'on peut appeler nuit. Qu'est-ce qu'ils feraient d'une lumière? La gouvernante peut encore filer au coin du feu, je suppose, et le vieux peut s'asseoir près de l'âtre et penser à un monde meilleur sans gaspiller une chandelle, et moins encore une bougie !

Evidemment, Gédéon avait déjà pris la direction de la maison, et je ne pus m'empêcher de rire.

— Tu parais bien désireux que le pauvre monsieur songe à un monde meilleur, m'écriai-je.

— Ben oui, mais point trop tôt. Faudrait pas que le vieux s'éteigne comme un lumignon avant que nous ayons fait notre magot. Disons dans dix ans.

— Alors, il devra commander son cercueil dans dix ans, ce pauvre monsieur ?

— T'es bien finaude, aujourd'hui, Prue, dit-il. Mais faudra bien qu'il s'en aille un jour ou l'autre. Nous attendrons notre moment.

— C'est-il point le grand-oncle de Mlle Dorabella ?

— Oui.

— Est-ce qu'ils ne voudront pas la maison pour le jeune M. Camperdine ?

— Seigneur ! Bien sûr que non ! Il a en vue un palais d'évêque.

— Ou pour son cousin ?

— Mais non ! Il tiendra jamais bien longtemps en place, ce garçon-là. C'est une pierre qui roule. Vois-tu, on la vendra aux enchères quand le vieux mourra, et il faudra que toi et moi nous veillions à avoir l'argent tout prêt.

— Ah ! regarde ! Une lumière ! dis-je.

— Où ?

— Là, à la fenêtre d'en bas, du côté du jardin.

Je la voyais fort bien ; c'était une lueur pâle allant de fenêtre en fenêtre, au rez-de-chaussée, puis grimpant dans une longue baie qui semblait être celle de l'escalier, et apparaissant à l'étage supérieur. Une fenêtre s'éclairait un instant, puis redevenait sombre, et c'était ensuite le tour d'une autre. Cette lueur vagabonde donnait une impression d'inquiétude étrange. Rien n'est plus rassurant qu'une lumière fixe ; rien n'est plus triste qu'une lumière qui s'allume, puis s'éteint dans le vide. Cela dura longtemps et le froid augmentait. On n'entendait aucun bruit. Nous restions là comme des mendiants, devant la grille, tandis que cette lueur inquiète errait dans l'obscurité. Tout à coup, elle disparut.

— Oh ! elle est éteinte ! m'écriai-je. Mon Dieu ! mon Dieu !

— Qu'est-ce qu'il y a ? dit Gédéon.

— Je voulais la voir s'arrêter derrière une fenêtre et rayonner partout, dis-je. Mais maintenant elle est éteinte.

J'en éprouvais une telle détresse que je serrai mes mains froides l'une contre l'autre, sans pouvoir dire toutefois ce qui m'affectait ainsi.

— C'était la gouvernante qui cherchait ses aiguilles à tricoter, ou le vieux Camperdine qui courait après sa tabatière. Ils les ont trouvés et ils ont éteint la lumière. C'est tout naturel.

— Non ! m'écriai-je. Non, mon ami, c'était l'amour qui cherchait à se fixer. Mais la maison ne l'a pas permis. La nuit a tout envahi. Plus de lumière !

Je me mis à pleurer, ce qui était fort absurde ; mais Gédéon ne se fâcha pas comme je m'y attendais ; les bœufs et la maison l'avaient mis de bonne humeur.

— T'es sûrement mal en train, dit-il, car t'es point pleurnicheuse, Prue. Viens-t'en prendre ton thé et je vais te conter tout ce que j'ai en tête. J'en ai à te dire, car cette petite peste de Camperdine m'a fait changer d'idée et il faut que tu saches mes nouveaux plans, comme tu savais les anciens.

Nous nous éloignâmes en silence de la grille close, laissant les vingt-quatre fenêtres sans lumière et les arbres noirs sans mouvement reposer dans les profondeurs de la nuit.

CHAPITRE III

... *Ou mourir à la peine*

A l'auberge, les choses allèrent moins mal que je ne le craignais, les vieux étant partis avec leurs bestiaux, et les Camperdine à leur dîner. Il en est souvent ainsi ; on a fortement appréhendé quelque chose ; on l'affronte, et ô surprise, ce n'était rien !

L'aubergiste et sa femme, ne nous prenant guère en considération, envoyèrent la servante s'occuper de nous. C'était une pauvre créature aussi effarouchée que la Polly du meunier, et de qui nous n'avions rien à craindre. La salle était toute à nous, car en raison de l'état des routes, les gens, même aujourd'hui, rentrent tôt du marché de Lullingford en hiver. Le bon feu et le thé fumant me faisaient plaisir après la tristesse de cette maison et de sa lumière morte.

Au bout d'un instant, Gédéon se mit à parler, très lentement, comme si chaque mot lui eût coûté une fortune.

— Ecoute, Prue, j'ai un tas de choses à te dire et si nous voulons nous y retrouver, faut nous y mettre tout de suite. Tu sais que Jancis et moi nous avons commencé à nous fréquenter pour de bon ?

— Oui.

— Je pensais point que je pourrais jamais tenir à une fille comme je tiens à celle-là, Prue. Elle sait vous empoigner, pour sûr! J'avais seulement l'intention de m'amuser un brin sans aller plus loin. Je comptais point me marier ni faire l'amour derrière le garde-champêtre. Je voulais être honnête avec Jancis, et tant que nous avions nos soirées du dimanche, tout allait bien. Quand y a pas d'obstacles, y a pas de feu dans le sang; mais v'là un obstacle, et le sang flambe. Avant que Beguildy nous eût découverts, nous étions bien tranquilles et quasiment aussi innocents que deux œillets sur la même tige.

— Et vous l'êtes encore? dis-je.

— Oui.

Il me regarda pendant un instant d'un air bizarre, puis ajouta :

— T'as quasiment la seconde vue, Prue.

— Non, rien qu'un grain de bon sens.

— Ben, maintenant que le vieux m'a jeté dehors, j'ai aussi faim et soif de Jancis que de la maison là-bas, et de l'argent et de tout ce qui s'ensuit.

— Pas plus?

— Ah! non, Seigneur!

— Alors tu n'aimes point Jancis sérieusement, Gédéon. Tu ne convoites cette fille que pour l'œuvre de chair.

— Bonté divine! on dirait un prêche du pasteur. V'là ce que ça fait d'une femme, les livres!

Il eut un petit rire embarrassé et se mit à bourrer sa pipe. Pourtant je savais bien que si j'avais quelque sagesse, elle ne me venait pas des livres mais de la tranquillité du grenier.

— Ben, grands mots ou non, ça n'y change rien. Je

veux cette fille. Je la veux tellement que j'avais presque décidé de tout lâcher, de la mener à Sarn et de commander à Mme Beguildy un de ses berceaux. Aussi, pour résister à la tentation j'ai voulu te montrer la maison et t'en parler et peut-être acheter quelques babioles pour nous meubler.

— Et endurcir ton cœur davantage !

— Oui. Et j'avais décidé de te demander un peu d'instruction d'ici un moment. Ça m'aurait donné de l'autorité pour les élections, et j'aurais été assez bien vu pour pouvoir même demander la fille du châtelain.

— Mlle Dorabella ?

— Tout juste. Qu'est-ce qu'elle est, après tout ? Une simple femme. Elle n'a pas mieux à donner qu'une autre. Quel homme, même le seigneur du manoir, peut faire plus à une fille que de lui flanquer un mioche ?

— Chut ! ils vont t'entendre dans la cuisine, et ils seront furieux des horreurs que tu dis.

— C'est des vérités.

— Ça se peut bien ; mais ils n'en seraient pas plus contents pour cela.

— Depuis qu'elle m'a jeté ce coup d'œil effronté, je n'ai fait qu'y penser. Elle m'a mis en rage et en même temps elle m'a fait plaisir. Alors, je me suis dit que je pourrais peut-être bien arriver à oublier Jancis (car il faut que je la laisse ou que je ne pense plus du tout à l'autre) et alors Jancis pourrait fréquenter le Sammy du sacristain.

— Ça la tuerait, Gédéon ! Et puis, Sammy n'est pas fait pour se marier et, par-dessus le marché, il est à moitié timbré à force d'avaler des prêches.

— Oh ! il la prendrait si je le laissais faire ! Elle le met en rage avec ses airs capricieux, et aussi parce que c'est la fille du sorcier. J'ai vu, des fois un regard dans les yeux de Sammy. L'épouser et la dresser, v'là ce qu'il ferait.

— Mais ce serait cruel, Gédéon !

— Ben ! J'y avais pensé quand nous sommes partis pour le marché. J'avais envie de jeter Jancis à sa tête, comme qui dirait une croûte à Towser, car il faut que ce soit une chose ou l'autre. Et le jour où les mioches seraient là, elle serait contente. Mais Dieu les bénisse ! ils auraient peut-être bien le mauvais regard de Sammy et des prêches plein la bouche dès leur naissance... En tout cas, c'est ça que j'avais décidé.

— Bonté divine ! quel Dieu tout-puissant te voilà ! m'écriai-je d'un air moqueur, tout en sachant qu'il serait capable de faire ce qu'il disait s'il se le mettait en tête.

C'était un homme fort, ce qui parfois veut dire peu porté à la bonté; car pour être bon il faut souvent se détourner de son chemin. Aussi, quand on me parle de tel grand homme ou de tel autre, je me dis : « S'il a trouvé le temps de monter si haut, qui a été privé de joie pour sa gloire ? Sur combien de vieillards et d'enfants les roues de son coche ont-elles passé ? A quelles noces sa chanson a-t-elle manqué, et ses larmes, à quels affligés ? »

— Mais, maintenant, dit Gédéon, je suis décidé, et je ne changerai plus. Je ne lâcherai point Jancis ni la maison; j'aurai les deux. Et je mènerai Jancis, dans une robe qui se tiendra toute seule et qui sera décolletée comme celle d'une dame, au bal de la chasse devant Mlle Dorabella. Et ce ne sera pas tout. Quand vous et Jancis serez là-bas, et que les gens huppés viendront vous rendre visite en voiture...

— Et mère ? T'as oublié mère !

— Je serai un homme important, plus considéré que le châtelain et pas encore vieux, tant s'en faut, alors...

Il rêva un moment.

— Eh bien ! Gédéon, alors ?

— Alors, si Dorabella Camperdine se trouve sur mon chemin avec ses yeux noirs et son sourire rouge de tout à l'heure, qu'elle prenne garde ! Je la prendrai. Hors du mariage, bien sûr, pour lui faire payer ce qu'elle nous a dit aujourd'hui. Quand la pauvre fille du sorcier sera ma femme légitime, je débaucherai la fille du châtelain.

En disant ces mots, il frappa la table d'un si violent coup de poing que la chope de bière roula sur le sol.

— Si t'es obstiné comme ça, dis-je, y aura plus d'un pot de bière renversé, mon garçon.

— Tu parles comme une vieille grand-mère, Prue. Je suis tel qu'on m'a fait. On n'y peut rien.

J'entends encore Gédéon dire ces paroles, d'un ton brusque et bourru où l'on sentait une sorte de désespoir. On eût dit qu'il aurait tout donné pour être ce qu'il ne pourrait jamais être, comme si à ce moment, loin de Sarn et de son influence, son âme eût lutté de toutes ses forces pour se libérer. Peut-être avez-vous surpris une libellule sortant de son fourreau ? Elle lutte, elle se débat de telle façon qu'on croirait qu'elle va mourir. J'en ai vu qui, dans leur agonie, faisaient des bonds d'acrobates. Il leur faut passer par là pour être libres ; c'est une souffrance comme celle de la mise au monde, très pénible à voir. Chez notre Gédéon, c'était bien pire. Il était assis là, près du bon feu qui faisait briller comme du sang noir la bière renversée sur les dalles, et pendant plus d'une heure il ne dit pas un mot.

Cela dura au moins ce temps-là, car il venait d'entrer en transe quand j'entendis la femme de l'aubergiste ordonner à la servante de tourner la broche et d'activer le rôti, parce qu'il fallait servir le souper dans une heure. Puis tout devint silencieux, et je restai immobile, les mains croisées, apercevant de temps en temps devant moi, quand une flamme s'élevait du foyer, le visage sombre de Gédéon. J'étais aussi muette qu'un merle en hiver. Il me semblait que la main du Tout-Puissant était sur lui, luttant pour le faire devenir le contraire de ce qu'il était, de ce que père l'avait fait, et grand-père, et tous ses ancêtres jusqu'à ce Timothée qui avait la foudre dans le sang. Je voyais en imagination la maison neuve de Lullingford avec sa lumière vagabonde qui semblait vouloir se fixer. Je souhaitais que tout allât bien pour Gédéon, qu'il pût prendre Jancis, non par vengeance, mais par amour, non par concupiscence, mais parce qu'elle était vraiment la flamme de ses yeux et sa chère fiancée. Je souhaitais aussi qu'il pensât à mère, et même à moi afin que je ne fusse plus son chien ni son esclave.

Au bout d'un long moment, j'entendis au dehors une voix qui criait : « Est-ce fini ? » A quoi une autre voix répondit : « Oui, tout est prêt ! » J'eus l'impression d'un événement solennel, tout en sachant qu'il ne s'agissait que du dîner.

Enfin Gédéon remua et murmura :

— Ou mourir à la peine !

Je compris alors que nous allions tous être lancés sur une route obscure, Gédéon, mère et moi, ainsi que Jancis.

Nous allâmes seller nos chevaux et prîmes le chemin du retour dans un monde durci comme un roc, en menant nos bœufs devant nous. Gédéon était retombé dans son mutisme. Notre jour de congé était fini. Sur la route, les flaques gelées ne craquaient même plus, elles étaient solides comme l'acier, et les haies semblaient aussi résistantes que la grille en fer forgé de la maison neuve de Lullingford. Nous n'atteignîmes l'étang de Sarn qu'à la moitié de la nuit ; il était beaucoup plus gelé qu'au matin, et les feuilles de nénuphars étaient prises sous la glace.

— Ben! ça a été une journée coûteuse, dit Gédéon. J'espère que tu t'es amusée.

Je connaissais son horreur de la dépense. D'habitude, aux jours de marché, on emportait un croûton dans sa poche et on avait une rasade d'eau. Aussi, oubliant les vieux et Mlle Dorabella, m'écriai-je :

— Oui, c'était beau! je te remercie bien, mon garçon!

— Et tu accepteras tout?

— Oui, l'ai-je point juré?

— Mais c'était avant Jancis.

— J'accepte Jancis. D'ailleurs ce serait tout pareil, même si je ne l'acceptais point.

— Non, si tu refusais de travailler.

— Oh! je travaillerai. J'ai jamais eu peur de l'ouvrage.

Tout à coup, du ciel à peine éclairé par la lune tomba un doux susurrement.

— Ecoute! dit-il. Les sept siffleurs!

Ayant une peur mortelle de ces oiseaux fantômes, je me hâtai de dire que cela devait être une sarcelle que nous venions de déranger au bout de l'étang.

— Non, dit-il. Non. C'étaient les sept siffleurs, pour sûr. Ça n'annonce rien de bon.

Entendre Gédéon parler ainsi était assez étrange, car d'habitude, il se moquait des présages et des pressentiments, et, plus tard, dans mon grenier, je ne pus m'empêcher d'y penser.

Mère et Tivvy nous attendaient, et mère avait dû, en regardant les feuilles du thé, nous voir noyés dans l'étang, car elle n'en pouvait croire ses yeux quand elle nous vit entrer. Elle pleurait en se tordant les mains et en disant :

— Ils sont point réels ! C'est quasiment leur double !

Je dus lui donner l'un de mes cadeaux de Noël pour la réconforter. Cette pauvre mère avait gardé un cœur d'enfant; elle était si simple et si confiante qu'il eût été aussi cruel de la blesser que de blesser un poupon au maillot, ou un pauvre papillon volant au crépuscule. Oui, quelle vilaine chose, quel jeu diabolique de trahir un être au cœur si candide dont les petites mains tremblantes suppliaient toujours !

— Je vais coucher dans ta chambre, Prue, dit Tivvy. J'en suis bien contente, car il y a de quoi geler à coucher toute seule par ce froid noir.

Elle jeta sur Gédéon un regard oblique qui me montra qu'elle était presque folle de jalousie contre Jancis. En vérité, Gédéon avait belle mine avec son visage rougi par le froid et ses yeux qui étincelaient au souvenir de la journée. Il n'aurait eu qu'un signe à faire pour que Tivvy le suivît; mais il n'était pas de ceux qui changent; il avait fait son choix : ce serait Jancis ou personne. Je ne tenais pas à avoir Tivvy dans mon lit; elle ronflait et reniflait trop dans son sommeil. J'attendis donc qu'elle fût endormie, puis, prenant le falot et la vieille limousine de père qui m'enveloppait jusqu'aux pieds, je m'en fus au grenier écrire dans mon livre. J'avais pris l'habitude d'y mettre tout au long ce qui m'avait chagrinée ou contentée. En outre, la paix du grenier m'était bien nécessaire après l'accueil cruel que j'avais trouvé en quittant Sarn. Privée d'amoureux, j'aurais voulu aimer le monde entier, du moins tout ce que j'en pouvais atteindre. J'étais comme la jeune fille qui, le premier jour de mai, se tient à la croisée des chemins pour offrir un bouquet au cavalier qui va passer. Et voilà que ce cavalier m'avait renversée et abandonnée avec mes fleurs dans la boue !

CHAPITRE IV

Le sorcier de Plash

Noël passa sans que rien troublât notre tranquillité, sinon qu'on saigna un cochon. Personne ne vint pour les fêtes, puisqu'on ne pouvait venir de nulle part et qu'il n'y avait pas de raison pour qu'on nous fît visite. Mère n'était pas vaillante; elle avait une toux qui la retenait au lit, si bien que, jusqu'au nouvel an, je n'allai pas prendre de leçons. Mais j'y fus ce jour-là et comme j'ai toujours tenu à payer d'avance, j'emmenai aussitôt les bœufs au champ que je labourais pour Beguildy. Puisqu'il n'aimait pas se livrer à cette besogne, je lui faisais un certain nombre de sillons pour chacune de ses leçons. Je savais aussi bien labourer que la plupart des hommes, sauf Gédéon, dont le sillon était le plus droit que j'aie jamais vu. Il ne pouvait saboter aucun travail. Tout ce qu'il faisait (que cela dût être vu ou non, accompli une fois pour toutes ou chaque jour) était fait comme si sa vie en eût dépendu. Pas de pis-aller avec lui. S'il chaumait des meules qui devaient être entamées aussitôt après, il y apportait autant de soin que s'il eût voulu gagner une médaille. Travaillant dans les champs, taillant les haies ou liant les gerbes dans la seule compagnie des grands nuages ou des bois enveloppés par la brume d'été, il besognait tout comme celui qui montre ses talents à la foire. Parfois cela me chagrinait de le voir se refuser tout repos. Et à certains moments, j'imaginais la foule, les fermiers admirant, l'arbitre assis sur son char ou trottant, de-ci de-là sur son roussin, j'entendais presque le murmure des gens, les sarcasmes quand Gédéon faisait une bévue, les acclamations quand il réussissait, et l'arbitre déclarant à haute voix : « Je donne le prix à Gédéon Sarn, premier pour tailler les haies, pour lier et pour labourer. »

Puis je revenais à moi, et ne voyais que les grands nuages qui n'avaient pas bougé, les haies si hautes au pied fleuri de reines-des-prés, les bois et les collines, et l'air bleu où les alouettes, suspendues comme par des fils, tremblaient si fort en chantant de joie qu'elles manquaient de rompre ces fils. Peu leur importait qui gagnerait un prix ou qui chanterait le mieux ou le plus fort, pourvu que chacune pût chanter, eût son nid et ses provisions, un peu de rosée et l'espace.

Je me faisais ces réflexions en labourant les cinq acres de Plash. Sans être pourtant trop dure, la terre portait comme un suaire de givre sur lequel les bœufs blancs paraissaient jaunes. A mesure que le soc avançait, les mottes retournées brillaient d'une belle couleur rouge et les corneilles suivaient en marchant d'un pas digne dans les sillons, tout affamées, les pauvres bêtes.

Jancis accourut bientôt, fort impatiente de me faire part de ses accordailles avec Gédéon et de la colère de Beguildy. Elle était vraiment aussi belle qu'une fée avec sa figure rose et ses boucles blondes. Mme Beguildy arriva à sa suite, en haletant, son tablier volant au vent, aussi chargée de nouvelles qu'une des vieilles frégates françaises de la légende.

— Mais nous n'allons point jeûner ici comme des corbeaux ! s'écria-t-elle. Entre chez nous prendre du thé. Sarn m'en a apporté une boîte d'une livre. Quel luxe !

Je savais qu'il devait être bien amoureux pour en offrir plus d'un quart, mais sans rien dire j'achevai mon sillon et dételai les bêtes.

— Nous pouvons causer à notre aise, papa est occupé dans sa chambre à soigner Polly, dit Jancis.

— Qu'est-ce qu'elle a donc ?

— Tu ferais mieux de demander ce qu'elle n'a pas, dit Mme Beguildy. Elle a eu d'abord la coqueluche, et maintenant elle a des dartres. Elle a toujours quelque chose. Alors il l'a fait asseoir avec un chapelet d'oignons rôtis autour du cou, et je suis sûre que j'ai bien versé des pintes de larmes à les préparer. Ne deviens jamais la femme d'un sorcier, Prue. C'est comme il est dit dans le bon livre, et je voudrais pouvoir aller à l'église chrétienne pour l'entendre : « Je meurs chaque jour. » Oui, être la femme d'un sorcier, c'est comme ça. Quand c'est pas des oignons, c'est autre chose. J'ai quasiment failli me tordre le cou en cherchant du lichen sur les cloches de l'église pour cette petiote, quand elle a eu la varicelle, vu que le maître était un bien trop grand fainéant pour aller en quérir lui-même.

— Ça ne fait rien, va, quand je serai mariée, je prendrai soin de toi, dit Jancis.

Je ne pouvais me retenir de soupirer en songeant à tous les plans qu'elles faisaient et qui se détruisaient l'un l'autre. Je menai les bœufs à l'étable, puis entrai dans la maison où brûlait un bon feu et où une agréable odeur de thé se faisait sentir. Bien que ce ne fût pas charitable, j'éprouvais un certain plaisir à savoir Polly souffrante, car Beguildy serait ainsi retenu assez longuement loin de nous à la soigner. Mère prétendait que les enfants du moulin attrapaient toujours la rougeole parce que la fée de la mare voisine avait jeté un sort à leur mère avant leur naissance; Gédéon assurait que c'était à cause de la farine qu'ils mangeaient, où les rats avaient passé; mais Mme Beguildy disait que c'était parce qu'on les faisait soigner par son mari.

— Une dose de soufre et de mélasse, voilà ce qu'il leur faudrait, et de la bonne nourriture. Mais au moulin on n'a pas de bon pain, pas plus qu'on n'a de beurre à la ferme; ça vaut cher; les gens de la maison n'ont que les restes.

A ce moment, Beguildy montra sa tête et, regardant sa femme d'un air rêveur, il dit :

— Je voudrais du beurre de mai.

— Du beurre de mai ! Tu pourrais aussi bien demander de l'or ! Comment peux-tu croire que j'aie du beurre de mai, aussi bien que du beurre de juin ou de juillet, quand nous vendons le moindre morceau de beurre que nous faisons avant seulement qu'il soit sorti de la baratte, et que nous ne mangeons jamais que du saindoux ?

— Il me faut du beurre de mai, ou bien le charme ne va pas opérer, reprit Beguildy d'une voix rude.

— Pour quoi faire ?

— Pour cuire la moelle de sureau qui doit guérir la coqueluche.

— Ben, elle pourra censément mourir de la coqueluche pour tout le beurre qu'elle trouvera ici, qu'il soit de mai ou de décembre ! s'écria Mme Beguildy.

A ces mots, un hurlement se fit entendre dans la

chambre voisine. C'était Polly qui se croyait déjà à la mort.

— Va-t'en relire tes vieux bouquins et trouves-y un remède plus facile, reprit Mme Beguildy. J'ai mieux à faire que m'occuper de tes sorcelleries.

— Tu perds la tête, femme. Tu vois déjà notre Jancis mariée et s'arrondissant en un rien de temps pour te donner un petit-fils. Mais je t'assure bien que toutes les accordailles ne finissent pas à l'église, que toutes les bagues ne prouvent pas le mariage, que chaque marié n'a pas sa vierge, et que ce mariage ne me dit rien de bon ! Le vieux Sarn me reproche encore cet écu, bien qu'il soit désormais là où l'argent ne peut plus rien acheter. Et je te répète que le jeune Sarn est né sous la planète de six sous et qu'il ne saura pas garder son argent. Et puis il dort sur le ventre ; c'est signe qu'il se noiera. Ma fille n'est pas pour lui. Vous pouvez piétiner mes désirs et ma volonté, vous pouvez envoyer des invitations à une veillée d'amour ; c'est parfait ; mais pour moi je veux un prétendant plus huppé. Ma fille ! elle est aussi blanche qu'une dame et aussi saine qu'une pomme de terre de choix ! Il n'y a pas de châtelain ni de lord qui n'accepterait avec joie de venir coucher avec elle.

— Mais non de l'épouser.

— Qu'est-ce que ça fait ? Il paierait, n'est-ce pas ?

Là-dessus, Jancis se mit à sangloter aussi fort que Polly. Beguildy retourna dans sa chambre et nous fîmes en sorte de consoler la pauvre fille. Serrées autour de l'âtre en prenant notre thé, nous arrangeâmes les choses, et il fut convenu que j'écrirais les lettres d'invitation pour la veillée d'amour.

— Et nous aurons une poule aux gâteaux, dit Mme Beguildy. On fait de l'argent avec ça. Puis le tisserand viendra passer deux ou trois jours pour tisser tout ce que nous aurons filé.

Jancis battit des mains.

— Oh ! dit-elle, j'aime tant une belle fête !

— Et moi donc !

— Mais ce qu'il y aura de mieux, c'est la poule aux gâteaux. Oh ! que j'aime Gédéon de m'avoir demandée en mariage !

Pendant que nous causions ainsi, on entendait la pauvre Polly qui toussait et haletait misérablement, et Beguildy qui criait :

— Tais-toi donc ! Ne fais donc pas tout ce bruit, sapristi ! La peste t'emporte ! T'es guérie !

Alors Mme Beguildy me pria de faire le brouillon des invitations pour le lui montrer. Toutes deux en furent satisfaites, bien qu'elles fussent aussi incapables de lire ce que j'avais écrit que deux papillons essayant de déchiffrer l'inscription d'une borne.

— Ecris, dit Mme Beguildy, que Jancis, fille unique de maître Félix Beguildy et de Hepzibah, son épouse, est promise et fiancée à maître Gédéon Sarn, fermier, domicilié sur sa terre à Sarn. Et écris qu'ils se marieront aussitôt que possible, et que Jancis invite chacun à une veillée d'amour.

— Et écris, s'écria Beguildy en avançant de nouveau la tête, que vous êtes une bande de folles et que ce mariage n'aura pas lieu avant que l'étang de Sarn rentre sous la terre d'où il est sorti ; car j'ai vu dans le cristal un jeune châtelain qui s'en venait à cheval par ici avec ses poches pleines d'or.

Quand Polly fut partie, toussant tant et plus, je me dirigeai vers la chambre pour y prendre ma leçon, et donnai en passant une petite tape amicale sur l'épaule de Jancis, car j'avais pitié d'elle. Elle ressemblait plus que jamais à une fleur d'aubépine par un jour de pluie glaciale.

— Allons, me dit Beguildy, je pense que tu as labouré un bon bout.

— Oui.

— Bon, qu'est-ce que je vais te faire faire ?

— Dictez-moi : *Les mariages sont écrits dans les cieux*, maître, et puis *Que l'homme ne sépare pas ce que Dieu a uni*.

Il fit entendre un petit gloussement.

— Maligne fille, maligne fille ! Mais tu ne m'auras pas ! Tu feras mieux d'écrire : *Ne te mêle pas des choses sérieuses*. Crois-tu qu'un sorcier qui connaît le sort de ses paroissiens ne sait pas ce qui convient le mieux à sa famille ?

— Laissez faire, maître. Il y en a déjà bien assez contre cette pauvre fille, avec le destin et un têtu comme Gédéon ! Si vous vous en mêlez vous ferez peut-être bien du mal que vous ne pourrez plus réparer ensuite.

— Assez, assez ! J'ai dit ce que j'avais à dire. Ne me casse pas la tête.

Il s'en alla jouer légèrement un de ses petits airs, signe que sa patience était à bout. En écoutant tinter les notes, je compris qu'il ne fallait plus discuter. De même que cette musique de silex n'avait ni la puissance ni la douceur du violon ou de la harpe, de même n'en pouvait-on trouver dans son cœur. Les cailloux rendaient un son sec parce que c'étaient de toutes petites choses dures ; et lui n'avait aucune pitié parce qu'il n'avait aucune force. Car les plus charitables ne sont ni les faibles ni les femmelettes, mais les hommes forts et maîtres d'eux-mêmes. Certains peuvent se refuser à cette pitié comme le fit mon frère Sarn ; mais ils ne l'éprouveront pas moins un jour, et plus ils auront résisté, plus le moment venu, ils seront entraînés. Oui, cela peut même devenir pour un homme une telle douleur qu'il en arrive à détester sa vie.

CHAPITRE V

La veillée d'amour

Les préparatifs de la fête furent assez longs, surtout à cause de la poule aux gâteaux. Certaines personnes bien pensantes craignent ce jeu qui est une sorte de jeu de hasard ; mais pour nous, qui menions une existence si désolée, c'était une petite distraction, et la femme du sacristain elle-même déclara qu'elle y viendrait et amènerait Tivvy. Elle s'arrangea avec Mme Beguildy pour en fixer la date un jour que son mari devait accompagner le pasteur dans une tournée assez éloignée, où il s'agissait d'examiner le cas d'une femme surprise en adultère. Elle savait que le sacristain resterait là-bas jusqu'à la fin et ne rentrerait qu'à l'aube. Et même s'il découvrait leur escapade, il serait si heureux d'avoir pu punir une pécheresse qu'il se contenterait sans doute de gronder légèrement.

Le nom de *poule aux gâteaux* venait de ce que nous jouions aux cartes pour gagner les gâteaux. A vrai dire, c'était un véritable jeu. Celle qui donnait la fête préparait une grosse fournée de galettes ou de biscuits au safran et les vendait deux sous pièce aux invités. On les jouait, et les perdantes devaient en racheter, alors que les bonnes joueuses pouvaient partir avec un plein panier ou les revendre aux perdantes pour quatre sous pièce.

On aurait lié pieds et poings à mère qu'on n'aurait pu l'empêcher de s'y rendre. Aussi, Gédéon ayant promis de voir à notre besogne ce jour-là, nous nous en allâmes de bonne heure. Notre journée promettait d'être bien remplie : filer toute la matinée, puis, après la sieste, nous installer au jeu.

Le matin était beau et frais, et le vent humide nous apportait le parfum de nos meules. Nulle odeur mieux que celle-là n'évoque l'été au milieu de l'hiver. Quand elle me parvient aujourd'hui, je revois les longues vagues d'herbe, luisantes comme une soie verte, les grosses têtes rouges des trèfles et les râles de genêt courant à l'abri de l'herbe épaisse toute foncée sous la rosée. Mais ce jour-là, la première pensée qu'elle m'apporta fut le labeur que ces meules avaient coûté, notre sueur et notre travail au clair de lune, les levers matinaux, avant d'avoir eu seulement le temps de rêver, pour suer et peiner de nouveau. Pourtant ces meules sentaient bon, de même que le feu de joie fait par Gédéon avec les broussailles de la haie, de même que l'épais tapis de feuilles dans le bois, et les sapins où jouaient et gazouillaient toujours les mésanges.

Mère avait bon air avec son grand cabriolet et sa pèlerine à ruche ; ses joues rouges et ses yeux bruns très vifs la faisaient ressembler à quelque oiseau brillant. Nous n'emportions que nos plus petits rouets puisque nous devions filer du lin et du chanvre, et non de la laine ; et je m'en chargeai sans peine. L'étang était encore gelé vers le Nord, mais, bien qu'on ne fût qu'en février, on devinait l'approche du printemps à voir les jeux d'épousailles des merles d'eau et les allées et venues de nos corneilles préparant leurs nids. Des langues vertes s'échappaient des chèvrefeuilles, si brillantes qu'elles me faisaient songer aux langues de flamme qui étaient tombées du ciel un jour. Dans la nature encore morte, elles poussaient si vite leurs fraîches pointes qu'elles me réjouissaient toujours plus que toutes les fleurs de chèvrefeuille en plein été.

Quand nous atteignîmes la chênaie, mère caressa ses mitaines avec complaisance et dit :

— J'irai point nettoyer les cochons aujourd'hui ; je suis une dame.

— Mais oui, t'en es une, lui dis-je, heureuse de la voir contente. Et j'ajoutai qu'elle allait sûrement gagner assez de gâteaux pour nous nourrir tous pendant une semaine de neuf jours.

— Est-ce que Jancis sera une bonne fille pour moi, dis, mon enfant ?

— Je n'en doute pas, mère, répondis-je.

— Elle me laissera m'asseoir à ma vieille place près du feu et elle me parlera gentiment ?

— Oui, bien sûr. Mais ne te fais pas de bile, il se passera encore bien du temps avant que les bans de ces deux-là soient criés dans l'église.

— J'aimerais mieux pas, je voudrais être grand-mère, Prue. Le petit lui ressemblera-t-il ou à Gédéon, d'après toi ?

Je répondis que, n'étant pas douée du don de seconde vue, je ne pouvais le dire, mais je me figurais qu'il serait le portrait tout craché de son papa.

— Peut-être bien, peut-être bien. Ça vaudrait mieux, pardi, qu'il nous ressemble plutôt que d'être du côté des Beguildy. C'est contrariant pour un petiot d'avoir un grand-père hérétique...

— Oh ! Beguildy n'est ni bien mauvais, ni bien bon, dis-je. Il est tout bonnement comme ces coquilles d'œufs vides décorées de beaux dessins.

— Je suis bien aise qu'il soit point là aujourd'hui.

Mme Beguildy avait fait envoyer par Gédéon un message à sa cousine de Lullingford, la priant de mander Beguildy ce jour-là pour soigner son homme d'une rage de dents. Apparemment, il s'en était fait arracher une par le vétérinaire, et elle avait été si difficile à enlever que celui-ci, qui était un homme terrible quand il s'excitait, avait, en l'extirpant, ébranlé toutes les autres. Le malheureux avait donc une rage de dents qui le faisait hurler et ç'avait été un plaisir pour Beguildy d'aller le soigner. Il était toujours très fier de son incantation qui commençait par :

Pierre pleurait, assis sur le marbre,

et il la répétait tant de fois que le malade demandait grâce. Alors il appliquait un cataplasme de sel bouillant. Effet du sel ou du charme, vivement le malade se déclarait guéri.

— On le gardera tard pour qu'il ne vienne point gâter notre amusement, dit mère en battant doucement des mains comme une enfant.

Nous arrivâmes dans les champs, et il me sembla, sans savoir pourquoi, qu'il n'avait jamais fait plus beau. Du côté de Lullingford les collines étaient aussi bleues qu'un ciel d'été, d'un bleu profond, chargé de promesses ; une telle richesse était répandue sur la nature qu'elle avait ce que notre pasteur appelait un air somptueux. On voyait les terres pourpres, le vieux chaume doré par le soleil, l'étang de Plash, d'un bleu poli, et, dans le vallon, le toit rouge du moulin. Le vert clair des herbes rappelait la teinte des vitraux de l'église et celle de la colline lointaine où ne croît que le trèfle du Calvaire. Même une journée d'été peut à peine être comparée à un jour comme celui-là, alors que la neige vient de disparaître, l'eau de se libérer et que tout luit d'une couleur éclatante.

La grande lueur du feu rougissant la fenêtre annonçait très au loin que ce jour, à la maison de pierre, n'était pas un jour habituel. Jancis accourut à la porte et fit très gentiment sa révérence à mère. Il n'y avait là encore que la femme du meunier et sa fille. C'était leur habitude d'être toujours et partout les premières ; elles disaient qu'une heure hors de chez elles était comme une heure au paradis. Elles ne s'expliquaient pas davantage, sauf si vous les pressiez de questions. Etait-ce à cause du meunier, de l'eau, de quoi ? Elles répondaient : « Le meunier. » Et si l'on demandait pourquoi, elles disaient : « L'a-t-on jamais vu sourire ? Quant à rire !... » C'était la vérité ; et comme, en outre, il était affligé d'un certain bégaiement, sa compagnie était assez décourageante. On faisait sur lui ce conte absurde qu'une sorcière, sortie du fond des eaux – naguère son amoureuse – l'avait rendu muet, par vengeance, lorsqu'il s'était marié.

Sa femme était une pauvre créature semblable à une blatte, mais aimable. La femme du sacristain était juste l'opposé. Elle me rappelait toujours ces hauts coches fraîchement peints qui roulent à toute allure sur les grandes routes au son joyeux et bruyant d'un cor. Elle s'habillait de couleurs aussi gaies que le plumage d'un chardonneret et ne manquait jamais d'ajouter un fichu, un volant ou une broche sitôt qu'elle le pouvait. Elle portait un tel amas de jupons qu'on s'étonnait qu'elle pût marcher ; et Tivvy me dit un jour que voir sa mère se déshabiller, c'était comme peler un oignon jusqu'au centre. Tivvy n'étant pas fille à inventer une plaisanterie, cela prouvait que le spectacle était vraiment étonnant. Quand je la voyais avec le sacristain, son mari, elle me faisait penser à un gros écheveau de laine teinte et lui au fuseau noir sur lequel elle devait s'enrouler.

Après son arrivée avec Tivvy, nous étions huit et nos rouets ronronnaient agréablement dans la chambre tiède pendant que nous bavardions. Puis vint la femme du bouvier de Plash avec ses deux filles, calmes et douces malgré leur grande taille. On racontait que, tous les samedis soirs, leur père les attachait au joug et les battait pour les rappeler aux bonnes manières. Dès que leur mère leur adressait la parole, elles se levaient en courbant leur long cou comme de doux cygnes. La douzième invitée était la femme du berger venue de la lande, au-delà de Plash. C'était une créature étrange, mais jolie à faire venir l'eau à la bouche de tous les hommes. Elle avait des épaules tombantes, des hanches minces et des cheveux couleur de l'aile du merle. Ses yeux étaient vert clair, son visage vermeil comme une pêche mûre, et elle souriait mystérieusement pour elle-même à la façon d'une fée. On racontait (mais était-ce vrai?) que le berger ne déboursait rien pour la location de la lande qui appartenait à un tavernier de Silverton, mais qu'à la Saint-Jean, chaque année, Féléna, sa femme, montait sur la colline et passait la nuit avec cet homme. Il courait sur son compte d'autres histoires plus extravagantes : on l'avait vue, disait-on, au clair de lune, danser nue comme Eve au milieu d'un cercle d'animaux et un être velu aux cornes de bouc, qui ne pouvait être que le diable, sautait avec elle en grimaçant, tandis que le cercle des bêtes gémissait doucement. Mais, pour ma part, elle me semblait être une créature plaisante et inoffensive, fort adroite de ses mains.

Je remarquai que la femme du bouvier ne paraissait pas désireuse de voir ses filles travailler auprès de Féléna. Elle était si digne et si bien pensante qu'elle ne parlait jamais de ce qui avait lieu entre les bans et le baptême, affectant d'ignorer ce que pouvaient faire les jeunes couples pendant ce temps. Elle n'adressa pas un mot à Féléna ; ce fut mère qui, très gentiment, dit à celle-ci :

— Vous filez comme une fée, madame Féléna.

— Il n'y a rien d'autre à faire dans la montagne, répondit-elle d'une voix basse et chantante, que de filer, filer, filer, matin, midi et soir.

— Excepté la nuit de la Saint-Jean, ma fille ! lança la femme du sacristain. Il paraît que vous avez alors assez et bien assez à faire !

Féléna devint toute rouge et baissa la tête. Alors Moll et Sukey éclatèrent tout à coup, comme si elles se fussent retenues pendant des années.

— Oh ! madame Féléna, est-ce vrai que vous couchez avec le tavernier et que vous dansez sur la lande, nue comme Eve ?

Jamais je n'avais vu personne plus furibonde que leur mère à ce moment.

— Sukey ! Moll ! s'écria-t-elle.

— Très chère mère ? répliquèrent-elles tout émues.

— Tendez vos mains ! dit la mère.

Et, se baissant, elle enleva une des sandales qu'elle portait en l'honneur de la fête et leur en frappa les mains si violemment que les pauvres filles se mirent à hurler.

J'appris plus tard que l'une d'elles épousa un fermier et l'autre un postillon retraité, et qu'elles se conduisirent fort bien. Dans l'autre cas, ce n'eût pas été faute de corrections.

Elles reprirent leurs fuseaux, muettes comme des souris, en reniflant sur leurs rouets. Mme Beguildy était assez ennuyée ; la fête devenait plutôt mélancolique. Je priai donc Jancis de chanter le *Gravier vert* pour nous égayer. Nous nous joignîmes à elle, même Polly qui toussait de temps en temps. Féléna chantait d'une voix fraîche, la femme du sacristain très fort, mère en chevrotant, et la femme du meunier comme un oiseau échappé de sa cage.

Ces chants et ces murmures transformaient la cuisine en un arbre empli de sansonnets. L'heure d'arrêter nos rouets allait sonner quand mère demanda si nous ne pourrions pas chanter *Le Seigneur est mon berger*. Ensuite je demandai : *Il m'amena dans sa demeure, son étendard était l'amour*. Et juste au moment où nous chantions ces paroles au son des rouets qui chuintaient comme des hiboux, un pas rapide se fit entendre au dehors ; un flot d'air pur entra par la porte, un long rayon de soleil tomba sur moi et il se tint un instant dans la lumière en nous regardant.

« Il », ai-je dit, comme si vous aviez pu le reconnaître aussi bien que moi dans tout l'univers.

Il se tenait sur le seuil, et à sa vue, je me levai aussitôt de mon siège dans l'ombre qui me dissimulait, de même que s'il eût été mon hôte.

CHAPITRE VI

Le jeu des couleurs précieuses

Comment était-il ? A qui ressemblait-il ? Etait-il bien tourné ? Je ne saurais le dire. Dans l'amour on ne voit rien, ni regards, ni traits, ni ressemblances. Quand vous n'êtes qu'un pauvre insecte devant la lumière de ses yeux, pouvez-vous dire quelle taille il a, et s'il est brun ou blond ? Quand Madeleine, qui ressemblait à Féléna, était aux pieds du seul homme qu'elle eût jamais aimé, sans l'aimer cependant, savait-elle si le Fils du charpentier avait ou non les traits de sa mère, et s'il était grand ou petit de taille ? Quand nous serons en présence de notre Créateur, saurons-nous quel aspect prendra sa majesté ? Non, nos cœurs trembleront seulement dans la lumière. Je ne pourrai jamais vous le décrire, tel qu'il était là, mais je puis vous dire ce que firent toutes les femmes en l'apercevant.

Tivvy et Polly bayèrent de surprise, un doigt sur leurs lèvres. Moll et Sukey se penchèrent en avant comme on s'approche d'un feu en hiver, et leur mère les fit aussitôt venir près d'elle, jalousement. La femme du sacristain étala ses volants ; Jancis rougit et fit

« oh ! » en chassant une de ses boucles, puis fit « oh » de nouveau ; mère eut un sourire aimable, et Féléna... ma foi ! ses yeux s'accrochèrent à lui comme le hibou brun s'accroche à sa proie.

Quant à moi, je me reculai dans mon coin en me sentant défaillir, car voici qu'était venu mon amour et mon seigneur, et hélas ! j'étais défigurée !

Un tel silence régnait dans la salle qu'on pouvait entendre l'eau du toit s'égoutter.

Tout à coup, il éclata de rire. Ce devait être assez comique, en effet, de nous voir toutes comme sont les souris quand le chat paraît, si muettes après avoir été si bruyantes un instant auparavant.

Il enleva son chapeau et, faisant un petit salut, nous dit :

— Serviteur, Mesdames ! Le tisserand, s'il vous plaît.

S'il vous plaît ! Comme s'il pouvait nous déplaire en quoi que ce fût ! Ainsi c'était lui le tisserand ! Eh bien ! cela m'était égal. Il aurait pu être le roi du royaume des fées ou un assassin poursuivi par les chiens, c'eût été pour moi tout pareil.

— Kester Woodseaves, s'il vous plaît, Madame, dit-il avec une sorte de joie moqueuse en regardant la femme du sacristain qui était la plus importante par la taille et la corpulence.

Alors Mme Beguildy l'amena près du feu et lui fit prendre un morceau et une rasade. Mais je me tins hors de sa vue.

— Venez-vous de loin, Monsieur ? demanda Féléna de sa voix languissante.

Sa bouche était rouge et attrayante, quoique dépourvue de bonté.

— De Lullingford, Madame, répondit-il en la toisant. Ni très près, ni très loin.

— A vol de corneilles, très près, dit-elle d'un ton qui semblait supplier.

— Seulement nous ne sommes pas des corneilles, Madame.

— J'habite sur la montagne, là-bas, reprit-elle. Je suis plus près de Lullingford, et de beaucoup, que toutes ces dames.

— Une assez longue trotte.

— Pas très longue. C'est sur votre chemin où que vous alliez, à peu près.

Je pensai : « Elle dit tout ce que j'aimerais dire ! »

— Ma foi ! Madame, je me demande si c'est aussi sur la route de l'enfer, répliqua-t-il.

Tous deux faisaient penser à des lutteurs, mais nous ne comprenions pas leur querelle.

— Oh ! je suis bien aise que ce soit vous qui tissiez mon trousseau et non le vilain remplaçant, dit Jancis.

— Vous allez donc vous marier, mon enfant ?

— Oui, avec Gédéon Sarn, Monsieur. Vous ne connaissez pas Gédéon ?

— J'ai entendu parler de lui.

Je me demandai ce qu'il avait pu entendre dire sur Gédéon. Aussitôt il m'importa plus de le voir aimer Gédéon, mère et moi que de parvenir moi-même à comprendre ce qui, dans la lecture des Evangiles, m'embarrassait à cause des mots étranges et des détours du récit. J'avais longuement peiné sur ces pages, et l'étude vous fait aimer davantage ce qu'on lit. Par-dessus tout, je voulais comprendre Jean, solitaire sur son îlot comme nous l'étions à Sarn, et remuant dans son esprit tant de pensées à la fois profondes et brillantes. Une fille comme Tivvy ne pense jamais, et l'on est bientôt las de regarder une écuelle vide ; mère avait deux ou trois pensées; Gédéon deux seulement. Aussi l'esprit de Jean m'avait-il attirée comme nul ne l'avait jamais fait jusqu'alors. Mais maintenant les Evangiles n'étaient qu'un fétu de paille au gré du caprice de cet homme!

— Oh! maître Woodseaves, viendrez-vous à ma noce si Prue vous envoie une lettre d'invitation? demanda Jancis.

— Peut-être que oui, répondit-il en regardant Mme Beguildy d'un air de dire qu'elle pouvait l'envoyer à son travail si bon lui semblait.

— Et qui est cette Prue qui peut écrire des lettres d'invitation? ajouta-t-il.

J'étais toute moite; mais juste au moment où Jancis allait courir à moi et me tirer de ma cachette, Moll et Sukey, qui ne pouvaient jamais rester tranquilles bien longtemps, s'écrièrent :

— S'il vous plaît, maître, viendrez-vous aussi à nos noces?

Elles se mirent à glousser bruyamment en rapprochant leurs deux têtes et en secouant leurs boucles sur leur long cou penché. Puis, posant la main sur la bouche, elles coururent à lui : l'une lui murmura quelques mots à l'oreille, sa sœur en fit autant de l'autre côté, et elles revinrent à leur banc, pliées en deux à force de rire. Jancis, qui était tout près, entendit Sukey murmurer : « J'aimerais bien que vous soyez le marié ! » J'espérais que leur mère n'en saurait rien et ne les battrait pas, car elles m'avaient sauvée de la honte d'être aperçue. Je ne pouvais supporter la pensée de me laisser voir, dans la crainte d'un regard froid et méprisant, comme le narcisse préfère rester sous terre dans la crainte d'un vent glacial ; car s'il sort trop tôt pour chercher le soleil, il frissonne sous la bise qui le déchire ; il a perdu sa place chaude et n'a pas encore trouvé l'été.

— Monsieur, êtes-vous marié ? demanda Féléna d'une voix qui ondulait comme un orvet.

— Ma foi, non, Madame.

— Ni promis ?

— Je commence à croire que vous avez été juge d'instruction, dit-il, et que vous avez dû embrocher de pauvres hommes avec toutes sortes de questions avant de mettre un terme à leur misérable existence.

Elle ne prêta aucune attention à ces paroles et se contenta de dire :

— Vous n'êtes point du pays. Vous venez de loin.

— Oh ! si, bonté divine, il est du pays, madame Féléna ! s'écria mère en se redressant comme un petit oiseau. Il est revenu d'apprentissage après que son oncle a été noyé. C'est son oncle qui avait tissé le deuil quand mon pauvre homme est décédé d'une attaque, mort dans ses bottes le dimanche que les abeilles ont essaimé.

— Et maintenant que votre oncle est mort et votre tante aussi, vous vivez tout seul sans doute, dit Jancis.

— Ma foi, oui et non.

— Bonté divine, maître, avez-vous une maîtresse ?

C'était de nouveau Féléna.

— Vos pensées sont toutes enfilées sur le même fil, dit Kester.

Alors Moll et Sukey s'écrièrent :

— Qui est-ce qui fait votre cuisine ?

— Qui fait votre ménage ?

— Qui recoud vos boutons ?

— Qui tricote vos bas ?

— Je fais tout cela moi-même, mes belles, et mes pensées me tiennent compagnie.

Il jeta un regard tout autour de lui d'un air satisfait, et je compris qu'il était heureux qu'aucune de ces femmes n'eût le droit de passer le seuil de sa porte.

— Eh bien ! merci, Madame, dit-il en posant son assiette et sa timbale. Et maintenant, à l'ouvrage ! Le métier est au grenier, je pense ?

— Oui, je vais vous y conduire. Il y a un lit là-haut. Vous en aurez pour deux ou trois jours. Vous ne manquerez pas de besogne. Mais vous descendrez souper avec nous, car ce n'est pas tous les jours fête.

Quand elle revint, toutes les langues marchaient. Moll et Sukey se disputaient pour savoir laquelle des deux, si elles allaient le servir, lui verserait sa bière et lui préparerait sa pipe. Il y avait de quoi faire rire un hibou.

— C'est un gentil garçon, dit la femme du sacristain, et qui craint Dieu, je suis sûre, si les femmes le laissent tranquille.

Elle lança un coup d'œil significatif sur Féléna. Mais celle-ci semblait perdue dans ses rêves.

— Je l'aime beaucoup mieux que Gédéon, bien que Gédéon soit ton frère, Prue, dit Tivvy.

La meunière, parlant pour la première fois, dit :

— Il est aussi différent de mon homme qu'un mortel peut l'être.

C'était le plus bel éloge qu'elle pût faire.

Polly toussa très fort comme pour dire qu'elle était de cet avis.

— Eh bien ! le temps passe et une rage de dents finit tout de même par se guérir, dit Mme Beguildy. Vaudrait mieux nous mettre au jeu avant le retour de mon homme. Merci beaucoup d'avoir tant filé. Nous en avons fait assez pour tenir ce jeune homme occupé un bon bout de temps.

Elle sortit un grand plat bleu rempli de gâteaux, biscuits au safran, et bonshommes de pain d'épice dont les yeux étaient formés par des raisins. Moll et Sukey crièrent de joie en les voyant.

— Je me moque pas mal des autres, déclara Sukey, si je peux gagner un bonhomme en pain d'épice.

— J'en gagnerai six, dit Moll, six petits aux raisins pour moi.

— Alors, il te faudra plus de tête que tu n'en as, dit la femme du sacristain, car il y a point de jeu plus difficile que le jeu des couleurs précieuses. Je l'ai joué à chaque réunion depuis le temps que j'étais fille et je suis sûre que ta mère l'a joué aussi, et Mme Sarn et la meunière. Et pourtant c'est un jeu difficile même pour nous. Pour celles qui ne le connaissent guère ou pas du tout, ça sera dur, et vous perdrez tous les gâteaux.

— Expliquez-leur les règles, dit Mme Beguildy. Vous avez tellement de tête.

Bien qu'elle ait dit cela très sérieusement, je ne pus me retenir de rire, car la tête de cette femme était, en effet, merveilleuse à voir avec ses cheveux huilés et arrangés en bandeaux, en boucles, en torsades, retenus par un grand peigne et des rubans, et le tout couronné d'une vaste coiffe.

Elle traversa la cuisine comme un grand coche à six chevaux et, s'approchant du feu, nous expliqua le jeu des couleurs précieuses, comment on comptait, ce qu'étaient les atouts, comment trois cartes d'une suite faisaient une tierce et quatre une fortune, et qu'on pouvait échanger ses cartes, et que n'avoir rien en main s'appelait un nid de coq et qu'on était alors obligé de donner un gâteau à chacun.

— Je peux point me rappeler un seul mot ! dit la pauvre Tivvy.

— Ni moi ! dit Polly.

Elles se retirèrent donc et nous restâmes dix. Comme il ne fallait que huit joueuses pour les deux tables, je proposai de me tenir à l'écart.

— Mais tu es la meilleure joueuse de nous toutes, dit Jancis.

Alors la mère de Moll et de Sukey arrangea les choses en leur disant :

— Retirez-vous, fillettes. Vous pouvez aller jouer à l'assiette avec Polly et Tivvy. Mais pas de bruit !

Elles fondirent en larmes, voulant gagner des gâteaux. Là-dessus leur mère leur demanda si elles tenaient à tâter encore de sa sandale, ce qui les fit taire. Elle leur offrit alors à chacune un bonhomme de pain d'épice et leur en promit d'autres à la fin de la soirée.

Féléna jouait à la même table que moi. A vrai dire c'était le billot où l'on saignait les cochons et qu'on avait recouvert d'une planche et d'une nappe, car il n'y avait qu'une table dans la cuisine.

— Aucune de nous ne voudrait d'un homme en pain d'épice, n'est-ce pas, Prue Sarn ? dit-elle. Et puisque nous sommes trop vieilles pour les gâteaux, supposons que nous jouons le cœur du tisserand ?

— Comme vous voudrez, répondis-je. Mais il me semble que cela ne nous regarde pas.

— Ma foi ! Prue Sarn, vous voilà en une minute pâle comme un suaire, puis rouge comme un coquelicot, et quels yeux de braise ! Qu'est-ce que vous avez donc ?

J'étais en colère et pourtant j'éprouvais un certain réconfort à voir qu'elle me traitait comme une égale et non comme une malheureuse, rejetée du jeu d'amour. Etant elle-même soupçonnée de danser avec le diable, elle avait sans doute un sentiment de camaraderie pour moi, à cause des histoires de sorcières auxquelles on me mêlait. Car on allait maintenant jusqu'à dire que, par les sombres nuits sans lune, je prenais la forme d'un lièvre courant sur les collines et que j'avais un passage secret sous le cimetière. Ces contes avaient d'abord été dits en plaisantant ou par médisance, ou pour effrayer les enfants; puis, ils avaient pris corps dans la solitude de ces vieilles fermes pleines de craquements et de gémissements les soirs de tempête. Nul ne saurait prédire ce que peuvent devenir, à la fin, de tels racontars, ni quels maux ils peuvent causer.

Je n'aimais guère entendre *son* nom sur les lèvres de Féléna, car ce nom m'était soudain devenu précieux, et je sentais déjà, comme par la suite, qu'il n'était pas de ces hommes dont on peut parler légèrement. Quand, de mon coin sombre, derrière le banc, je l'avais contemplé, je m'étais dit que sa colère devait éclater comme le tonnerre, bien que son sourire fût une journée de printemps emplie du chaud parfum des giroflées.

Féléna m'attira à l'écart.

— C'est un homme, dit-elle, comme je n'en ai encore jamais vu, ni sur les routes, ni sur le marché. Les autres sont des nigauds auprès de lui. Avez-vous pu voir la couleur de ses yeux ?

— Non.

— Moi non plus. Ses paupières les coupent d'une ligne si droite, et son regard est si grand et si noir qu'on ne peut distinguer aucune couleur. Je voudrais me trouver plus près de lui pour voir.

Ses yeux vert bouteille se troublèrent et une expression de délicieuse défaillance passa sur son visage.

— Ça vaut la peine de jouer pour un tel homme, dit-elle.

— Prenez vos places ! Prenez vos places ! Battez les

cartes pour la première partie des couleurs! s'écria la femme du sacristain.

Tout en m'asseyant, je retournais dans mon esprit les paroles de Féléna et au plus profond de moi-même je me dis :

— Lui, un enjeu? Ah! non! ça vaut la peine de mourir pour un tel homme!

Toute notre attention se concentra sur le jeu, et quand les quatre fillettes eurent été expédiées dans la cour, un silence de rêve tomba sur la salle.

Au dehors, elles chantaient le *Pont d'orge* :

> *Sautez, dansez, ayez des ailes,*
> *Soyez rentrées à la chandelle,*
> *Ouvrez la grille dans l'espace,*
> *Pour admirer le roi qui passe.*

Puis la chanson s'étant arrêtée au bout d'un instant, je me demandai ce qui pouvait se mijoter. Mais j'avais assez à faire, étant bien décidée à battre Féléna; et comme la femme du sacristain était sa partenaire, la meunière étant la mienne, je savais que j'avais une rude tâche devant moi.

Le feu, nourri de bois de pin, répandait une odeur douce et une chaude lumière qui suffisait à notre jeu. Il éclairait les murs, les bonshommes de pain d'épice luisants sur le plat bleu, et Jancis, aussi belle à regarder que si elle eût été faite de vieil or comme un ancien ornement d'autel. Dans ce calme, et pendant que les paroles du *Pont d'orge* résonnaient dans ma tête, je m'abandonnai à une sorte de rêverie.

Je voyais une grande foule autour des eaux troublées de Sarn. Tous étaient vêtus de leurs costumes de fête, mais leur figure était méchante. Puis un cavalier arrivait parmi eux, sur un grand cheval; il avait le visage du tisserand. Une femme sortait de la foule. Elle portait un collier de perles vertes et avait des yeux verts étincelants. Elle s'écriait :

— Mon corps, mon corps, pour une galopade sur votre selle !

Mais il se détournait d'elle et en regardait une autre, dont la robe usée était d'une triste couleur, et qui se cachait parce qu'elle avait un bec-de-lièvre. Il se penchait sur elle en disant : « Ah ! ma chère connaissance ! » Et elle lui donnait une branche de romarin, sans rien dire, car elle croyait qu'il passerait simplement près d'elle; mais il l'entourait de ses bras et la mettait en selle devant lui, en la soutenant fermement de son bras droit. Puis ils partaient, le bruit de la foule n'était bientôt plus que le léger bourdonnement d'un moucheron, et rien ne demeurait que le parfum du romarin, le soleil tiède, et le cheval allongeant le pas vers la montagne d'où venait la brise du matin.

— Deux pour son valet de cœur ! s'écria la femme du sacristain. A vous de donner, Prue !

Je rentrai mes jambes de mon mieux sous le banc, autant que le permettaient ses falbalas, et je me lançai dans le jeu avec acharnement. Je puis dire qu'à tous les coups la meunière et moi gagnâmes, à la grande surprise de celle-ci, car elle semblait considérer comme une impertinence de battre la femme du sacristain.

— Vous avez joué comme un démon, Prue, dit Féléna.

Il était tard. Jancis ouvrit la porte en criant : « Le souper ! » et les quatre fillettes accoururent. Elles me faisaient l'effet de petites filles, bien qu'elles fussent à peu près de mon âge. Elles racontèrent tout d'une traite leurs exploits, qu'elles auraient mieux fait de garder pour elles.

— Nous avons été au grenier.

— Nous nous sommes assises sur le lit.

— Il sait siffler comme une grive.

— Il tisse aussi vite qu'une araignée.

— Il a un habit vert pour les dimanches et une Bible avec des images, et il sait lire.

— Il a une montre et une pipe à bague d'argent, et il a gagné la médaille des lutteurs à Silverton.

— Il ne peut pas souffrir les combats de taureaux, ni les combats de coqs, ni les femmes dévergondées.

— Il aime une jolie chanson, et la boisson d'une manière raisonnable, et la danse sur le pré, et le son des cloches.

— Il a un gros tas de muscles sur le bras, tout comme une boule de neige gelée.

— Nous l'avons mesuré à la porte du grenier avec sa toise.

— Il a trente-huit pouces de tour de taille et cinq pieds dix pouces de haut.

— Il a une paire de bottes à revers, mais il ne les porte pas souvent; c'est trop beau pour lui et diablement ennuyeux à nettoyer.

— C'est lui qui a dit *diablement*, c'est point nous.

— Il aime les enfants et les chiens, et une vie tranquille.

— Il ne serait point opposé à prendre femme s'il trouvait chaussure à son pied; mais il n'a pas encore rencontré celle qu'il voudrait.

— Ses yeux sont bleu ciel, du moins ce qu'on en peut voir entre les paupières et les cils. Le noir du milieu est si grand !

— Et s'il avait des sœurs, il aimerait bien qu'elles soient nos amies, à Sukey et à moi.

— Dieu me bénisse! s'écria la mère, en tâtant sa sandale. Dieu me bénisse! Mille sansonnets dans les roseaux ne font pas plus de tapage!

Ce fut une chance pour elles que leur mère vînt de gagner.

— Allez chercher vos pèlerines tout de suite, ordonna-t-elle.

— Fais-le descendre, Jancis! dirent-elles d'un ton suppliant.

Elle l'appela pour le souper. Le son des pédales et les coups du battoir cessèrent, et il descendit. Sukey courut à lui et lui mit quelque chose dans la main. Puis toutes deux firent une révérence en disant: « Merci pour moi. » Et elles sortirent derrière leur mère. Mais Sukey revint montrer sa figure à la porte en se trémoussant, et elle chuchota:

— Je lui ai donné mon bébé de pain d'épice.

— Dehors, fillettes! ordonna leur mère.

Elles partirent, armées d'un falot pour s'éclairer et de l'aiguillon à bœuf en cas de mauvaise rencontre.

Je m'en fus dans la grange pour que Kester Woodseaves ne me vît pas; quand je revins, il était remonté au grenier. Féléna était partie de bonne heure, lui lançant un sourire séduisant et deux mots:

— Si vous venez chez nous, maître, je vous apprendrai l'histoire d'Adam et d'Eve.

Les deux femmes du moulin n'étaient pas pressées de partir, mais elles s'en allèrent enfin et nous nous préparâmes à en faire autant.

— Voilà une fête bien réussie! dit Mme Beguildy. J'ai gagné assez sur les gâteaux pour payer le tisserand, et nous avons bien filé. Une veillée d'amour, c'est une grande économie. Et vous pourrez dire à votre garçon, madame Sarn, que nous serons prêtes, la mariée et le trousseau, quand il donnera l'ordre de faire le lit.

Beguildy rentra comme nous sortions. Il était un peu éméché, mais point ivre. Il nous dit qu'il avait rencontré le cousin de Mlle Dorabella, qui ne voulait pas croire que lui, Beguildy, pût faire apparaître Vénus. Aussi l'avait-il prié de venir voir par lui-même.

— Vénus ? Où est cette friponne ? s'écria sa femme. Comment peux-tu la faire apparaître si elle n'est point là ?

Mais il se contenta de chanter :

Pierre était assis tout en larmes

en s'accompagnant clopin-clopant sur ses petits cailloux.

CHAPITRE VII

« Le maître est ici »

— Eh bien! Sarn, dit mère en rentrant, nous avons bien filé et ça a été une bonne veillée; tes draps de noces sont maintenant sur le métier.
Gédéon prit un air timide en disant que bien des jours se passeraient avant qu'il ait assez d'argent pour cela.
— Notre Prue a gagné à sa table!
— Eh! vraiment? A la bonne heure!
Il comprenait et admirait cela, aimant toujours qu'on gagnât.
— Assez de gâteaux pour une semaine de neuf jours, reprit mère. Elle se disait censément que ça nous épargnerait de la dépense.
— Non, pas du tout, mère, répondis-je.
— Eh bien, quoi donc, alors?
— Je ne sais pas. Je voulais seulement... les couleurs, repris-je d'un air stupide.
— Mais à quoi ça peut-il te servir si tu n'as pas aussi les gâteaux?
Je répondis qu'elles ne serviraient peut-être à rien, mais que je voulais quand même gagner les couleurs.

— Elle dort debout, dit Gédéon, v'là ce qu'elle a, sans quoi elle aurait tout son bon sens. Vaut mieux vous en aller au lit toutes deux.

— Faut-il que je reste pour les agneaux ?

A l'époque où ils naissaient, j'avais l'habitude de veiller une partie de la nuit pour que Gédéon pût prendre un peu de repos. Mais il me répondit que puisque j'avais eu toute cette journée de plaisir, il valait mieux la finir de la même façon par une bonne nuit.

— J'ai été fainéant comme un grand seigneur depuis ce matin, dit-il, retenu à la maison par les petites besognes.

Malgré tout, il avait bon cœur ; s'il oubliait de faire bien des gentillesses, c'est qu'il n'y pensait pas ou que son esprit était tout accaparé par sa tâche. Parfois, quand il s'était montré dur et qu'il s'en rendait compte, il en était très affligé. A vrai dire, c'était souvent bien longtemps après.

— Allons, au lit, Prue !

Mère sautillait sur sa canne comme un rouge-gorge boiteux.

— Ç'a été une belle journée. On en parlera et on y pensera longtemps. Et il n'y avait rien de mal à ça ; nous étions encore en deuil, mais c'était pour rendre service que nous y allions. On ne peut pas nous blâmer d'avoir rendu service. Est-ce que je me suis bien tenue, Prue ?

— Oh ! oui, mère, bien sûr !

— Et j'ai bien filé ?

— Merveilleusement.

C'était son habitude de se faire complimenter comme une enfant et elle vous gagnait le cœur aussi comme une enfant.

— Et c'est un si gentil garçon, ce tisserand, Sarn ! Un homme qu'une femme aimerait bien avoir pour fils.

— C'est-il Woodseaves ?
— Oui.
— Un rude lutteur, à ce qu'on dit. Et calé sur les livres aussi, pour un des nôtres. Le châtelain lui a proposé un poste de clerc à la mairie, mais il n'en a point voulu. Il a dit qu'il aimait mieux travailler de ses mains et qu'il ne pouvait point souffrir la politique, vu que c'était rien que des menteries et qu'il voulait pas y être mêlé. « Je tisserai du linge blanc plutôt que des mensonges noirs », qu'il a dit, et le vieux châtelain en est resté tout ébouriffé. Il aurait bien voulu faire déguerpir Woodseaves, seulement la maison est à lui, de par le testament de son oncle.

Mère tenta de savoir si le tisserand me plaisait.

— Je crois point, ma fille, car t'as rien dit et t'es allée te cacher derrière le banc.

— S'il me plaît ? dis-je. Oh !... s'il me plaît ?

— Allons, Prue, tu dors debout, dit Gédéon. File au lit, autrement tu pourras point travailler demain.

En vérité, ce n'était pas le sommeil qui m'engourdissait, mais l'émotion. Le Maître est ici. Vous voudriez aller à sa rencontre pour lui offrir le beurre le plus frais, le fromage le plus beau, le lait le plus pur, et vêtue de votre plus belle robe fleurie d'un bouquet, dire oui en souriant à toutes ses demandes... et, vous ne pouvez rien faire de tout cela parce que vous avez un bec-de-lièvre et que vous êtes accusée de sorcellerie !

Le Maître est ici et il t'a appelée. Le Maître est ici.

Toute cette nuit-là, dans le grenier, ces mots retentirent à mes oreilles, triomphants et tristes à la fois. Et quand l'obscurité se dissipa, que des formes se glissèrent peu à peu hors de la nuit, que l'odeur de l'aurore se fit sentir tandis que notre coq laissait éclater son chant pour saluer l'éveil du printemps, j'entendais encore ces mots tout remplis de douceur et d'effroi.

Le Maître est ici.

Ils faisaient un tel murmure, et si déchirant, que je les inscrivis dans mon cahier. De tout ce que je voulais écrire sur la veillée d'amour, le jeu des couleurs et son arrivée, je n'écrivis presque rien. Et pourtant, quand je rouvre ce cahier et relis ces quatre mots joliment moulés de ma plus belle écriture, tout me revient aussi nettement que si cela datait d'aujourd'hui.

Je regardai le métier et crus revoir Kester travaillant là. Je rouvris mon cahier en me demandant s'il savait écrire en grandes lettres et en petites, rouges ou noires, simples ou ornées. Et j'étais sûre qu'il savait tout cela, et bien d'autres choses encore.

Quand, le lendemain matin, Jancis accourut par le sentier, je fus sur le point de m'écrier : « Va-t-il bien ? » Car il me semblait que mille accidents avaient pu lui arriver pendant la nuit. Mais tout ce que j'osai dire fut :

— Quel jour le tisserand repart-il ?

— Oh ! demain, répondit-elle avec indifférence.

Puis elle se mit à pleurer et me pria de lui venir en aide, car Beguildy était décidé à faire apparaître Vénus pour confondre le jeune châtelain, quoi qu'il dût en advenir.

— Et c'est moi qui dois faire Vénus ! Oh ! mon Dieu ! mon Dieu ! Et c'est pour après-demain ! Ce que j'ai peur. Prue ! Car si Sarn apprenait que je me suis montrée toute nue dans une salle avec une lumière rose tombant sur moi, et devant un étranger, il ne voudrait plus jamais me parler !

— Non, c'est sûr, dis-je, car je connaissais bien Gédéon.

— Et il le saura sûrement.

— Oui, c'est probable.

— Mais père en devient fou. Il tient à ce spectacle. Il dit que le jeune M. Camperdine a ri aux éclats, et qu'il lui a tapé sur l'épaule en lui promettant cinq livres pour une apparition, quelle qu'elle soit. Cinq livres, Prue! Et quand j'ai dit non, père m'a battue. Et il a dit que si je refusais il me ferait travailler aux champs et me battrait tous les samedis pendant une année. Oh! Prue, que faire?

— Comment va-t-il s'y prendre?

— Voilà : j'irai dans la cave au-dessous de sa chambre, avec la trappe ouverte, et je serai soutenue sous les bras par une corde attachée à une poulie au plafond; et mère restera à la cave pour allumer ce qui doit faire de la fumée et enrouler la corde autour de moi comme il faut. Alors père tirera sur la corde dans la cuisine, par-dessous la porte, et je m'élèverai lentement dans la lumière rouge. Il dit qu'il fera trop sombre pour qu'on voie ma figure, mais ça ne me console guère. Ça ne serait pas une excuse pour Sarn.

— Non. Tiens-tu beaucoup à Gédéon, Jancis?

— Oh! oui, j'y tiens!

— Te rappelles-tu ce verset : « Le Maître est ici? »

— Dans la Bible? Oui, je m'en souviens.

— Penses-tu cela de Gédéon?

Une jolie couleur passa sur son visage.

— Oh! oui, vraiment, Sarn est mon maître.

— Et l'autre... s'en va demain, tu as dit?

— Quel autre?

— Mais, maître Woodseaves.

— Oui, il part demain.

— Bon, écoute alors, Jancis, je ferai cela pour toi.

— Toi?

Sa bouche était si rouge et si arrondie de surprise que je l'aurais volontiers battue, la pauvre fille.

— Oui, moi ! Je sais bien que ce sera bizarre pour moi de faire Vénus, ajoutai-je d'un ton amer.

— Mais père le saura !

— Tu dis qu'il sera dans la cuisine.

— Et le jeune homme ?

— Tu dis qu'il ne verra pas ta figure. Il ne fera pas clair, et puis je me détournerai. Et je mettrai la mousseline des groseilliers sur ma tête pour qu'il ne remarque pas mes cheveux noirs. Il verra ce qu'il est venu voir, ce jeune dégoûtant : une femme nue. Alors il versera son argent et tu seras libre.

— Oh ! Prue que tu es bonne ! Comme je t'aime, Prue ! Je te rendrai ça d'une façon ou d'une autre. Heureusement que ça n'aura pas d'importance pour toi, puisque tu n'auras jamais d'amoureux.

Que les gens peuvent être cruels sans le vouloir ! C'était là le bénéfice de ma bonne action. Ceux qui assurent que la bonté est récompensée se trompent bien.

J'aurais voulu l'étrangler pour cette parole. De colère mon sang grondait à mes oreilles.

— Va-t'en maintenant, dis-je. Nous reparlerons de cela demain. Va-t'en vite bien loin de moi !

Alors, me jetant un regard surpris et effrayé, elle s'enfuit.

CHAPITRE VIII

L'apparition de Vénus

Les personnes austères devront passer ce chapitre. Je le ferai donc aussi bref que possible.

Quand le soir convenu arriva, je me sentis terrifiée à la pensée de me montrer complètement nue. Je savais pourtant que Mlle Dorabella et les autres grandes dames enlevaient le haut de leur robe pour sortir le soir et n'avaient pas honte d'apparaître ainsi; mais les femmes de notre condition ont plus de modestie.

En pénétrant par la porte du sous-sol afin de n'être pas vue, je tremblais comme une feuille, et ce fut seulement par pitié pour la pauvre Jancis que j'eus le courage de continuer. Dans la maison, Beguildy remuait au-dessus de nos têtes, ouvrait la trappe, préparait tout. Je me disais qu'il était fort stupide de s'imaginer qu'on pût croire à ses comédies. Enfin nous entendîmes le cheval du jeune M. Camperdine, puis un bruit de pas au-dessus de nous, et Beguildy tira sur la corde pour nous avertir que tout était prêt.

Il est souvent plus facile de mourir par amour que de se rendre ridicule. Ainsi pensai-je, tandis que j'étais soulevée dans la chambre sombre au milieu d'une fumée qui me suffoquait et que j'étendais les mains pour éviter de me heurter aux parois de la trappe. Je ne savais si je devais rire de toute cette niaiserie ou pleurer de cette amère comédie qui m'humiliait tant, puisque je feignais d'être la plus belle des femmes, et une déesse par-dessus le marché, alors que, vous le savez, je portais la malédiction sur mon visage.

Tout était confus dans la chambre. C'est à peine si je pouvais distinguer quelqu'un dans un coin. Beguildy chantait une sorte d'incantation bizarre dans la cuisine; au dehors, le cheval du jeune homme piaffait et secouait son mors.

A l'instant où j'émergeais de la trappe et me trouvais suspendue dans la lueur rose, le jeune châtelain sursauta sur sa chaise et tendit les mains comme un enfant dans une pâtisserie. Mais je savais qu'il avait fait serment de ne pas bouger de son siège. Ce doit être étrange, me dis-je à ce moment, de passer dans la vie parmi des hommes qui tendent de tous les côtés leurs mains vers vous, d'être toujours le gâteau de la vitrine convoité par des yeux affamés. Puis, soudain, j'entendis un bruit dans l'autre coin de la chambre et, tournant les yeux de ce côté, je faillis pousser un cri : Kester Woodseaves était là.

Le destin joua-t-il jamais un plus mauvais tour à quelqu'un? Il était là, l'homme qu'entre tous je voulais fuir, puisque je l'aimais tant déjà et que je ne devais pas lui imposer mon malheur. Il était là, si près de moi dans cette petite pièce qu'en deux pas il eût pu me toucher. Penché en avant comme le jeune homme, il fit le geste d'étendre les bras, mais il se retint en soupirant, et je sais aujourd'hui qu'à ce moment le désir s'éveilla en lui. J'eus alors une grande joie à la pensée que c'était moi, et non une autre, qui lui faisais tendre les bras; car dans cette chambre, il ne pouvait voir ma misère, il n'apercevait qu'une femme d'une blancheur étincelante comme toutes les autres. Je me suis souvent demandé depuis lors s'il eût été aussi ému en voyant Jancis, crucifiée ainsi toute nue, au lieu de moi. N'était-ce qu'un désir charnel comme chez le jeune châtelain, ou bien était-ce déjà que mon âme, accordée à la sienne, l'attirait, s'emparait de lui, soutenant son cœur, stimulant son amour?

Je crois que l'esprit agit sur le corps, le transfigure, le couvre d'un voile qui le fait apparaître plus beau qu'il n'est. Qu'est-ce donc que la chair par elle-même? On peut la regarder et n'en éprouver que du dégoût. On peut la voir taillée à l'étal du boucher, ou ivre dans le ruisseau, ou morte dans le cercueil; car le monde est plein de chair comme le comptoir de l'épicier est plein de chandelles au début de l'hiver; mais ce n'est qu'après en avoir apporté une chez vous et l'avoir allumée qu'elle peut vous offrir un réconfort. J'ai toujours remarqué que les femmes qui ont de belles joues fraîches et des seins bombés comme le mamelon où dansait Féléna, mais qui sont dépourvues d'une âme capable d'accueillir la joie et la douleur, ne sont pas celles qui subjuguent les hommes. Celles qui les attirent par douzaines, par centaines, comme une église illuminée au temps pascal, sont bien souvent des femmes qui ne pensent guère à leur corps.

On peut s'en étonner comme on s'étonne de tant de choses vraies; mais ce n'est pas plus surprenant que de voir un homme conquis par une femme maudite et défigurée, à qui l'on avait dit: « Tu n'auras jamais d'amoureux. » J'en aurais eu deux, ce soir-là, si je l'avais voulu. En voyant les épaules du châtelain se courber sous le poids du désir, j'avais compris pour la première fois de ma vie que, quel que fût mon visage, mon corps n'était pas sans beauté. Des pieds aux épaules je valais n'importe quelle jolie femme. Sous la lumière rouge, ma peau était comme un pétale de rose, et mes formes étaient celles qu'on donne aux naïades, souples et séduisantes.

Je n'aurais pas été trop effrayée de jouer cette comédie ridicule devant un étranger, mais maintenant je me sentais rougir de la tête aux pieds, tout en étant glacée. Chaque seconde me semblait une heure, et j'avais honte de moi comme si je me prostituais. Et cependant j'éprouvais une sorte de joie à offrir ainsi mon corps aux regards de celui qui était devenu mon maître pour toujours.

J'abaissai la mousseline sur mon visage en glissant un regard vers cet être merveilleux. Car en vérité, alors comme aujourd'hui, il l'était, non par son aspect ni par ses actes, mais par cette force muette qu'il recélait, cette puissance concentrée aussi formidable qu'une grande montagne élevée vers le ciel, et qu'on ne pouvait ni mesurer, ni décrire, mais simplement sentir.

A travers la fumée qui se dissipait, j'apercevais son visage tendu par la passion (qu'il m'ait aimée ou non par la suite, alors, j'en suis sûre, il m'aima) et marqué de cette expression douloureuse que prend la figure des hommes entre la montée du désir et sa satisfaction.

Cette scène est longue à décrire, mais je ne restai dans la chambre que le temps de laisser Mme Beguildy compter jusqu'à soixante. Beguildy craignait qu'on ne découvrît sa supercherie si le spectacle durait trop longtemps, ne se doutant pas, pauvre innocent, que ni l'un ni l'autre ne croyait un mot de toute son histoire. Je n'étais pas encore remise de l'émotion causée par la vue de

Kester Woodseaves que j'entendis Beguildy crier de la cuisine :

— Eh bien ! Eh bien ! Messieurs, n'ai-je point gagné mes cinq livres ?

— Si ! Si ! dit M. Camperdine en me fixant d'un lourd regard, et davantage encore !

Beguildy se mit à chanter une autre chanson stupide, destinée à me prévenir qu'on allait me faire redescendre. Jamais femme ne fut plus heureuse de se trouver dans une cave que je le fus en reprenant pied dans celle du sorcier. Je me rhabillai le plus vite possible, car on entendait le châtelain qui discutait au fond de la cuisine avec Beguildy.

— Et quoi encore ? Et quoi encore ? Parler à une apparition ? disait Beguildy. Comment voulez-vous parler à Mme Vénus puisqu'elle est morte et disparue depuis mille ans ? Je l'ai fait revenir pour vous, à travers le tombeau et les portes de la mort, pour cinq livres payées comptant, mais je ne peux pas la garder. Elle vient sur un nuage, juste le temps que vous comptiez jusqu'à soixante, et puis elle s'en retourne. Car ce n'est qu'une belle apparition, vous savez, et il faut qu'elle soit rentrée chez elle à la chandelle.

Là-dessus on entendit un grand éclat de rire, et comme M. Camperdine allait chercher son cheval, il s'écria :

— Je reviendrai voir Vénus un de ces jours, Beguildy. Elle est très bien tournée, pardieu, *d'où* qu'elle vienne !

Tandis que je me faufilais vers la maison derrière la charmille dénudée, mon cœur était confondu comme celui d'une jeune mariée dont l'époux aperçoit pour la première fois la beauté. Mais la honte se mêlait à cette confusion et aussi un grand désespoir, car je n'étais pas une jeune mariée, et un étranger m'avait vue et désirée en même temps que celui qui était pour moi tout l'univers, bien que je ne l'eusse aperçu qu'une fois auparavant.

Je m'émerveillais de penser qu'en travaillant, le lendemain, dans la maison et au dehors, peinant comme un homme à des besognes d'homme, je serais dans mon âme l'épouse du tisserand. Pendant qu'au labour avec Gédéon je retournerais les mottes durcies, que je nettoierais l'étable, vêtue de toile à sac et les pieds dans mes sabots, que, dans la basse-cour boueuse, je donnerais la pâture à la volaille, plus semblable à un homme qu'à un être de mon sexe et plus encore à un épouvantail qu'à un homme, je serais une femme pour lui, vivifiée par la lumière de ses yeux, réconfortée par son sourire, « son étendard sur moi étant l'amour ». En foulant le sillon à la suite de Gédéon, je tremblerais dans les bras de mon bien-aimé, toute défaillante comme chez Beguildy. Malgré mes mains rugueuses et gercées, mon visage rougi et tanné par le grand air, je serais, en pensant à celui que j'aimais, une fleur et le pétale d'une fleur. Car l'amour est une rosée de mai capable de transformer la pire moricaude en une Jancis. De l'amour, je n'avais que l'ombre, oui, et même l'ombre d'une ombre, comme lorsqu'on aperçoit dans l'étang le reflet d'un nénuphar, non pas tranquille, mais agité par les rides de l'eau, si bien que ce reflet tout déformé vous échappe en partie ; cependant le monde en était pour moi renouvelé.

Je me demandais si quelque événement allait survenir dans ma vie d'ici le moment où les nénuphars refleuriraient près des rives de l'étang, semblables à de larges gouttes de cire claire. On n'en voyait, pour l'instant, qu'une imitation, car parmi les feuillages gelés reposaient des nénuphars de glace. Toutefois, pendant que je songeais à Kester Woodseaves et à ce qu'il était devenu pour moi, il me semblait voir et entendre, par-ci par-là dans les bois sombres, une lueur, un son annonciateur du printemps. Un appel de flûte venait de la chênaie, une éclosion pourpre se montrait à la cime des arbres, une douce teinte jaunissante luisait parmi les chélidoines de la hêtraie.

Quand j'arrivai au grenier, je vis le printemps devant moi, malgré le froid qui m'empêchait presque d'écrire; et dans mon cahier j'inscrivis ces mots : « Premier jour du printemps », d'une grande écriture ornée de jolis entrelacs. Ainsi je garderais le souvenir du second jour où j'avais vu celui que j'aimais et de la première fois qu'il m'avait vue. Et non seulement il m'avait vue, mais il m'avait regardée avec tendresse et désir. C'était seulement parce qu'il ignorait la vérité, je le savais; néanmoins j'étais contente de ce que je possédais, comme l'oiseau qui, un jour d'hiver, vient chercher une petite croûte dans votre main alors qu'au temps d'abondance il rirait de vous sur la plus haute branche.

J'avais pris ma croûte, et voilà que c'était la Cène !

CHAPITRE IX

Le jeu des conquérants

Le lendemain matin, en labourant avec Gédéon l'un des prés les plus éloignés, j'aperçus dans une haie les chatons jaunes d'un noisetier. Je les rapportai dans ma cachette et j'en garnis une cruche sur un coffre. Mais avant de rentrer, je les avais attachés en petites touffes aux cornes des bœufs, de sorte que, durant cette triste journée d'hiver, nos bêtes parcoururent le champ rougeâtre, couvert par endroits d'un givre étincelant, en promenant sur leur tête, comme dans une foire, de branlants plumets d'or.

Pendant que nous dételions, Gédéon me dit :

— Qu'est-ce qui t'a pris d'attifer ainsi le bétail ?

— C'est le jour de mai, répondis-je.

Il eut l'air ahuri, mais répliqua que si j'aimais ces amusettes, il ne s'y opposait pas du moment que je travaillais proprement.

— Quand donc ce labourage épuisant sera-t-il fini, Gédéon ? demandai-je.

C'était ce que je détestais le plus ; non pas le labourage en soi, mais la besogne qui accaparait tant notre vie que nous ne pouvions rien faire d'autre. Gédéon était enragé au labour. Du matin au soir, par la pluie ou le froid, il était aux champs, attelé à sa charrue, et souvent pour faire à la terre plus de mal que de bien. Toute la ferme devait donner du blé. Toute la cour devait être remplie de blé. Il n'y avait qu'à en produire assez, disait-il, pour faire fortune sans nous en apercevoir. Je maudissais la nouvelle loi qui rendait la récolte si profitable.

— Dès que nous aurons mis assez de côté, Prue, nous partirons, et adieu le pays ! me dit-il.

— Je ne te comprends pas, Gédéon. Si au moins tu étais fier de ta terre ; mais c'est si étrange de lui donner tout notre temps et toutes nos forces comme une mère le fait pour son enfant et de ne point l'aimer. C'est comme si la mère ne tenait pas à son enfant et ne pensait qu'à le vendre.

— Mais c'est bien ça, Prue. Je me moque pas mal de la terre, et aussi de l'argent, *pour* l'argent.

— Alors, à quoi tiens-tu donc ?

— A enfoncer mes dents dans quelque chose de dur et à le mâcher. A jouer aux conquérants jusqu'à ce qu'il ne reste plus un noyau ni une coquille qui ne soit à moi. A être le roi du pays, la seule pomme sur la branche.

— Mais pourquoi faire, Gédéon ?

— T'es toujours à demander des *pourquoi*. Parce que je suis fait comme ça et qu'il n'y a point à aller contre.

Nous en revenions toujours là.

— Ce qu'il faut, c'est garder les hommes justes qui ont fait la loi, pour qu'on n'aille point la changer avant que nous ayons fait fortune, reprit-il.

On eût dit que le pays était un pantin destiné à faire toutes ses volontés et à emplir ses poches d'écus.

— Qui appelles-tu les hommes justes ?

— Ceux qui font monter le prix du blé.

— Mais les pauvres gens qui meurent de faim aimeraient voir les prix baisser ?

— Qu'ils souffrent et montrent les dents. Ils n'ont qu'à travailler ! Je trime, moi, n'est-ce pas ?

Bonté divine, c'est qu'il trimait, en effet ! Il était tout os et muscles, et sans plus de pitié pour lui-même que pour les autres. Je lui demandai s'il soutiendrait le parti du châtelain aux élections, malgré ce qu'avait dit Mlle Dorabella.

— Oui, faut bien. Il a beaucoup de blé, il ne fera point baisser les prix.

— Et quand quitteras-tu la charrue ?

— Pas avant que nous ayons acheté la maison, et que nous ayons de l'argent à la banque par-dessus le marché.

— Mais quand nous aurons tout labouré, sauf l'herbage qu'il faut garder pour le bétail, tu seras bien forcé de t'arrêter.

— Non, si nous n'avons point assez d'argent, je me mettrai à essarter les bois.

— Oh ! mon Dieu, mon Dieu ! m'écriai-je, prête à pleurer.

Rien ne pouvait être pire que de le voir penser aux bois. Il n'y aurait plus de paix pour nous, puisque nous possédions tous ceux qui entouraient la ferme, et qu'il y avait de quoi y travailler toute une éternité. Les larmes coulaient lentement sur mes joues, aussi froides que l'air du soir.

— Ben, qu'est-ce qui te prend ? dit Gédéon. Tu piailles ? Saperlotte, quelle fille ! Tu vois bien, ma vieille, que nous travaillons pour l'avenir.

— Je n'ai pas confiance dans l'avenir, dis-je. C'est comme le pâté de son qu'on donne aux enfants de

Lullingford le jour de Noël. On en tire quelque chose, mais ce n'est généralement qu'une devise sur du papier; et si l'on a vraiment un cadeau, il y a dix chances pour que ce ne soit pas ce que vous voulez, car ce que vous voulez n'est pas dans le pâté.

— Bonté divine, quelle avalanche de sornettes! L'avenir est comme on le fait.

— Mais non! dis-je. C'est le pays bleu que le voyageur aperçoit à l'aube; il ne sait pas si ce sera un doux pays où des fermes lancent un panache de fumée dans le soleil couchant et hébergent celui qui passe, ou si ce sera une lande sauvage et déserte où il mourra de faim et de froid avant le jour.

— Là, dit Gédéon, t'as froid et faim, v'là ce que t'as. T'as besoin d'une bonne tasse de thé et d'une platée de pommes de terre au lard. Tiens, je veux être pendu si voilà pas justement mère qui remue son plateau.

Notre pauvre mère attendait toujours la soirée avec impatience, car elle aimait la compagnie. Les journées lui semblaient longues dans la maison silencieuse; et comme elle était craintive, la chute d'une feuille ou le craquement d'une porte la faisait sursauter. De temps en temps, elle me suppliait d'abandonner le labour et de rester un peu près d'elle. Mais j'avais juré d'obéir à Gédéon; aussi lui faisais-je de beaux récits sur ce qui se passerait quand nous serions riches, parlant des valets, des servantes, et l'assurant qu'elle n'aurait plus de cochons à garder. Cela l'égayait un moment, mais bientôt elle soupirait en hochant la tête :

— C'est bien loin, Prue, c'est bien loin! Peut-être que je n'y serai plus. Je voudrais avoir mes aises maintenant, ma fille. C'est si contrariant de garder les cochons dans les bois. Mes pauvres jambes me font tout plein mal, et si je m'assieds, j'attrape des rhumatismes. Et puis les cochons s'en vont barboter tout près de l'eau, et mes pieds sont toujours trempés. J'aimerais mieux moins de servantes et de valets dans les années à venir, et moins de cochons pour le quart d'heure, un peu moins de compagnie alors et un peu plus maintenant. Tout ça c'est très loin, et c'est pas plus sûr que toutes les belles demeures du paradis. Dis-lui ça, Prue ! Dis à Sarn, mon gars, que j'aimerais avoir quelques petites choses tout de suite et pas tant plus tard.

— Oui, je le lui dirai, mère ; mais pense au moment où nous ne labourerons plus.

— Sarn ne s'arrêtera jamais de labourer. Ou alors ce sera pour faire autre chose. C'est sa façon à lui, il ne peut point se reposer. Il est comme celui qui courait sur les routes avec de mauvaises nouvelles et qui crevait ses rosses et en achetait d'autres en ne pensant qu'à arriver. Et quand il est arrivé et qu'il a dit ses nouvelles, il ne pouvait plus s'arrêter, et il galopait, galopait sans repos, harcelant son cheval nuit et jour, sans nouvelles à dire, et sans but à atteindre. On raconte qu'il galope encore. Bien sûr, Prue, que ç'aurait joliment mieux valu pour nous comme pour lui si mon fils Sarn était né idiot et s'il était resté à jouer avec des osselets ou à enfiler des marguerites.

Appuyée sur un long bâton, elle avait un air singulier, avec son fichu rouge, sa bouche tremblante et ses yeux brillants comme ceux d'un prophète, tandis que les grands cochons maigres grognaient et reniflaient tout autour, et que, derrière elle, l'étang de Sarn était comme le verre bleu qui entoure un personnage de vitrail. Je me demandais si l'on avait jamais montré des cochons sur des vitraux dans les peintures de l'Enfant prodigue, et je ne pus m'empêcher de sourire avec une certaine mélancolie en songeant que c'était là le tableau de la mère prodigue, et que nous serions bien aises si Gédéon l'était aussi quelque peu.

— Qu'est-ce qui te prend de rire comme ça ? dit-elle.

— C'est de penser que tu es la mère prodigue.

— Je saisis point. Je comprends rien à un seul de mes enfants ! Oh ! Seigneur ! Mais c'est pas charitable, Prue, de rire pendant que je pleure !

Pauvre mère ! Elle disait parfois de ces vérités. Elle exprimait ma vieille plainte contre le monde qui riait pendant que je sanglotais.

— Allons, allons, je vais le dire à Gédéon, répondis-je.

Ce n'était pas le moins bizarre de notre vie que je fusse cette intermédiaire, transmettant les messages de la mère à son fils. Elle n'avait jamais le courage de commencer, ni de soutenir son regard froid et tranchant.

Le lendemain matin, je parlai à Gédéon. Il était déjà aux champs, avant moi, comme toujours. Le temps était froid et brumeux de sorte que les terres labourées, plus brillantes que solides, avaient l'aspect de miroirs ternis ou d'une eau sous un ciel couvert. Dans les creux où la gelée tenait encore et reluisait sous le soleil, les champs étaient polis comme la surface d'un lac miroitant.

Gédéon et ses bœufs, avançant lentement, formaient dans les champs solitaires un tableau sombre et vigoureux. Cela me rappelait les figures taillées dans le chêne brun à la pointe des pignons de certaines maisons de Lullingford, et qui se détachaient toujours en noir sur le ciel. L'haleine des bœufs et la vapeur de leur corps les enveloppaient de telle façon que ce groupe, isolé dans le champ désert, semblait tiré en avant par une main invisible.

— Gédéon, dis-je, mère ne va pas fort. Elle a besoin de se reposer. Prends un gamin pour garder les cochons dans les bois.

— Un gamin ! Bonté divine, mais lequel ?

— Il y a le Tim du meunier. Il n'a que sept ans, mais il pourrait garder les cochons, et je lui donnerais son thé.

— Quoi ! Nourrir un grand galopin de sept ans tous les jours de la semaine, sauf le dimanche ? T'es folle, Prue !

— Mère est toute triste et point vaillante. Elle a besoin de repos, et aussi de compagnie dans sa vieillesse et d'un peu de bien-être.

— Est-ce que je ne travaille pas pour ça ? Est-ce qu'elle n'aura point des servantes et des valets, les meilleures des bonnes choses, un banc à l'église et de la vraie porcelaine pour manger dedans ?

— Oui, dans les temps à venir, si elle dure. Mais elle ne durera peut-être pas. C'est maintenant qu'il lui faudrait tout ça.

— Mère n'est point malade. Elle peut très bien continuer comme ça. Elle est au bon air en gardant les cochons, et elle n'a qu'à se nicher près du feu à la veillée pour calmer ses douleurs.

— Elle se fait des idées noires, mon garçon. Elle voudrait que je reste davantage près d'elle.

— Ben, tu y seras quand nous aurons fini de labourer.

— Ce ne sera pas de sitôt. En tout cas, il faut prendre un gamin pour les cochons.

— Il faut, il faut ! Qu'est-ce que t'es pour me parler sur ce ton-là ? C'est moi le maître, à Sarn.

— T'as pas le droit de faire périr mère quand elle est vieille et malade.

Gédéon me lança son regard foudroyant.

— Peut-être bien, dit-il, d'un ton lent et sarcastique, peut-être bien que t'aimerais censément te marier pour amener un gars à Sarn de cette façon-là, et il garderait les cochons. C'est-à-dire si quelqu'un veut de toi.

Et saisissant le manche de la charrue, il poursuivit son sillon.

Il me fallut un long moment au grenier pour effacer ces paroles, mais le charme du lieu m'y aida. J'excusai Gédéon en me disant qu'il avait passé bien des nuits sans sommeil à cause des agneaux. Cette époque est toujours dure pour un berger. Au milieu de la nuit, dans les jours les plus noirs, à l'heure des gnomes, il lui faut être debout, dans la solitude. Enseveli dans la brume, exposé aux vents glacials et à la neige chuchotante qui le pénètrent d'un froid mortel, sursautant à un cri de ce côté de la forêt, ou à un hululement de l'autre, le berger doit veiller tandis que l'activité réconfortante de la ferme s'est tue, et que rien ne combat les fantômes accourus sur le vent d'Est et le norois. Aussi, quand Gédéon se montrait plus tranchant avec moi, passais-je simplement un peu plus de temps au grenier. Il y faisait bon au début du printemps, avec une coupe de primeroles sur la table pendant qu'une brise tiède entrait par la croisée.

Quand vint avril, nous labourions encore, et j'y étais si bien accoutumée que je ne pensais plus à la fatigue et y prenais même du plaisir, chantant toute seule au long des sillons. C'était beau de voir le soc, brillant comme de l'argent, couper la terre dure. Et c'était délicieux de regarder les collines vers Lullingford et d'apercevoir, en avant, la chênaie, les mélèzes, les saules qui bourgeonnaient, comme si un vent chaud eût soufflé de là-bas et appelé les feuilles à la vie. J'aimais aussi voir les corneilles en file sur mes talons, si reluisantes qu'elles semblaient passées au noir ; saluer les oiseaux qui avaient émigré, entendre le chant sauvage et triste du râle d'eau ou celui du vanneau qui changeait son cri d'hiver en un chant plus chaleureux. Il y avait maintenant des violettes à cueillir pour le marché, des porions blottis sous la haie de lierre, et, sur les pommiers, de petits boutons roses délicats comme des menottes de bébé.

Mère devint un peu plus gaie, et un jour que nous prenions le thé près de la fenêtre, devant une botte de giroflées posée sur la table, elle s'écria :

— Nous allons faire venir le tisserand.

J'eus un étouffement et un mouvement convulsif. Mère me demanda ce qui m'arrivait.

— Rien, rien, mais pourquoi pas son apprenti, ce serait moins cher ?

— Je préfère le meilleur tissage.

Je me mis à rêver, car si Kester venait tisser chez nous, il s'installerait au grenier, tournerait autour du métier, regarderait par la petite fenêtre, ferait de mon refuge un lieu tout plein de lui où je l'aurais à moi pour toujours. Et cependant je ne pouvais supporter l'idée qu'il me verrait ; aussi continuai-je si bien à discuter pour avoir son apprenti que Gédéon se figura que j'en étais amoureuse, bien qu'il passât pour un peu sot, et que, par-dessus le marché, il eût quatorze enfants. Mais mère ajusta ses lunettes et me regarda, elle les redressa à nouveau pour me regarder une seconde fois, et encore une fois.

— Nous allons faire venir le tisserand, répéta-t-elle. Et ce fut tout.

C'est le lendemain que Jancis accourut nous dire, toute bouleversée, que Beguildy l'emmènerait à la louée le premier mai si Gédéon ne parvenait pas à l'en empêcher. Elle vint me trouver dans la laiterie où je barattais.

— Oh ! Prue, me dit-elle, le jeune monsieur est revenu, et il veut m'avoir, à moins que ce ne soit toi !

Elle eut un petit rire étouffé au milieu de ses pleurs.

— Et père me dit que ce sera ça ou la louée. J'en aurai pour trois ans, Prue ! Je serai engagée comme laitière ou fille de cuisine pour trois années, à moins que Gédéon n'offre de m'épouser maintenant.

— Gédéon ne voudra pas, ma fille. Il a son idée faite au sujet du labourage. On ne l'en fera pas démordre.

— Mais je ne l'empêcherai pas de continuer.

— Tu serais une nouvelle bouche à nourrir. Et si tu es malade...

— Je ne le serai pas. Je suis plus forte que je n'en ai l'air.

— Tu ne peux pas savoir, Jancis. Quand on se marie, on joue un jeu de colin-maillard qui vous mène on ne sait où. Et si les mioches arrivaient, que deviendrait tout l'argent que Gédéon veut mettre de côté ?

— Oh ! mon Dieu ! Oh ! c'est trop dur, Prue ! J'aime tant Gédéon ! Si on se sépare, ce sera aussi triste que si on ne s'était jamais connu !

— Eh bien ! parles-en à Gédéon.

— Et tu diras un mot pour moi ?

— Oui, mais ce qu'il ne fera pas pour toi qui es sa chère connaissance, il ne le fera sûrement pas pour moi, qui ne suis que sa malheureuse sœur.

A ce moment, Gédéon traversait la cour pour venir prendre le petit lait destiné aux cochons.

Comme il se tenait à la porte de la laiterie, je compris que Jancis pût être folle de lui, car dans sa blouse et sa culotte de cheval, et avec sa tête brune et ses yeux brûlants qui la dévoraient, il était si bel homme qu'on n'aurait pas trouvé son semblable dans dix paroisses.

En jetant un coup d'œil autour de moi, je me disais que cette laiterie était tout ce qu'on pouvait désirer de mieux pour une demande en mariage. Le soleil y entrait de biais, quoique la salle fût dans l'ombre la plupart du temps. Les dalles humides et les grosses terrines brunes mettaient de belles couleurs dans la pièce, et la crème dorée, le beurre et les piles de fromages brillaient comme des boutons d'or et des primeroles. Jancis s'accordait bien à cet ensemble avec ses jolis cheveux blonds et son visage tout animé par la vue de Gédéon ; dans sa robe rose, elle ressemblait à une fleur. Dehors, sur l'aubépine en bourgeons, une grive chantait. Je m'en souviens bien, et ne l'aurais pas oublié même si je ne l'avais pas inscrit dans mon cahier.

— T'es là de bonne heure, dit Gédéon.
— Et bienvenue ?
— Oh ! oui, pour sûr !

Elle me jeta un regard malicieux comme pour me demander si j'en serais fâchée, puis elle se leva sur la pointe des pieds pour que Gédéon l'embrassât.

— J'ai des nouvelles à t'annoncer, dit-elle. Des bonnes ou des mauvaises, ça dépend de ce que tu feras.
— Moi ?
— Oui, c'est comme ça, Sarn. Père a dit qu'il fallait que...

Elle me regarda, n'osant continuer.

— Beguildy veut vendre la petite, Gédéon. A quoi bon mâcher les mots ? Il veut la vendre au jeune Camperdine pour son plaisir.

Jancis se cacha la tête dans ses mains.

— Et si elle refuse, il la louera pour trois ans comme fille de cuisine.

— Quoi ! Vendre ma promise ? Beguildy voudrait vendre ma promise ? Pardieu, je le noierais bien s'il faisait ça !

— Il ne l'a pas encore vendue, Gédéon.

— Tant mieux pour lui.

— Mais il faudra qu'elle s'en aille pour trois ans quelque part, plus loin que Lullingford.

Gédéon se pencha vers elle, lui écarta les mains et la regarda sauvagement.

— Es-tu une fille fidèle ? dit-il. Pardieu, si t'as fauté avec le fils Camperdine, je le tuerai à coups de hache. Oui ! Et toi, je t'étranglerai !

— Non, non, Sarn, je n'ai rien fait, je n'ai rien fait ! s'écria-t-elle. Je ne t'ai pas trompé, Sarn, vrai de vrai !

— Mais que va-t-elle faire, Gédéon ? Si elle ne devient pas la maîtresse du jeune monsieur, elle va être forcée de s'en aller.

— Je ne veux pas m'en aller !

Et là-dessus, elle se remit à pleurer. J'attendais une parole de Gédéon, mais il restait muet.

— Il y aurait un autre moyen, Gédéon.

J'avais pris un ton caressant, car je sentais que l'heure était décisive pour leurs deux existences. Leur route la meilleure s'offrait à eux ce jour-là. Gédéon se trouvait à un des moments de sa vie où il pouvait choisir son bonheur : soit le chemin de l'amour et les jours heureux qui voient croître les gais coucous, ces clés du ciel, soit le sentier tortueux qui conduit vers cette chose terrifiante, ce maléfice, cet or maudit qui dévore le sang de la vie.

Jancis semblait comprendre aussi que leur avenir dépendait de cet instant. Penchée sur la main de Gédéon, elle la couvrait de baisers en disant doucement d'une voix rauque :

— Oh ! sois mon amoureux, Sarn !

Il poussa une sorte de gémissement et dit :

— Je sais bien où tu veux me mener, Prue, avec tes yeux fixés sur moi. Tu me tires vers la pauvreté et la perte de tout ce que j'ai rêvé.

— Je travaillerai le double, mon garçon, dis-je.

— A quoi ça servirait ? Tu sais bien ce qui arriverait ? Un homme pourrait-il faire autrement avec un joli morceau de femme comme ça ? Des bouches à nourrir, des bouches à nourrir. Et jamais plus de grande maison, ni de servantes ni de valets, ni de banc à l'église. Point d'argent pour toi. Point de bal de chasse pour Jancis. Plus moyen de fréquenter les riches. Si jamais on faisait de l'argent, ce ne serait que dans des années et des années. On perdrait la maison et on vivrait en se cassant la tête et en mangeant tout notre bien. Un homme avec une femme et des enfants, ça ne réussit jamais. Il faut qu'il fasse de l'argent d'abord.

— Mais tu travaillerais mieux si tu étais heureux, et si Jancis était heureuse aussi, pour sûr !

— Bien sûr que non ! Le bonheur et la paresse sont frères jumeaux. Quand on veut travailler, faut être ni heureux ni malheureux. Faut penser à son travail et à rien d'autre. Et puis, si je prends Jancis maintenant à la barbe du fils Camperdine qui la veut, je le mettrai contre moi, et tous les siens aussi. S'il est fou d'amour, on n'y peut rien, mais faut y veiller.

Il regarda Jancis d'un air soupçonneux, et elle me supplia des yeux de tout lui expliquer. Mais je ne le pouvais pas. J'aurais fait beaucoup pour l'aider ; aller jusque-là, c'était trop. Car je tremblais que l'histoire ne revînt aux oreilles de Kester Woodseaves. Jancis avait juré de n'en rien dire à personne, sauf à Gédéon, en cas de nécessité absolue. Aussi gardai-je le silence, et je ne crois pas que cela changea quoi que ce fût, car Beguildy avait fait son plan au sujet de Jancis, et si ce n'était pas le jeune châtelain, ce serait quelqu'un d'autre. Il valait mieux que Gédéon se décidât une fois pour toutes ; s'il choisissait bien, il épousait Jancis et empêchait Beguildy de poursuivre ses projets.

— Ça ne retarderait qu'un peu ton aisance, Gédéon, dis-je.

— Non, ça la retarderait pour toujours. Ce qu'il vaut mieux reculer, c'est la noce. Nous attendrons trois ans. Ça nous donnera le temps de nous retourner. C'est pas que je le veuille, pourtant !...

Il devint silencieux tout en contemplant Jancis. Je pouvais voir le désir altérer son visage ; il en tremblait de tous ses membres. C'était un spectacle singulier que ce grand garçon vigoureux, agité comme une femme qui vient de voir un fantôme.

Il s'avança vers Jancis et je me disposais à me retirer, croyant qu'il allait la prendre dans ses bras et que tout serait arrangé, mais, reculant soudain, il murmura : « Non, non ! » et il ajouta :

— Tu ne pourrais point avoir de robe de soie pour danser la contredanse au bal de la chasse, Jancis. Ça te ferait deuil.

— Oui.

— Ben, si t'es laitière ou quelque chose comme ça, tu soupireras après, tout comme moi. Trois ans, c'est vite passé. Au bout de ce temps-là, toutes les terres labourées donneront bien et nous récolterons ce que nous aurons semé.

— A Dieu ne plaise ! m'écriai-je.

Gédéon s'emporta sans que j'en pusse savoir la raison et répliqua :

— Pourquoi ça ? Pourquoi ça ? Je crains point de récolter ce que j'ai semé !

— Mais pas si c'est la malédiction, Gédéon ? Pas si c'est le maléfice dont il est parlé dans ce livre que le pasteur m'a prêté ? Tu ne voudras pas ça dans ton blé, mon garçon, pas cette chose qui vient de l'enfer ?

— Quoi que ce soit, dit-il, si je le sème et que cela me donne ce que je veux avoir, je l'accueillerai bien.

Jancis fit entendre un petit sanglot, et, me retournant vers elle, je vis que, derrière sa tête blonde, la journée de printemps s'était assombrie et que l'aubépine était fouettée par un coup de vent subit.

— Tu feras mieux de t'en retourner, ma fille, dis-je. Il y a de l'orage qui mijote.

— Je viendrai dimanche dire à ton père ce que je pense de lui, dit Gédéon.

— Non, non, ne le mets pas en colère !

— Je me moque pas mal de sa colère !

— Oh ! s'écria-t-elle. Tout va à l'opposé de ce que je voudrais. Pourquoi ne peut-on pas vivre en paix ? Pourquoi es-tu si obstiné, Sarn ? Ecoute ce vent qui s'élève. Ça prédit quelque chose.

Elle se remit à pleurer en se cachant la tête dans son tablier.

— Je voulais tant envoyer les invitations, et qu'on publie nos noms à l'église, dit-elle, tout comme elle aurait dit : « Je voulais jouer au gravier vert ! »

Gédéon l'attira brusquement à lui et l'embrassa, mais il ne revint pas sur sa décision. Une fois qu'il était décidé, rien ne pouvait l'ébranler.

— Il faut que je m'en aille, dit-elle. Viens me reconduire, Sarn.

Comme ils partaient, je la vis se tordre les mains en murmurant :

— Oh ! je vois une route noire qui descend dans l'eau. Et il n'y a plus de soleil. Oh ! Sarn, ne me fais pas prendre cette route !

En un instant elle avait disparu, comme un fantôme, dans le bois désert, obscurci par la tempête.

Livre troisième

CHAPITRE PREMIER

La louée

Le premier jour de mai, comme il y avait tout un lot de provisions à porter au marché, j'empruntai de nouveau le poney du moulin et partis de bon matin avec Gédéon alors que les fleurs violettes du lilas et ses feuilles vertes n'étaient encore qu'une masse grise. J'en avais cueilli une botte la veille au soir, si bien que nous trottions tout enveloppés de son parfum, tout réjouis par sa beauté. La matinée était paisible. Aucun souffle n'agitait les jeunes feuilles pourpres des chênes, et les bouleaux d'argent eux-mêmes, qui ondoient et frissonnent à la moindre brise comme les joncs au bord de l'étang, étaient aussi tranquilles que des herbes au fond d'une eau que rien ne ride. On n'entendait aucun bruit ; pas plus dans les champs grisâtres que dans l'eau, les bois ou le ciel ; rien que le claquement des sabots de nos chevaux sur les cailloux humides. Quelle paix ! On aurait cru qu'un miracle se préparait. L'aube n'aurait pu retenir mieux son souffle si ç'avait été le jour du jugement dernier ou de la résurrection des morts. Quand les haies devinrent plus colorées, les pervenches qui étaient abondantes nous regardèrent comme nous eussent admirés au passage des milliers de petits enfants aux yeux bleus. Les aulnes qui bordaient la route égouttaient leurs chatons dorés. Au-delà s'élevaient les collines, qui semblaient taillées dans du saphir comme la Jérusalem nouvelle et reposaient paisiblement sous un ciel sans nuages. Pas un oiseau, pas une traînée de brume ou de fumée dans toute la plaine. Tandis que je cheminais à côté de Gédéon, sans dire un mot, car je le voyais soucieux et mécontent au souvenir de Beguildy, il me semblait que la nature était, à cette heure, un grand livre ouvert sur les belles pages duquel chacun pouvait se pencher; mais il était rédigé dans des caractères secrets comme certains livres que Beguildy ne prenait pas soin d'enfermer, les sachant illisibles.

En vérité, il n'est pas un arbre ni un buisson, une fleurette ni un brin de mousse, une herbe douce ou amère, un oiseau sillonnant le ciel, un ver labourant le sol, il n'est pas un animal poursuivant sa pénible tâche qui ne soit pour nous une énigme insoluble. Nous ne savons ce qu'ils font, et ce grand univers qui nous paraît si paisible a l'immobilité de la toupie qui semble calme à cause de sa rapidité même. Mais pour quelle raison tourne-t-il, et que faisons-nous tous dans cette stabilité vertigineuse ? Nous l'ignorons.

Je fis observer à Gédéon que la nature s'ouvrait devant nous comme un livre.

— Un livre ? dit-il. Ma foi, non, je vois point de livre. Je vois seulement une fameuse pièce de bonne terre qui ne rapporte rien et qui pourrait bien faire du blé.

Ainsi chacun lit dans le livre de Dieu ce qu'il veut y voir, et rien d'autre.

Nous passâmes sous un poirier sauvage, précocement fleuri, qui me fit penser à Jancis.

— Je me demande où Jancis dormira cette nuit ?
— Chez Grimble.
— Comment peux-tu savoir ça ?
— Je le dis parce que je le sais. Mme Grimble ne cesse pas de changer de laitière, et j'ai entendu dire qu'elle en cherchait une cette saison.
— C'est bien loin, Gédéon !
— Tant mieux ! Elle sera moins sous la main du fils Camperdine.
— Elle sera terriblement seule.
— Tu lui écriras une lettre pour moi de temps en temps.
— D'accord, mais comment pourra-t-elle répondre ?
— J'ai pensé à ça, dit Gédéon d'un air triomphant. C'est une grande ferme, ils font venir le tisserand à peu près tous les mois. Il écrira pour Jancis.
— Quoi ? m'écriai-je, le souffle coupé à la pensée de dire son nom, quoi ! Maître Woodseaves ?
— Bien sûr !

Ah ! bonté divine ! c'était là encore pour moi un singulier coup de la fortune ! J'écrirais des lettres d'amour que lirait celui que j'aimais ; et, de son côté, il en écrirait qu'il me faudrait lire ! Je laissai mon poney trotter à son pas, ce qui me mit bientôt en arrière, car il était comme les gens du moulin et prenait tout avec calme et mélancolie, d'un air fort découragé.

Cet été, des lettres arriveraient, écrites de sa propre écriture, contenant ses propres expressions et ses tours de phrases. On verrait que sa main avait avancé lentement le long des pages et qu'il avait soigneusement formé ses lettres en les examinant de ses yeux bleus fendus qui vous perçaient jusqu'au fond du cœur. Certes, ce ne serait pas des lettres de lui à moi et tout paraîtrait embrouillé, puisqu'il écrirait au nom de Jancis à Gédéon, et moi au nom de Gédéon à Jancis. Ainsi les choses seraient déformées et renversées comme les reflets des nénuphars dans l'étang, alors que j'aurais tant voulu les voir claires et réelles. Mais j'aurais enfin l'occasion d'épancher mon cœur et de dire ce que je croyais ne pouvoir jamais exprimer. Mon âme serait à nu devant lui comme mon corps l'avait été, car nul autre que lui ne lirait mes lettres. Ce n'est pas que le secret de mon âme fût important, mais je n'en désirais pas moins vivement le révéler. C'est un besoin étrange, commun à tous ceux qui aiment. Je ne pouvais me retenir de rire en pensant à la drôle de figure que ferait Gédéon, paré de mon âme, et à la stupéfaction de Jancis, écoutant dans les lettres de son promis des paroles que ni ange ni diable n'auraient pu lui faire dire, et se demandant si le tisserand se moquait d'elle, puis se disant : « Oh ! comme on change quand on écrit ! » J'en riais toute seule, quand soudain j'entendis Gédéon s'écrier :

— Là ! là ! où t'en vas-tu ? Le poney va mettre le pied dans le fossé et se casser une patte en écrabouillant tous les œufs de ton panier, par-dessus le marché ! Qu'est-ce qui te prend ? Tu rêves ?

Il n'était que temps. Le poney et moi sortîmes du fossé de notre mieux et continuâmes notre route, assez penauds et plus attentifs. Alors il me vint à l'esprit que, dans ces lettres, je verrais les pensées de Kester Woodseaves aussi clairement que le ciel. Je le connaîtrais comme si je vivais à son côté. Car ce n'est pas par le nombre des paroles dites, mais par le sens de ces paroles qu'on connaît un être ; de même que ce qui nous tient chaud ne dépend pas de ce qu'on ajoute à la longueur ou à la largeur de la robe, mais de la qualité de l'étoffe. Dans tout ce qu'il écrirait, je le retrouverais ;

car vous ne pouvez écrire un seul mot sans vous révéler par le mot que vous avez choisi et la forme de vos lettres. C'est comme au jeu de l'espion, avec cette différence qu'on ne peut plus se cacher. Je voyais maître Woodseaves rentrant chez lui, content d'avoir rendu service, et encore plus content d'ouvrir sa porte, d'allumer son feu, et de se retrouver seul avec lui-même. Et cependant il se serait montré à moi, il m'aurait fait entrer dans la demeure de son esprit et m'aurait fait asseoir au foyer de sa grande bonté.

Il m'a menée dans la salle du festin
Et son étendard sur moi, c'est amour.

— Prue! s'écria Gédéon. La peste emporte cette fille! Oh! la peste l'emporte! Le poney avait son sabot dans les rênes et son museau dans l'herbe, et me voilà revenu sur mes pas plus d'un demi-mille! Et c'est le jour du marché! Qu'est-ce que t'as? Es-tu malade? Bon sang, on croirait que t'es amoureuse!

Là-dessus je me ressaisis; le poney et moi nous ne pensâmes plus qu'à la route et au marché. Comme on arrive toujours finalement où sont vos pensées, nous atteignîmes Lullingford juste au moment où s'ouvrait la louée.

La longue file des jeunes gens (certains ne l'étaient plus guère) qui venaient se louer commençait près de notre échoppe. Chacun portait l'insigne de son métier. Une cuisinière avait une grande cuillère de bois dont elle frappait la tête des garçons trop entreprenants. Les bouviers avaient un fouet, les tailleurs de haies une serpe, les jardiniers une bêche. Les vachers portaient un seau d'étain reluisant, les chaumiers une botte de chaume. Un maréchal ferrant avait un fer à cheval à son chapeau. Les bergers portaient une houlette, les gardes une lanterne afin de montrer qu'ils veillaient tard dans la nuit pour dépister les voleurs. Mais, comme le disait Gédéon, avoir une lanterne ne prouve pas qu'un homme sortira de ses draps au milieu de la nuit, pas plus que le fait d'accepter chaque dimanche le commandement : « Tu ne convoiteras pas la maison de ton prochain » ne prouve qu'un homme ne passera pas la semaine à essayer de l'obtenir. Et c'est justement ce que faisait Gédéon.

Il y avait là des tailleurs et des tisserands, des cardeurs de laine et des savetiers, que les fermiers louaient en association. Les cardeurs portaient un bourron de laine de couleur, et les tailleurs s'amusaient fort à courir le long de la file des femmes en les menaçant de raccourcir leurs cotillons.

Jancis riait en compagnie des autres, mais je vis qu'elle avait pleuré. Elle avait l'air d'une image avec sa robe de percale, sa coiffe, et le tabouret des laitières. Toutes étaient bien tournées, les servantes avec un balai sur l'épaule, les lavandières avec leur battoir. Il n'était pas surprenant que bien des jeunes fermiers, qui n'avaient besoin ni de cuisinière ni de laitière, vinssent flâner par là en songeant tout à coup à prendre femme.

— Voilà Grimble, dit Gédéon. J'étais sûr qu'il viendrait, rapport au combat de taureau. Il a un nouveau chien, qu'on m'a dit, ardent comme le feu.

Il y avait presque toujours un combat de taureau après la fête de mai, et c'était quelque chose que je ne pouvais supporter.

Je tournai la tête du côté que m'indiquait Gédéon et vis maître Grimble, dont le long nez semblait fait pour se fourrer dans les affaires de tout le monde à seule fin de les embrouiller.

— Est-ce que c'est sa femme ? dis-je.

Gédéon regarda la personne qui l'accompagnait et qui ressemblait à un bonhomme de pain d'épice plat et mal cuit, avec des yeux en raisins. Il me dit que c'était elle, en effet.

— Très pingre et autoritaire, déclarai-je.

— Ben, Jancis a grand besoin d'être menée. Les plus jolies sont toujours les plus fainéantes. Elle mourait de faim chez elle. Elle verra à ne pas se laisser trop dépérir là-bas.

Il semblait ne se tourmenter aucunement.

— Elle se trouverait mieux, et de beaucoup, dans une petite place, chez des gens bien gentils qui seraient bons pour elle, répliquai-je. Pourquoi veux-tu qu'elle aille chez les Grimble ?

— Y a plus d'argent. Ils donnent de meilleurs gages que les gens moins conséquents. Faut d'abord penser à ça.

— Le maléfice ! murmurai-je. Le maléfice !

Cette idée d'argent commençait véritablement à m'exaspérer, comme une chanson trop entendue et détestée depuis toujours.

Gédéon avait parlé de Jancis à maître Grimble, et, comme elle n'osait pas lui tenir tête, elle fit signe à Beguildy.

— La femme de maître Grimble va me prendre, père, s'il vous plaît.

— Oh ! vraiment ? Et qu'est-ce que vous me donnerez pour elle pendant trois ans ?

— Dix-huit livres.

— Disons vingt et prenez-la.

— Non, non, c'est trop.

— Elle sait travailler quand elle veut. Elle est forte. Si vous donnez vingt livres, je vous permets de la mener rondement quand elle paressera.

— Si vous touchez à ma promise, vous vous en repentirez ! s'écria Gédéon. Et c'est *elle* qui aura l'argent et pas vous, Beguildy.

— Ecoutez-le ! Ecoutez-le ! A-t-on jamais entendu ! Un gars né sous la planète de six sous, et qui dort sur le ventre, et qui finira noyé !

Gédéon fut pris d'une rage subite et, du plat de sa main, lui envoya une belle claque. A quoi Beguildy hurla :

— Tu me le paieras, tu me le paieras ! Malheur à toi ! T'es le portrait craché de ton père. « Tu me dois un écu », qu'il m'a dit, en passant près de moi dans un coup de vent. Peux-tu point me laisser en paix, moi et les miens ? Malheur à toi ! En semant et en récoltant, dans les prés et dans la maison, par le feu et l'eau. Un homme de cire ! Je ferai un homme de cire ce soir, et je l'appellerai Sarn. Lentement, lentement, il se consumera... Sarn, le mangeur de péchés !

Gédéon le regardait sans bouger. Autour d'eux on s'écartait, craignant on ne savait quoi. C'est alors que, jouant des coudes à travers la foule, survint le jeune châtelain, neveu de M. Camperdine.

— J'ai entendu dire que Vénus était à la louée, dit-il à Beguildy. Ma tante cherche une fille d'office, et je viens voir si Vénus...

— Si vous voulez parler de Jancis Beguildy, Monsieur, dit vivement Gédéon, elle est quasiment placée.

— Quoi ? déjà ?

— Oui, chez un fermier, très loin d'ici.

Il lança à M. Camperdine un regard menaçant que celui-ci lui rendit.

— Ce sera un grand désappointement pour ma bonne tante, dit-il.

— Madame votre tante, Monsieur, dit sèchement

Gédéon, trouvera vite une autre servante. Elle ne leur est point fidèle très longtemps, madame votre tante, sauf votre respect, Monsieur !

Le jeune châtelain eut l'air furieux, mais comme en se retournant il ne vit là que Jancis, petite et potelée, il crut que celle qu'il cherchait était déjà partie et qu'il était inutile de discuter plus longtemps. Il soupira et murmura en s'en allant :

— Alors Vénus a disparu !

Je fus bien aise de lui voir tourner les talons.

Beguildy et Jancis s'en furent à l'auberge avec les Grimble afin de signer le contrat de louage qui liait Jancis pour trois ans. Elle devait repartir avec eux le soir même. Jusque-là, elle était libre. Gédéon lui ayant proposé d'aller voir la maison neuve de Lullingford pour laquelle elle allait travailler, ils s'éloignèrent et je pris charge de l'échoppe.

Il n'y avait plus grand-chose à y faire ; les chalands étant plus nombreux que d'habitude, les provisions avaient été vivement enlevées. Les rangs des jeunes gens s'étaient tant éclaircis que seuls restaient ceux dont personne ne voulait, c'est-à-dire les garçons portés à la boisson, les filles qui avaient un enfant illégitime, les infirmes ou les chapardeurs. Je me demandais ce qu'ils éprouvaient, les pauvres gens, en s'en retournant d'où ils étaient venus. J'étais contente de travailler à la maison, sans avoir à me louer, car personne certainement n'aurait voulu de moi ; mais c'était une pensée bien amère.

Le marché se vidait rapidement ; les gens allaient boire avant le combat de taureau. J'avais encore quelques porions à vendre ; Gédéon n'aimait pas qu'on rapportât quoi que ce fût ; j'étais donc paisiblement assise, dans le calme de l'après-midi, et je m'amusais à regarder la rue déserte où les lilas et les arbres odorants formaient d'agréables ombres noires. Je remarquai que Mme Grimble était là aussi. Elle empaquetait ses provisions, et en remettant au panier ses pains de beurre, elle considérait chacun d'eux comme si elle eût songé à le punir de ne s'être pas vendu. Au bout d'un moment, elle s'approcha de moi.

— Vous êtes la sœur du promis de ma nouvelle laitière, n'est-ce pas ?
— Oui.
— J'espère qu'ils sont sérieux ?
— Oh ! oui.
— Bon. J'aime que mes servantes soient un peu sorties avant de venir chez moi et qu'elles aient un gars qui les attende quelque part. J'ai des garçons, alors c'est plus sûr. Tant que le gars est assez loin et ne peut pas venir, ça ne dérange pas le travail. Bon, alors je m'en vais. Ils vont lâcher le premier chien sur le taureau dans une heure et il faut que je prenne mon thé avant ça. Je n'ai jamais pu m'amuser à mon aise ni faire attention aux choses si je suis affamée. Que ce soit un mariage, un accouchement, un combat, ou bien Pâques, je ne peux pas y prendre le plaisir qu'il faut si je n'ai pas une pinte ou deux de bon thé bien fort dans l'estomac. Bien le bonjour ! C'est rudement affligeant pour vous !

Et elle s'en fut ramasser tous ses paniers sur son étal.

Seigneur ! On ne pourrait donc jamais me laisser en paix ! Je n'arriverais donc jamais à oublier mon malheur ! J'étais assise là, bien tranquille, et il fallait qu'elle vînt me dire : « C'est rudement affligeant ! » Je l'avais oublié, cela n'existait plus, j'étais hors de ma cage, et voilà qu'elle m'y rejetait ! J'en fus si bouleversée que les larmes me vinrent aux yeux.

Tout à coup, dans les ombrages de la rue tranquille et

dans la brume de mes larmes, j'aperçus quelqu'un qui approchait. Un homme. Que le lecteur mette dans ce mot tout ce que je ne saurais lui faire dire. Qu'il imagine la force et l'autorité, la patience et la bonté, l'austérité et la droiture de tous les hommes intègres, et qu'il l'en revêtisse, car c'était lui, Kester Woodseaves, le maître !

Il arrivait sans hâte et pourtant comme si une grande affaire l'eût appelé. Je remarquai qu'il avait ses plus beaux vêtements : le feutre noir, l'habit vert, le gilet broché, et les belles bottes.

— Tisserand, tisserand ! s'écria Mme Grimble. Quand viendrez-vous tisser pour moi ?

Il releva la tête et s'approcha de nous.

Et que fis-je alors, moi qui savais que son sourire était mon été ? Eh bien ! je me levai si brusquement que je renversai tous les porions. Je laissai là nos paniers, la mousseline à beurre, les pots de confiture qui avaient servi de vases à fleurs, et je m'enfuis comme si l'on m'eût poursuivie. Mais le marché étant à l'extrémité de la route et seulement ouvert par-devant, je ne pouvais aller nulle part, sauf dans le bureau du gardien, qui était une pièce sombre, éclairée d'une seule petite fenêtre sans vitres, donnant sur les échoppes. Je fus ainsi contrainte d'entendre leur conversation.

— Eh bien ! Voyez-moi ça ! s'exclama Mme Grimble d'une voix perçante. La voilà qui se sauve comme si vous étiez la peste, ou Notre-Seigneur, ou les gendarmes ! Qu'est-ce qui lui prend ? D'habitude, je les vois courir au-devant d'un garçon quand il en vient un, au lieu de se sauver.

— Qui est-ce ? demanda Kester.

Sa voix avait toujours quelque chose de prodigieux. Le son de ses paroles semblait créer un monde tout neuf, détaché de notre monde. C'était comme une grande aubépine en fleur par une très chaude journée de juin ; elle vous offrait son ombre et vous étiez reposé. Et c'était aussi comme le feu tranquille d'un soir d'hiver, quand le sauvage Edric est lâché dans les bois, que les rideaux sont clos, les chandelles mouchées, et que le maître de la maison est revenu. « Qui est-ce ? » avait-il dit, et bien que ce ne fût là qu'une pensée fugitive et trois mots, je me sentais comme une fleur dans le soleil.

— C'est la sœur à Sarn, de là-bas, près de l'étang. Prue Sarn, la femme au bec-de-lièvre. Une créature bizarre. Mais ça les rend un peu drôles, vous savez, d'être nées comme ça. Il y en a qui disent qu'elle est un brin sorcière.

Sans répondre, il vint ramasser mes fleurs et les mit dans les pots de confiture à la façon d'un homme, c'est-à-dire avec cette gaucherie et cette maladresse qui vous font pleurer d'attendrissement. Je voyais tout cela de l'ombre où j'étais cachée.

— Elle est bien faite et bien tournée, dit-il.

Je compris aussitôt qu'il savait que j'entendais tout et qu'il voulait panser la blessure. Oh ! maître très bon, image de Celui qui aima tant l'humanité !

— Allez-vous au combat, maître Woodseaves ? demanda Mme Grimble.

— Ma foi ! oui et non.

— Comment ça ?

— Vous le verrez bientôt, madame Grimble.

Et là-dessus, il s'en alla. Et que fis-je alors ? Je fis quelque chose qui pour tout autre homme m'eût paru impossible, tant c'était hardi. Je sortis de ma cachette, tout droit dans le soleil, et, pas à pas, le long de la route, je le suivis comme si j'avais été dénuée de cette pudeur qui convient aux filles.

Je restais très loin derrière lui, de crainte qu'en se retournant, il ne me vît. Mais je ne le perdais pas de vue; je ne l'aurais pu, j'étais attirée en avant, en avant. Si je n'apercevais plus son habit vert à quelque tournant de la route, j'étais inquiète jusqu'à ce qu'il eût reparu.

L'arène était en dehors du bourg dans un pré verdoyant où courait un ruisseau. Si vous étiez entré dans ce pré, un autre jour de l'année, pour y cueillir des nénuphars et des myosotis, ou cheminer au bord de l'eau, on aurait trouvé cela bien sot. Mais aujourd'hui c'était parfait parce qu'on allait y tuer un animal.

Sur la route, les gens ne me remarquaient pas, à cause de ma robe noire et du bonnet qui cachait mon visage. Au loin, j'apercevais l'arène ainsi que les couleurs bariolées des robes et des habits où se mêlaient les teintes plus tristes des travailleurs qui ne pouvaient guère se payer un costume de cérémonie, sauf l'habit d'enterrement de la famille. Je voyais le petit taureau blanc, attaché à un anneau fixé au mur de l'arène qui formait un demi-cercle de pierre grise. Tout était enveloppé d'un beau soleil doré comme sont les abeilles dans leur gâteau de miel, et l'air bleu, l'eau brune, la prairie verte faisaient un ensemble si joli que je ne voulais pas croire que le sang pût couler par une si belle journée. Je me demande parfois si le temps était beau et clair sur le Golgotha quand Marie leva les yeux sur la croix, si un petit oiseau chantait et si les abeilles étaient affairées dans le trèfle. Oui, je crois que le temps était aussi limpide et aussi brillant que du verre, car aucune amertume ne manqua à cette coupe, et est-il rien de plus amer que d'assister à la cruauté des hommes par un beau matin plein de grâce ?

CHAPITRE II

Le combat

Comme j'approchais de l'arène je vis que, selon l'usage, il y avait là non seulement toutes les femmes de Lullingford, mais aussi tous les enfants. C'était une honte, à mon avis, d'amener ces pauvres petits qui connaîtraient bien assez tôt la méchanceté du monde, et de leur faire voir les chiens lacérés et la malheureuse bête vouée à la mort. Je le dis ensuite à Gédéon, mais il resta indifférent.

— Tu les rendrais mous comme de la laine, dit-il. Il faut qu'ils soient braves et hardis.

Je répondis que je ne voyais pas en quoi on était mou parce qu'on répugnait à voir un spectacle cruel, et que la bravoure me semblait consister à ne pas rechercher la souffrance des autres.

— D'accord, d'accord ; mais nous ne pouvons point refaire le monde puisqu'il est déjà fait, répliqua-t-il.

Bientôt nous fûmes dans cette foule qui se bousculait et se poussait, criait et pariait au milieu des jappements et des grognements des chiens ; les marchands proposaient des marrons tout chauds, des pommes de terre, des pommes, de la bière, du pain d'épice, et des gamins en sarraux blancs entouraient le taureau qui mugissait de frayeur. Pauvre bête! Sans doute songeait-il à son grand herbage rempli de mûres, derrière le vallon de Callard. Il ne haïssait ni les hommes, ni les chiens, et n'en aurait voulu à personne si seulement il avait pu retourner là-bas et errer dans les prés couverts de rosée.

Tout le monde était là, et même Kester. Je le perdis dans la foule et courus à sa recherche, tout en m'étonnant de le voir aller en un tel lieu, car je le croyais très différent des autres hommes. Néanmoins, ma foi en lui était telle que, j'en étais certaine, il devait avoir une bonne raison pour être venu là. Quelque chose me poussait à le retrouver et à rester près de lui, comme si je devais être son bon ange ce jour-là. Un ange bien misérable sans doute; mais Dieu n'attache peut-être pas grande importance à l'aspect de ses anges, pourvu qu'ils accomplissent convenablement leur tâche. Le chien de berger qui court prévenir sa maîtresse que son homme est tombé dans la montagne est certainement l'ange de son maître, bien qu'il soit peut-être un bâtard de la pire espèce avec les oreilles plates d'un épagneul.

Poussée comme le chien de berger par une force aveugle, je me tins tout près de Kester Woodseaves, mais de façon qu'il ne pût me voir. C'est ainsi que j'entendis sa conversation avec les hommes qui se tenaient en dehors de la foule avec leurs chiens. C'étaient des gens de chez moi, et j'en connaissais quelques-uns, mais je dois avouer qu'il y avait parmi eux deux ou trois figures assez sinistres. Les chiens étaient hargneux et laids; ils grondaient en bavant sur leurs lourdes mâchoires et en roulant leurs yeux injectés de sang. Pourtant s'il m'avait fallu choisir entre les hommes et les chiens, j'aurais choisi les chiens. Presque tous étaient des terriers, mais il y avait quelques bouledogues dont le pire était celui de Grimble, car il avait un rictus qui me faisait froid dans le dos. Un ou deux d'entre eux tenaient du mâtin; beaucoup d'autres étaient des bâtards.

Tous les hommes se tournèrent vers Kester à son arrivée, et le fermier Huglet, qui était leur chef, s'écria :

— Où est ton chien ?

Maître Huglet était un grand diable d'homme qui avait l'air d'être fait de deux ou trois personnes mélangées au hasard. C'était un géant très gauche, avec des bras excessivement longs et un torse si large que les tailleurs qui fournissaient leur étoffe lui comptaient toujours un supplément pour l'habiller. Sa bouche était celle d'une grenouille, il avait un nez rond et rubicond, et des yeux si petits qu'ils semblaient perdus dans les montagnes de chair qui formaient son visage. Chaque fois qu'il ne comprenait pas ce qu'on disait, il riait; ce rire était terrifiant, et il revenait fréquemment. Grimble était à tu et à toi avec lui, et pendant que Huglet relevait son nez rouge vers le ciel, Grimble penchait le sien, tout pâle, vers la terre; ainsi, à eux deux, ne perdaient-ils pas grand-chose. Ils avaient chacun deux chiens.

— Mais c'est le tisserand, dit Grimble. Tu ne le connais point, Huglet ?

— Ma foi, non, nous ne nous étions pas encore rencontrés. C'est mon beau-frère qui tisse pour moi, tu sais. Eh bien, tisserand, où est ton chien ?

— Je n'en ai pas.

— Pas de chien ? Ote-toi de là, alors.

Mais il resta où il était, c'est-à-dire au milieu de la demi-lune de pierre grise qui formait l'enceinte de l'arène; et comme les possesseurs des chiens se tenaient de chaque côté, il se trouvait isolé. Mince et droit dans son habit vert, les cheveux agités par le vent et retombant un peu sur son front, son chapeau sous le bras, il semblait n'avoir rien de commun avec cette foule, et on se disait, en le regardant, qu'il appartenait à la prairie fraîche, aussi verte que son habit. Comme il n'avait ni barbe, ni favoris, on distinguait la forme, la couleur et les lignes de son visage qu'on ne pouvait, pensais-je, se lasser de contempler. Je me demande parfois si le paradis sera cela : la longue contemplation d'un visage dont on ne peut se détourner et qu'on désire toujours regarder davantage. Il faisait penser à une flèche, et bien que maître Huglet fût plus grand, Kester semblait le dominer. Il jeta les yeux autour de lui et dit :

— Camarades, je suis venu vous demander d'arrêter ça.

Il y eut alors un long silence de stupéfaction. Puis Huglet éclata d'un rire sans fin en se tapant la cuisse. Grimble regarda ses bottes en ricanant.

— Ah ! ben, ça, c'est drôle ! s'exclama Huglet. Arrêter le combat de taureau, mon gars ?

— Oui. Je voudrais l'arrêter.

— Et pourquoi ça, cher cœur ? demanda Grimble d'une voix chantante.

— L'arrêter ? brailla Huglet. Il peut point faire ça.

— Je voudrais que ce soit fini pour toute l'Angleterre.

— Tu voudrais de grandes choses, jeune homme. Et je te dirai qu'il y a eu des combats de taureaux en Angleterre depuis que notre pays existe. Qu'on enlève ce bon vieux sport et ce ne sera plus l'Angleterre !

Il avait prononcé tout cela de la même voix tonitruante.

— Pourquoi veux-tu l'arrêter, je te le demande ? répéta Grimble avec une douce obstination.

— Parce que c'est une chose cruelle et odieuse.

— C'est point cruel. Les chiens aiment la chose. Ça les amuse. Et le taureau aussi.

Maître Grimble ne cessait de regarder l'herbe foulée, comme si ces mots eussent été inscrits sur le sol.

— Qu'est-ce que ça fait que ça les amuse ou non ? Ça m'amuse, moi, s'écria Huglet. Ça suffit, n'est-ce pas ?

Les autres se rapprochaient. On était bien habitué aux tempêtes de maître Huglet, mais d'ordinaire elles étaient brèves. Ceux qu'elles menaçaient, sans insister davantage, abandonnaient la partie.

— Qu'est-ce qu'il y a ? demanda Callard, le propriétaire du taureau.

Maître Huglet se retourna vers lui, bavant et bredouillant :

— Y a que ce maudit gars-là veut censément arrêter le combat ! Le combat, dites, quand nous avons tous fait des lieues pour venir le voir !

— Et qu'on s'est levé bien avant le jour ! ajouta Grimble.

— Sapristi ! et ma femme et moi qui avons tant peiné pour amener la bête bien propre, de bonne heure ! Qu'est-ce qui lui prend, à celui-là ?

Il regarda Kester comme on regarde un homme à l'air malade.

— Oui, dit l'aubergiste de la *Pinte de cidre*, j'ai entendu parler de gens qui voulaient empêcher qu'on se mette à genoux et aussi d'autres qui voulaient arrêter les guerres et même les bruits de guerre ; mais les combats de taureaux, jamais de la vie ! Qui donc voudrait faire ça, excepté certains curés timbrés ?

— Pauvre garçon, son esprit se dérange ! dit Grimble. T'es point malade, tisserand ?

Le meunier, survenant, branla la tête et s'en retourna, ce qui était beaucoup pour lui.

— Mais pourquoi que tu veux l'arrêter, par exemple ? dit maître Callard, fort perplexe.

— Je leur ai dit pourquoi. Tant pis. Ecoutez, maître Callard, voulez-vous me vendre le taureau ?

— Le vendre ?

— Oui, je ne marchanderai pas sur le prix.

— Mais ça n'en vaudrait pas la peine. J'en tire plus à le laisser se battre. Que je gagne et me voilà riche. Que je perde et les propriétaires de l'arène me donneront le meilleur prix de boucherie, tu comprends ?

— Combien aurez-vous, s'il gagne ?

— Vingt livres.

— Je vous les donne ; vous pouvez remmener votre bête.

— Dieu me bénisse ! s'écria maître Callard. Oh ! Dieu me bénisse, pour sûr !

Il regarda Kester comme s'il avait vu un revenant.

— Marché conclu ? dit celui-ci.

Mme Callard, qui ne parlait jamais qu'après son homme, et pour dire comme lui, et qui ne faisait que ce qu'on lui disait de faire, s'approcha tout excitée, en tenant le licou du taureau.

— Accepte l'offre du monsieur, père ! Accepte-la, mon cœur, dit-elle, tout essoufflée. Prends les vingt livres et nous ramènerons notre bonne bête à la maison.

Callard fut si stupéfait de son audace qu'il ne put que répéter :

— Dieu me bénisse !

— Dieu te bénisse ! Vraiment ? brailla de nouveau Huglet. Je t'en donnerai des Dieu me bénisse si tu fais ça, Callard ! Sacredieu ! Gâcher notre jeu pour vingt livres! Je t'apprendrai! Et à toi aussi, jeune homme!

— Oh! mais il faut qu'il soit pire qu'un innocent, il faut qu'il soit furieux pour donner vingt livres de cette petite bête et puis rendre ensuite ce qu'il vient d'acheter! dit Grimble. Oh! ça me fait deuil! Et pourtant le pauvre diable était en bon état il y a eu lundi quinze jours, quand il a si bien tissé pour nous! Mais la tête lui a tourné depuis, sûr de sûr! Oh! là, là.

Il s'épongea la figure d'un air abasourdi.

Kester sortit son portefeuille et tendit l'argent à Callard. C'était sans doute à peu près tout l'héritage de son oncle.

A cette vue, Mme Callard appela tous ses enfants près d'elle; il y en avait cinq et un bébé; elle leur murmura quelques mots, et ils s'écrièrent à la fois :

— Prends, père! Prends, père chéri! Ecoute-nous, s'il te plaît!

Maître Callard, tout surpris, parut s'attendrir et tendit la main vers Kester; mais Huglet la rabattit d'un coup de poing.

— Je veux point être volé de mon plaisir! s'écria-t-il. Tu le prendras pas, Callard. Nous voulons notre jeu, je te le répète!

Tous les hommes aux chiens eurent de mauvais regards et murmurèrent :

— Oui, c'est très bien! C'est parole d'Evangile! Nous voulons notre jeu!

— Camarades, dit Kester d'une voix chaleureuse, n'est-ce pas pitoyable, par une si belle journée, de faire déchirer une pauvre créature par une autre ? C'est de l'ouvrage de Satan, vraiment. Si c'est un combat que vous voulez, pourquoi ne pas lutter vous-même, ou boxer d'homme à homme ? Ecoutez, pour faire un bon jeu, je vais lutter avec six d'entre vous, les uns après les autres. Celui qui me battra le mieux aura mon habit, le suivant aura mon chapeau et mon gilet. Allons !

Personne ne disait mot, mais les hommes s'agitèrent un peu en regardant de-ci, de-là. Chacun connaissait le talent de Kester et nul n'était tenté de relever le défi. Maître Grimble lui jeta un regard haineux ; et ce qui se passa ensuite prouva que la haine était véritable. En effet, ne se bornant plus à seconder Huglet, il s'écria en relevant la tête :

— Le jeune gars parle bien. Je suis censément d'accord avec tout ce qu'il dit, et j'accepte qu'on arrête le jeu pour aujourd'hui, mais à une condition.

— Parlez, dit Kester.

— C'est que tu te battes toi-même contre les chiens.

Et Grimble ricana méchamment pendant que Huglet hurlait de rire.

— T'es refait, mon gars ! brailla-t-il.

Grimble ajouta :

— Peut-être ben que tu aimes les animaux avec ta bourse, mais que tu n'irais quasiment pas jusqu'à les aimer avec ton sang ?

— En avant pour le combat ! ordonna Huglet.

— Rattache la bête, dit Callard à sa femme qui se tenait toute prête à la remettre à Kester afin qu'il la lui rendît comme il l'avait dit.

— Quel chien vient le premier ?

Huglet ne faisait plus aucune attention à Kester et continuait ses préparatifs.

— Le chien à maître Towler d'abord, et celui de la *Pinte de cidre* ensuite, dit l'un des propriétaires de l'arène.

— Approche, Towler.

Kester restait immobile, les yeux fixés sur Grimble ; tant et si bien que celui-ci se détourna, ne semblant pas désireux de rencontrer son regard.

— Ce serait le plus beau jeu que vous ayez jamais eu, hein ! maître Grimble ? dit enfin Kester. Voir un homme attaqué comme un taureau ?

— Personne ne serait aussi stupide.

Kester regarda autour de lui.

— Camarades, dit-il, si j'accepte le marché de maître Grimble, si je combats les chiens un à un, non pas pour les tuer, mais pour les enchaîner rien qu'avec mes mains nues, qu'ils soient aussi féroces que vous le voudrez, si je fais ça à mes risques et périls, voudrez-vous me donner un écrit déclarant qu'il n'y aura plus d'autre combat à Lullingford d'ici à dix ans ? Et si je ne réussis pas à mettre un chien à la chaîne, je perds, et les combats continueront.

A ces mots, toutes les langues se délièrent.

— Dieu me bénisse !
— Bonté divine !
— Saperlotte !
— Ben, sapristi, c'est trop fort !
— Nom d'un chien !

C'était un beau vacarme.

Un ou deux s'écrièrent qu'ils n'acceptaient pas le marché. Mais la plupart étaient trop curieux de voir ce qui arriverait, et comme on savait que le pasteur n'aimait pas ces combats et insistait auprès du châtelain pour qu'il les fît cesser, chacun se disait que ce serait peut-être bientôt fini de toute façon et qu'il valait mieux s'amuser un peu ; car cela allait être un jeu peu banal qu'on n'avait encore jamais vu dans le pays.

Quand le rire de Huglet s'arrêta et qu'il put parler, il expliqua à tout le monde ce qui allait se passer.

— Que ceux qui acceptent lèvent les mains ! s'écria-t-il.

Tous, sauf une douzaine, levèrent les mains.

— Adjugé ! dit Huglet. Et battu, mon joli gars !

J'attrapai Tim par le bras et lui dis d'aller chuchoter à Kester que Grimble avait un nouveau chien particulièrement féroce. Mais je sentais que tout était inutile et je ne savais que faire. Pourtant j'étais décidée à rester près de lui afin d'accourir s'il tombait et de le traîner au dehors. Si Grimble s'en mêlait, cela lui coûterait cher. Il n'est rien de plus farouche qu'une femme qui aime. J'ai toujours été surprise que la mère de Jésus ait pu ne pas porter la main sur le centurion ; ce fut sans doute à cause des ordres donnés auparavant par son Fils ; mais vraiment si ç'avait été moi, je crois que j'aurais oublié les ordres.

Tim revint en courant ! je vis les puissants yeux bleus le suivre et s'arrêter sur moi une seconde. Alors je me cachai derrière maître Callard.

— Il le savait, me dit Tim, mais il est bien reconnaissant quand même.

Je courus à la buvette et m'emparai du couteau à découper ; mais je l'avais à peine dissimulé sous le volant de ma robe que je compris qu'il ne servirait à rien, du moins pour l'instant. Il allait y avoir un plus beau miracle que tout ce que j'avais pu voir jusqu'alors. Voici ce qui se passa :

— Va au milieu du mur, dit Huglet, et attache les chiens à la chaîne du taureau. Et si tu attaches un seul des miens, je te donne cinq shillings, mon garçon ! Oh ! je crèverais quasiment de rire à voir un pareil serin !

— Le chien à maître Towler ! s'écria le chef de l'arène.

— Voilà !

On lâcha le terrier de Towler, la petite bête la plus sauvage de la bande.

— Vas-y ! Mords-le ! cria Towler.

Je me sentis défaillir, mais je me dominai.

Kester s'avança.

— Eh bien ! Bingo ! dit-il. Bon chien !

Bingo s'arrêta, regarda son maître comme pour lui montrer son erreur, et courut vers Kester avec une gaieté de polichinelle, en remuant la queue et en se couchant à ses pieds.

— Nous sommes amis, n'est-ce pas ? dit Kester.

Towler se mit à jurer, et Huglet devint aussi sombre que la nuit. Mais nul ne pouvait dire que ce ne fût pas franc jeu, et les meilleurs se mirent à rire en disant :

— Un bon point pour toi, mon gars !

Il en fut de même du chien de la *Pinte de cidre* et du suivant ; et c'est avec un visage penaud et ahuri que leurs maîtres vinrent les chercher dès qu'ils furent à la chaîne.

Kester se mit à rire.

— J'aime les chiens, dit-il. Les créatures muettes sont ce que je préfère. Vous n'en saviez rien, mais c'est ainsi, et je ne vois qu'un chien ici qui ne soit pas un ami pour moi parce qu'il est nouveau dans le pays.

— Oui, dit Grimble, tu ne joueras pas tes jeux innocents avec Toby, sacristi ! Si tu sauves ta peau, tu seras bien chanceux !

A ce moment, je songeai à quelque chose de meilleur que le couteau, sans y renoncer en cas de besoin. Ce serait de courir à la ville pour chercher l'apothicaire ; puisqu'il n'y avait pas de médecin dans le bourg, nous aurions de l'aide s'il arrivait un accident. De nombreux chiens attendaient encore leur tour ; on ne lui ferait pas grâce d'un seul. Cela me donnait le temps voulu si je me hâtais.

Cachant toujours le couteau sous ma robe, je sortis de la foule, atteignis la route et courus aussi vite que je le pouvais, mais non sans avoir jeté un regard sur celui que j'aimais et que je ne reverrais peut-être pas vivant si je ne me pressais pas suffisamment.

Il riait tandis que Huglet emmenait un de ses chiens en laisse. Bien que Kester n'eût jamais tissé chez Huglet, il avait apparemment gagné l'affection de ses chiens, les jours de marché, à la porte de la *Pinte de cidre*. Il s'y prenait de telle façon avec les animaux que quelques instants lui suffisaient pour s'en faire des amis fidèles.

Pendant que je le regardais, il me sembla (mais je me dis que c'était une illusion) que ses yeux si vifs et si brillants s'arrêtaient sur moi, me souriaient, me secouraient, me suppliaient comme les yeux de celui qui regarde longuement sa chère connaissance quand elle a donné sa paix pour l'amour de lui, remis son âme entre ses mains et offert son corps à sa joie. Mais tout en courant, je me répétais :

— Non, Prue Sarn, tu n'es que son bon ange et une pauvre espèce d'ange bien crotté, en vérité !

Toutes les pervenches des haies s'évanouirent dans une brume de larmes pendant que je courais ; elles ne semblaient plus être des fleurs, mais une vague de douleur où j'allais me noyer.

CHAPITRE III

La plus belle des écritures

Je puis dire que je parcourus le chemin jusqu'à la ville plus vite que personne ne l'avait jamais fait, après avoir caché le couteau dans une haie, de crainte de trébucher dessus. Comme je le pensais, la pharmacie était ouverte, car l'apothicaire, étant marguillier, ne pouvait contrarier le pasteur. Jamais les grands bocaux verts et rouges ne m'avaient paru si magnifiques; ils me semblaient contenir l'eau d'un fleuve du paradis. La boutique était dans une obscurité agréable, aucune lumière ne pénétrant par la petite devanture tout encombrée de drogues et d'onguents, de purges pour les chevaux, de simples pour les vaches, d'emplâtres, de cordiaux et de plantes médicinales. On y respirait une délicieuse odeur d'herbes, de menthe et de savon. L'apothicaire, me regardant avec bonté par-dessus ses lunettes, me demanda ce qui se passait.

— Ah! Monsieur, c'est quasiment un assassinat, dis-je. Je vous en supplie, fermez votre boutique et venez vite, sinon on va mettre à mort un homme comme cette ville n'en a pas vu de semblable et n'en verra jamais.

Le brave homme, en entendant cela, enfila ses bottes.

— Quel remède faut-il prendre ? dit-il. Vous me raconterez tout le reste en chemin.

Je lui demandai un remède contre les morsures de chien et un autre pour ranimer un homme s'il était près de mourir. En une minute, il avait enfoncé son chapeau sur sa tête et nous étions partis.

— Prenez une goutte de brandy, dit-il, vous n'en pouvez plus.

Mais je refusai et ajoutai que si, tout à l'heure, il me voyait ralentir le pas, il n'en devrait pas moins courir à l'arène.

Je m'arrêtai à l'endroit où le couteau était caché et rattrapai l'excellent homme à l'entrée de l'arène. Je vis, à ce moment, qu'une horrible lutte avait lieu et qu'il était temps d'arriver. Kester avait maîtrisé tous les chiens, sauf celui de Grimble.

En nous approchant, nous entendîmes un grand brouhaha. Il avait réussi à enchaîner le chien. Puis de nouveaux cris s'élevèrent et je vis – oh ! mon cher amour ! – que la bête l'avait pris à la gorge.

Je saisis Grimble par l'épaule.

— Rattrapez votre chien !

Grimble ne broncha pas. Une seconde de plus et celui que j'aimais tant serait mort.

Moi qui n'avais jamais maltraité volontairement une créature vivante, je bondis, et pendant que le grand animal se cabrait en enfonçant ses dents dans la gorge de mon maître, je le saignai jusqu'au cœur.

Le sang jaillit, la lourde bête s'abattit tout d'une masse, entraînant Kester avec elle. Je l'écartai et ouvris la mâchoire du chien. Kester paraissait sans vie.

— De l'eau ! criai-je à Huglet qui était le plus proche. Apportez-moi de l'eau, espèce d'assassin ! Du brandy, monsieur Camlet, s'il vous plaît !

Il se pencha sur Kester.

— Il faut brûler la morsure, dit-il. Et autant la brûler avant qu'il revienne à lui. Mais comment chauffer le fer ?

Je me relevai. Tout m'était égal. On me regardait avec autant de crainte que si j'eusse été une reine de sauvages.

— Que six hommes ramassent du bois ! dis-je. Et vivement. Et vous, Grimble, apportez un briquet !

— J'en ai point, murmura-t-il.

— Trouvez-en-un ! hurlai-je comme une possédée en brandissant le couteau, trouvez-en-un ! Sinon...

Le feu flamba plus vite que je ne puis le raconter. Nous versâmes un peu de brandy dans la gorge de Kester pour le ranimer, puis M. Camlet brûla la morsure, et Kester se réveilla dans un hurlement de douleur, car, sortant d'une syncope mortelle, il n'était pas préparé à cette brûlure.

— Là, là ! mon ami ! dis-je, car ce cri m'avait percé le cœur. Là, là ! C'est fini. Personne ne vous touchera plus.

M. Camlet le pansa, je lui baignai d'eau froide le visage et lui fis reprendre du brandy.

— La blessure n'est pas profonde, dit M. Camlet. Mais nous sommes arrivés à temps.

— Nous ne pouvions pas ne pas arriver à temps, répondis-je. Je suis son bon ange, aujourd'hui.

Mais pendant que je disais ces mots, la prairie verte tourna devant mes yeux et je perdis connaissance.

Quand je revins à moi, Gédéon et Jancis étaient assis sur l'herbe à mes côtés, et tout le monde était parti.

— Où est-il ? demandai-je.

— Qui ? le tisserand ? répondit Jancis. Il va bien et on le soigne. On l'a ramené à Lullingford et Mme Callard va rester près de lui.

— Elle est bien aise pour son petit taureau, dit Gédéon. T'as sauvé la vie à ce garçon, Prue, y a pas d'erreur. J'ai jamais rien vu de pareil ! Juste comme nous arrivions à la barrière, je regarde et je te vois. Saperlotte ! que j'ai dit. J'ai pas pu dire autre chose. J'ai couru, et Jancis aussi, mais t'avais saigné le sacré chien avant que nous soyons près de toi. T'auras la médaille, Prue !

— Tu ne peux pas rentrer à cheval. Dis donc, Sarn, si je courais demander au meunier de la ramener ? Et est-ce que je ne pourrais pas venir l'aider pendant un jour ou deux ?

— Tu peux demander au meunier, t'as raison. C'est une bonne idée. Mais pour ce qui est de revenir, tu sais bien que t'es la servante à Grimble maintenant pour trois ans.

— Je ne voulais point l'être. C'est toi et père qui m'avez forcée.

— Ben, t'as vu la maison, n'est-ce pas ? Tu vas travailler pour ça, et pour le bal de la chasse et l'argenterie.

— Oui, j'ai vu la maison, et je trouve que c'est une vieille baraque triste et lugubre, bien qu'elle soit neuve. Et j'aimerais mieux ne jamais aller au bal de la chasse que de mener la vie d'une esclave !

Elle pleurait, mais Gédéon n'en était pas ébranlé.

— T'iras chez Grimble, et t'iras au bal de la chasse quand il en sera temps ; alors t'as pas besoin de faire tout ce carillon !

— Mais pourquoi faut-il que j'y aille, Sarn ?

— Parce que je l'ai décidé.

C'était presque comme s'il avait dit : « Parce que je suis dans les fers. » Sa promise l'appelait pour s'amuser et quelque chose le tenait pieds et poings liés.

Quand elle fut partie, on me fit prendre une gorgée de thé à la *Pinte de cidre*, car j'étais encore toute tremblante ; puis le meunier m'aida à monter dans sa carriole, et le vieux cheval de coche, qui avait connu naguère le joyeux son des cors, le tumulte et les lumières des relais, partit en trottinant. Il semblait partager l'opinion de sa maîtresse, qui ne se tourmentait guère à la maison. Elle n'avait rien à dire, le meunier non plus comme d'habitude, et Polly dormait. Au bout d'un instant, sa mère et Tim en firent autant. Nous avancions mélancoliquement dans la soirée froide. Le crépuscule vint, puis la nuit. Gédéon était loin devant nous, car Bendigo, quoique âgé, était un bon trotteur. Le poney attaché à l'arrière de la carriole avançait en faisant un bruit plutôt triste.

Ce calme et cette mélancolie convenaient à mes pensées. Celui que j'aimais était blessé et je ne pouvais aller près de lui. Il était dans son lit, faible comme un bébé, et Mme Callard seule le soignait. J'oubliais qu'ayant six enfants, elle savait fort bien soigner les malades. C'est le propre des cœurs amoureux de croire que nul autre ne peut réjouir ni secourir l'être aimé. Il y a d'ailleurs là un peu de vrai, et plus qu'un peu, peut-être.

Nous avancions à travers un pays qui n'était ni montueux ni plat, par une nuit sans obscurité ni clarté, et mon cœur n'était ni heureux ni douloureux. Il me semblait que nous allions, au-delà de la terre, vers un lieu qui n'était ni le ciel ni l'enfer. Nos six têtes, avec celle du roussin, brinquebalaient, et je crois que nous dormions tous, même le vieux cheval de coche, quand le meunier se mit à dire, en rêve sans doute, et en se tournant vers sa femme et ses enfants :

— Je peux point les souffrir. Je voudrais qu'ils soient comme des petits chats pour les noyer dans la mare du moulin. Je voudrais que le monde et tout soient un petit chat.

Il n'en dit pas davantage. Cette affirmation fut grave et martelée comme un credo. Ce furent les seules paroles que je l'entendis jamais prononcer, et je crois bien qu'il rêvait.

Enfin, nous arrivâmes au moulin tout noir, près de l'eau, pareille à un crêpe sombre. Les autres descendirent et détachèrent le poney, puis le meunier me ramena à Sarn. La nuit était remplie d'une odeur d'eau et de mousse, où le parfum des primeroles laissait par endroits un sillage. Je songeais à la maison du tisserand, qui semblait enchantée ; je le voyais couché dans la cuisine près du métier qui rayait d'ombres sa figure, les cheveux ébouriffés sur son front moite de souffrance. « Si Mme Callard ne lui parle pas gentiment, je taperai sur son bébé », me disais-je. Mais je savais qu'elle était bonne, bien que sa tête me fît toujours l'effet d'une coque vide quand elle répétait les paroles des autres comme elle ne cessait de le faire.

Quand nous arrivâmes à la ferme, mère était sur le seuil, très inquiète. Elle s'écria ce que personne encore n'avait dit et à quoi je n'avais pas pensé :

— T'aurais pu te faire tuer, Prue !

Puis elle s'assit et se mit à pleurer. Alors je la plaisantai et, pour lui montrer que j'étais encore tout à fait en vie, je la priai de me donner quelque chose à manger. Aussitôt, et bien qu'elle eût dû être couchée depuis longtemps, elle me prépara un repas comme je n'en avais jamais eu. Sans doute, Gédéon lui avait-il raconté l'histoire à sa façon, et elle voulait en savoir davantage. Elle ne cessait de m'interroger. Elle avait mis ses lunettes et, assise au fond du grand fauteuil de chêne, elle m'examinait avec attention. J'étais tout embarrassée de la voir m'observer ainsi, avec le regard immobile d'une poule couveuse qu'on vient épier ; elle ne bronche ni ne cille et vous regarde de ses yeux bruns et vifs comme pour dire : « Je protège ce qui m'appartient. »

Mère semblait voir derrière moi un danger qui me menaçait. Peut-être était-ce ma destinée, ainsi qu'elle le croyait ; mais c'était l'annonce d'une souffrance, j'en suis sûre, car au bout d'un instant elle prit un air résolu et dit, en se redressant, comme si quelqu'un s'opposait à cela :

— Nous allons faire venir le tisserand.

Elle ne fit aucun commentaire à mon récit et n'eut pas un mot pour dire que c'était bien fou et bien hardi de sauver la vie d'un jeune étranger sans savoir ce qu'il en pensait. Elle continua seulement à branler la tête de temps à autre, en disant :

— Oui, cet été, nous aurons le tisserand.

Puis elle alla se coucher, et je m'en fus écrire dans mon cahier.

Après cela, notre vie se poursuivit sans changement mais, privée, le dimanche, des visites de Jancis, elle devint plus monotone encore. La maison de pierre paraissait toute vide depuis son départ et Mme Beguildy n'était plus la même. Elle se cramponnait à moi et ne cessait de parler des moindres faits et gestes de Jancis comme si elle eût été morte. Beguildy en était furieux, car, en vérité, l'absence de sa fille l'attristait aussi, non seulement à cause du jeune châtelain, mais parce qu'en dépit de sa maladresse, Jancis faisait pas mal de besogne. Alors il s'écriait :

— Fais donc point tant de bruit, femme! La fillette va revenir dans un rien de temps, avec vingt livres en main, sapristi! Allons, ne t'en va pas parler d'elle comme si elle était quasiment morte, grande bête! Une fille appétissante comme ça, elle mettra plus d'une livre d'or dans nos poches quand elle aura appris ce qu'elle a à faire, et quand elle ne sera plus accrochée à un garçon qui est né sous la planète de six sous et qui mourra noyé! C'est point pour t'offenser, Prue, et j'espère que tu ne t'en fâcheras pas. T'as labouré rudement bien le côté rempli d'ajoncs. Nous allons faire des mots de quatre syllabes, aujourd'hui, si ça te va.

Il est certain que Beguildy était un drôle de vieux. S'il avait eu de l'éducation, je crois qu'il serait devenu l'un de ces grands hommes dont on parle tant. Un grand savant, peut-être, ou un musicien, ou un poète, ou un prédicateur. Et si tout ce qu'il portait dans sa tête avait été convenablement utilisé, il n'eût très probablement pas attiré le malheur sur lui comme il le fit par la suite. Oui, et non seulement sur lui! Mais nous n'en savons rien. Nous sommes les marionnettes de Celui qui nous a créés. Il nous sort pendant un moment de la boîte en disant: « Dansez maintenant! » ou bien il nous fait saluer, agiter une main, tomber évanoui. Puis il nous remet dans la boîte et notre rôle est fini. Cela peut être une pantomime, ou une nativité, ou une tragédie, c'est à son gré. La pièce est faite par Lui. Ainsi les méchantes marionnettes suivent sa volonté tout comme les bonnes, puisqu'elles jouent le rôle qui leur a été dévolu. Que se passerait-il si, au moment où le traître doit accomplir son forfait, il était agenouillé à sa prière? La pièce irait bien mal. Il y eut un jour une marionnette appelée Judas; si, pris de peur, il avait abandonné son rôle, aucun de nous n'aurait été sauvé. Tout cela forme un mystère étrange que nous ne devons pas éclaircir; mais nous en pouvons conclure qu'il est mal de blâmer trop sévèrement les pécheurs. C'est une terrible destinée de devoir agir de façon vile et maudite alors que nul certainement ne choisirait ce rôle. « Il faut que le scandale arrive. » Comment Gabriel eût-il montré son habileté avec l'épée à deux tranchants si Lucifer avait refusé la lutte? « Mais malheur à celui par qui le scandale arrive. » Oui, si la pièce contient un meurtre, ou si une honnête fille est mise à mal, il faut trouver une marionnette pour faire la vilaine besogne; mais si elles avaient le choix, toutes s'écrieraient sans doute : « Pas moi, Seigneur! » Seulement nous ne savons rien. Nous ne sommes pas en cela très différents des bêtes qui, dans les ténèbres de leur esprit, font le mal sans le savoir; elles se gorgent de sang, sautent sur leur proie, crient dans la nuit, et cependant sont aussi innocentes qu'un bébé. Nous sommes assez semblables aussi à l'orage qui dévaste la forêt, au feu affamé qui dévore des vies humaines en un instant, à l'eau qui engloutit nos frères. Tout cela fait partie du drame. Mais si nous sommes choisis pour un rôle agréable et joyeux, ne devons-nous, par reconnaissance, secourir les moins fortunés, et remercier même la pauvre marionnette qui travaille sans cesse à nous nuire? Car les choses eussent pu être tout à l'opposé.

Aussi plaignis-je toujours Beguildy, bien qu'il fût, hélas! le traître de notre histoire.

Cet été-là, nous eûmes une très médiocre récolte, aussi bien en blé qu'en foin. Notre vie se poursuivit sur le même air monotone, sauf que mère tint sa parole et fit venir Kester.

Pendant le mois de juin, elle m'avait paru très affairée, filant sans arrêt, au point que Gédéon l'en avait complimentée. Puis un jour, elle nous dit :

— Il y en a tant de filé, il va falloir demander le tisserand.

Mais j'étais résolue à ne pas le voir. Le jour de son arrivée, vers la fin de la fenaison, je pris la serpe et m'en fus tailler les haies des champs les plus lointains, où nul ne pourrait me découvrir.

— Je vais tailler les haies, mère, dis-je. J'emporte du pain et du fromage. Veux-tu avoir l'œil sur les petits dindonneaux et dire à Gédéon qu'il aille traire ; je ne serai pas de retour avant la nuit.

Et ne voilà-t-il pas qu'elle se tord les mains en murmurant tout bas :

— Oh ! quel malheur, quel malheur d'être maudite comme ça !

Mais je m'en fus. A mon retour, je trouvai dans mon grenier des brins de laine et de fil laissés par lui, et une odeur de tabac très agréable. Il aimait à fumer un peu tout en travaillant. Et que vis-je soudain, tout près du métier ? Un mouchoir bleu et blanc. Très malhonnêtement, je le mis aussitôt dans mon coffre que je refermai à clé avec une grande satisfaction. Un de ces jours, pensai-je, je le laverai, l'enroulerai autour d'un brin de lavande et le lui renverrai. Mais pas tout de suite.

Mère n'en finissait pas, ce soir-là, de parler du tisserand. Oh ! il était si aimable, et si fort, et si attentionné ! (J'aurais pu lui dire tout cela.) Il avait été quasiment comme un fils pour elle, continuait-elle. Il fallait le voir assis sur le banc pendant le thé. Je le crois bien, pensais-je, et pour lors mon cœur eût été pris plus que jamais.

— Il voulait savoir si j'avais de la famille en dehors de Sarn, poursuivit-elle. Alors je lui ai dit...

— Oh ! mère, que lui as-tu dit ? m'écriai-je.

— Que j'avais la meilleure fille du monde, et la plus

affectueuse, et qu'elle était souple et mince, avec une longue natte soyeuse qui lui descendait aux genoux, et des yeux noirs caressants, et des manières plaisantes, gaies, moqueuses et charitables. Ah ! je lui en ai dit ! Et très bien, je t'assure. Je lui ai dit aussi que tu pouvais écrire en grands caractères et en petits, que Beguildy t'apprenait à lire et que tu pouvais faire maintenant des mots de quatre syllabes.

— Bonté divine ! mère, m'écriai-je, quel conte tu lui as fait !

— C'est pas un conte, ma fille, c'est la vérité.

— As-tu parlé des lettres de Gédéon ? Je veux dire, as-tu dit que c'est moi qui les écrirai ?

— Mais non, ma fille, Sarn n'aurait peut-être point été content, ni Jancis, ni toi.

— C'est vrai, tu es pleine de bon sens, mère.

— On a toujours dit dans la famille que j'en avais, ma fille.

— Alors le tisserand croit que nous sommes une famille bien instruite, sans doute, mère, et il croira comme parole d'Evangile que Gédéon écrit les lettres.

Un peu plus tard, pendant que je l'aidais à se mettre au lit, je m'enhardis à lui demander :

— As-tu dit au tisserand que j'avais un bec-de-lièvre ?

— Non, non, ma fille ! Pourquoi donc que je lui aurais dit ça ?

— Mais, après tout ce que tu lui as raconté, il se pourrait qu'il pense un peu à moi, et si jamais il me voyait...

— Eh ! bien, ma fille, s'il te voyait, et s'il est l'homme que je crois, il serait bien forcé de t'aimer quand même, répliqua mère brusquement.

Au moment où je la bordais, elle me prit la main.

— Prue, ça te gênerait-il s'il n'avait qu'une jambe, ou qu'un bras, ou s'il était tout grêlé de petite vérole ?

— Si cela me gênerait, mère ? m'écriai-je sans réfléchir. Bien sûr que non ! Je ne l'en aimerais que mieux !

— J'en étais sûre, ma fille, répondit-elle, très satisfaite. Je savais bien que tu l'aimais. J'en suis si contente. Mais ne te cache plus de lui, Prue. Aie du courage, risque tout, comme un bon joueur au jeu des couleurs précieuses.

— Non, non, jamais ! Mère, ce n'est pas bien de m'avoir attrapée ainsi !

— Je voulais seulement savoir, Prue. Je m'en deviens vieille et cassée, bientôt la vie sera trop lourde pour moi. Je voudrais être sûre qu'il viendra de bonnes choses pour la meilleure des filles.

Elle tourna la tête vers la petite fenêtre éclairée par la lune, où les roses rouges pressées contre les carreaux mettaient de grands disques noirs, et par où l'on voyait le ciel argenté, sans étoiles, mais très doux. Mère paraissait écouter quelque chose. Enfin elle dit :

— Je crois que tout ira bien pour toi, Prue. On t'aimera et tu aimeras aussi. Je le sens dans mon cœur à quelque chose d'aussi doux que la rosée et d'aussi beau qu'une rose rouge. Quand je n'y serai plus, pourtant, quand je n'y serai plus. Mais ça ne fait rien puisque je sais que ça doit venir.

Il me sembla qu'un frisson étrange passait dans la nuit.

— Qu'est-ce donc ? lui dis-je. As-tu la seconde vue ?

— Non, je ne vois rien ; mais je sens au-dedans de moi.

— Tu ne vas pas mal, n'est-ce pas, mère ? repris-je, craignant de la voir glisser entre mes bras comme il arrive à l'heure de la mort.

Elle me tranquillisa, m'assura qu'elle ne mourrait pas de sitôt. C'est la pensée du tisserand qui lui avait donné ces idées, et surtout parce qu'il avait dit :

— Eh bien ! je suis garçon et le resterai sans doute, mais si jamais je pensais à me marier, ce serait juste avec quelqu'un comme elle.

Vers la fin de la moisson, Gédéon me pria d'écrire sa seconde lettre à Jancis.

Nous soupions sur le banc, près de la fenêtre de la laiterie. Après avoir été chercher l'encre, je lui demandai ce qu'il fallait écrire. Il me pria de dire qu'il était en bonne santé et espérait qu'elle était de même, qu'elle était sage et travaillait dur et ne demandait point d'avances pour des effets ou des souliers, mais pensait à l'avenir ; que la moisson était médiocre, que son père avait toujours les mêmes idées à propos du jeune châtelain qui allait revenir des Pays-Bas, l'an prochain, avec ses poches bourrées d'argent ; que la grande vache longhorn avait vêlé, mais qu'elle avait laissé tomber son veau comme une grande sotte ; qu'elle dise à maître Grimble que nous pourrions lui prendre quelques agneaux, mais sans aucun signe de piétin, sinon on les lui renverrait dare-dare et il n'aurait plus rien de Sarn.

Après quoi, il ajouta :

— Mets aussi que j'irai la voir au marché de Noël, si Grimble veut bien l'amener.

Je lui assurai que je ferais de mon mieux, mais serait-il ennuyé si j'en mettais un peu plus long ? Je ne pouvais me retenir de rire, car c'était une si drôle de façon pour un garçon d'écrire à sa promise. Gédéon me jeta un coup d'œil perçant et me demanda pourquoi je voulais en écrire davantage ? Je lui répondis que, parfois, la plume court toute seule. A quoi il repartit que dès qu'on commence à écrire on ne sait pas où l'on est entraîné. Que Dieu le préserve d'une telle folie ! Mais du moment que j'écrirais ce qu'il m'avait dit, je pouvais en mettre un peu plus si cela me faisait plaisir. J'écrivis donc la lettre.

SARN

26 septembre.

MA CHÈRE PROMISE,

Il me semble qu'il y a longtemps que j'ai reçu ta lettre qui était bien belle ; je l'ai baisée plus d'une fois. Tu sais très bien tourner une lettre d'amour. Je vous vois tous les deux en train d'écrire, tes cheveux dorés et brillants et ta jolie figure penchée, et le tisserand qui sourit un peu, en ayant l'air de s'amuser, avec ces yeux qui entraîneraient une fille loin de son promis ; fais attention à ne pas devenir amoureuse d'un autre que moi, si possible. Je te verrai peut-être au marché de Noël. Dis au tisserand que toutes les histoires de mère sur notre Prue sont des fantaisies, vu qu'elle est très ordinaire de toutes les façons. Dis à maître Grimble que je pourrai prendre quelques agneaux. Dis au tisserand que s'il s'en va du côté de Huglet, il emporte son fusil, car Huglet a maintenant un chien terrible ; et j'espère que tout va bien entre le tisserand et Grimble. S'il y a de la couture que le tisserand veuille bien faire faire, puisqu'il est un homme seul, sans femme, j'ai deux femmes chez moi, mère et ma sœur, qui accepteraient toutes deux du travail à un prix raisonnable. Elles savent faire de la conserve de chou rouge et de la pâte de prunelle ; en les vendant moitié moins cher qu'au marché, elles seraient largement payées et ce serait une charité de les employer. La récolte est médiocre, la longhorn a vêlé trop tôt ; on dit que le fils Camperdine va revenir l'année prochaine, et s'ils ont le piétin on les renvoie presto, dare-dare. Alors, adieu, et porte-toi bien. Pour une toux qui commence, il faut prendre un citron et du gâteau de miel pilé, tout bouillants, et tu es mon très cher amour à qui je pourrais donner quasiment toute ma vie et mourir pour toi d'une morsure de chien ou d'autre chose ; allons, bonne nuit, ton amoureux.

Gédéon Sarn.

Voici un beau texte : « Le Maître est ici. »

A mesure que l'automne passait et que venaient les nuits froides, je me demandais souvent ce qu'on avait pensé de ma lettre. Nous savions qu'on l'avait reçue, car, un jour de marché, Gédéon avait ramené les agneaux que Grimble avait parqués pour lui à la *Pinte de cidre*, et qui étaient en bon état, sans aucun signe de piétin. Mais ce ne fut qu'aux approches de Noël qu'une lettre de Jancis arriva ; je me souviens que je la lus à Gédéon par une nuit de norois où la pluie claquait contre les carreaux. Il faisait bon dans la maison et cette lettre me fit passer un heureux Noël, en dépit de la besogne et de la santé de mère qui n'était pas fameuse. Nous avions dû demander le remplaçant du docteur de Silverton, Gédéon n'ayant pas voulu entendre parler du médecin lui-même, attendu que la dépense était bien assez grande ainsi. Il ne cessait de bougonner en disant qu'elle était un embarras, et mère me disait :

— Est-ce que Sarn trouve que je l'encombre ?

Cela me mettait fort mal à l'aise. Enfin cette lettre me réconforta comme une bonne assiettée de soupe chaude, et de crainte que Gédéon ne la gardât pour lui, je la recopiai. La voici :

1ᵉʳ *décembre.*

La haute ferme,
OUTRACK

Mon très cher promis,
En écrivant cela, je pense à Sarn, le meilleur des amoureux. Maître Woodseaves serait très content de la couture, des choux rouges et de la pâte de prunelle que Sarn a eu la bonté de proposer. Il pourrait peut-être en parler un jour à sa sœur. Maître Woodseaves dit qu'il n'a jamais eu d'aussi bon remède pour la toux; il l'a essayé un soir de brouillard après être revenu d'ici à Lullingford; mais il croit qu'il faudrait une femme pour bien préparer le mélange. Je regrette ce que tu m'as dit de la moisson et du veau, mais il ne faut pas se tourmenter à propos du chien de Huglet, car on ne craint ni le chien, ni Huglet. Mais sapristi! ça n'a tenu qu'à un cheveu pendant le combat! Et cette femme devait être bien courageuse pour bondir de cette façon afin de sauver la vie d'un pauvre diable. Car maître Woodseaves a entendu dire que c'était une femme qui avait fait cela, une grande femme mince avec de beaux yeux noirs, à ce qu'on prétend. Ce n'est pas à moi de parler, comme tu le sais bien, Sarn; mais les autres parlent. Le tisserand dit que si jamais il a une promise, il en aimerait une comme cette femme-là. Allons, bonne nuit, joyeux Noël, ta

Jancis Beguildy.

Je t'aime déjà, et si c'est ainsi à la saison des arbres morts, qu'est-ce que ce sera quand ils seront verts?

CHAPITRE IV

La fuite de Jancis

Nous étions de nouveau à la veille de Noël, dix-huit mois après l'aventure de Kester au combat de taureau. Nous n'avions pas eu de lettre de Jancis depuis longtemps, mais Gédéon ne se tourmentait jamais de ces sortes de choses. Il prétendait que la saison était la cause de ce retard et que les routes étaient si bourbeuses du côté de chez Grimble que personne ne s'y aventurerait par ce mauvais temps. Les gens venaient rarement au marché en hiver, faisant d'avance provision de tout ce qu'il leur fallait. Maître Grimble envoyait au moulin une demi-douzaine de charrettes de grain pour le faire moudre, puis ils se terraient tous pour l'hiver, qui dans la ferme, qui dans les masures des valets, les chevaux à l'écurie, les bestiaux au pâturage le plus proche et les moutons dans les champs de betteraves voisins. Ils faisaient aussi provision de plantes médicinales, car on ne pouvait compter ni sur l'apothicaire ni sur le médecin quand les routes devenaient quasi impraticables.

— Woodseaves ne peut point aller là-bas, disait Gédéon, et qui Jancis enverrait-elle à Lullingford ? Mais vienne un peu de beau temps et nous aurons de ses nouvelles.

Je songeais à Jancis, enfermée avec cette Mme Grimble qu'elle ne pouvait souffrir, pas plus que moi. Je songeais aux hautes montagnes et au grésil tombant si dru comme à un mur de glace entre elle et nous, quand ce n'était pas la neige épaisse et douce qui chuchotait, chuchotait.

« Cela tourne et vire autour de la maison et laisse un gant blanc sur la fenêtre. » Voilà ce qu'on disait de la neige, à Sarn.

Il est vrai qu'il y avait deux garçons là-bas pour y mettre un peu de vie, mais l'un d'eux allait épouser la fille du valet, et l'autre était trop dévot pour se livrer à de petits jeux ou à des plaisanteries, ou même simplement pour rire et parler beaucoup. Elle n'avait donc que Mme Grimble, qui était dure et acariâtre, et maître Grimble qui, par les jours de pluie, devenait quinteux à cause de ses rhumatismes. Je songeais beaucoup à elle. A Sarn, dès qu'on pense à quelqu'un on y pense beaucoup, puisque tout est très calme, surtout l'hiver, et que le temps paraît, pour ainsi dire, immobile.

Chaque fois que je songeais à Jancis, je me rappelais ce que j'avais vu, un jour de juin, une année où la saison était fort mauvaise, tempêtueuse, mêlée de grêle, voire même de neige. Les églantines, tendres, douillettes, habituées à la seule fraîcheur de la rosée, je les avais vues avec de la neige plein leurs pétales rose pâle et gelées, semblait-il, jusqu'à leur cœur d'or. C'est ainsi que je me représentais Jancis, car j'avais de l'amitié pour elle et, quoiqu'elle fût mon aînée, elle me faisait toujours l'effet d'une enfant.

Elle avait beau me rappeler qu'elle était jolie et que

j'étais laide, je l'aimais, et surtout quand elle avait des ennuis. Quand le ciel est serein autour des êtres, toujours je sens pour eux une affection moins vive. Je regrettai donc de n'avoir pu lui envoyer un présent de Noël, ne fût-ce qu'un simple mouchoir de toile ourlé.

J'avais prié Gédéon de s'enquérir d'elle auprès de Kester quand il irait au marché, mais Kester était, paraît-il, en tournée, et sa maison fermée. Cela m'attrista, j'aimais à me le figurer près de son feu, dans la petite maison que je connaissais. Je le sentais ainsi plus près de moi. Mais, en hiver, il avait l'habitude de partir pour des tournées d'un mois ; il restait dans un village ou dans un autre, afin de faire d'un coup tout son tissage et de s'épargner des allées et venues.

Chez nous, c'était grande tranquillité, mère alitée comme chaque année maintenant au fort de l'hiver, et Gédéon furetant dans les bois à la recherche d'une belle bûche de Noël. Nous nous privions de bien des choses, mais du moins avions-nous toujours notre bûche, puisqu'il n'en coûtait qu'un peu de peine au pauvre garçon et que Gédéon ne rechignait pas à cela.

Je m'approchai de la porte, l'oreille tendue, pour savoir s'il avait fini de l'abattre ; on entendait encore l'aboiement de la hache dont l'écho se répercutait par-dessus l'étang, qui était gelé jusque vers son milieu. Tout autour, les arbres givrés, blancs comme du sucre, gardaient dans l'air tranquille une telle immobilité qu'on les eût crus ensorcelés comme des personnages de légende. On ne pouvait se figurer la belle saison, ni s'imaginer l'étang fleuri de nénuphars ou animé par des rides. Tout était si paisible que je retenais mon souffle. Alors de l'autre rive, près de l'église, s'éleva le cri mélancolique d'un bécasseau, qui résonnait comme « Muette ! Muette ! » Puis une sarcelle monta dans le ciel qui s'assombrissait, et mère toussa un peu, ce qui me fit penser qu'elle allait demander sa tasse de thé. Le bruit de la hache avait cessé; Gédéon rentrerait bientôt, je me mis donc à préparer le repas.

Je faisais le pain, ce qui me plaisait infiniment. La plupart de mes travaux étant des travaux d'homme, enfourner semblait, après cela, une besogne agréable et facile. J'aimais à voir la pâte lever devant le grand feu rouge, à préparer le four avec des braises dont je raclais la cendre ensuite, et à aligner les pains bien en ordre. Il faisait bon dans la cuisine chaude et claire où se répandait la bonne odeur de la miche; et il était agréable de voir au-dehors les champs et les bois grisâtres, froids, solitaires, puis de fermer les rideaux, d'allumer la chandelle, de mettre le couvert, de placer la galette de pommes de terre sur les braises. Heureuse, je pensais alors que, dans un instant, tous ceux que j'aimais seraient à l'abri pour la nuit. La volaille était rentrée au crépuscule, les vaches et les moutons enfermés, Bendigo à l'écurie, Minet près de l'âtre, mère avec un brin de feu dans sa chambre et la bassinoire dans son lit, et Gédéon était en chemin pour le souper.

Comme le four était encore assez chaud, j'y mis à cuire des gâteaux aux épices, sachant que Gédéon aimait les bonnes choses autant qu'un autre, bien qu'il ronchonnât parfois en disant qu'on le ruinait et en demandant ce que deviendraient la maison, l'argenterie et le reste. Mais si je lui obéissais tout le long de l'année en me contentant d'un morceau de pain et de fromage et d'une pomme de terre pour mon repas, je n'en faisais qu'à ma tête au moment de Noël, et nous avions notre festin à peu près comme tout le monde. En songeant à ce qui survint par la suite, je me félicite de cette petite désobéissance. Car je puis me dire : « En tout cas, ils ont eu *cela*, si tant de choses leur ont manqué. »

Je chantonnais et parlais à Minet, qui paraissait presque trop à l'aise pour ronronner. Dès que je lui disais un mot, il se soulevait, faisait très poliment le gros dos, ouvrait la bouche pour un « miaou », mais renonçait finalement à former un son. Il se contentait de me regarder d'un air de dire : « Je sais que vous avez fait ce joli feu pour moi, maîtresse, et je sais que vous avez mis un morceau à mon intention dans le garde-manger, et je vous en remercie bien. »

Soudain on entendit frapper un coup léger, si timide que ç'aurait pu n'être qu'un rouge-gorge piquant du bec contre le vantail. Dans les mauvais jours il en venait un qui, si je tardais trop à lui donner à manger, heurtait ainsi à la fenêtre.

Je me dirigeai vers la porte et, comme il faisait déjà nuit et qu'à cette époque personne ne venait de nos côtés, j'avoue que je songeais aux fées, aux lutins et à toutes ces choses étranges du temps passé.

J'ouvris. Et là, devant la blancheur sinistre de l'étang gelé, j'aperçus, toute pâle dans le reflet de notre feu, la figure bouleversée, Jancis.

A peine l'eus-je tirée à l'intérieur qu'elle s'abattit comme une masse sur le sol. La pauvre fille ! Jamais je ne vis personne dans un tel état ! Ses vêtements étaient déchirés, ses souliers crevés, ses mains et sa figure écorchées par les haies d'églantiers, que, me dit-elle ensuite, elle avait traversées, et elle ruisselait comme si on l'eût retirée de l'étang. Elle s'était évanouie et j'eus fort à faire pour la ranimer. Quand elle put parler, elle me dit qu'elle n'avait rien mangé depuis près de deux jours et qu'elle avait fait à pied, par ce temps, tout le chemin depuis la maison de Grimble.

Quelle pitié! Elle s'était sauvée, sans argent, mal chaussée, et elle avait eu grand-peine à s'échapper et elle était partie sans même avoir pu prendre son châle pour s'en envelopper.

Elle sanglotait sans arrêt.

— Oh! Prue, je n'en pouvais plus! Oh! chère Prue, ne me gronde pas! C'était plus que personne n'aurait pu supporter! Et quand j'ai vu Noël approcher, plus de nouvelles, et tous rendus dix fois pires par le mauvais temps qui les tenait enfermés. Oui! je n'en pouvais plus! La petite de la chaumière m'a dit que les deux dernières laitières s'étaient sauvées. Elle m'a demandé pourquoi je ne me sauvais pas comme elles. Elle me disait cela, un peu par pitié, un peu aussi parce qu'Alf Grimble, son promis, me faisait des avances. Alors elle m'a indiqué le meilleur moment pour partir, et elle les a tous retenus de côté et d'autres; elle m'a donné du pain, de la viande, une bouteille de lait, et elle m'a promis de leur raconter une histoire pour les empêcher de courir après moi.

Elle s'arrêta, reprit haleine, et, à ce moment, on entendit les roues du char de Gédéon grincer sur la neige.

— Qu'est-ce que tu vas dire à Gédéon? lui demandai-je.

— Oh! ne le laisse pas se mettre en colère, Prue! Ne le laisse pas! Je n'en peux plus. Quand je vous aurai dit tout ce que j'ai eu à supporter, vous verrez bien que je n'en peux plus!

Gédéon arrivait près du seuil en halant avec une chaîne une grosse branche qui devait être notre bûche de Noël.

— Ne me renvoie pas, Prue! Quoi qu'il dise, et même si ça le fâche beaucoup que j'aie perdu la place qu'il m'avait procurée, garde-moi pour cette nuit!

Pouvait-elle penser, lui demandai-je, que je consentirais à la renvoyer et par un tel temps ? Je l'étendis sur la banc et la fis reposer. Une goutte de thé, lui dis-je, puis tu iras te coucher, et tu en auras fini avec tous tes ennuis. Alors elle me sourit, en murmurant :

— Je t'aime, Prue ! Ce soir, tu as été pour moi comme le Sauveur.

Et elle s'endormit.

Bien souvent, songeant à ce qui arriva ensuite, je me rappelle avec joie ce sourire et ces paroles.

Mais quelle fut la rage de Gédéon !

— Elle va perdre tout l'argent ! s'écria-t-il immédiatement. Et non seulement l'argent de l'année et des quatre mois qui restent à courir, mais aussi les gages des vingt mois qu'elle a passés là-bas. Si on ne va pas jusqu'au bout de son temps, on ne reçoit rien. Tu le sais aussi bien que moi.

Je lui demandai comment il avait le cœur de penser à l'argent alors qu'elle était venue tomber à notre porte, toute bouleversée et à demi morte.

— T'as toujours été timbrée, Prue, dit-il, et je crois bien que tu le seras toujours.

Ma patience était à bout et, cette fois, je lui parlai fermement.

— Tu voudras bien tenir ta langue ce soir, Gédéon ! Voici Noël, et Jancis te tombe quasiment des bras de la mort. Il s'en est fallu de peu ! Si elle avait perdu son chemin une fois de plus à cette heure-ci, c'en était fait d'elle. Je l'ai fait entrer, je lui donne mon lit, je la dorlote pour toi parce qu'elle est ta promise, et voilà ton remerciement, ta reconnaissance, pour ceux qui, là-haut, ont sauvé cette pauvre enfant !

— Bonté divine ! Quel dragon te voilà soudain ! s'écria-t-il.

Il se mit à rire un peu, de surprise sans doute, car je n'avais pas l'habitude de m'emporter ainsi. Puis il arpenta la salle.

— Eh bien ! s'exclama-t-il.

Il n'était pas accoutumé aux malades et semblait toujours les croire sourds. Quand mère était souffrante, il lui parlait à tue-tête, bien qu'elle eût encore l'ouïe fort bonne.

— Bonsoir, Sarn ! dit Jancis d'une voix faible et douce.

— Alors te voilà revenue ?

— Oui.

— Et t'as rompu ton contrat et tout ?

Elle se mit à pleurer.

— Allons, pas de ça ! dit-il tout attendri. Prue va encore me disputer si tu pleures. Je ne dirai rien, pas un mot, ce soir. Il y aura quelque chose à dire demain, mais maintenant je vais te laisser tranquille. Eh bien ! comment que tu te sens ?

Il était au milieu de la cuisine, et criait si fort que je ne pus me retenir de rire.

— Très bien, merci beaucoup, Sarn, répondit-elle.

— Tu ne fais point honneur à la pâture des Grimble. Je leur en dirai deux mots. T'as vu des fois le fils Camperdine ?

— Non.

— T'as un amoureux là-bas ?

— Non, Sarn, t'es mon amoureux pour toujours.

— Pas même Alf Grimble ?

— Non. Mais il me courtisait un peu et me poursuivait. C'est pour ça que je me suis sauvée.

Je n'aurais jamais cru Jancis aussi fine. Mais toute femme le devient sans doute dès qu'elle est amoureuse. Comme elle était pâle contre ce banc noir !

— Je me suis sauvée parce que tu es le seul amoureux que je veuille, Sarn.

— Ah! C'est donc ça? J'assommerai cet Alf Grimble quand il s'en viendra au marché.

— Non, n'en fais rien, n'en fais rien!

— Alors tu t'es ensauvée toutes ces lieues et ces lieues parce que t'aimais point Alf et que j'étais ton promis?

— Oui.

— Embrassons-nous, fillette.

Là-dessus, je courus à la laiterie, et Minet avec moi, car Gédéon l'effrayait toujours. Je me mis à écrémer le lait avec ardeur; ce ne fut pas sans pleurer un peu; mais cela ne fit de mal à personne. Car, moi aussi, j'aurais désiré être assise sur un banc et entendre un garçon, debout au milieu de la salle, me gourmander et me dire : « Embrassons-nous, fillette! » Et si vous me demandiez quelle sorte de garçon j'aurais choisi, je dirais qu'il eût porté un habit de la couleur d'une prairie de mai et que son regard eût été rempli d'une telle sagesse et d'une telle force que votre âme en eût été bouleversée.

— Je ne peux pas avoir ce que je désire, Minet, dis-je. Mais toi, tu le peux, car tes désirs sont faciles à contenter.

Je lui donnai une grande soucoupe pleine de crème. Oui, en vérité. Qu'aurait dit Gédéon, s'il l'avait su? Mais lui aussi avait sa crème, dans la cuisine.

— Je te donne cela, Minet, parce que je ne peux pas avoir la crème dont j'ai envie. Du moins, sois content, cela me satisfait.

Il me regarda d'un air terrifié, s'attendant à recevoir une tape aussitôt, car c'était trop beau pour être vrai. Puis il lapa la crème. A ce moment, j'entendis mère qui m'appelait.

— Tu auras eu cela, en tout cas, Minet, repris-je. Mère, veux-tu un peu de crème avec ton thé ?

— Mais oui, ma fille. J'aimerais joliment ça. Mais qu'est-ce que Sarn va dire ?

— Il est occupé aussi à laper sa crème, mère.

— Quoi ?

Elle crut que j'étais devenue folle.

— A te dire la vérité, Jancis est là.

— Jancis ?

— Oui. Elle s'est sauvée.

— Bonté divine !

— Elle a fait toute la route à pied.

— Mais pourquoi qu'elle n'a pas été chez elle ?

Je n'y avais pas encore songé. Je trouvais si naturel qu'elle vînt à nous, comme un rouge-gorge affamé.

— Elle avait peur de Beguildy, sans doute, mère.

— Oui ; il va falloir que tu ailles prévenir Mme Beguildy.

— Laissons Jancis avoir un bon Noël. Le lendemain, j'irai.

— Sont-ils en train de se faire des mamours, comme vous dites ?

— Oui, il a été pris par surprise, et il l'a embrassée avant que d'y avoir pensé.

Nous nous mîmes à rire.

— Maintenant, pensons à notre thé, mère. Nous allons avoir une vraie fête de Noël. De la crème pour tous ! Et après le souper je vais garnir de houx toute la maison.

— N'oublie pas de garder de la crème aussi pour toi, ma fille.

En descendant l'escalier vers la cuisine où les amoureux étaient assis à l'ancienne mode sur le banc, je me demandais ce qui pourrait me servir de crème.

Soudain, pendant que je faisais le thé, une idée me vint.

— Jancis, dis-je, tu devrais écrire à maître Woodseaves pour lui dire que tu t'es sauvée; sinon il prendrait peut-être la peine de courir là-bas afin d'écrire une lettre pour toi.

— Très bien, Prue, puisque c'est toi et non moi qui écris, ça m'est égal. Mais il ne retournera pas là-bas.

— Il n'y retournera pas ? Pourquoi ?

— Je te conterai tout ça demain, je suis si lasse ce soir !

— Bon, dis-je, bien que je fusse fort impatiente d'entendre parler de lui.

— Je vous raconterai ma fuite ce soir, dit-elle.

Mais je lui dis qu'il fallait d'abord souper.

— Lève-toi maintenant pour manger et boire un peu. Ensuite tu pourras nous conter ton histoire, et puis j'écrirai.

Je savais que cela lui ferait du bien de tout nous dire; car lorsqu'on est sorti d'une mauvaise passe, raconter son aventure atténue le souvenir.

Elle nous conta donc qu'elle s'était arrangée pour arriver à Lullingford un jour de marché afin que Gédéon pût la ramener; mais tous les chemins se ressemblant dans la neige, elle s'était trompée de route sur la colline; alors elle s'était égarée, avait été surprise par la nuit et avait dormi dans une de ces huttes de genêt épineux qu'on dresse pour les agneaux. Elle avait entendu, sous la porte, un souffle qui lui avait fait penser au taureau furieux de Bagbury, mais elle avait imploré trois fois la sainte Trinité de toutes ses forces, et cela avait cessé. Puis, ne pouvant retrouver la route, elle avait cherché à gagner Lullingford à travers champs. Elle avait été poursuivie par un cheval, bien pire que le taureau de Bagbury, et c'est alors qu'elle avait passé au travers d'une haie. Arrivée à Lullingford, elle n'avait pu rejoindre Gédéon, qui en repartait toujours le plus tôt possible. Elle s'était rendue chez Kester, mais comme il était absent, elle n'avait trouvé là aucun secours. Alors elle était repartie sans oser rien demander à d'autres, dans la crainte qu'on ne la renvoyât chez Grimble. Mais avant d'être bien loin, elle s'était sentie si lasse qu'elle avait dû se glisser dans une grange pour y attendre le jour. Ensuite elle avait voulu prendre un raccourci à travers les futaies, et de nouveau elle s'était perdue. Il ne fallait pas s'en étonner, car dans les bois de Sarn on a du mal à retrouver son chemin, même en été.

— Bonté divine! s'écria Gédéon. T'as censément besoin d'un garçon pour s'occuper de toi! J'ai jamais entendu une histoire plus folle.

— Je n'ose pas me figurer ce que père va dire, continua-t-elle. On ne va pas pouvoir le calmer. Il est très obstiné maintenant, et si on lui tient tête, il devient tout plein mauvais. Si mère savait, elle arrangerait peut-être les choses.

— J'irai voir ta mère le lendemain de Noël, dis-je. Ce serait un peu fort si nous ne trouvions pas le moyen de faire entendre raison à ce vieux fou, si tu me permets de parler ainsi.

— Si je te permets! Tu peux bien dire de papa le pire de ce que tu penses, et sûrement je ne trouverai pas que tu exagères. C'est vrai qu'il est fou, savant ou non.

— Tranquillise-toi maintenant. Nous saurons bien te donner le temps de te retourner. Peut-être dénicheras-tu une autre place. Ou peut-être Gédéon...

— Si tu veux dire que Gédéon voudra bien se marier, interrompit-il, je te réponds, moi, que ce sera quand je l'aurai décidé, et pas avant. J'ai dit à Jancis que si la récolte est bonne et que tout marche bien, je serai prêt à me marier à la fête de la moisson; et ça lui convient.

— J'en suis très contente. Il n'est jamais trop tôt pour s'aimer. Et quand on aime une fille, on doit être pressé de l'avoir chez soi, près du feu et de la table, au-dedans et au-dehors.

Je songeais à une petite maison, très différente de la nôtre, à moins de vingt milles de là, où vivait un célibataire obstiné qui n'y voulait aucune femme, pas même la pauvre Prue Sarn. Il était grand temps vraiment d'écrire la lettre.

— Que vais-je raconter de ta part, Jancis ?

Elle me pria de dire tout ce que je voudrais. J'allai donc chercher du papier, de l'encre et ma plume d'oie, puis j'écrivis :

Veille de Noël.

SARN

Cher monsieur Woodseaves,

Je vous écris pour vous faire savoir que j'ai quitté Mme Grimble, qui était trop dure et trop pingre pour la nourriture ; et les rhumatismes du maître étaient très contrariants par le mauvais temps, et leurs garçons aussi, d'une façon ou de l'autre. Je me suis arrêtée à Sarn. Gédéon et moi nous pensons nous marier aux prochaines fêtes de la moisson. Je veux vous dire que j'en suis bien aise, car quand on aime quelqu'un on veut être près de lui et on ne peut s'endormir la nuit parce qu'on se demande où il est, si tout va bien, s'il change ses bas quand ils sont mouillés, et s'il ne se sent pas trop seul.

Je m'inquiète plus de celui que j'aime que de tout le reste du monde.

Il est si bon et si brave ; quand il est là, tout ce que je peux dire, c'est : « Le Maître est ici. » Je l'aime plus que je ne saurais le dire, et je l'aimerai jusqu'à la fin ; et donc bonne nuit, monsieur Woodseaves, et un joyeux Noël de
                              Jancis Beguildy.

— Tu écris une belle lettre bien tournée, Jancis, lui dis-je. Veux-tu que je te la lise ?

— Oh ! bien sûr que non ! Pourquoi faire ? Tu sais assez ce qu'il faut dire.

« Oui, pensai-je, je sais très bien ce qu'il faut dire, mais je ne peux pas le dire, voilà le malheur ! »

Je cachetai la lettre et la posai sur la cheminée pour que Gédéon l'emportât au prochain jour de marché.

Tout me sembla bizarre dans la maison pendant ces fêtes de Noël. Nous n'en avions jamais eu d'aussi belles et on entendit plus de rires et de chants qu'on n'en avait entendu depuis des années. Pourtant, à proprement parer, elles furent mélancoliques. Les chants me semblaient venir de très loin, du fond des eaux. Quand Jancis s'assit près de la fenêtre et que la lumière tomba sur ses cheveux d'or clair et sur sa figure pâle, au travers des carreaux verdâtres, on eût dit que l'eau la recouvrait.

Gravier vert, gravier vert, que l'herbe est donc verte !
Oh ! la plus jolie dame qu'on ait vue !
Te laverai de lait, te vêtirai de soie,
Ecrirai ton nom avec une plume d'or.

Ah ! j'entends encore Jancis chanter cette chanson de sa douce voix claire, qui semblait venir de très loin, mon Dieu ! de très loin.

Le matin de Noël, mère me permit de la lever ; elle descendit à la cuisine et s'installa au coin de l'âtre d'où elle surveilla les amoureux avec ce regard content, sympathique et joyeux, que j'ai vu souvent aux femmes âgées qui ont vécu leur vie et connu l'amour. Devant les jeunes promis, elles ont l'air de dire : « Tu es content, mon gars ? Tu le seras encore plus bientôt... Tu es toute gazouillante, ma fille ? Eh bien, je t'assure que tu le seras encore davantage d'ici peu, et de beaucoup ! »

Je sentais tout cela pendant que nous chantions *Comme Joseph s'en allait* et *Bons chrétiens, réjouissez-vous*. Mère entendait d'autres voix aussi, de petites voix comme celles des enfants Callard, qui s'élevaient ensemble, légères et aiguës. Elle voyait d'autres visages roses et bien débarbouillés entourant son siège au coin du feu et prêts à lui sourire, une fois les chansons finies, et à crier « Grand-mère ! »

Elle tapotait doucement l'épaule de Jancis en disant : « Jolie fille, jolie ! » Et je l'entendis qui la mettait en garde contre les lièvres.

— Quand l'époque viendra, ma chère, ne t'en va pas trop dans les bois ni dans les prés. Reste près de la maison, tu n'en rencontreras pas. Ce serait un trop grand malheur, vraiment !

— Oh ! Madame Sarn, s'écria Jancis en riant et rougissant un peu, comme vous allez vite ! Nous ne faisons encore que nous courtiser.

— Le temps aussi va vite, mon enfant. Il ne faut pas laisser la mousse croître sur le chemin de l'amour. Ne lui refuse pas trop de choses. C'est un bon gars quand on ne le contrarie pas.

— Mais c'est Sarn qui veut attendre, ce n'est pas moi, dit Jancis.

— Il est fou, il est fou ! A quoi bon l'argenterie ? A quoi bon tant de servantes et de valets ? Je m'en passerais bien si seulement je n'avais plus les cochons à soigner, et si je pouvais avoir les pieds au chaud et une tasse de thé.

— Sarn veut me conduire au bal de la chasse, dit Jancis. Et je passerai avant Mlle Dorabella.

— C'est une mauvaise pensée. Qu'importe d'y être le premier pourvu qu'on y soit ! Et pourquoi un bal plutôt qu'un autre ?

— Mais j'aimerais bien y entrer avant Mlle Dorabella !

— Et tu le feras ! s'écria Gédéon, du seuil où il secouait la neige et la boue de ses bottes. Tu le feras, ma fille, et habillée d'une façon aussi effrontée qu'une dame !

Il traversa la salle, portant la branche de gui qu'il venait de cueillir tout en haut du plus fort pommier, et l'élevant au-dessus de Jancis, il lui donna un gros baiser retentissant.

Mère battit des mains comme un enfant qui voit le petit chat s'éveiller et se mettre à jouer. Mais dans ce joyeux geste même, ses mains ressemblaient encore aux petites pattes suppliantes d'une taupe prise au piège.

— Pas plus tard que la moisson, Sarn ? pria-t-elle. Tu ne reculeras pas davantage, n'est-ce pas ? Je durerai jusque-là pour sûr ; mais après... l'hiver vient, et qui sait ! Je voudrais vous voir mariés avant l'hiver.

— Oh ! nous ne reculerons plus, mère. Pas de danger ! Pourquoi faire ? Je serai riche quand j'aurai vendu mon blé, et la moisson ne coûtera rien, puisque nous aurons un charroi d'entraide que je rembourserai en faisant des corvées l'hiver prochain. Et dans deux ou trois ans, nous nous en irons, car le vieux de Lullingford ne durera pas longtemps, et j'aurai l'argent tout prêt quand la maison viendra à être vendue.

Ainsi ils étaient bien joyeux, et quand je criai : « Le thé est servi ! » Gédéon me frappa très affectueusement sur l'épaule en me disant que j'étais une bonne fille.

— Une vraie bonne fille comme on n'en a jamais vu. Amenez-vous, maintenant. Amenez-vous tous à table. J'ai une faim de loup.

Mais je ne pouvais être aussi heureuse qu'eux. Je me sentais hors de la fête. Pourtant, tout en coupant le pain, en grillant le lard et en versant le thé, je me réconfortais en regardant, par moments, sur la cheminée, ma lettre sur laquelle l'adresse ressortait en grande écriture :

Monsieur Woodseaves
La maison du tisserand

Lullingford.

Alors Jancis nous parla de Kester, de tout ce qui était advenu à cause de la méchanceté de Grimble et qu'elle n'avait pu raconter dans ses lettres. Apparemment, Grimble et Huglet s'étaient mis à détester Kester depuis qu'il avait arrêté le combat, et ce sentiment était devenu bientôt une haine sauvage. Ils avaient essayé de monter contre lui tous les fermiers en racontant une chose ou une autre. Ils se plaignaient de son tissage, qui était pourtant le meilleur qu'on pût voir dans tout le pays. Ils disaient qu'il était lent et cher. Non contents de cela, ils s'étaient enquis de sa religion, de ses opinions sur les tarifs du blé et sur les membres du Parlement. Ils harcelaient le châtelain à ce sujet et l'excitaient contre Kester en ne parlant que du blé et en ne soufflant mot du combat. Ils lui nuisaient de leur mieux, et ils devaient être bien dépités qu'il n'allât pas à la taverne, ou ne courût pas après les femmes, ou ne commît quelque sottise dont ils eussent pu aller se plaindre au garde-champêtre. Mais ils faisaient tout leur possible pour le tourmenter, car ils enrageaient à la pensée qu'il n'y aurait plus de combat de taureau d'ici dix ans. Un jour que Kester tissait chez Grimble et que la nuit venait, celui-ci regarda le drap que le tisserand avait fait dans la journée, mais il n'y put trouver à redire ni pour la qualité, ni pour la quantité, car le travail était parfait. Jancis prétendait que l'étoffe était unie comme de la soie, sans nœuds ni défauts. Grimble ne fit aucune remarque. Après le souper, Jancis alla chercher du papier et les deux jeunes gens se mirent à écrire à Gédéon. Apparemment, maître Grimble en fut exaspéré ; lui qui ne savait ni lire ni écrire, il sentait que Kester lui était supérieur ; il fallait qu'il éclatât.

— Si le fils Sarn aime la marchandise avariée, s'écria-t-il alors, il aura ce qu'il souhaite, et c'est censément à toi qu'il le devra, tisserand. Vous êtes très bien ensemble, à ce qu'on dirait, toi et la promise à Sarn. C'est du linge de marmot que tu devrais tisser, jeune Woodseaves.

En entendant cela, Kester, furieux, attrapa son chapeau et toutes ses affaires sans un mot ; mais quand il fut près de la porte, il dit en se retournant :

— Vous pourrez demander au beau-frère de Huglet de tisser pour vous désormais, Grimble. Vous n'aurez plus de mon travail. Vous êtes un dégoûtant crapaud et le rebut de votre paroisse, qui se trouve sûrement en enfer.

Il sortit brusquement et ne revint jamais dans la maison.

Je fus obligée de monter au grenier pour réfléchir à toute cette histoire. J'aimais tant Kester pour cette fureur ! J'aurais voulu le voir se mettre en colère ; mais non contre moi, car certainement j'en serais morte.

Le lendemain de Noël, je me rendis à la maison de pierre, et ce fut une course difficile, car la neige s'était accumulée dans le sentier du bois. Mais le ciel était clair et une grive chantait dans le gui tandis que les perles du coucou étincelaient sur les aubépines. Par hasard, Beguildy était sorti. J'eus un long entretien avec sa femme.

— Ah! pauvre agneau! s'écria-t-elle. Dire qu'elle n'a pas seulement pu venir près de sa mère parce que mon toqué d'homme est une telle mule! La peste l'emporte! Qu'allons-nous faire? Pour s'en retourner chez Grimble, elle n'y consentira pas. Mais son père va être fou furieux en pensant à l'argent perdu. Gardez-la encore quelque temps, jusqu'à ce que le coup soit un peu adouci, ma fille!

— Oh! elle peut rester avec nous tant qu'elle le voudra; elle est la bienvenue.

— Que le ciel vous récompense! dit-elle.

C'était une personne très religieuse, pour ce qui est de l'église. Je ne voudrais rien dire contre elle, mais je soupçonne, toutefois, que, dans une certaine mesure, elle était dévote surtout pour faire enrager Beguildy. Néanmoins, c'est peut-être une mauvaise pensée de ma part.

— Gédéon nous a dit que la servante des Callard s'est sauvée au début de l'hiver, repris-je. Mme Callard est seule toute la journée avec les cinq mioches et le bébé. Si nous savions nous y prendre, ils consentiraient peut-être à payer les mêmes gages que les Grimble. Ils ne trouveront personne d'ici le printemps, car toutes les filles sont louées jusqu'en mai, et d'ailleurs le vallon des Callard n'est pas une place bien tentante. Allez voir Mme Callard; je m'arrangerai pour prendre une leçon avec votre mari afin de l'occuper pendant ce temps-là.

— Mais tu as fini d'apprendre depuis longtemps, ma fille ; tu en sais autant que lui.

— Ah ! je voudrais apprendre autre chose ; seulement je ne sais si cela se trouve dans les livres.

— Qu'est-ce donc ?

— C'est un très vieux talisman, madame Beguildy, qu'on appelle le bonheur.

— Oh ! ça ! ce n'est pas dans ses livres !

— Ni dans aucun livre, répliquai-je, songeant tout bas que quelqu'un le possédait. Plût à Dieu qu'il m'en fît don ! Mais cela arriverait-il jamais ?

— C'est inutile que j'aille là-bas, Prue, reprit-elle. Ils lanceraient leurs chiens contre moi, probablement. Callard est très dévot, tu sais, et il ne peut pas nous souffrir. Et tout ce qu'il croit, sa femme le croit ; tout ce qu'il dit, elle le répète, absolument comme l'écho de Sarn. Il y a peu de chances pour qu'ils prennent Jancis, à cause de ce qu'est son père. Mais si tu y allais, toi, et leur disais gentiment que Jancis est la promise de Sarn, peut-être ils t'écouteraient ; on commence à bien parler de ton frère et à dire qu'il va devenir riche.

J'acceptai donc d'y aller. Pourtant cela m'était pénible, car moi aussi on me regardait un peu de travers là-bas, et parfois on y disait du mal de moi. Mais, voyant Jancis et Gédéon, si heureux et si gais ensemble ce soir-là, qui jouaient à la bataille devant le feu, je sentis qu'il était de mon devoir d'y aller.

— Eh bien ! Gédéon, dis-je, je vois que tu es bien occupé. Tu ne peux plus jouer aux conquérants avec des marrons et des coquilles d'escargot, à cause de ton âge, mais tu sais bien vaincre encore quelqu'un !

— Les conquérants ! s'écria mère, de son coin. Ah ! quel beau jeu ! Tu te rappelles comme il y était acharné. Il aimait surtout jouer avec ces coquilles blanches et roses, l'escargot romain qu'on l'appelle, n'est-ce pas, Prue? C'est après eux que tu voulais aller, le soir que ce pauvre Sarn est mort dans ses bottes, pauvre vieux!

Elle versa quelques larmes, et parut encore plus petite que d'habitude; c'était toujours ainsi quand elle avait de la peine.

— Allons, allons, mère, ne te tourmente pas, il est en paix désormais.

— Oui, pauvre vieux! Et Sarn a pris le péché sur lui, mon fils Sarn. Ah! il l'a bien mâché! Et je vois qu'il y aura bientôt des petits gars pour jouer aux conquérants dans notre cuisine, le soir, avec les grandes coquilles blanches et roses.

Elle jeta un coup d'œil vers le banc. Gédéon venait de gagner et était de fort bonne humeur.

— Oui, des garçons et des filles, continua mère. Car je vois bien qu'il lui gagnera plus que des cartes.

Elle se mit à rire en pensant à ses petits-enfants et à sa plaisanterie, et elle rit si bien qu'elle se donna le hoquet et que je dus la mettre au lit.

Le lendemain, je m'en fus chez les Callard. Personne n'eût songé à aller de ce côté, tant la neige était épaisse et tant ces pâturages désolés, sur des pentes exposées au Nord, étaient glacials. Mais comme j'étais sur le chemin d'une bonne besogne, je me mis à chanter, toute seule dans ces prairies dénudées :

Ouvrez la grille dans l'espace...

Et voilà que, près de la ferme, dans un petit enclos, paissant sous un sapin noir, j'aperçus le jeune taureau que Kester avait sauvé du combat. Je m'arrêtai pour le contempler. Il était là, ni mort ni estropié, avec son joli pelage blanc en bon état, et aussi heureux que s'il venait d'arriver au paradis. Et tout cela grâce à Kester.

Il avait tenu sa promesse, avait payé la somme convenue, puis rendu le taureau à Callard pour ses enfants.

— Si jamais vous arrivez à penser que les combats de taureaux sont une mauvaise chose, j'aimerais que vous le leur disiez, avait-il ajouté, mais ne faites que selon votre conscience.

Callard était un honnête homme; il se sentit dans l'obligation de rendre cette bonne action; aussi prit-il la chose avec le plus grand sérieux. Jancis nous conta par la suite combien il était amusant de le voir grouper, le soir, tous les enfants près de l'âtre, chacun assis sur son petit tabouret et le bébé sur les genoux de sa mère, puis d'entendre Callard s'écrier :

— Les combats de taureaux sont une mauvaise chose !

A quoi sa femme répondait de sa voix mélancolique, comme l'écho de Sarn :

— Mauvaise chose !

Puis, tels qu'une nichée d'oiseaux, les enfants s'égosillaient à répéter :

— Les combats de taureaux sont une mauvaise chose !

Parfois le bébé joignait son gazouillis, parfois il restait silencieux, comme s'il réfléchissait. Il n'y avait qu'une voix discordante, celle du vieux grand-père Callard, aiguë et chevrotante, qui protestait :

— Non, non ! C'est point mauvais. C'est un bon vieux jeu bien réjouissant !

Mais personne ne l'écoutait car il devenait un brin gâteux.

Quand je frappai à la porte, c'est lui qui vint m'ouvrir et il cria à sa belle-fille :

— Voilà la longue jeune femme maigre, Maria ! La sorcière !

— Eh bien ! faites-la entrer, beau-père.

— Viens-t'en par là, me dit-il. Elle va s'en venir quand le petiot aura fini ses pleurnicheries. Je voudrais bien avoir des poumons comme les siens. Je vais pas fort. Pas fort du tout. Est-ce que tu fais des guérisons ?

Je lui dis que non.

— Oh ! je croyais que Beguildy t'avait appris. Un très grand pécheur, celui-là. Plongé dans le péché comme le mouton dans l'herbe aux poux. Ça ne lui servirait à rien censément de frapper à la porte du paradis et de dire : « Lavez-moi et je deviendrai plus blanc que neige. » Car je t'assure bien que le grand juge pourrait point le nettoyer, quand même qu'il en aurait le temps. Oui, c'est un vieux mécréant que ce sorcier. Je crois bien qu'il se nourrit en suçant le sang des gens pendant la nuit. Oui, en suçant leur sang, pour sûr. On l'a vu qui s'en allait dans le cimetière déterrer les morts pour voler leurs os, et il en fait de la poudre pour ses sorcelleries. On l'a vu rapporter des petits enfants dans son sac pour son souper. Oh ! c'est le plus mauvais homme qu'ait vécu depuis Ponce Pilate, sûr de sûr !

Les plus grands des enfants se mirent alors à hurler de frayeur et, du haut de l'escalier, Mme Callard s'écria :

— Beau-père, qu'est-ce que vous racontez donc ? Tenez-vous tranquille !

Là-dessus, maître Callard arriva et me dit que puisque c'était l'heure du thé, il fallait que je le prenne avec eux à la fortune du pot. Quand nous eûmes fini, je leur parlai de Jancis.

— Alors elle s'est sauvée ? dit maître Callard. Par ce temps-là ! Ben, vrai !

— Vrai ! répéta sa femme.
— Rompu son contrat ? dit Callard.
— Contrat ! répéta tristement sa femme.
— Personne ne rompait son contrat quand j'étais jeune, dit le vieux. On n'osait point. On vous aurait mis au pilori.
— Et t'es sûre que ça n'a rien à voir avec le tisserand ?
— Tisserand ! répéta sa femme d'une voix chagrine.
— Tisserand, tisserand ! s'écrièrent les enfants.

Et il me sembla qu'ils louaient son nom.

— J'en suis aussi sûre que je suis sûre de respirer, répondis-je.
— Elle est la promise à ton frère ?
— Oui, ils se marieront aux fêtes de la moisson.
— Eh bien ! dit Callard, la mère va la mettre à l'essai.
— Essai ! répéta Mme Callard d'un ton désespéré, comme si elle pensait que Jancis lui causerait mille tracas.

Ils acceptèrent de la prendre pour six mois en lui donnant trois livres, ce qui était pour eux une offre très généreuse. Je m'en retournai donc fort satisfaite. Le lendemain, Gédéon nous permit de prendre Bendigo et je conduisis Jancis chez les Callard, en m'arrêtant chez Beguildy pour lui apprendre la nouvelle.

Oh ! Seigneur ! dans quelle colère il se mit ! Et le pire fut qu'il rejeta toute la faute sur Gédéon, qui n'y était pour rien.

— Je ferai payer ça à ton sacripant de frère ! dit-il. Oui. Il est trop tracassant. Son père était tout pareil. Je ne pouvais pas arranger quelque chose ou commencer une besogne sans qu'il vienne me la défaire en bouleversant tout. Le fils est la même chose. Regarde comme il m'a mis des bâtons dans les roues à propos du jeune châtelain.

Mais Mme Beguildy était toute contente.

— Tu reviendras à la maison après les foins, Jancis, dit-elle, pour faire tes habits de noces. Et la noce sera pour la Saint-Michel. Les roses seront dans leur seconde floraison et tu en auras un bouquet.

— Je vous répète, reprit Beguildy, que Sarn l'aura point. Tu peux lui dire ça de ma part, Prue Sarn. Je veux point qu'on me contrarie. J'ai maudit ce garçon par le feu et par l'eau, et ma malédiction est sûre. Dis-lui qu'il ne prendra point ma fille, avec ou sans la bague.

— Allons, à vous revoir, maître Beguildy, répondis-je, pensant qu'il était temps de continuer notre chemin.

— Prue, dit Jancis pendant que nous traversions la lande entre Plash et le vallon de Callard, pourquoi as-tu saigné le chien de Grimble et fait tant de choses pour le tisserand ?

Elle me regardait avec ses grands yeux bleus. Je donnai un terrible coup de fouet à Bendigo pour avoir l'air affairé. La pauvre rosse tourna la tête et un remords me troubla ; mais que pouvais-je faire ?

— Les gens disent que c'est bien extraordinaire qu'une fille ait fait ça pour un étranger. Oui, même du côté des Grimble on sait que c'était toi, bien que ni lui ni sa femme ne l'aient dit, car ils n'aiment guère à en parler, ayant eu le dessous dans cette affaire. Mais tout le monde, par ici, connaît l'histoire.

Elle continuait à me regarder fixement et je sentais mes joues rougir et brûler comme du feu. Je ne cessais de fouetter Bendigo et nous avancions dans la lande à une allure inaccoutumée.

Jancis eut un petit rire qui en disait long, et m'exaspéra fort.

— Ce pauvre Bendigo n'en peut mais, dit-elle.

— Je veux arriver là-bas, répondis-je assez sottement.

— Oh ! nous serons bien forcées d'y arriver, reprit-elle.

Puis elle resta un instant silencieuse, tout en me regardant à la dérobée.

— Je me demande, dit-elle enfin, ce que le tisserand penserait s'il savait ?

— Il ne peut pas savoir. Il était évanoui.

— Il pourrait l'entendre dire. Et je me demande ce qu'il penserait s'il lui revenait aux oreilles que Prue Sarn a bataillé pour lui comme un tigre ?

— Il n'en penserait rien. Tout le monde sait bien que j'ai pitié des malheureux.

— Mais il n'est pas ce qu'on peut appeler un malheureux, maître Woodseaves, non. Il est le meilleur lutteur du pays et un homme très convenable.

— Il était dans le malheur quand le Toby de Grimble l'a pris à la gorge, n'est-ce pas ?

— Oui, mais pourquoi est-ce Prue Sarn qui l'a sauvé ? Et pourquoi a-t-elle posé la tête de cet homme si tendrement sur sa poitrine ? C'est sûr qu'il a de bien beaux cheveux bruns et soyeux. Je les ai souvent admirés pendant qu'il écrivait pour moi. Et c'est aussi l'avis de cette Féléna. Ce qu'elle le tourmente, les jours de marché !

— Quelle effrontée ! Que fait-elle donc ?

J'étais bien aise de détourner le bavardage de Jancis.

— Oh ! elle va chez lui et lui laisse un grand panier de champignons, ou une corbeille de myrtilles, ou un morceau de mouton, si le berger a tué une bête. Et quand elle le rencontre, elle le regarde avec ses yeux verts et lui fait un sourire aussi doux qu'un fruit d'automne. Une nuit que le berger était ivre et qu'ils étaient en retard pour s'en retourner, voilà-t-il pas qu'elle s'en est allée dans l'obscurité chanter une chanson de bohémienne sous sa fenêtre.

— Qu'est-ce qu'elle a chanté ?

— Elle a chanté :

Une vierge cherchait une âme dans l'ombre de la lune.
Un gâteau d'âme, un gâteau d'âme !
Oh ! donnez-le-moi vite et tendrement
Un gâteau d'âme, un gâteau d'âme !
Le jeune homme regarde à sa fenêtre,
Entend une vierge pleurer dans la nuit.
Que donnerez-vous pour un gâteau d'âme, ma belle ?
Mon corps, mon corps pour ce gâteau ! dit-elle.

J'appelle ça une chanson très effrontée, ne trouves-tu pas, Prue ?

— Qu'en pense-t-il, lui ?

— Je n'ai pas osé le lui demander. Mais c'est une femme bien hardie, cette Féléna. Elle va le tenter et le séduire et lui tourner la tête si personne ne l'en empêche. Je voudrais savoir comment répondre au tisserand s'il me demande pourquoi tu t'es tant remuée pour le sauver.

— Ne dis rien.

— Rien, ça n'est pas une réponse.

— C'est tout ce qu'il aura.

— Tu étais au-dessus de lui avec ce grand couteau comme un des anges à la porte du paradis terrestre !

— Ça ne te regarde pas.

— Si, ça me regarde.

— Pourquoi ?

— Parce que je t'aime, Prue.

— Dieu merci, nous voici chez Callard ! m'écriai-je

comme nous atteignions la cour et que, de la maison, se précipitaient les cinq enfants, le grand-père, Mme Callard et le bébé, semblables à des abeilles hors d'une ruche.

Avant que je tourne bride, les derniers mots de Jancis furent :

— Il faudra que je demande bientôt le tisserand.

— Pourquoi faire ?

— Pour m'écrire une lettre à Sarn.

— Mais tu n'es plus qu'à deux ou trois lieues de Gédéon, maintenant. Pourquoi donc veux-tu lui écrire ?

— Ça ne te regarde pas ! répliqua-t-elle en minaudant et riant. Comme tu me l'as dit toi-même, Prue Sarn !

CHAPITRE V

Libellules

Depuis le moment où Jancis entra chez les Callard jusqu'à la fin de l'été, je trouve peu de faits relatés dans mon cahier, sauf en ce qui me concerne en particulier, par exemple, mes progrès dans la lecture de livres difficiles et mes méditations au grenier. Mais celles-ci n'ayant aucun rapport avec l'existence des autres à cette époque, je ne vous ennuierai pas à vous les raconter.

Gédéon allait chez Callard tous les dimanches et, entre-temps, besognait comme trois. Je labourais autant que lui, sillon pour sillon, et bêchais de même. Notre ferme était riche en blé. Jamais je n'avais vu ni ne vis dans notre comté des champs si prospères, la saison ayant été particulièrement propice cette année-là, avec des pluies juste ce qu'il en fallait pour grossir le grain, pas assez pour le gâter.

Chaque dimanche, je voyais Gédéon qui, au moment d'aller chez Callard, s'arrêtait pour s'appuyer à la barrière d'où l'on voyait les pentes cultivées et d'où il embrassait des yeux tout son bien, comme un avare son or. Parfois je l'accompagnais et je me réjouissais d'apercevoir sur un visage ce rayonnement de satisfaction, et précisément sur le visage de Gédéon qui avait si rarement ce qu'on pouvait appeler un air heureux. Quand il s'était éloigné de son grand pas balancé, en sifflant presque gaiement, je m'asseyais un instant avant de retourner près de mère. Je me disais que lorsqu'il serait marié à Jancis, le blé vendu et la fortune frappant à notre porte, il pourrait enfin siffler très fort. Je le désirais beaucoup, car il faut être quasiment malade, à mon avis, pour siffler, chanter ou parler continuellement avec les personnages de ses rêves. Ah ! que la moisson arrive ! pensais-je, et je pourrai songer à devenir aussi belle qu'une fée !

Malgré ces pensées, c'était pour moi une grande joie de contempler les blés, pareils à un vaste étang sous la brise. Parfois ils restaient immobiles, sans une ondulation ; à d'autres moments, ils formaient des vagues légères, et l'on aurait pu croire que les grosses touffes des fleurs d'oignon sauvage, au pied des haies lointaines, étaient des nénuphars soulevés par le flot. Parfois encore, un grand orage éclatait sur ces pentes, comme autrefois sur le lac de Galilée que le Dieu d'amour apaisa. Aussi avais-je admiré la récolte jour après jour, depuis l'époque où elle n'était encore qu'une masse verte jusqu'à celle où elle commença de se colorer et prit, selon les espèces, la teinte de l'ocre ou celle de la châtaigne. Dans l'obscurité, elle rayonnait, comme éclairée par-dessous, de ces lueurs douces qu'ont les vers luisants et les feux follets. Je n'ai jamais compris et ne comprends pas encore pourquoi, par les nuits d'été, les blés brillent ainsi d'une clarté lunaire, même en l'absence de la lune. Mais ce spectacle est merveilleux, quand le grand silence du plein été et de la nuit profonde enveloppe la terre au point que le tremble même, si bavard, n'ose plus rien dire et retient son souffle, comme s'il attendait la venue du Seigneur.

Il paraîtra sans doute étrange à ceux qui liront ce livre qu'une fermière observe de cette façon ce qui l'entoure. Il est vrai que c'est assez rare ; mais quand on vit dans une maison que l'on n'aime pas, on regarde beaucoup plus souvent par la fenêtre que si l'on se plaît chez soi. Ainsi, n'étant satisfaite ni de ma personne ni de ma vie, je prenais mon plaisir où je le trouvais. J'attendais certaines choses comme une fille attend son amoureux à la lisière de la forêt. Cette ondulation et ce scintillement des blés en étaient une ; et une autre, qui se produisait à l'époque où les eaux commençaient à se troubler, était le miracle des libellules dans leur métamorphose. Nous en avions des quantités à Sarn, d'espèces et de couleurs variées, de grandeurs aussi. Mais chacune devait, la saison révolue, s'élever de sa tombe aquatique et sortir de son enveloppe au prix de violents efforts et de grandes souffrances, travail pareil à celui de l'enfantement, déchirement semblable à celui de la mort. Après y avoir assisté une fois, je ne manquai jamais, chaque année, d'aller contempler cette manifestation de la puissance de Dieu.

Je descendis vers l'étang pour cueillir des lianes de chèvrefeuille dont je voulais lier les balais. Tout en songeant avec tristesse à ce qu'avait dit Mlle Dorabella et que me rappelaient toujours les balais, je résolus, voyant qu'un lent et léger bouillonnement commençait à troubler les eaux, d'aller près d'un endroit aimé des libellules afin de me consoler au spectacle de leur métamorphose. Les libellules, dis-je, car sans doute ne comprendrait-on pas le nom que nous leur donnions. Nous les appelions *lunes-de-vipère* ou *fanaux-de-vipère*, car on disait que si l'un de ces serpents se cachait dans l'herbe, la lune-de-vipère planait au-dessus pour signaler le danger. A une espèce toute bleue, nous avions donné le nom de martin-pêcheur; à une autre, dont le corps était très mince, celui d'aiguille à repriser. Mère avait eu l'habitude de dire à Gédéon que, s'il baguenaudait ou faisait quelque sottise, le diable se servirait des libellules pour lui coudre les oreilles afin qu'il ne puisse plus entendre la parole réconfortante de Dieu et qu'il soit damné. Mais je n'avais jamais pu croire que le diable eût le moindre pouvoir sur une aussi jolie créature qu'une libellule.

C'était le meilleur moment de l'année pour notre étang; dans les chauds après-midi tout paisibles, l'eau bleu clair et tranquille paraissait si douce que nul n'eût jamais cru qu'on pût s'y noyer. Tout autour se dressaient les grands arbres dont les épaisses frondaisons d'un beau vert demeuraient immobiles, comme touchées par une baguette magique, et allongeaient dans l'étang leurs ombres colorées, si bien que, vers le milieu, les cimes se rejoignaient presque entièrement. De tous côtés, les appels des oiseaux qui n'avaient pas encore fini de chanter s'envolaient par-dessus l'eau, et le calme était si parfait que ces chants légers, qui n'étaient bien souvent que ceux des roitelets et des rouges-gorges, se faisaient entendre à travers toute la longueur de l'étang. Même par une journée aussi chaude que celle où je cueillais les lianes de chèvrefeuille, il venait de là une douce brise vivifiante qui vous tournait un peu la tête. La vie à Sarn était triste, lugubre même, durant les mois d'hiver; mais, à ce moment particulier de l'année, le pays dépouillait ses rêves chagrins et devenait aussi joli que les autres étendues de forêts et d'eau. Sur les berges s'élevaient les grands joncs dont les fortes têtes de peluche brune me rappelaient un des manteaux de Mlle Dorabella. A l'intérieur du cercle des roseaux était le cercle des nénuphars, et c'était, en cette saison, le plus beau spectacle qu'on pût voir à Sarn, et que j'aie jamais vu ailleurs. Les longues feuilles luisantes reposaient tranquillement sur l'eau, et sur ces feuilles, plus tranquilles encore, étaient les fleurs, blanches et jaunes. Avant de s'ouvrir, leurs boutons avaient l'air d'oiseaux blancs et or endormis la tête sous l'aile, ou de quelque cabochon de pierre précieuse, ou, comme je l'ai dit, de gouttes de cire claire. Mais quand elles s'étaient épanouies, elles ne ressemblaient plus qu'à elles-mêmes et paraissaient si belles qu'à les regarder les larmes vous montaient aux yeux. Les fleurs jaunes déployaient un grand nombre de pétales, cinq ou six au moins ; les blanches n'en avaient que quatre, mais les ouvraient plus largement, et chaque pétale était plus grand. Ces pétales sont, à l'intérieur, d'une blancheur étincelante comme les robes de ces hommes qui accompagnaient le Christ sur la montagne, et l'extérieur porte des traînées d'un vert tendre qu'on dirait emprunté aux ombres vertes de l'eau. Certaines libellules sont ainsi : une légère touche de vert moiré colore leurs ailes de dentelle.

L'étang portait donc trois cercles comme s'il eût, par trois fois, été ensorcelé. Il y avait d'abord le cercle des chênes, des mélèzes, des saules, des ormes et des hêtres, grandioses et puissants, qui le séparait du monde. Puis le cercle des roseaux, frêles et clairsemés, qui soupiraient doucement et qui, aidés de leurs longues ombres mouvantes, suffisaient à retenir les sortilèges. Enfin, le cercle des nénuphars, jetés là comme si Jésus, marchant sur les eaux, les eût répandus de ses mains fraîches avant de se tourner vers la multitude en disant : « Voyez les lis ! » Et ce qui achevait de vous émouvoir, c'était d'apercevoir sous chaque fleur, verte, blanche ou or pâle, son brillant reflet, comme son ange gardien. Ainsi tout le long de la journée paisible, les nénuphars et leurs anges se contemplaient avec ravissement.

Les libellules venaient là en grand nombre. Il y avait les grandes bleues, si fortes qu'elles peuvent s'envoler par-dessus les arbres les plus hauts quand on les effraie ; il y avait aussi les toutes petites, qui semblent vraiment trop minuscules pour être des libellules ; il y avait les grands martins-pêcheurs et celles que nous appelions les demoiselles, polies et colorées comme des faïences vernissées. Plusieurs portaient des ailes transparentes, incolores ou verdâtres ; deux ou trois avaient l'aspect poudré des feuilles du saule, d'autres étaient basanées comme la fouine, ou cuivrées comme une bassine à confiture. C'était à des joyaux qu'elles faisaient penser, à ces gemmes rares, nommées dans la Bible ; et le bruit de leurs ailes, aigu et bourdonnant, retentissait dans l'air quand, métamorphosées, elles s'envolaient après leur agonie. Parfois, dans le coin moussu d'une clairière, elles se reposaient comme les chats autour de l'âtre, avec une satisfaction si évidente qu'on croyait les voir se laver la figure et les entendre ronronner.

Sur un grand roseau près de la berge, j'en trouvai une qui commençait à sortir de son fourreau, et je me penchai, en retenant mon souffle, afin d'assister au miracle. Déjà la pellicule qui recouvrait ses yeux de flamme était devenue translucide et l'on voyait briller ses prunelles comme des lampes de couleur. Puis cette peau se fendit et la tête apparut. Alors commença le travail, la lutte pour la liberté ; d'abord les pattes, puis les épaules, puis les douces ailes gaufrées. On eût dit d'une possédée, tantôt en proie à une crise, tantôt rigide comme un cadavre. Juste avant la fin, elle resta un long moment immobile à se demander sans doute si elle oserait se rendre complètement libre dans un monde tout nouveau. Puis elle eut une violente secousse et, par une sorte d'arrachement, elle fut enfin dehors. Alors elle monta dans le roseau, lasse et somnolente comme un enfant au soir d'une journée d'été; puis elle s'assoupit tandis que ses ailes commençaient à croître.

— Eh bien! m'écriai-je avec une sorte de rire qui tenait du sanglot, eh bien! Tu y es arrivée! Cela t'a coûté cher, mais tu as gagné ta liberté. J'espère que tu vas être heureuse. C'est cela sans doute ton paradis, n'est-ce pas?

Naturellement elle ne pouvait faire aucun signe; elle laissait seulement grandir ses ailes aussi vite que possible. Je restais ainsi, les bras pleins de lianes, pendant qu'elle était là, mollement suspendue au roseau brun, dans la lumière dorée qui se répandait sur la campagne comme un baume miséricordieux. Je perdais mon temps, ce qui, chez nous, était un péché mortel. Comme je me retournais pour partir, j'entendis juste à ce moment un bruissement léger, et Kester Woodseaves apparut.

Je tentai de m'enfuir, et en vérité j'aurais sauté dans l'étang plutôt que de me laisser voir. Mais il mit sa main sur mon épaule, et c'était, malgré sa délicatesse, une main de lutteur à laquelle on ne pouvait résister.

— Pourquoi? Pourquoi vous sauver? Pourquoi, Prue Sarn? dit-il.

Je baissai la tête en souhaitant être la libellule, et sans répondre. J'essayai désespérément de m'échapper, mais c'était inutile. Il se contenta de rire.

— Il me semble, reprit-il de cette voix qui créait à

elle seule un bel été, que voilà une façon bien étrange de traiter un homme qui vient vous dire grand merci de lui avoir sauvé la vie, Prue Sarn. Fuir comme ça et essayer de sauter dans le lac !

Sa main me faisait tellement palpiter que je pouvais à peine me tenir debout.

— Que regardiez-vous quand je suis arrivé ?
— La demoiselle sortant de son suaire.
— Une fois dehors, dit-il, c'est pour toujours. Ça coûte cher de devenir libre. Mais après cela, elles ne replient plus jamais leurs ailes.
— Oui, dis-je, et quelques-unes vont si haut qu'elles pourraient, je crois, s'envoler jusqu'au paradis.
— Nous aimerions tous en faire autant, n'est-ce pas, si nous pouvions choisir notre paradis. Je ne suis pas, quant à moi, grand amateur des *chemins d'or pur*. J'aimerais avoir mon paradis avant de mourir.
— Que serait-ce ? demandai-je.

Mon intérêt était si vif que j'en avais totalement oublié ma misère.

— Je n'en suis pas encore certain, dit-il, mais dans un an peut-être le saurai-je.
— C'est bien long, repris-je sur un ton moqueur, de rester ainsi en suspens pour choisir sa part de paradis !
— Trouveriez-vous la vôtre plus vite, Prue Sarn ? répliqua-t-il.

Je regardais son habit vert qui lui donnait si bonne mine, en fixant mes yeux à un endroit, du côté gauche, juste entre la manche et le revers, où j'aurais aimé à poser ma tête.

— Oui, répondis-je, j'ai songé au mien.
— Ah ? Qu'est-ce donc ?
— Je dis que j'y ai songé, maître Woodseaves, mais mes pensées sont à moi.

Il se mit à rire, puis il reprit :

— Vous savez diantrement bien écrire une lettre, Prue !

— C'étaient les lettres de Gédéon.

— C'est vraiment de la bonté de sa part de me rappeler qu'il faut changer mes bas quand ils sont mouillés. Ce n'est pas souvent qu'on rencontre un homme qui pense à ces détails, et j'aurais cru que Sarn y penserait moins qu'un autre.

Il me donna la pleine lumière de ses yeux et je baissai la tête sans trouver rien à dire.

— Et la couture, et la pâte de prunelle, et les cornichons à moitié prix, je vous assure que j'en ai été quasiment renversé, car j'avais entendu dire que Sarn était très dur et très serré, ne demandant rien et ne donnant rien. Et penser qu'il m'offrait ces victuailles ! Il faut que j'aie diablement mal jugé ce garçon !

Mais je me rappelai à ce moment qu'il était question de bas dans la lettre que j'avais écrite de la part de Jancis après sa fuite. Je répondis donc que c'était Jancis qui avait parlé des bas.

— Oh ! oui, c'est vrai ! dit-il. J'ai aimé cette lettre. C'était d'une bien gentille fille, car, qui que ce soit qui l'ait écrite, c'est elle qui l'avait composée, bien entendu ?

Il me regarda de nouveau, et de nouveau je ne trouvai rien à dire.

— « Je m'inquiète plus de celui que j'aime que de tout le reste du monde ! » Voilà une femme qui vaut quelque chose pour un garçon, continua-t-il. Et « je l'aime plus que je ne pourrais le dire et l'aimerai jusqu'à la fin ». Et surtout le passage : « être prête à vous consacrer ma vie n'importe quand et à mourir pour vous d'une morsure de chien ou d'autre chose, mon ami ». J'ai aimé cela. Mais je m'en souviens, c'est Sarn qui a écrit ça à Jancis Beguildy. Quel amoureux ce doit être ! Vous devez joliment l'aimer, Prue Sarn ?

— Oh ! oui, bien sûr ! dis-je en rougissant.

— Vraiment, c'est ce qu'il faut. Il a de bons sentiments aussi pour le choix des textes, tout comme Jancis, car ce texte : « Le Maître est ici » était dans la lettre que Jancis m'a écrite et dans celle que Sarn a écrite à Jancis.

— C'est bien naturel, dis-je.

— Je viendrai au charroi d'entraide de Sarn, et sûrement je le remercierai de ses bonnes pensées à propos de la couture, de la pâte de prunelle et des cornichons.

— Oh ! ne faites pas ça ! m'écriai-je, sachant combien Gédéon en serait furieux.

— Voilà une fille bien jalouse, répliqua-t-il, de ne pas vouloir qu'on remercie son frère !

Il avait maintenant un air satisfait comme s'il avait découvert ce qu'il désirait savoir.

— Bon, il n'y a plus besoin de ces mais et de ces si, reprit-il. C'est vous qui avez écrit ces lettres et qui les avez composées. Tout ce que je peux dire, c'est que le garçon à qui vous pensiez en les écrivant a bien de la chance, quel qu'il soit.

— Je n'ai pas de promis.

— Mon Dieu ! c'est dommage, à mon sens. Mais, en tout cas, vous avez un ami. Vous pouvez écrire dans votre cahier, en vous en retournant, que Kester Woodseaves sera votre ami jusqu'à la fin des temps.

Je le remerciai vivement de ces paroles ; puis il me proposa d'aller voir d'autres libellules sortir de leur suaire, ce que nous fîmes en causant gentiment de choses et d'autres. Nous admirâmes les demoiselles qui s'envolaient de la pointe des roseaux, l'eau qui bouillonnait aux endroits troublés, et les nénuphars qui regardaient leurs anges. Mais ce n'est qu'au bout d'un long moment que je pensai à lui demander comment il savait que j'écrivais dans un cahier. Je ne pouvais jamais me souvenir de rien quand il était là.

— Ah! dit-il, c'est peut-être un oiseau qui me l'a dit. Ou une très vieille femme semblable à un oiseau.

— Mais comment avez-vous appris tout ce que vous semblez savoir sur moi ?

— Ma foi! dit-il, il y a deux ou trois personnes qui vous connaissent, Prue. Et il y en a peu qui vous connaissent sans vous aimer. J'ai un peu glané dans leur cœur, et je crois qu'il n'y a plus grand-chose de vous que j'ignore.

Quel repos de l'entendre parler ainsi! Et quel été dans sa voix, à ce moment comme d'habitude! J'en oubliais le temps et le reste. Oui, en vérité, j'oubliais l'heure de la traite! Mais quand j'aperçus la lumière basse sur l'étang et que j'entendis la brise du soir dans les feuillages frémissants de la forêt, je me détournai pour partir. Alors il s'écria :

— Il faut que je vous demande quelque chose !

Il me regardait droit dans les yeux, car nous étions de taille appareillée, bien qu'il fût un peu plus grand que moi.

— Pour quelle raison avez-vous tenu à me sauver le jour du combat? Pourquoi m'avez-vous protégé avec ce couteau, pourquoi avez-vous couru à Lullingford et fait tout cela pour moi ?

Il y eut entre nous un grand silence où l'on n'entendit plus que le bruissement des feuillages d'été et le clapotis de l'eau paisible. Comment pouvais-je répondre? Et pourtant il voulait une réponse, c'était évident.

Alors, voyant les nénuphars contempler leurs anges, je me souvins que je m'étais intitulée l'ange de Kester pendant ce combat.

— Ma foi ! répondis-je enfin, c'est parce que j'étais votre ange gardien ce jour-là. Un pauvre ange bien disgracieux, vraiment !

— Si vous cherchez jamais une place d'ange, vous pourrez dire qu'on s'adresse à moi pour des renseignements, dit-il.

Bien que ses paroles fussent gaies, ses yeux étaient aussi graves qu'ils pouvaient l'être. Puis, au moment où, lui ayant dit bonsoir, je reprenais le chemin de la maison, il cria derrière moi :

— Et pas si disgracieux, en vérité !

Et je l'entendis rire dans la forêt.

Livre quatrième

CHAPITRE PREMIER

Les fêtes de la moisson

De toute mon existence, je ne vis une récolte comme celle-là. Nous commençâmes la moisson au début du moins d'août en laissant les meulons dans les champs jusqu'à ce que le moment du charroi d'entraide fût venu, car le temps était si sûr qu'il ne pouvait rien leur arriver. Quand un fermier avait peu de monde autour de lui, l'usage voulait qu'il fixât un jour pour que ses voisins vinssent l'aider à rentrer le grain. Mais la saison avait été si belle que, jusqu'alors, nous avions travaillé seuls. Il fallait se lever de bon matin sans faute ; mais quels matins c'étaient ! L'air chargé de la senteur enivrante des blés mûrs, et le soleil s'élevant avec la majesté d'un cygne dans le vaste ciel sans nuages ! Mère redevenait leste et animée grâce à la chaleur, bonne pour les rhumatismes, et à l'espoir d'une besogne moins aride une fois la moisson faite. Elle était debout à cinq heures, préparait nos déjeuners, et nous partions, avec juste assez de vêtements pour être convenables, emportant nos cruchons de bois pleins de cette bière légère que nous fabriquions toujours pour la moisson.

Nous en avions même fait davantage cette année, en vue des voisins qu'il faudrait approvisionner au moment du charroi d'entraide.

Quand je regarde en arrière, une sorte d'enchantement me semble répandu sur cette époque. Gédéon était plus content que je ne l'avais jamais vu, car deux choses le réjouissaient toujours : travailler jusqu'à l'épuisement et finir ce qu'il avait entrepris. Voir toute sa ferme emplie de ces belles gerbes, mûres et saines, sans charançon, nielle ni charbon, c'était pour lui le bonheur. Il avait grand-hâte de les mettre à l'abri en meules, mais il fallait attendre la date fixée. Jancis avait promis de venir ce jour-là pour aider à la glane, et je me disais que sa place devrait être au sommet de la dernière gerbe, tout entourée de fleurs et pareille à l'image qu'on a coutume d'y poser, car sa petite personne rose et dorée semblait faire partie de la moisson.

Quant à moi, je m'en allais tout étourdie et muette d'émerveillement. Dire que c'était vrai : le maître était ici ! Dire qu'il m'avait regardée, et sans dégoût ! Dire que tout ce moment passé près de l'étang, parmi les libellules aux belles couleurs, était réel, réel comme le pain quotidien ! Quand je me rappelais toutes ses paroles et, mieux encore, tout ce que ses regards m'avaient dit, je me sentais presque défaillir. Bonté divine ! comme je chantais, à ces heures matinales, tandis qu'une forte rosée remplaçait la gelée blanche et que blés bruissaient et frissonnaient dans la brise du matin !

Quand nous sortions, les trèfles tardifs étaient encore bien repliés et les pimprenelles fermées. Dans les instants où je reprenais haleine, je les regardais s'ouvrir avec une suave lenteur comme des cœurs timides. Alors mère, apportant notre déjeuner, glissait toute noire dans les champs comme un petit oiseau au plumage terne, en chantant parfois le *Pont d'orge* de sa vieille voix ténue qui était encore très douce. Puis, après la sieste, durant toute la longue soirée embrasée (car pour nous le reste de la journée après midi est la soirée) je voyais les pimprenelles se refermer, puis les feuilles de trèfle se replier quand tombait le serein. Nous rentrions, chacun à notre tour, pour traire, puis nous prenions notre thé dans les champs; après quoi de nouveau à l'ouvrage. Sans cesse, je pensais à Kester qui, bientôt, irait s'exercer au tissage de fantaisie dans la grande ville. Mais quand mon cœur me disait qu'il y travaillerait pour moi autant que pour lui, je le faisais taire en songeant que, seul, son regard ardent me l'avait donné à penser, puisqu'il n'en avait rien dit. Ainsi c'était mon seul désir qui avait fait naître cette idée. Je rêvais alors aux cinquante livres que j'allais posséder, et qui me semblaient une grande fortune. J'arrangeais dans ma tête de quelle façon je me ferais guérir vivement pour qu'au retour de Kester je puisse me présenter à lui avec un visage aussi convenable que celui de Féléna, tout en espérant qu'il ne serait pas aussi effronté.

Enfin le jour du charroi d'entraide arriva, jour d'un bleu magnifique, avec un ciel semblable à un bol de porcelaine de Worcester. Cinquante personnes devaient venir, pas une de moins, en comptant les femmes. J'étais debout avant l'aurore, préparant tout, disposant la vaisselle (la nôtre et celle que nous avions empruntée) sur des tréteaux dans le verger, aidant Gédéon à transporter les barriques de bière dans la cour où les hommes rempliraient leurs cruchons de moissonneurs, tirant de l'eau du puits pour le thé. Le verger valait la peine d'être vu avec les tréteaux garnis de chopes et d'assiettes de toutes couleurs, de grosses miches brunes, de larges pains de beurre marqués d'un cygne, de gâteaux de miel, de chaussons, de pains d'épice, de fromages, de gelées et de confitures, sans parler du jambon et du rôti de bœuf à chaque bout des tréteaux. Gédéon lui-même ne regardait pas à la dépense en un tel jour; car c'est une tradition à respecter qu'au moment du charroi d'entraide, tout le monde doit faire bombance.

Il était encore très tôt quand les chars commencèrent de rouler dans la cour, avec un bruit solennel et joyeux, chacun attelé de sa propre paire de chevaux ou de bœufs. Les fermiers amenaient leurs valets et leurs attelages; ceux-ci étaient ornés de fleurs et de rubans, et certains portaient une devise telle que « Bonne chance à notre fête », ou « Dieu bénisse le blé ». C'était un beau spectacle que celui des grands chevaux, marchant aussi fièrement que Lucifer, avec leurs longs fanons pendant sur les boulets et leur robe bien étrillée brillant comme du satin. Ils savaient le temps que le conducteur avait passé à tresser leurs rubans. Les bœufs aussi étaient splendides; leurs cornes étaient tout ornées, et sur leur encolure reposaient d'épaisses guirlandes de clématites sauvages, d'œillets d'Inde et d'épis.

Le meunier arriva l'un des premiers dans sa carriole tirée par le vieux cheval de coche, le meilleur de son écurie, pauvre homme! Ils firent de la bonne besogne, ma foi! Car on ne saurait croire tout ce qu'on parvient à empiler dans une carriole dès qu'on y ajoute des rebords.

Il me fallait aller maintenant recevoir les arrivants. Je chargeai Tim de veiller aux tréteaux, et je le laissai assis au bout d'une des tables, en compagnie d'un gros pâté dont il avait déjà la moitié dans une joue; il était prêt à chasser oiseaux, chats ou chiens, ou même gnomes du pays des fées, sitôt le pâté mangé.

Le bouvier de Plash avait décoré joliment ses bêtes avec des joncs qui se balançaient sur leurs cornes, et Moll et Sukey les chevauchaient. Comme leur mère ne devait venir que plus tard, elles étaient aussi excitées que des pinsons. Puis arriva Féléna, sur le poney sauvage du berger, portant les hottes qui devaient contenir sa glane. Quand j'aperçus ses yeux verts, étincelants comme des joyaux dans sa face brunie par l'été, ses longues épaules minces et ses lèvres rouges, je me pris presque à souhaiter que Kester oubliât de venir. Mme Beguildy arriva seule avec Jancis, Beguildy ayant refusé de les accompagner. Le cousin de Lullingford, qui avait eu cette rage de dents, vint aussi avec sa femme. Puis tous les Callard, empilés dans un grand char à moisson, les cinq enfants sous un filet, si bien qu'on eût dit des petits veaux en route vers le marché. Le grand-père Callard était assis près de son fils, vêtu de son plus bel habit couleur tabac, et de son chapeau de feutre, malgré la chaleur. Un bouquet ornait sa coiffure, qu'il agita comme un gamin au moment où le char passait notre barrière en grinçant.

— La moisson ! La moisson ! cria-t-il. On n'a jamais vu un pareil temps du bon Dieu !

Puis vint le sacristain, grand et noir, avec son sourire amer, mais le plus habile à manier la fourche parmi ceux de son âge. Sa femme portait un large sarrau de cotonnade bleue, muni de poches pour la glane, qui la faisait paraître plus majesteuse que jamais. C'était presque une inconvenance de parler de sa glane, comme si Salomon dans toute sa gloire eût mis un tablier et ramassé des épis.

Tivvy était superbement habillée, selon la coutume des filles en ces occasions, car les fêtes sont rares, et comment, excepté à l'église où, seuls, les chapeaux dépassent les bancs, peut-on montrer sa robe à volants et son corsage décolleté ?

Tivvy avait un chapeau de paille sur une coiffe de mousseline plissée, une robe à fleurs décolletée, ornée d'une rose, des bas blancs et des sandales noires toutes neuves. Jancis était jolie comme un cœur dans sa robe de popeline bleue et son chapeau d'été. Quant à Moll et Sukey, elles avaient d'étroites robes de percale blanche où des roses rouges étaient imprimées.

Les enfants Callard couraient partout comme une couvée de poussins échappés d'un panier, mais le Tim du meunier était aussi pompeux qu'un maître de cérémonie, tout fier d'avoir été chargé de la garde du festin. Je dois dire que Polly et sa mère étaient venues les premières ; il y avait là aussi le valet du moulin et le Sammy du sacristain, un drôle de gars, long comme une anguille, avec deux fois plus de dents qu'il ne lui en fallait, et une telle abondance de textes dans la cervelle qu'il vous les sortait à la moindre occasion ; ils vous arrivaient au visage aussi drus que les hannetons par un soir d'été. On aurait dit que tous les versets que son père avait lus s'étaient si bien logés dans sa grosse tête qu'il en avait toujours un à lancer.

— « Priez donc le Maître de la moisson d'envoyer des ouvriers dans sa moisson », dit-il. Mais il fut gourmandé par le patron de la *Pinte de cidre* qui avait laissé l'auberge aux soins de sa femme pour pouvoir venir, car il pensait que Gédéon serait, dans l'avenir, un bon client.

— Commence point les prières avant que j'aie pris une pinte, mon garçon, dit-il, car elles pourraient bien être exaucées, vu que t'es le gars du sacristain, et je suis censément desséché.

Les hommes s'étaient groupés autour des barils de

bière et, au fur et à mesure que d'autres arrivaient, ils en venaient chercher. Towler se montra, puis le berger, maître de Féléna, grand homme brun tout en os, avec sa longue kibba, canne d'environ six pieds qu'on tient par le milieu en marchant.

— Eh bien ! berger ! souffla grand-père Callard, as-tu déjà vu le soleil danser sur ta montagne, le matin de Pâques ?

Le berger n'y fit point attention. Passant ses journées avec ses moutons silencieux, il était devenu presque aussi taciturne que le meunier ; tout autant eût été impossible. Mais le père de Moll et de Sukey s'écria :

— Non, mais sa femme voit la danse de la lune à la Saint-Jean, chacun sait ça !

— Quand elle danse avec le diable ! glapit Sukey.

— Et pas seulement avec le diable ! ajouta la femme du sacristain.

Féléna, près de moi, semblait indifférente. Elle murmura qu'elle préférait danser avec n'importe qui et rester souple et agile plutôt que d'être aussi raide qu'une pierre tombale, comme l'était la femme du sacristain.

— « Elle le fit monter aux hauts lieux de Bahal », Nombres, XXII, s'écria Sammy.

Après quoi, personne ne trouva plus rien à dire.

Gédéon vint donner à chaque homme sa besogne, et il avait vraiment bon air avec sa fourche sur l'épaule et dans sa jolie blouse propre, bien brodée, dont les manches relevées laissaient voir ses bras vigoureux.

— Allons, patron ! cria le vieux Callard. Qu'est-ce que tu vas me bailler à faire ?

— Vous allez vous mettre sur le char où je vais travailler, dit le sacristain, si vous promettez d'attraper aussi vite que je lance.

Il y eut un éclat de rire, car personne ne désirait attraper les gerbes que jetait le sacristain. Il était le plus vif du pays et le plus infatigable.

— Oh ! s'écria la *Pinte de cidre*, on vous mettra sur le cheval de volée du premier char pour servir de mascotte, n'est-ce pas, les gars ? Vous saurez bien crier : « Huhau ! Dia ! » et vous rendre joliment plus utile que nous autres.

Le vieux prit cela pour un grand compliment, et exigea que son fils le mît tout de suite à cheval.

— Allons, les gars ! dit Gédéon. Faut nous remuer si nous voulons rentrer la récolte aujourd'hui.

— Messon ! Messon ! glapit le vieux Callard. Huhau !

Obéissant, le cheval avança, et chars et carrioles passèrent lentement devant la maison. Sur le seuil, mère disait en saluant et souriant :

— Merci pour nous, bien sûr. Mon gars Sarn vous sera bien obligé.

Nous nous en allâmes donc sous le ciel bleu ramasser les javelles. Les grands chars aux fortes roues avançaient sur les chaumes, grand-père Callard braillait Dia ! quand il voulait dire Hue ! tant le plaisir lui tournait la tête, ce qui causait une grande confusion, car les chevaux ne savaient plus que faire. Nous suivions tous en file par les champs resplendissants, tandis que les enfants et les chiens couraient de-ci de-là. Dans la cour, les hommes chargés de bâtir les meules préparaient les madriers sur lesquels on devait les élever, afin d'être prêts à recevoir la première charretée de grain ; puis ils se reposaient sur leur fourche, en discutant de la besogne de la journée, chacun aussi ardent à la régler que si la moisson eût été la sienne et aussi content de la récolte que s'il en avait attendu le bénéfice. Telle était la façon dont on fêtait le charroi d'entraide dans l'ancien temps.

Pendant la sieste, je montai dans le haut pâturage pour voir si Kester était en vue. Il s'en venait au loin, par les prés, le long d'un sentier, et je restai si longtemps à le contempler, lui qui était pour moi tout l'univers, qu'on s'était déjà remis au travail avant mon retour. De là-haut, et par une telle journée, c'était un joli spectacle. La ferme, toute en blé maintenant, avait l'air d'une masse d'or parmi les bois sombres et les prés d'alentour; et le brillant bariolage des robes, les blouses crème, les chemises colorées des hommes, les cheveux reluisants, les bœufs foncés, les meulons jaunes aux ombres bleues, le chargement superbe et doré des chars, formaient un tableau comme on en voyait rarement dans sa vie du moins à cette époque.

Les bruits étaient aussi joyeux que le spectacle. Les voix sonnaient joliment dans l'air calme et léger : les Hue! Dia! du vieux Callard, les cris des travailleurs, le rire de Jancis, doux et clair, répondant à un mot de Gédéon, les enfants glapissant : « Mère, j'en ai maintenant deux paniers! » « Maman, j'ai trouvé six épis ensemble! » De la cour venaient les appels des hommes, et l'on entendait par moments le roucoulement d'un ramier dans les bois au pied desquels l'étang miroitait comme du verre. Parfois aussi un geai grondait et un pic éclatait de rire. Il n'y avait pas un nuage au ciel, pas le moindre signe d'agitation dans la buée qui montait des haies touffues.

Et maintenant, à deux champs de là, puis à un champ de là, puis dans le champ même, arrivait celui à qui je ne pouvais jamais penser qu'en ces termes : « Le Maître est ici. »

Il m'aperçut de loin et agita son chapeau, de sorte

que la belle tête aimée était nue et que je voyais ses cheveux bruns que j'aurais tant voulu caresser.

Je descendis du haut pâturage jusqu'auprès du char de Gédéon, sachant que Kester viendrait prendre les ordres du maître des travaux. Son retard souleva quelques moqueries.

— Le tisserand a oublié la date ; il s'en vient le lendemain !

— Ne sois point tant en avance, tisserand ! Viens-t'en le lundi du labour !

— Il est en retard, mais il est tout plein de force, et de courage et de jeunesse, dit le vieux Callard.

Nul dans la famille n'aurait laissé dire du mal de Kester.

— « Les derniers seront les premiers, et les premiers seront les derniers », Matthieu, XX, dit Sammy.

— Bonne chance pour la journée, patron ! dit Kester à Gédéon.

— Merci bien d'être venu, répondit Gédéon.

— Que faut-il faire ?

— T'as déjà moissonné des fois ?

— Oui.

— Sais-tu charger ?

— Oui.

— Ben, alors, prends un peu ma place pendant que je vais faire un tour, si ça te chante. Le sacristain est de l'autre côté, et c'est un sacré vif lanceur. Mais on ne peut pas faire trop vite pour les fils à Callard et à Towler.

— Veille bien à ne pas pousser ta fourche trop loin quand la pile est basse, s'écria le vieux Callard. Je me rappelle qu'une fois, un gars a fait ça et il a planté sa fourche tout droit dans le camarade qui était sur le char. Oui, et qu'il était comme une rôtie sur une fourchette, le pauvre bougre; et il piaillait si fort que l'attelage s'est emporté, la fourche encore dedans!

Mais Kester s'y prit très bien sans enfourcher personne. Ses yeux me souriaient par moments, et pendant qu'un char vide se faisait attendre il s'en vint vers l'endroit où je glanais et me dit :

— Vous vous sauvez encore un peu de moi, à ce que je vois, Prue Sarn. Il faut venir de mon côté au lieu de vous écarter.

Je tortillai mes épis sans pouvoir répondre.

Alors, avec un rire dans le fond de sa voix, et aussi avec tendresse, il murmura lentement :

— Là, là, mon amie! Personne ne vous touchera, maintenant!

Toute l'énergie de cet homme était concentrée dans ses yeux et m'enveloppait comme une flamme. Il avait donc entendu! Cela se produit parfois chez ceux qu'on croit presque morts. Il avait entendu et se rappelait les mots que j'avais prononcés pendant que sa tête reposait sur ma poitrine et que mon cœur était déchiré d'amour. Que pouvais-je répondre? Rien. Où cacher mon visage brûlant que son regard ne quittait pas? Nulle part.

— Holà! tisserand! cria-t-on. Le char est là et on va se mettre en retard par ta faute!

— Je n'ai jamais connu l'amour d'une mère, ni celui d'une sœur, ni celui d'une promise, continua-t-il doucement, avec tant de gravité, cependant, que ses paroles étaient brûlantes. Mais si j'avais connu ce bonheur, j'aurais sûrement tout oublié quand vous m'avez dit ces mots, Prue Sarn!

Là-dessus, il se retourna brusquement et se dirigea vers les travailleurs.

Quelle journée! Chargée d'or? Ah! oui elle semblait l'être! Je glanai et glanai, tout comme si chaque brassée eût été un trésor céleste. Presque tous les champs étaient nettoyés quand nous prîmes notre thé au pied de la haie. L'air ne devenait pas plus frais à mesure que s'allongeaient les ombres, car c'était une de ces journées de mi-septembre où toute la chaleur concentrée de l'été semble se répandre et se prodiguer en l'honneur des grains dorés.

Le soleil était bas sur l'horizon, et la bière des moissonneurs basse aussi dans les tonneaux, quand mère fit résonner le plateau, signal qui m'appelait près des bouilloires, pour le souper. On chargeait le dernier char. Je dis à Tim, qui s'était montré un bon et fidèle chien de garde, qu'il pouvait aller au champ pour en revenir sur le haut du char avec les autres enfants, en triomphe. Alors nous apportâmes le thé et le baril de notre bonne et forte bière, et l'on commença à couper le pain et la viande.

Nous entendions tout le monde crier dans les champs, et bientôt voilà qu'apparut le plus grand char, traîné par les bœufs blancs de Jancis et ceux de Plash. Grand-père Callard conduisait, et tous les enfants trônaient au sommet avec Jancis, en agitant des feuillages et des bouquets de coquelicots. Gédéon, plus grand que d'habitude dans sa blouse, marchait sur le côté d'un air joyeux et solennel.

Seigneur ! Comme les larmes naissent ! Aussi bien celles que nous versâmes alors, mère et moi, dans la joie de ce spectacle, que les autres, celles que nous versâmes pour ce qui advint ensuite. Car si, au milieu de ce grand jour doré, on nous avait envoyé un souffle de vent, puis un murmure, puis des nuages noirs courant dans le ciel, et enfin l'obscurité, le tonnerre et la foudre, cela n'eût pas été plus terrible ni plus inattendu que la catastrophe qui nous frappa subitement.

Le char arrivait, suivi de tous les moissonneurs qui chantaient et riaient jusqu'à l'entrée de la cour. Là se tenait le pasteur pour bénir la récolte. Mère et moi étions à ses côtés.

— Mes frères, dit-il, chantons des grâces pour le pain quotidien.

Et tout le monde s'écria :

— Nous remercions le Seigneur !

— Dieu bénisse la récolte et le maître de Sarn, reprit le pasteur, et que ses bonnes actions lui soient rendues comme les colombes à leurs montagnes.

— Amen ! répondit la foule.

— Mme Sarn me prie de dire que la collation est prête dans le verger et que tous y seront les bienvenus, reprit le pasteur.

Gédéon s'avança.

— La récolte est rentrée, mes amis ; merci beaucoup, dit-il. Que tous ceux qui m'ont donné un coup de main réclament de moi une besogne à partir d'aujourd'hui jusqu'à ce que j'aie payé ma dette.

Nous nous installâmes devant les tréteaux sous les longs rayons du soleil couchant ; nos invités du moins, car nous autres étions si affairés près des bouilloires que nous n'avions guère le temps de nous asseoir.

— Eh bien ! tisserand, dit la *Pinte de cidre*, on m'a dit qu'on te fait bien des misères pour avoir arrêté les combats de taureaux. Mais je ne te garde point rancune.

— Moi non plus, un homme qui aime les chiens, ça me plaît, dit Towler.

— Et moi aussi, s'écria maître Callard de la table voisine.

— Mais y en a d'autres qu'on ne peut point tenir ni enchaîner, dit la *Pinte de cidre*. Je les entends à l'auberge, des fois. Oh ! je ne dis rien. Le patron est un chien muet mais il a de bonnes oreilles. Oui, pour sûr. Ils ne te veulent point de bien, tisserand. Ce sera dur, mais ils vont tâcher de t'enlever censément tout ton travail s'ils le peuvent. Et s'ils trouvent un moyen de te faire du mal, à toi ou aux tiens, ils le feront. Ils ont monté le châtelain aussi contre toi.

— Je le sais, mais merci tout de même, répondit Kester. C'est le châtelain qui m'a retenu aujourd'hui. Il voulait acheter ma maison. Rien n'y faisait, il voulait l'avoir. Il sait très bien que ce serait un moyen de me faire partir, car toutes les autres lui appartiennent, à lui ou à ses amis. Il m'en a offert une belle somme vraiment.

— Vas-tu te laisser tenter ?

— Bonté divine, bien sûr que non ! Je reste où je suis.

La façon dont il répondit cela me plut beaucoup. C'était comme s'il bâtissait devant mes yeux un refuge. Peut-être s'absenterait-il pour quelque temps, pour un an même, mais il demeurerait là toute sa vie. Et ce n'était qu'à quinze milles de chez nous, et même moins, à vol de corneille.

— Et vous aussi, Prue Sarn, vous ferez bien de veiller, reprit la *Pinte de cidre*. Grimble est tout plein fielleux que vous ayez saigné son chien. C'est pas que vous vous y soyez mal prise, que je dirais. Un fermier qui abat chez lui ses bêtes serait bien content de vous, pour sûr, et vous pourriez aussi vous embaucher comme aide chez le docteur ; vous y feriez très bien.

— Ma femme ne pouvait pas le croire quand elle a vu que Prue Sarn plantait le couteau, reprit-il. Elle pensait qu'elle avait quasiment une vision, oui, et elle s'est sentie si émue qu'une plume, a-t-elle dit, l'aurait renversée. Ça prouve que ça devait être bien étonnant, car c'est point aisé de renverser la patronne; elle est censément comme un ballon qui rebondit.

— Que j'aurais voulu y être! dit Sukey. J'aurais saigné le chien en une minute pour vous, maître Woodseaves. Qu'est-ce que je vous ai donc donné à la filanderie d'amour chez les Beguildy?

— Venez jouer tout à l'heure, avec nous à « Entrez dans la ronde », maître Woodseaves! s'écria Moll. Vous embrassez très bien, je le sais.

Féléna se pencha sur la table étroite.

— Jouerez-vous? dit-elle. Jouerez-vous, tisserand?

A ce moment, un appel vint de la table voisine.

— Chut! Chut! Le sacristain va dire quelques mots.

Quand il commença, on aurait pu croire que les quatre murs de l'église s'élevaient autour de vous, on en sentait l'humide odeur de moisi, on entendait les mouches heurter les verrières. Que son texte fût: « Il prit par-devers lui une femme et engendra Aminabad », ou « Le bol d'or est brisé », ou qu'il parlât au souper de la moisson, c'était tout pareil.

— Mes amis, dit le sacristain, nous avons eu une bonne journée. Je suis certain qu'il n'y en a pas un seul parmi nous qui n'ait bien trimé; même grand-père Callard, je le parierais.

— Oh! oui, j'ai rudement trimé! s'écria le vieux tout content.

— Et maintenant nous jouissons de bonnes victuailles et de bonne boisson, et ensuite un ou deux jeux...

— « Alors, ils s'assirent pour manger et pour boire, et ensuite ils se levèrent pour danser », Exode, XXXII, dit Sammy en interrompant.

Le sacristain jeta un regard de colère à sa femme, comme pour lui dire: « Fais-le donc taire! » Et elle s'écria:

— Chut ! Sammy ! Père parle. N'oublie pas que tu peux bien rapporter les paroles des autres, mais que père les refait censément toutes neuves en parlant.

Elle se remit à contempler son mari, à peu près comme un chat contemple une roue qui tourne.

— Je dis que nous avons eu une bonne récolte, et que Sarn a eu une bonne récolte, et savez-vous pourquoi ? Parce qu'il est industrieux, mes amis, et sa sœur aussi, et sa mère aussi. Vous ne pourriez pas trouver dans dix paroisses une famille plus industrieuse. Ce n'est pas comme un autre que je pourrais nommer, et qui ne fait jamais rien de ses mains, tout plongé qu'il est dans ses vieux mauvais livres. Oui, il y en a que je pourrais nommer et dont je ne vois pas la figure ici, aujourd'hui, et pour qui un peu de travail serait le salut. Eh bien ! voisins, nous savons tous que Dieu aide ceux qui s'aident eux-mêmes, et si nous regardons ces grandes meules de grain, nous voyons bien que c'est vrai. Nous te souhaitons bonne chance, Sarn. Et j'espère que la jeune femme sera industrieuse aussi. Car j'ai entendu dire que la prochaine fête que nous aurons ici sera un mariage. Puisse-t-il apporter encore plus de prospérité, bien que nous puissions avoir des craintes, sachant d'où elle vient, car « ce qui est dans les os sortira dans la chair ».

Il y eut alors heureusement quelque bruit et un appel venu des autres tables.

— Voilà deux cavaliers à la barrière !

C'était le jeune châtelain, accompagné de Mlle Dorabella. Ils s'avancèrent à cheval dans le verger et le jeune homme s'écria :

— Nous vous souhaitons le bonsoir, bonnes gens, et bonne chance à la récolte !

Il était toujours très camarade avec tous, je dois le reconnaître, et cela le faisait aimer.

Mlle Dorabella semblait avoir complètement oublié sa querelle avec Gédéon. Elle s'approcha de la table en souriant et ses yeux noirs étincelaient.

— Eh bien, Sarn, dit-elle, vous avez fait ce que vous vouliez de la ferme, je vois cela. Votre récolte est joliment belle ! Allez-vous nous offrir un verre de votre bière pour boire à votre santé ?

Je voyais qu'elle admirait sa vigueur. Le fait est que je n'en vis jamais qu'un seul plus fort que lui. Et je devinais que le châtelain avait dit à sa fille de faire la paix avec Gédéon ; sans doute avait-il envoyé aussi son neveu pour s'assurer qu'elle obéirait ; car tout le monde savait qu'elle lui en avait dit de dures à la *Pinte de cidre*, et le châtelain ne pouvait se permettre de perdre un électeur qui semblait devenir important.

Gédéon la regarda en face d'un air rogue, mais elle n'en continua pas moins à sourire avec un regard mi-conquérant, mi-suppliant. Comme on lui apportait la plus belle chope d'étain remplie de bière, elle s'écria :

— Santé et prospérité, Sarn !

Puis elle la vida ; car elle pouvait boire de la bière aussi bien que n'importe quel homme. A cette époque, il n'y avait pas encore si longtemps que la bière était la seule boisson des dames pour leur premier déjeuner. Elle rendit la chope et, se penchant, après avoir enlevé son gant, tendit sa main en disant :

— Votre main, Sarn !

Ma foi, il était pris, car il ne pouvait guère refuser la main d'une dame. Il la saisit donc dans ses grands doigts, et le jeune Camperdine fit un signe de tête, comme pour dire qu'elle en avait assez fait. Alors elle remit son gant.

Pendant toute cette scène, j'avais vu Jancis la regarder d'une manière qui indiquait à quel point elle la craignait et la détestait. Mais en considérant tour à tour Mlle Dorabella et cette sorte de beauté de pierre qu'elle avait, puis Jancis, si douce et si rose, il ne me parut pas que celle-ci eût rien à redouter.

On offrit alors de la bière au jeune Camperdine qui, après l'avoir bue à notre santé, s'écria :

— Je pensais trouver Beguildy ici, mais je ne l'aperçois pas.

Mme Beguildy se leva et fit une révérence.

— Non, Monsieur, il n'est pas là, cependant il devrait y être. Et vous ferez bien de ne pas le chercher chez nous, car vous ne le trouveriez pas davantage, sans doute. Mais si vous revenez dans huit jours...

Cela me parut fort habile de sa part. Elle voulait donner du temps à Gédéon et à Jancis, et éloigner le jeune monsieur aussi longtemps qu'elle l'osait pendant qu'elle faisait des plans pour amadouer Beguildy.

— Parfait ! s'écria le jeune homme, tandis qu'il s'éloignait avec sa cousine. Dans huit jours donc, et faites que Vénus soit là !

A ces mots, Jancis se mit à ricaner, comme elle le faisait chaque fois qu'on rappelait cette stupide scène. Cela lui semblait si comique de l'entendre s'enquérir avec tant d'impatience de cette femme que sa cousine avait si copieusement raillée, alors que cette femme était justement là. Mais je restai accroupie sur le banc pour me dissimuler et ne pas lui laisser voir mes formes ; sur quoi Jancis éclata de rire, me disant que j'avais l'air d'une couveuse.

Nous nous amusâmes un moment aux dépens du jeune homme ; puis Mme Beguildy s'approcha de nous, très perplexe, en se demandant ce qu'on ferait de Beguildy jusqu'à ce que le jour de la noce fût passé.

Tout à coup il lui vint une idée; et elle se mit à rire et à se taper la cuisse tant et si bien que j'eus peur de la voir tomber malade.

— Ah! je sais bien ce que je vais faire! s'écria-t-elle. Je vais demander à la cousine de Lullingford, qui se trouve là par la miséricorde de Dieu, d'envoyer un message à mon mari ce soir même, pour lui dire que le sien est pris de maladie. Il faut que je cherche ce qu'il pourrait bien avoir. Quelque chose de tout plein dangereux. Elle déclarera que le seul remède, c'est le vieux remède fameux qui prescrit de manger sept pains d'une même fournée faite par le septième enfant d'un septième enfant, et qu'elle paiera un bon prix. Tu pourras la rembourser après la noce, Jancis; tu auras de l'argent avec le beurre et le reste. Alors il s'en ira dare-dare chercher le septième d'un septième, et ce sera bien le diable si nous ne sommes pas en paix jusqu'à la Saint-Michel.

— Oh! mère! s'écria Jancis en l'embrassant, tu aurais dû être un grand général; tu aurais chevauché avec lord Wellington et tu aurais tendu des pièges aux Français.

Tout fut donc arrangé avant le début des jeux et du bal. Je le regrettai pour Beguildy, mais je réfléchis qu'en somme c'était un méchant vieux qui voulait vendre sa fille malgré elle.

A ce moment il faisait presque nuit et la lune se levait, énorme et couleur d'ocre. On rassembla une douzaine d'hommes d'un certain âge pour siffler les danses. Puis, après avoir balayé la paille, on dansa dans la cour, parmi les meules de blé doré. Le vieux Callard était l'un des siffleurs et il en ressentait une grande fierté, car étant le doyen, c'est lui qui choisissait les airs et donnait la mesure; il pouvait croire ainsi que toute cette gaieté dependait de lui en quelque sorte, ce qui plaît toujours beaucoup aux vieillards.

— Le *Pont d'orge* ! dit-il.

Et la gracieuse chanson résonna gaiement dans l'air tranquille.

Je les regardais, debout à l'ombre d'une meule. C'était un joyeux spectacle. Gédéon dansait, en pressant fermement Jancis contre lui. La femme du sacristain voguait toutes voiles dehors, ainsi que Féléna, légère comme une fée. Mère elle-même trouva le moyen de danser quelques pas.

Les douze hommes sifflaient comme une nichée de grives, perchés sur l'un des chars vides,

Ouvrez la grille dans l'espace...

quand Kester me découvrit.

— C'est donc là que vous êtes, dit-il. Vous ne dansez pas ?

— Non.

— Pourquoi ?

— Je ne suis pas comme les autres filles.

Il parut réfléchir, puis il reprit :

— Il faut que je parte. Je vais aller en apprentissage pour dix mois à Londres, afin d'y apprendre le tissage de fantaisie. Alors je pourrai travailler aux pièces chez moi et je me moquerai de Grimble et de sa clique. Le tissage de fantaisie rapporte bien, et j'enverrai mon travail par le coche tous les deux ou trois mois.

— Quand reviendrez-vous ? dis-je, en éprouvant la sensation de quelqu'un qui se noie.

— Je serai de retour pour la prochaine foire d'août. Alors je viendrai vous voir, et nous causerons un peu, Prue Sarn.

— Vous oublierez peut-être.

— Je ne crois pas.

— Eh bien ! Dieu vous bénisse ! murmurai-je.

— Vous aussi.

Il se disposa à partir, puis, se retournant, il dit :

— Mais c'est ridicule de ne pas danser. Une fille qui a un corps semblable à une fleur de pommier.

Il eut un petit rire et s'en alla.

Il savait donc la vérité au sujet de Vénus ! Oh ! j'en restai muette de honte ! Et je me sentis furieuse contre Jancis qui avait dû lui raconter l'histoire, bien qu'elle ne voulût jamais l'avouer et se contentât de ricaner en disant qu'il avait su deviner mon joli corps sous mes vêtements. J'en fus plus vexée et plus honteuse encore.

Mère, se sentant assez lasse, me demanda de la mettre au lit. De sa fenêtre, je me penchai alors au-dessus de la cour, vide auparavant, et maintenant peuplée d'ombres noires autour de la grande meule. J'aperçus soudain Gédéon et Jancis qui tournaient le coin de la maison, et tandis qu'ils s'éloignaient lentement, sans faire attention à personne, j'entendis nettement Gédéon qui disait :

— Non, Jancis, je veux m'assurer de ce qui m'appartient. Demain soir, quand ton père sera parti, descends et fais-moi entrer.

Je n'entendis pas la réponse, car ils étaient trop loin et d'ailleurs je m'étais reculée, n'aimant point ceux qui écoutent aux portes. Ainsi c'est cela qu'il avait en tête ! Il ne pouvait même pas avoir confiance dans sa bien-aimée pour une semaine ! Après tout, pensai-je, il n'y a peut-être pas de mal à cela puisqu'ils se marieront d'ici peu. D'ailleurs, que ce fût contraire à l'Eglise ou non, j'étais assez contente de voir Gédéon manifester des sentiments humains. Parfois il avait l'air d'un homme gelé.

Quand tout le monde fut parti et que tout fut rentré à

l'abri du serein, l'aube était proche. Alors je montai au grenier pour écrire quelques pages dans mon cahier. Mais tout d'abord je pris une feuille de papier et y inscrivis très soigneusement : « Un corps semblable à une fleur de pommier ».

— C'est bien de moi qu'il parlait, répétai-je à plusieurs reprises. Pauvre Prue Sarn !

Dans mon cœur naissait une clarté, chaude et douce comme un feu rayonnant. Qu'y a-t-il sur la terre, ou même au ciel, qui vaille la certitude de plaire aux regards de celui qu'on aime et qui est votre maître ? Je renonçai à me demander ce qu'il pensait de ma lèvre difforme, puisqu'il ne paraissait même pas y prendre garde. Je me souvenais de ce qu'il avait dit au sujet du péché pendant que nous contemplions les libellules. C'est que si on le considérait de la bonne manière, il n'existait pas. Il disparaissait comme l'enveloppe des libellules quand elles luttent pour leur liberté. Qu'a-t-on besoin de courir après l'enveloppe quand on peut admirer le bel insecte ? Peut-être est-ce ainsi qu'il pensait à moi ? Ma pauvre lèvre hideuse était en quelque sorte mon péché, quoique d'une espèce bien innocente. C'était mon péché, et tout le reste de ma personne était ma vertu et ma gloire, par quoi je l'avais rendu heureux. Je pleurai longuement de joie, et un tel flot de bonheur m'envahit que tout le sang de mes veines m'en parut renouvelé, si pur et si vigoureux qu'il aurait pu guérir même mon infirmité. Il y avait là d'ailleurs quelque chose de réel, car à partir de ce jour ma lèvre n'eut plus jamais aussi vilain air.

Le matin venait, frais et doux, et les corneilles se poursuivaient dans le ciel vide autour de nos chaumes, en jetant par-ci, par-là des craillements endormis et satisfaits. Comme je m'en allais traire, je m'arrêtai près de la cour pour dire des grâces au sujet du blé. Pourquoi pensai-je alors à ces mots « le précieux maléfice » ? Pourquoi pensai-je à ce que les hommes amassent avec leur récolte et conservent jalousement, bien que ce ne soit que de la paille dans une meule ? Pourquoi, dans mon cœur où tout était chaud et joyeux, s'éleva-t-il un horrible et glacial pressentiment, comme un coup de gelée frappe votre jardin par une nuit d'automne quand les dahlias sont dans toute leur beauté – couleur de vin ou d'or clair, chaque pétale à sa place, fleurissant par-dessus le mur et environnés d'abeilles – si bien que, le lendemain, tout a la tristesse de l'hiver ?

CHAPITRE II

Beguildy cherche un septième enfant

Ce soir-là, nous raconta Jancis le lendemain, Mme Beguildy porta le prétendu message et son mari partit aussitôt, rempli de fierté, avec sa kibba de bouleau, à la recherche du septième enfant afin de rapporter le pain requis. Je ne pus m'empêcher de dire que c'était honteux de tromper ainsi le pauvre homme, mais Jancis répondit :

— Ça ne fait rien. Il en est content et nous lui donnerons l'argent s'il trouve le septième enfant. A quoi bon se tourmenter ?

Elle était aussi jolie qu'un œillet, cette Jancis. Elle s'attarda un peu avec nous pour aider au lavage de la vaisselle, puis, pendant que je travaillais, elle vint s'asseoir à la cuisine pour coudre ses vêtements de mariée. Après le thé, au moment où elle s'en allait, Gédéon lui dit :

— Tâche de ne point oublier !

Elle devint aussi rose qu'une fleur de laurier et s'enfuit dans le sentier du bois. Après le souper, Gédéon me dit d'un air indifférent :

— Des fois que je serais en retard, Prue, et que tu aies envie de te coucher, mets la clé au-dessus de la porte de l'étable.

Je lui répondis que je le ferais, sans ajouter un mot. Mais je le vis se raser avec soin, mettre ses habits du dimanche, et je compris que, quelle que fût la date fixée pour la noce par le pasteur, elle allait avoir lieu maintenant. Je m'en allai lui cueillir une rose pour sa veste. Il la considéra d'un air timide, mais je lui dis que lorsqu'un garçon va voir sa promise si près de la noce, il doit toujours porter une fleur. Cela passa fort bien et, croyant que je n'avais rien deviné, il partit, sifflant avec allégresse par le sentier. Déjà, par là, les feuillages se rouillaient, des murmures s'élevaient de tous côtés, l'air sentait l'automne et l'on entendait choir les marrons bruns qui serviraient aux gamins pour le jeu des conquérants.

Quand la haute silhouette de Gédéon eut disparu, une grande tristesse m'envahit, tandis que l'étang clapotait, que la barque heurtait les marches et qu'une chouette hululait. Pourquoi cette tristesse, me demandai-je, alors que la date de la noce était si proche, que les roses étaient en fleur, le blé en sûreté et que, dans mon cœur, le maître était venu? Mais il y avait dans cette soirée comme une menace de mort. Je fis le tour de la maison pour voir si tout allait bien. Mère dormait paisiblement, toute petite et brune dans son grand lit. Bendigo était à l'écurie, bien installé car il était vieux et nous le mettions à l'abri avant octobre. Tout était en ordre et je me demandais où était ce danger que je sentais dans l'air. Je devais l'apprendre bientôt; mais, pour quelque temps encore, tout alla comme d'habitude.

Chaque soir, je laissais la clé à l'étable, sans rien dire. Chaque matin, le lit de Gédéon était tout bouleversé, mais je savais fort bien qu'il n'y avait pas couché. Il sifflait maintenant aussi joyeusement qu'un autre, et non plus en sourdine. J'en étais heureuse pour lui et préparais avec plaisir la venue de Jancis. Ils devaient avoir la chambre de l'hôte, qui, n'ayant pas servi depuis des années, avait grandement besoin de réparations. Aussi avais-je acheté quelques rouleaux de papier bon marché avec l'argent du beurre, et je collais ce papier sans que Gédéon en sût rien. Mère était dans le secret ; elle entrait parfois.

— Quel joli papier ! disait-elle en battant des mains. Et ce que tu fais bien ça, ma fille ! Et des roses encore ! Les roses portent bonheur, tu sais. La tante Dorcas en avait dans sa chambre de noces et pas un seul de ses enfants n'est décédé et n'a été malade ni grognon. Je me rappelle qu'elle faisait toujours des plaisanteries là-dessus. « Ni mort ni cris », qu'elle disait. J'espère que celui de Sarn ne criera pas trop ; je peux point souffrir un marmot qui piaille. Sarn hurlait tellement, c'était affreux de l'entendre. Il tapait sur son berceau, oui, d'une façon terrible. Il a toujours voulu tout de suite ce qu'il désirait, et puis, quand ça tardait, il n'était point oublieux, il criait toute une journée et à la fin il l'avait.

Le papier enfin collé, je me disposais à fixer une bande de percale glacée autour de la table de toilette quand Mme Beguildy arriva tout à coup en courant comme une folle. C'était un joli matin, les oiseaux chantaient dans les meules neuves et les premières pommes tombaient. Elle arriva de bonne heure, comme je venais de faire le beurre. Je n'avais pas encore vu Gédéon, qui était parti pour le labourage avec un simple quignon de pain ; et j'étais encore dans la laiterie quand Mme Beguildy accourut.

— Oh ! ma chère ! s'écria-t-elle. Oh ! ma chère ! Il est arrivé le pire malheur qui pouvait arriver !

— Bonté divine ! Quoi donc ?

Sa figure m'effrayait.

— Il est revenu !

— Qui ? Pas maître Beguildy ?

— Si, lui-même. Et quand tout marchait si bien ! Je pensais qu'il en avait encore pour une quinzaine au moins. Et ces deux amoureux qui étaient si contents ensemble ! Je pensais point que Sarn serait aussi gentil qu'il l'était pour moi, et Jancis avait l'air de la reine de mai. « Mère, disait-elle, je n'aurais jamais cru qu'on pouvait être si heureuse ! » Oui, et ton frère aussi. Ça le ranimait de voir que ses doutes et ses craintes rapport au fils Camperdine n'étaient que des idées. Si je l'avais point laissé venir, il aurait soupçonné que le jeune homme était chez nous. Il n'y avait que ça à faire. Plus quelqu'un désire une chose, plus il croit que les autres la désirent aussi. Mais quand Sarn a vu que tout était honnête et droit, il a été honnête et droit pareillement. « Mère, qu'il a dit (car je serai bientôt sa mère devant Celui qui est aux cieux et devant tous ses anges), mère, laissez-moi passer la nuit ici à partir de ce soir jusqu'au jour de la noce. C'est si près, sans quoi je vous le demanderais point ; et elle veut bien. » Alors je leur ai donné notre chambre et j'ai couché dans le lit de Jancis à la cuisine. J'ai mis sur le lit ma belle courte-pointe de basin et mes meilleurs draps qui n'ont pas une reprise, j'ai étendu sur le plancher un morceau de droguet bien propre, et puis j'ai tué un poulet, j'ai fait une bonne sauce, et je les ai laissés souper tout seuls, contents, devant le feu ; je ne suis point revenue avant qu'ils aient fini ; ils disaient gentiment que je devais venir souper avec eux, mais les nouveaux mariés sont des nouveaux mariés, qu'ils aient la bague ou non. Dès qu'ils étaient couchés, je mettais tout en ordre et je lavais la vaisselle.

J'avais juste fini et je m'étais installée près du feu en me rappelant le temps de mes noces avec Beguildy et quel garçon convenable c'était, vous ne le croiriez point ; mais il ne méritait pas mes pensées, ce vieux ronchonneux tout plein de fiel. J'étais là bien tranquillement en pensant qu'il fallait aller mettre le verrou et écarter les braises, quand j'entends dehors un petit bruit et voilà Beguildy qui entre. J'ai failli en tomber tout de mon long ! « Eh ! bien, femme, qu'il dit, où est donc Jancis ? » – « Elle dort, que je réponds. » – « Depuis quand que tu donnes notre chambre à la fillette et que tu couches dans son lit ? » Là-dessus, il se précipite dans la chambre et il les voit. Alors ç'a été l'enfer déchaîné, je t'assure. Il maudissait tellement Sarn que je n'ai jamais entendu rien de pareil et ne l'entendrai pas de si tôt.

— « T'as beau être entré comme ça, qu'il dit, t'auras point la fillette en mariage.

— « Vous n'y pouvez rien, que répond Sarn. On ne peut plus l'empêcher maintenant.

— « Je l'empêcherai tout de même, qu'il réplique. Est-ce que je ne t'ai point maudit par le feu et par l'eau ? Est-ce que je ne t'ai point dit que tu étais né sous la planète de six sous et que tu ne saurais pas garder ton argent ? Est-ce que je ne t'ai pas dit que tu serais pauvre toute ta vie et que tu mourrais par l'eau, dis ?

— « Eh bien ! C'est grand dommage pour vous qui êtes censément un sorcier et tant d'autres choses, de vous être trompé comme ça, répond Sarn. Ma récolte est rentrée et me voilà riche.

— « Tu ne l'es pas le dixième ni le centième autant que le jeune châtelain. Ses poches craquent d'argent français ! hurla Beguildy. T'auras point ma fille, Sarn.

— « Je l'ai, à ce qu'il me semble, répliqua Sarn calmement. »

« Ça a rendu Beguildy censément fou. Il a attrapé l'escopette qu'il garde près de la fenêtre toute prête pour les renards et, la crosse levée, il a couru à ton frère. »

— Bonté divine !

— Tu peux bien le dire, Prue. Je criais et Jancis criait, et je suis accourue de la cuisine où j'étais restée, pensant que Sarn n'aurait pas aimé me voir entrer, vu qu'il était en chemise de nuit, et un bien bel homme pour sûr. Je voulais point causer encore plus de tracas qu'il n'y en avait déjà. Mais avant que je sois entrée, Sarn avait mis mon homme par terre, et il était là, allongé comme une bûche, et c'était bien fait pour lui. Car c'est un vieux fielleux, Beguildy, et un entêté, et un rancuneux pour des années. Je crois bien que tout ça est venu de ton père qui lui a réclamé un écu alors que Beguildy avait cru que c'était un cadeau. Oui, c'est mon homme, mais je peux bien dire que c'est un vieux terrible pour la rancune. Bon, alors, comme Sarn l'avait mis par terre, il m'a dit : « Prenez-le par les pieds, voulez-vous, mère, et nous allons le porter à la cuisine. Qu'il soit mort ou vif, je ne veux plus être dérangé cette nuit. » Oui, il a dit ça. Et il a ajouté : « On me pendra peut-être bien pour ça, mais qu'on ne me dérange plus cette nuit. » Il est froid et tranquille comme un étang gelé, ton frère, mais c'est un gars terrible quand il est en colère. Alors j'ai versé de l'eau sur la tête de mon homme, je lui ai donné une goutte et bientôt il est revenu à lui. Avant cela, j'avais eu soin de l'attacher dans son lit. Il se débattait comme un possédé, mais la corde était solide, et puis je lui versais à boire tant et plus ; à la fin il s'est calmé et s'est endormi. Au matin, comme ton frère était parti, je l'ai détaché et quand il s'est éveillé, je lui ai demandé ce qui l'avait fait rentrer.

Il m'a répondu que les mauvaises nouvelles vont vite et qu'il avait de bonnes oreilles; il était dans la montagne, pas plus loin que chez Callard, quand un homme était venu lui dire que Sarn couchait maintenant chez nous. Faut toujours qu'il y ait des gens pour se mêler de ce qui ne les regarde pas! Je lui ai donné son déjeuner et il est parti, tranquille comme tout. Aussi je suis venue vous avertir, car lorsque sa colère est calme, c'est affreux.

Je lui demandai ce qu'un vieil homme comme lui pourrait faire, surtout quand nous savions que toutes ses sorcelleries et ses manigances n'étaient que des farces. Mais cela ne la calma pas et elle répéta que du malheur mijotait et qu'il fallait prier Dieu pour que le jour de la noce vînt bien vite. Enfin elle s'en retourna, aussi affolée qu'à son arrivée, en agitant ses mains, tandis qu'un vent d'orage faisait voler les mèches de ses cheveux.

Une véritable tempête, qui se faisait sentir depuis deux jours, soufflait alors; elle soulevait, dans la cour, les brins de chaume et de paille, au point que l'air en devenait poussiéreux et suffocant. Je dus m'approcher tout près de Gédéon, dans le champ, et crier pour qu'il pût saisir mes paroles. On entendait à la cime des arbres un rugissement semblable à celui des barrages au moment de la fonte des neiges, et, dans les cheminées, un hurlement qui vous faisait bénir vos quatre murs et votre toit. Pendant que nous prenions le thé, je demandai à Gédéon s'il pensait que cela allait emporter le faîte des meules. Il répondit qu'ils étaient assez pesants pour résister. Dans deux jours, l'acheteur devait venir estimer le grain et, trois jours après, ce serait la noce. Sachant cela et me tranquillisant au sujet de Beguildy, puisqu'il ne se ressentait pas du coup qu'il avait reçu, j'écoutais le vent avec plaisir en grillant quelques rôties et en pensant à Kester. Rien n'est plus agréable, il me semble, que d'entendre un vent furieux dans la cheminée quand tout va bien. Je proposai de nous coucher de bonne heure, ce que Gédéon accepta, puisque nous avions besogné durement et que la récolte était rentrée. Nous montâmes donc à huit heures et je m'endormis aussitôt au bruit de cet ouragan.

Soudain je m'éveillai en pensant : « C'est le jugement dernier. » On apercevait une grande lueur et on entendait, au milieu d'un rugissement horrible, des coups à la porte et des cris dans la nuit. Je restai là, abasourdie, en récitant « Notre Père » à toute vitesse et en regrettant de n'avoir pas mieux suivi les offices. Alors je distinguai la voix de Gédéon qui criait à la fenêtre et d'autres voix, en bas, où je reconnus celle de Sammy. Dans ma terreur stupide, cela me réconforta, car j'étais bien sûre qu'il saurait penser à un texte et trouverait le moyen de le réciter même la nuit du jugement. Car il faisait encore nuit ; nous sûmes ensuite que nous n'étions au lit que depuis deux heures à peine. Gédéon passa en courant près de ma porte et m'appela très fort. Je me levai vivement et m'habillai ; que ce fût le jugement ou non, il valait mieux s'habiller, quoique sur les tableaux on représente toujours les élus en toilette de nuit. Mais je sentais qu'il me faudrait être au ciel pour pouvoir me sentir à l'aise en chemise de nuit devant Sammy.

Je me précipitai dans la cour ; et alors je vis ! La fin du monde même eût certainement été préférable à cela, car, au moins, nous aurions été pourvus, sans plus de récoltes à rentrer, ni d'argent à gagner à force de rude labeur. Et chacun eût été logé à la même enseigne, tandis que ce coup n'atteignait que nous et nous écrasait comme la roue d'un char écrase un épi.

Car ce qui faisait ce rugissement terrible, c'était notre blé qui brûlait. Toute la récolte, tout le bénéfice de ces longues années de travail, tout ce à quoi Gédéon s'était voué corps et âme, tout notre avenir. Ce n'était pas une grande comète, ni une étoile filante déchaînée dans le ciel pour annoncer la fin du monde, ni la trompette d'un archange retentissant dolemment dans les ténèbres entre les mondes terrifiés. C'était simplement notre blé, tout ce que nous possédions ! Simplement ce qui devait faire de notre Gédéon un être aimable et aimant, puisque cette richesse allait lui permettre de ne plus besogner de jour et de nuit, de ne plus faire de nous des esclaves, de travailler enfin comme les autres hommes. Simplement le blé, qui devait apporter un peu de confort à mère, et à moi un peu d'espérance. Simplement le blé, qui assurait à Jancis de beaux enfants avec son rôle de femme au foyer, et lui promettait sans doute un peu d'amour ! Oh ! mon âme, c'était le blé !

Je m'accrochai à la barrière de la cour, et je sentis mes cheveux soulevés par le vent brûlant. Dans la clarté rouge, des ombres noires couraient, comme dans un tableau de l'enfer, mais elles ne servaient à rien, à moins que rien. Le grand vent mugissant continuait, attisant l'incendie. Je vis qu'il avait dû prendre dans l'orge, à l'ouest de la cour, d'où venait le vent. Il ne restait rien de l'orge maintenant. On distinguait à la place deux grands bâtiments ronds, rougis à blanc, affreux à voir, ayant la forme et la hauteur des meules, mais faits de feu liquide. Il n'y restait aucune matière solide et c'était miraculeux de les voir encore debout. De temps en temps, un peu de ce bâtiment en fusion tombait sans bruit à l'intérieur, où l'on apercevait des grottes de cendres grises sous lesquelles couvait un feu lugubre. Il en sera de même, sans doute, quand le monde brûlera, le dernier jour. Il continuera peut-être à rouler comme d'habitude, mais ce ne sera plus une douce chose dans les nuées, une jolie boule colorée par les mers bleues et les montagnes vertes. Ce sera un monde rongé de feu comme l'est une pomme envahie par les guêpes, vide et léger, et sans plus d'importance. Ainsi était notre orge, tombant sans bruit, comme si un bras invisible l'eût tirée de l'intérieur. C'était bien pire à voir que si tout se fût effondré en masse, car cela gardait encore l'apparence d'une meule et l'on eût dit le jeu d'un démon criant :

— Eh ! bien, que voulez-vous faire ? Voilà vos meules d'orge ! Faites-en du pain et mangez-le.

Je regardais ces deux repaires diaboliques qui ressemblaient à nos deux bonnes meules, et je songeais à l'orge, oh ! l'orge si douce, frissonnant dans la brise du matin ! Je me rappelais le labour plein d'espoir, les semailles, entre celles du blé d'hiver et celles du blé d'été, et je nous revoyais, Gédéon et moi, parcourant le champ avec le sac de semences sur l'épaule, ou avec un grand couvercle rond contenant assez de graines pour une allée et venue. Je nous revoyais balançant largement nos bras par un geste généreux que j'aimais, car il me faisait croire que nous nourrissions toute la terre. La moisson est certes un beau spectacle, comme le sont, toute l'année, les travaux de la ferme, mais c'est une besogne mesquine auprès des semailles. Il faut se pencher, ramasser le grain, le presser sur son cœur jalousement, l'emporter. Il y a même une sorte d'avidité, à mon sens, dans l'action de moissonner à la faucille. Il n'y en a pas dans le geste de celui qui se sert de la faux, grand mouvement destructeur sans amour ni vengeance, tel que le jugement de Dieu. Il n'y en a pas non plus dans l'action du fléau, image de la colère, mais sans idée ni désir d'acquisition ou d'entassement. Moissonner, néanmoins, est un acte de pleine gourmandise, de même que semer est un acte de pleine générosité. Car le semeur va et vient dans la vaste étendue des champs, portant ce que ses mains ont séparé de la paille et qu'il a si soigneusement préservé et conservé pour ce moment. C'est tout son bien, mais tant pis, il le prend à poignée et le lance au large, sans penser à rien retenir. Il continue son chemin droit devant lui, ressentant plus de plaisir si la poignée est plus grande et si elle s'éparpille plus loin, si bien que ceux qui n'ont pas l'habitude des travaux des champs pourraient le croire fou; car, suivi dans le sillon par une multitude de corneilles et d'étourneaux, il a l'air de nourrir tous les oiseaux de la contrée.

Qu'il est joli de voir les graines dorées briller dans le soleil, tandis que la légère brise du printemps les éparpille de-ci, de-là! Ou bien, si c'est pour le blé d'hiver, ce sera sans doute par une de ces calmes journées brunes qui ont dans leur couleur et leur parfum le moelleux de la vieille bière. J'étais toujours prête à semer, mais Gédéon n'y tenait pas et paraissait même, souvent, répugner à se séparer des graines; ses semailles étaient trop maigres, et il gâtait ainsi de la terre et du travail. Je pensais à cela et aux douces soirées où mère et moi allions voir lever l'orge d'abord luisante et clairsemée, puis plus épaisse, jusqu'à ce que la terre brune apparût enfin toute reverdie; alors elle grandissait, raide et pointue, et devenait encore plus brillante, puis s'assouplissait et s'allongeait, tandis que le vent y courait comme un navire sillonne l'eau; enfin elle trouvait une voix et un chant, et poussait dehors ses épis verts bien tressés qui allaient gonfler et mûrir jusqu'au moment où ils se tiendraient dans leur perfection faite de l'or le plus dur et le plus clair, comme si le Seigneur venait à peine d'en retirer sa main. Feuilles d'or, tiges d'or, têtes d'or, et ces têtes mêmes abondamment barbées d'or pareil. Mais c'était un or innocent et non pas celui qu'on nomme le maléfice. Oh! comme je me rappelais ce spectacle! Je croyais le revoir quand, par de calmes matinées de dimanche, je m'en allais au puits, et, laissant un moment les seaux descendre au fond, je m'avançais dans les champs qui, sous la vaste paix de l'azur, s'étendaient comme des créatures heureuses et en repos. De petits oiseaux volaient alentour en poussant de légers cris de contentement et en chantant avec douceur. La brise passait, les corneilles volaient haut dans l'air et, sur les lianes du chèvrefeuille, une seconde floraison d'or pâle éclatait sur le ciel bleu. Une bonne chaleur vous enveloppait; partout se répandait, comme un présent royal, l'odeur du blé. En est-il qui lui soit comparable? Elle contient tant de choses qui ne sont pas dans les autres parfums: l'été et la gelée, l'eau et l'essence de la pierre que le blé a absorbées dans ses tiges creuses, et enfin le pain et la vie pour les hommes et les bêtes.

Tous ces souvenirs éperdus et désespérés me revenaient tandis que je restais là, accrochée à la barrière, la figure enflammée par le vent brûlant, trop étourdie par ce coup pour pouvoir bouger. Il y a des catastrophes qui vous font bondir et courir pour sauver votre vie; mais il y en a d'autres qui sont bien pires car elles ne vous laissent plus rien à faire. Alors tombe sur votre âme une immobilité semblable à celle du lapin quand l'hermine le couve du regard et qu'il se sent perdu.

L'incendie avait atteint maintenant les deux plus importantes meules de blé. Il les avait envahies, et elles n'existaient plus. Bientôt elles seraient comme l'orge.

C'étaient de belles meules, faites en larges rectangles et aussi grandes que la sécurité l'avait permis; car notre récolte avait été si abondante qu'il avait fallu élever de très hautes meules faute de place. Et c'était du bon blé, bien plein dans la paille, sans le moindre signe de maladie. Nous lui avions consacré la plupart de nos journées, depuis les semailles jusqu'à la moisson, et les plus grands chars avaient été pour lui. Et maintenant tout avait disparu! Ce n'était plus qu'un large monticule embrasé où apparaissaient les madriers noirs, et d'où bientôt l'incendie, se retirant, ne laisserait que le silence et deux demeures grisâtres pour les démons, avec des lueurs sinistres dans l'intérieur éboulé. Il y avait encore des meules de blé près de la haie, mais plus près encore de celles qui brûlaient étaient les avoines, les belles avoines, si pâles et si gracieuses, comme de fines fougères sur la table d'une dame!

Qu'elles étaient douces, ces jolies avoines, blondes comme l'herbe dorée de la mi-août! Je les préférais à tout. Soudain, je me sentis pour elles un cœur maternel. Le feu pouvait prendre l'orge et le blé, mais il ne prendrait pas mes avoines. J'enjambai la barrière et courus là où de petites ombres s'agitaient. J'attrapai Gédéon par la manche.

— Il faut sauver les avoines, criai-je. Oh! sauve les avoines qui sont si belles!

Il ne me répondit pas. Il se démenait comme un fou et je vis que c'était l'avoine qu'il essayait de préserver, l'avoine et les meules près de la haie. Avec l'aide de Sammy, il creusait des tranchées pour la séparer des meules embrasées et allait les remplir d'eau.

— Où est Tivvy? demandai-je.

Maintenant que j'étais revenue à moi, je cherchais des bras pour nous aider.

— Partie chercher père, répondit Sammy en suant et gémissant sur sa bêche, car le feu se rapprochait.

— Faut-il que je selle Bendigo pour aller chercher de l'aide ? dis-je. Ou vaut-il mieux prendre les seaux et commencer à puiser de l'eau ?

— Oui, dit Sammy. Faites ça. L'aide arriverait trop tard, et de beaucoup !

Pas un mot de Gédéon. Il était atteint d'une folie muette, mais il travaillait comme dix. Le désespoir, les efforts de sa tâche, la grande chaleur de l'incendie faisaient ruisseler la sueur sur son visage, et ses vêtements étaient trempés. Cette humidité si proche du feu le mettait dans un nuage de vapeur où il prenait un aspect singulier, comme s'il eût été frappé d'une malédiction et fût déjà en enfer.

Je fis sortir Bendigo, les vaches et les bœufs qui galopèrent vers les bois, à demi fous de terreur. J'éveillai mère, lui dis de s'habiller et d'aller puiser de l'eau à l'étang pendant que nous ferions la chaîne avec les seaux. Je rassemblai tous les récipients possibles en me disant qu'il était vraiment pitoyable de n'avoir, pour apaiser l'incendie, que ce que pouvaient contenir nos petits baquets, quand il y avait là tout ce grand étang plein d'eau. J'ai souvent pensé, depuis lors, que si beaucoup se plaignent de ceci ou de cela et ne sont pas heureux, ce n'est pas la faute de la création, vaste étang plein de trésors, mais celle de leur seau trop petit.

Mère m'accompagnait, abasourdie et silencieuse comme une enfant.

— Faut-il que je puise maintenant, Prue ? demanda-t-elle.

— Tu peux commencer et tenir les seaux tout prêts, dis-je. Mais c'est dans deux ou trois minutes, quand nous serons là, qu'il faudra puiser de ton mieux.

— Allons, Sarn, s'écria Sammy, laisse ta bêche et viens prendre de l'eau !

Chose incroyable, tout le long de cette horrible nuit, si Gédéon fit le plus de besogne, ce fut Sammy et moi qui donnâmes les ordres. Gédéon exécutait avec frénésie ce qu'on lui commandait et continuait machinalement comme un bœuf sur l'aire. Aux paroles de Sammy, il jeta sa bêche et nous suivit vers l'étang. Mère puisait avec ardeur. Quand le malheur s'amoncelait autour d'elle, devenue plus petite que jamais, elle ressemblait à quelqu'un qui aurait pris un philtre magique pour se rendre invisible. Elle avait l'air d'un de ces petits oiseaux bruns qui, dans leur voyage, se posent un instant sur l'eau et vont on ne sait où.

— Ah ! voilà père, grâce à Dieu ! s'écria Sammy.

Ce soir-là, Sammy fut un brave garçon, et pendant tout l'incendie, il ne trouva à citer qu'un verset, auquel il ne pouvait guère résister : « C'est un feu d'enfer », bien qu'il ait dû s'en rappeler beaucoup d'autres.

Le sacristain sortait en effet du bois, suivi de Tivvy et d'une voix furieuse que le vent apportait de loin et qui était celle de sa mère, mécontente d'être laissée seule.

— Maintenant, dit Sammy, père va aller jeter de l'eau dans la cour. Tivvy ramassera les seaux vides aussi vite qu'il les rejettera et elle les portera à Mme Sarn ; et toi, moi et Prue, nous transporterons ceux qui seront remplis. Je pensais que nous pourrions faire la chaîne et nous passer les seaux de main en main, mais nous sommes trop peu nombreux, Sarn.

Gédéon parla enfin pour la première fois. Son visage était pâle et hagard.

— Je n'ai jamais eu beaucoup d'aide autour de moi, dit-il, rien que moi et ces deux-là.

Alors il cacha sa figure derrière son bras comme il le

faisait quand il était petit et que les choses tournaient mal pour lui, et il se mit à pleurer.

Ah ! je vous assure que peu de personnes auraient pu supporter ce spectacle : voir ce grand gaillard, puissant et vigoureux, pleurer comme un petit garçon !

— Allons, allons, Sarn, dit le sacristain, ému autant que nous. Allons, il ne faut pas désespérer. Le Seigneur a donné, le Seigneur a repris.

A ces mots, Gédéon revint à lui.

— Le Seigneur ! s'écria-t-il. Non, ce n'est pas le Seigneur ! C'est Beguildy ! Dès que nous aurons éteint les meules, j'irai l'attraper et je le rôtirai.

Il est impossible de rendre le ton effrayant avec lequel Gédéon prononça ces mots. Je voulus lui demander comment il le savait, s'il en était sûr, mais nous n'avions pas le temps de parler. Nous courions sans arrêt, transportant deux seaux chacun, ce qui, au bout d'une heure ou deux, peut suffire à épuiser un homme vigoureux et, à plus forte raison, une femme. Transporter de l'eau est une tâche aisée quand on ne se presse pas et qu'on peut se servir d'un joug. Mais courir en trébuchant sous une chaleur brûlante, en sachant que, si nous tardions, les avoines seraient perdues, et peut-être même si nous nous hâtions, c'était assez pour briser l'ardeur de n'importe qui.

Les avoines furent atteintes. L'incendie envahit la tranchée et tout, et de nouveau il y eut un immense embrasement. Alors je perdis courage, et tout en continuant de me presser, ce fut sans espoir.

— Oh ! que je suis lasse ! criait notre pauvre mère.

Mais je ne pouvais la laisser se reposer.

— Si nous ne parvenons pas à sauver ça, mère, tu n'en auras jamais fini de garder les cochons.

Elle recommença donc à courber son pauvre dos, les jambes à moitié dans l'eau en dépit de ses rhumatismes. Quelqu'un cria de sauver la grange, car si le feu l'atteignait, la maison était perdue. Aussitôt mère abandonna ses seaux ; je dus donner sa tâche à Tivvy, et il nous fallut rapporter au fur et à mesure nos baquets vides. En levant la tête un instant, j'aperçus mère qui sortait diverses choses de la maison. Je vis plus tard que c'était sa couture, la bassine à confiture, une tapisserie qu'elle avait faite étant petite fille et le portrait de père découpé en silhouette dans un papier noir, travail du beau-frère de notre pasteur, qui était à demi étranger. On le jugeait bizarre de s'amuser comme un enfant avec du papier et des ciseaux, mais on reconnaissait qu'il s'y prenait fort bien, et l'on disait qu'étant quelque peu étranger, il ne pouvait sans doute rien faire de mieux. Chose curieuse, mère qui avait eu si grand-peur de père durant sa vie conservait son portrait comme un trésor. Il était donc là avec les autres objets, six pots de pâte de prunelle et Minet dans un panier.

Ce fut seulement à l'aube, quand le vent tomba et qu'une petite pluie fine survint, que nous pûmes nous rendre maîtres de l'incendie. En vérité, il s'était éteint, et nous avions réussi à sauver la grange et la maison. La lueur rouge avait disparu du ciel comme le feu de l'étang. Car, toute la nuit, on aurait pu croire que l'eau s'était transformée en alcool enflammé. Tout s'y reflétait : les flammèches rouges et jaunes, la fumée gonflée par le vent, les meules embrasées, vides et branlantes, la ferme, la grange et nos petites ombres qui avaient l'air de pantins dans ce tumulte.

Peu après apparut la femme du sacristain que l'arrivée de Bendigo, sortant du bois au galop en hennissant, avait tant effrayée qu'elle avait cru voir le Chasseur noir. Comme il y avait beaucoup d'arbres creux dans la vieille forêt, elle s'était glissée dans l'un d'eux et y était demeurée jusqu'à l'aube. Mais étant fort grasse et surchargée de vêtements, elle avait eu plus de peine à en sortir qu'à y entrer. Elle y était pourtant parvenue. Arrivée chez nous, elle nous fit vivement déjeuner, ce dont nous avions grand besoin, non seulement à cause de ce que nous venions d'endurer, mais aussi pour envisager les événements.

— Voyez donc Tivvy et Prue, elles sont pâles comme des fantômes, dit-elle. Quant à vous, madame Sarn, vous devriez être au lit et on va vous y mettre dès que vous aurez mangé et bu un coup. Mais vous, Sarn, oh ! mon garçon, mon garçon, vous me terrifiez encore plus que Bendigo, pour sûr ! Allons, où sont mes gars ? Venez-vous en manger un morceau, mes braves gens !

Elle disait cela comme elle aurait crié : « Prenez vos places pour le jeu des couleurs précieuses. »

— Ce que je voudrais savoir, dit mère, c'est comment Sammy et son père ont su que nos meules brûlaient ?

— Parce que je m'en revenais du moulin assez tard avec Tivvy, dit Sammy. Tout à coup, nous avons vu Beguildy qui marchait par là en ayant l'air de se cacher. Alors j'ai dit à Tivvy que nous allions le suivre ; il y a un bon bout de temps que j'ai l'œil sur lui, ce vieux fielleux qui ne marche pas dans la voie du Seigneur ! « A leurs fruits vous les reconnaîtrez. » Et puis ça nous semblait une drôle d'heure pour s'en aller à Sarn, surtout pour lui qui se couche tôt d'habitude. Alors nous l'avons suivi lentement et de loin. Et juste comme nous sortions de la forêt, nous avons vu une flamme énorme s'élever du coin le plus éloigné de la cour, et aussitôt Beguildy est revenu en courant vers le bois, et nous avons eu tout juste le temps de nous cacher. Quand il a disparu, nous sommes vite allés vers la ferme ; le feu était déjà dans la petite meule du coin, et à côté, il y avait ça.

Sammy tendit le couvercle du briquet de Beguildy que tout le monde connaissait bien, car, dans l'intérieur, il avait écrit son nom à la peinture rouge, lui qui était si fier de son écriture.

— Quel idiot d'avoir perdu ça ! s'écria la femme du sacristain.

— Non, mère, dit son mari, Beguildy n'est pas idiot. C'est la main du Seigneur qui a enlevé ce couvercle et l'a fait tomber là pour que Sammy le découvre. Oui, c'est certain.

— « Dans la main du Seigneur, il y a une coupe », Psaume LXXV, 8, dit Sammy.

— Seulement ce n'était pas une coupe, ricana Tivvy, qui devenait toujours plus sotte quand elle était excitée. Ce n'était que la moitié d'un vieux briquet de fer.

— C'est la malédiction ! murmura mère. Il a maudit mon fils Sarn par le feu et par l'eau, et voilà le commencement. Dieu sait ce que va être la suite ! C'est le péché que t'as mangé, Sarn. Il y a du malheur sur la maison depuis ce temps-là. Oui, depuis que mon pauvre homme est mort dans ses bottes, il a fait mauvais vivre ici, très mauvais ; il y a eu les cochons et les rhumatismes, et le labourage qui n'en finissait pas, et maintenant voilà tout perdu, comme si ça n'avait jamais existé.

— Oui, le feu est diablement vorace, déclara la femme du sacristain.

— « Je les consumerai en un moment », Nombres, XVI. « Ce grand feu nous consumera », Deutéronome, V. « Le feu a consumé le palais de Benhadad », Jérémie, XLV, récita Sammy.

— Trois textes d'un coup, brave garçon, brave garçon ! s'écria son père.

— Mais c'est Beguildy qui devrait être consumé, fit observer sa mère.

— Et le pire d'une telle méchanceté, ajouta Tivvy, c'est qu'on l'a dans le sang, de père en fils. On ne sait jamais quand ça sortira. Ça m'étonne vraiment, maître Sarn, que vous pensiez à prendre en mariage la fille de cette vipère. Je n'ai jamais aimé les Beguildy, ni surtout Jancis.

— C'est sûr, la fillette a raison, s'écria la mère.

— « Ce qui est dans les os sortira par la chair », ajouta le sacristain.

Gédéon jeta un regard autour de lui. Son visage était gris et ridé comme celui d'un vieillard. Après cette nuit-là, il ne fut jamais ce qu'il avait été ; car on ne peut impunément assener un coup de mailloche sur la tête d'un bœuf.

Il essaya de parler, mais les mots lui venaient difficilement. Au même instant, on entendit une galopade et Bendigo passa devant la fenêtre.

— Ha ! cria Gédéon en courant vers la porte.

Je devinai ce qu'il allait faire et me précipitai à sa suite. Par bonheur, les vaches rentraient du bois, mugissant doucement pour se plaindre de ce que l'heure de la traite fût passée depuis longtemps. Aussi, au lieu d'intercéder pour Beguildy, je dis simplement :

— Voilà les vaches qui rentrent ; elles vont s'empoisonner si on ne les trait pas.

— Oui, il faut veiller à ne pas les laisser dans cet état, dit la femme du sacristain, du fond de la salle. Le cousin d'un de mes beaux-frères avait le plus beau troupeau qu'on ait jamais vu. Du Cheshire qu'il venait. C'étaient de belles vaches, jamais malades, et on ne manquait de rien dans la maison : du bon lait, du beurre, du fromage et des baquets pleins de petit lait pour les cochons ; et le cousin de mon beau-frère était un homme bien rond, sa femme aussi, et leurs douze enfants gras à point.

Je dois dire qu'étant très grosse, elle jugeait les autres d'après elle ; s'ils étaient maigres, ils auraient, à son avis, mieux fait de ne pas naître.

— Oui, continua-t-elle, ils étaient tous aussi gras que du beurre, et à l'église, ils emplissaient le banc à le faire éclater, jusqu'au jour où il laissa les vaches s'empoisonner. Ah ! ce fut un mauvais jour pour eux. Après ça, plus de prospérité. Les vaches maigrirent, les cochons aussi et, peu de temps après, la famille aussi ; et bientôt il ne resta plus d'eux que quatorze pauvres bâtons.

Tivvy fut prise d'une crise de rire. Les histoires de sa mère avaient presque toujours cet effet sur elle, malgré les gifles que cela lui valait.

— Le lait d'abord, mon garçon, dis-je à Gédéon. Tu iras à la maison de pierre ensuite.

Dieu me pardonne de l'avoir ainsi trompé, mais je voulais le sauver d'un péché de meurtre. Il n'était pas plutôt dans l'étable à traire, que je menai Bendigo devant la porte et criai au sacristain de se mettre en selle avec Sammy, Bendigo pouvant les porter tous deux jusqu'à Plash. Je le priai de s'emparer de Beguildy et de le conduire immédiatement à la police de Lullingford afin de le sauver du châtiment que lui réservait Gédéon. En prison, Beguildy lui échapperait et serait puni seulement d'une peine conforme à la loi.

— Je comprends, dit Sammy. « Faites-moi tomber dans les mains du Seigneur et non dans celles de l'homme », II Samuel, XXIV. Oui, nous ferons bien de nous en aller, père.

— Est-ce que Jancis et Mme Beguildy iront aussi en prison ? demanda Tivvy.

— Bien sûr que non ! Elles n'ont rien fait, et Jancis est une honnête fille. Si elle avait eu les idées qu'il fallait et si elle avait été modeste et sérieuse, je ne sais pas si je ne l'aurais pas épousée moi-même, dit Sammy.

Ils partirent juste à temps, car Gédéon revenait de l'étable en courant et en leur criant de s'arrêter.

— Ils vont mettre Beguildy en prison, lui dis-je. Il ne faut pas que tu aies un crime sur la conscience, mon ami. Tout va déjà bien assez mal.

— Ça m'aurait soulagé, répliqua-t-il avec un regard étrange. J'ai comme un poids énorme au-dedans de moi. Ça m'étouffe ! Oui, ça m'aurait fait du bien de le tuer. Je pourrai plus jamais en guérir, maintenant.

— Mais tu ne pouvais pas tuer le père de ta future femme, dis-je.

— Ma femme ? Quelle femme ?

— Jancis, voyons ! C'est dans huit jours que tu l'épouses.

— Quoi ? s'écria-t-il avec un air hagard et féroce. Crois-tu que je vais me marier avec la fille du diable ? Même si c'était pour sauver ma vie, tu peux bien être sûre que je ne l'épouserais pas. Non, je ne la reverrai plus jamais, à moins qu'elle ne vienne se planter sur mon chemin.

— Oh ! Gédéon, Gédéon ! ne dis pas ça ! Gédéon, il y a des choses dans la vie qui valent mieux que l'argent ; et c'en est une. Calme-toi, mon garçon. Ce n'était pas notre destinée d'être riches. Fais ta vie, résigne-toi, et épouse la pauvre petite qui t'aime tant. Si la fortune vient un jour, tant mieux ! Si elle ne vient pas, tant pis. Mais refuser le mariage à la pauvre fille après ce que tu as fait, c'est impossible. Ton cœur ne peut pas être si dur !

— Si. Il est plus dur qu'une montagne de granit. Ne laisse pas cette fille venir près de moi ou je l'écrase comme une teigne. Tu es avertie maintenant. Pourris ! Voilà ce qu'ils sont. Tel père telle fille. Une figure qui sourit faussement et qui tout d'un coup, tout d'un coup, pourrait incendier une maison de fond en comble. Je ne serais pas surpris si c'était elle qui avait été lui chercher le briquet, hier soir. Camperdine peut venir la prendre, ce sera tant mieux. Je lui en fais cadeau.

— Mais, Gédéon, vous avez été censément mariés toute cette semaine. Suppose qu'il vienne un bébé, et alors ?

— Un bébé ? Quoi ? Un mioche de moi et d'elle ? Si ça arrivait, je te promets que je l'étranglerais. Sapristi, leur sang est tout noir ! Des traîtres, des renards, de la vermine, voilà ce qu'ils sont. Ils ne sont point dignes de vivre. Dieu merci, on peut pendre les gens qui mettent le feu. Je m'arrangerai pour qu'il gigote au bout d'une corde. Et tu diras à la fille de ne pas m'approcher. Ça vaudra mieux pour elle.

Je n'osai plus rien ajouter. Que pouvais-je dire puisque tous les sentiments humains de mon pauvre frère avaient grillé dans l'incendie et n'existaient plus ? Il faut être fou pour puiser dans un puits desséché. Il semblait grandi pendant qu'il se tenait là, devant les bois sombres fouettés maintenant par la pluie qui nous aurait sauvés la nuit précédente. L'orage d'automne y grondait encore, et les feuilles mortes étaient barattées et soulevées par bonds dans l'air, comme les herbes du fond de l'étang au moment du trouble des eaux. Ses vêtements étaient collés sur lui, noircis par le feu. Sa figure était toute grimée, si bien que des lignes, invisibles jusqu'alors, y apparaissaient nettement et plus nombreuses certainement depuis la nuit passée. Ses yeux, d'ordinaire froids comme l'eau, étincelaient de haine quand il pensait à Beguildy ou à quelqu'un de cette famille; aux autres moments, son visage était vide et sans expression comme celui d'un homme qui n'a plus d'espoir, qui est vaincu et usé : un visage détruit.

Je lui proposai de déterrer les pommes de terre en pensant qu'il serait un peu réconforté d'avoir au moins cela. Il me suivit sans un mot et travailla avec ardeur, mais de temps en temps il s'arrêtait et jetait un regard étrange sur l'étang glacial et muet, sur le ciel menaçant et sur les bois orageux. Il semblait que son âme fût un oiseau à l'aile brisée. A midi, quand je m'en retournai pour déjeuner, le son du plateau ne le fit pas venir; je le trouvai dans la cour, où les monceaux de cendre fumaient encore. Il était étendu, la face contre terre, immobile et sourd comme un mort; et je crois qu'à partir de ce moment son cœur fut véritablement mort.

CHAPITRE III

Le maléfice mortel

Il est dur, très dur, de raconter ce que fut notre hiver après cette nuit de douleur et d'infortune. Quand la plume a tracé des mots chargés de tendresse, elle a de la peine à en écrire de tristes et d'amers. Et pourtant cette époque fut triste et amère; il ne servirait à rien de le nier.

A la suite de l'incendie les travaux de la ferme furent suspendus pendant bien des jours, comme il arrive souvent après un décès. L'unique pensée de Gédéon était de régler son compte avec Beguildy, ou tout au moins de lui faire supporter toutes les rigueurs de la loi. Mme Beguildy fut obligée d'abandonner la maison de pierre que le propriétaire ne voulait plus louer à un homme qui brûle les meules, ni à sa famille; et il profita d'un loyer en retard pour les mettre dehors. On vendit tout; Jancis et sa mère, ne possédant plus que les hardes qu'elles portaient, partirent pour Silverton où Beguildy, en prison, attendait les assises. La pauvre Jancis était dans un triste état. J'avais prié sa mère de lui transmettre le plus doucement possible le message de Gédéon; mais, en l'entendant, elle était tombée sur le sol, sans remuer un membre ni prononcer un seul mot. On l'avait portée dans le char de la ferme de Plash qui devait les emmener toutes deux, et il paraît qu'elle était restée couchée au fond comme une fleur brisée. Ce fut peut-être heureux, car si ses forces ne l'avaient pas délaissée elle eût tenté de voir Gédéon, et je crois qu'il se fût jeté sur elle, dans sa rage qui couvait comme un feu mal éteint. Le récit de leur infortune semblait pourtant l'avoir apaisé. Le jour de leur départ, il était allé dans les bois, à un endroit d'où il pouvait les voir passer; il était resté là à regarder le char, conduit par un garçon de ferme maussade qu'irritait l'obligation de servir des gens dans un aussi mauvais cas; la pauvre Mme Beguildy y était assise, vieillie et terrifiée, tandis que Jancis, étendue sur la paille, semblait une figure de cire. Je le sais parce que Tim était dans le bois au même moment et il accourut me le dire, presque affolé de terreur.

— Oh! Prue Sarn, j'étais dans le bois à cueillir des noisettes et j'ai vu maître Sarn qui s'en venait tout seul sombre et terrible; j'ai eu peur, je me suis caché dans un arbre. Maître Sarn est allé se mettre sous les branches d'un grand hêtre, au coin de la route qui passe dans le bois. Bientôt on a entendu un roulement et j'ai vu le char de Plash, et Mme Beguildy qui pleurait d'une façon affreuse, mais je n'ai pas vu Jancis. Alors j'ai grimpé dans l'arbre pour voir si elle était au fond du char, et pour sûr qu'elle y était! Elle avait l'air d'une morte. Oh! elle ressemblait tout à fait au tableau de l'église où l'on voit la jeune fille qui était morte quand on s'en fut chercher le Seigneur et qu'il s'écria « Lève-toi! » Seulement il ne l'a pas dit à Jancis. Et ça m'a fait peur. Alors je suis redescendu de l'arbre tout doucement et j'ai vu maître Sarn qui ne quittait pas le char des yeux, du haut du talus qui est là, vous savez. Sa figure était si terrible que j'ai essayé de m'ensauver, mais il a fait un mouvement et, de peur qu'il n'arrive de mon côté, je n'ai plus osé remuer. Il est resté là un bon bout de temps, jusqu'à ce que le bruit des roues ne soit pas plus fort que celui d'un hanneton qui vient de passer, puis plus rien, rien que le bruit d'une grive frappant un marron sur une pierre. Alors maître Sarn a secoué ses poings vers le char disparu. Oh! Prue, sa figure était comme celle du Seigneur Jéhovah dans le livre de père, quand sa colère n'était pas encore détournée. Après ça, il est parti lentement, la tête basse, pendant que la grive continuait à taper la pierre avec le marron, et j'ai couru pour venir vous le dire.

C'est ainsi que le meilleur travailleur de notre village vit partir la fille de son choix, une fille semblable à un bouton de nénuphar et qui l'aimait tant!

— C'est la malédiction, me dis-je. Oh! c'est le maléfice!

Pourtant Gédéon parut ensuite plus à son aise. Je crois qu'il s'était méfié de son cœur et avait craint de céder à Jancis si elle était venue vers lui. Or son plan n'était pas de céder mais de tout recommencer, et d'aller droit vers son but.

La matin qui suivit leur départ, il sortit les charrues et s'en vint m'appeler à la porte de la cuisine où je préparais le gruau de mère. Alitée de nouveau depuis l'incendie, elle ne prenait que du gruau ou du posset.

— Viens-t'en commencer le grand champ, dis, Prue? cria-t-il.

Il valait mieux ne pas lui refuser cela; je répondis que j'allais venir. Je portai à mère sa bouillie et lui demandai si je devais prier Tivvy de venir s'asseoir près d'elle de temps en temps, vu que nous allions commencer le labour.

— Ah! s'écria-t-elle, cet affreux labour! Et peut-être que tout le blé brûlera comme l'autre. Pas de noce, ni de maison, ni de porcelaine, ni rien! Seulement les cochons à garder quand viendra le printemps! Mais peut-être bien que je ne le verrai pas. Je ne vais pas fort, Prue. Faudrait que tu demandes le remplaçant du docteur.

Il était certain que ses pauvres mains étaient amaigries, recroquevillées, sa petite figure plus brune, plus décharnée, et que, dans sa terreur de Gédéon, elle ressemblait plus que jamais à un oiseau égaré ou à un pauvre animal pris au piège.

— Ne le laisse pas venir jusqu'à ce que j'aille mieux, me dit-elle. Ne laisse pas mon fils Sarn me faire sentir que je suis un embarras. Il ne m'aime point. Il voudrait que je sois morte et sous terre.

Elle levait ses mains dans un geste suppliant.

Je chargeai donc Tivvy de venir s'occuper d'elle et, durant tout ce sombre hiver, sombre au-dedans comme au dehors, nous labourâmes sur les chaumes de la belle moisson que nous avions perdue. Nous étions plus pauvres que jamais et rien ne prospérait comme auparavant, car nous n'avions plus de cœur à l'ouvrage. Il fallait aussi nourrir Tivvy; bien qu'elle vînt pour rien, par amour pour Gédéon, elle mangeait chez nous et de fort bon appétit. Le remplaçant du docteur coûtait fort cher aussi, et plus le temps était mauvais, plus son prix était élevé. Vers le nouvel an, il y eut une période de grands froids, si bien que son cheval buta sur les routes gelées et se brisa une patte; il nous fallut payer une partie des frais. Tout semblait aller de mal en pis. Gédéon me tenait si durement au labour que je fus obligée de laisser la laiterie, la basse-cour et les porcs à Tivvy, et comme elle était assez étourdie et négligente, les clients commencèrent à se plaindre du beurre; puis les poules pondirent mal, les cochons maigrirent et devinrent difficiles, tandis que Tivvy ne songeait qu'à se rendre jolie et séduisante pour Gédéon.

En janvier, le temps empira; il neigea très fort, et, une nuit, mère fut si mal que, de nouveau, je dus envoyer chercher le médecin. C'est-à-dire que je n'y réussis même pas, la neige étant si épaisse que personne ne voulut y aller. Il n'y avait rien à porter au marché; toutes les vaches étant sèches, sauf une, et les œufs rares, Gédéon n'allait pas à Lullingford. Je décidai d'y courir le dimanche (jour où Gédéon n'osait quand même pas labourer) afin de pouvoir, de là, envoyer un message au médecin par le coche de Silverton. Ce fut pour moi une journée harassante, et bien triste aussi quand, passant devant la maison vide de Kester Woodseaves, je songeai qu'il pourrait lui arriver malheur dans la grande ville ou qu'il y rencontrerait peut-être un autre amour et ne reviendrait plus à Lullingford. Mais ensuite je ne regrettai pas cette journée, car, à certains moments, le corps ne trouve de paix que dans le souvenir des misères endurées pour un être aimé.

Quand, quelques jours plus tard, le remplaçant du docteur vint enfin, il fut contraint de s'installer chez nous, vu le mauvais état des routes. Cela irrita fort Gédéon à cause de la dépense pour nourrir cet homme et son cheval; d'autant plus que l'autre avait trouvé mère moins mal qu'il ne l'avait pensé. Pour le faire venir de si loin, s'était-il dit, elle devait être au moins aux portes de la mort. Je me souviens que nous étions assis devant l'âtre par une soirée où des rafales, qui faisaient tambouriner la grêle aux carreaux, nous rendaient d'autant plus précieux notre bon feu clair. Le médecin était de rapports agréables, tout rond et trapu, avec des joues d'un rouge si frais qu'elles paraissaient vernies. Il se frottait toujours les mains comme si son malade lui avait fait plaisir ; mais on n'en pouvait conclure que celui-ci allait mieux, car il se frottait les mains, autant, et peut-être davantage, devant un mort que devant un vivant. Il se les frotta moins pendant que nous causions de mère que lorsqu'il nous parla de la pauvre Mme Beguildy, qui était devenue très malade et déclinait de jour en jour. Ce n'était pas qu'il fût dur ni qu'il voulût le malheur des autres, mais il trouvait un plus grand intérêt à les voir sérieusement atteints plutôt qu'un peu souffrants.

— Maintenant, dit-il, Mme Sarn va se remettre très gentiment.

— Oh ! dit Gédéon. Elle va se remettre, vraiment ?

— Oui. Et elle durerait encore bien des années que je n'en serais pas surpris. Elle est en fer ! Solide, malgré sa maigreur et son aspect fragile.

— Combien d'années ? demanda Gédéon.

— Oh ! c'est difficile de préciser. Le docteur le pourrait peut-être, mais je ne suis que son aide. On pourrait bien parier pour dix ans, certainement. Oui, je dirai dix. Avec des soins.

— Dix ans ! s'écria Gédéon d'un ton étrange.

— Oui, mais il faut la dorloter.

— Dix ans, et dans cet état ?

— Oh ! oui. Elle restera alitée l'hiver et, plus tard, peut-être toute l'année.

— Et elle ne servira plus à rien ?

— Servir ? Comment ? A quoi peut-elle servir ?

— Et vous viendrez au moins deux ou trois fois chaque hiver, je suppose ?

— Oui, si vous me faites demander, répondit-il en buvant une rasade de bière et en reprenant un morceau de pain et de fromage, ce qui mit Gédéon en fureur.

— Quand vas-tu desservir la table, Prue ? dit-il. Il y a longtemps que j'ai la panse garnie.

— Oh ! mais tu manges si peu, Sarn ! s'écria Tivvy. C'est étonnant que tu ne sois pas encore mort de faim. T'aurais besoin d'une femme pour te faire de bons plats bien tentants. Des andouilles soufflées, par exemple. C'est aussi différent des andouilles ordinaires que le paradis l'est de l'enfer. J'en ai fait, il y a eu dimanche huit jours, et père et Sammy n'ont pas pu dire un mot après ça, tant ils étaient contents dans leur intérieur.

— Oh ! sapristi, que je regrette d'être déjà marié ! s'écria le médecin. Oui, sérieusement.

— Ça ne vous servirait à rien d'être encore à marier, reprit coquettement Tivvy. J'aime les hommes grands.

Gédéon ne prêtait aucune attention à ces paroles, pas plus qu'à celles concernant les andouilles soufflées.

— Un homme très grand, continua cet effronté petit bout de femme, et brun. De larges épaules, de grandes mains, de gros muscles aux bras, de grands pieds, de fortes jambes...

— Ma foi, Mamzelle, vous nous faites une description comme celle du Cantique de Salomon, repartit l'homme.

— Et dur aussi, poursuivit Tivvy sans sourciller et les yeux fixés sur Gédéon, dur et jamais las, ardent et impétueux, mais un bon amoureux aussi, oui, et qui ne se laisse pas contredire par la fille qu'il aime. Voilà l'homme qu'il me faut. C'est celui-là pour qui la Tivvyriah du sacristain serait une bonne femme qui ne penserait qu'à économiser, et gratter, et racler pour lui obéir et le rendre riche.

— Ma foi, vous auriez vraiment dû être avocat, Mamzelle, dit le visiteur, et si vous n'obtenez pas ce que vous voulez, qu'on me mette dans un bocal comme un têtard !

Mais Gédéon ne leva pas un instant les yeux sur Tivvy : il resta assis d'un air sombre jusqu'à ce qu'elle s'en fût se coucher. Alors il répéta :

— Elle durera des années, toujours malade, mais tenant bon !

— Oui, c'est sûr, comme les pots ébréchés, vous savez. Mais il faudra voir à lui garder son pouls bien agile. C'est là le danger ; sinon elle pourrait passer tout d'un coup avant que vous ayez eu le temps de dire salse-pareille. Gardez-lui le pouls en bon état et elle sera aussi gaie qu'un rouge-gorge.

Nous causâmes encore un instant, puis Gédéon dit qu'il allait voir les bêtes avant de se coucher.

— La tachetée ne va pas bien, dit-il. Elle a quasiment tout le temps la fièvre. Le cœur va lui sauter qu'on dirait. Peut-être bien qu'une dose de doigtier la remettrait ?

— Oui, ça abaisse le pouls très vite. Mais faites attention. Est-ce une jeune vache ?

— Elle va sur ses quatre ans.

— Alors ne lui en donnez pas trop. Quand elles sont vieilles et usées, elles n'en supportent pas beaucoup.

Dès que le visiteur fut parti, Gédéon, revenant de l'étable, s'assit d'un air désespéré en disant :

— Elle va passer.

— Qui ? La tavelée ?

— Oui. C'est sûr que le vieux sorcier m'a jeté un mauvais sort.

— C'est seulement le temps et un peu aussi la négligence de Tivvy pendant que j'étais si occupée au labour.

— Et mère aidait un brin autrefois, dit-il. Maintenant elle ne sert plus à rien, moins qu'à rien. Quel embarras ! Nous n'en sortirons jamais maintenant qu'elle est comme ça.

— Ne le lui laisse pas voir, lui dis-je.

Mais, le lendemain, quand je montai à mère son souper, je trouvai Gédéon au milieu de la chambre, parlant très haut ; la pauvre femme avait l'air d'une souris terrifiée.

— Eh ! bien, disait-il, ça ne va pas fort, mère ?

— Non, point fort du tout, Sarn, répondit-elle en souriant.

— Ça doit te faire deuil de ne pas pouvoir nous donner un coup de main.

— Oh ! oui, mon fils ! Mais dès que la chaleur viendra, j'espère bien que je pourrai voir aux pondeuses et à toute la volaille. Oui. Et aux canards et aux agneaux.

— Mais pas aux cochons ?

— Ma foi, si Tim pouvait continuer à s'en occuper, j'en serais bien aise. Ça nuit tant à mes rhumatismes d'être là-bas près de l'eau !

— Ça coûte cher de donner à manger tous les jours à ce grand galopin.

— Je sais bien. Je vais me dépêcher d'aller mieux, Sarn.

— La vie ne doit pas être bien plaisante pour toi, malade comme ça.

— C'est parfois bien lassant, mais dans l'entre-deux, je ne me sens point trop mal.

— Avec tes rhumatismes, ta toux et tes misères, il me semble que tu dois souhaiter être dans un monde meilleur.

— Quand ce sera la volonté du Seigneur de m'appeler, je ne me plaindrai pas, mais j'aimerais rester en vie parce que la vie, je la connais dans tout ce qu'elle a de pire, tandis que l'autre monde, je ne le connais point.

— Tu sais qu'il n'y a plus de toux, ni de rhumatismes, ni de misères, là-haut.

— Ni bon feu, ni tasse de thé, dit-elle, et je me demande si ça ne sera pas trop beau pour moi, Sarn.

Mais du milieu de la chambre, Gédéon s'écria d'une voix forte :

— Allons donc, t'aimerais autant être morte que vivante.

Il s'en alla sur ces mots, mais revint chaque soir lui tenir le même discours. Cela me faisait pitié. On ne semble jamais croire qu'il faille faire attention à ce qu'on dit aux malades. Mais, s'il voulait la réconforter c'était, à mon avis, une triste façon de s'y prendre envers une pauvre vieille qui déclinait. Enfin, un soir de mars où le temps était humide et aggravait les rhumatismes, quand il arriva au bout de son discours qui se terminait toujours par : « Il me semble que tu devrais mieux aimer être morte que vivante », elle répondit :

— Ah ! peut-être bien, Sarn !

Il en parut satisfait et ne revint plus chaque soir, ce qui mit à l'aise notre pauvre mère qui le craignait plus que jamais. Tivvy elle-même le remarqua.

Quand vint avril, les choses semblaient aller mieux ; mère était plus gaie, quoique encore très faible, et paraissait fort heureuse avec Tivvy ; et moi, libre de souci, je pouvais me donner davantage à ma besogne. Nous travaillions de plus en plus, si bien que mes vêtements flottaient sur mon corps, mais cela m'était égal. Je semais du blé dans le grand champ pendant que Gédéon était au labour. Dans la fraîcheur du matin, le spectacle était beau, avec ces ombres violettes sur la terre humide, le soleil se levant par-delà les bois, et l'étang de Sarn, semblable à un morceau de verre bleu pâle traversé par un rayon. Parfois les alouettes étaient suspendues dans un ciel de même couleur; ou bien de grands nuages blancs, pareils à de la laine lavée et cardée, se posaient à la cime des arbres en bourgeons. Les teintes vives me rappelaient le tissage que Kester devait enfin connaître à fond. Quoique depuis Noël on ne sût rien de lui, j'avais la certitude que tout allait bien de son côté. A la Noël, le cocher de Silverton avait laissé un petit paquet pour moi à la *Pinte de cidre*. Quand, rentrée au grenier, je l'avais ouvert, j'y avais trouvé un morceau de drap tissé en deux couleurs et une lettre.

LONDRES

    Chère Prue Sarn,

    Ce mot pour vous dire que tout va bien et souhaiter que la présente vous trouve de même. Je sais tisser deux couleurs, maintenant, comme vous le voyez par cet échantillon. Les femmes d'ici sont bien vilaines, pâles et petites, et blondes en général; et il n'y a pas un seul œil noir caressant parmi elles. J'ai été invité à un grand repas chez un échevin qui est aussi tisserand. Ma voisine était une jeune fille qui avait économisé l'étoffe de son corsage, mais non ses mines. Je me suis rappelé une salle obscure, et la figure du fils Camperdine dans l'ombre, et une femme qui, par charité, a fait, ce jour-là une bonne action d'un cœur désespéré, mais qui ressemblait cependant à une fleur de pommier et a allumé dans un homme un feu qui sera très dur à éteindre. Donc un joyeux Noël et une bonne année de
                                        Kester Woodseaves.

Je dois avouer qu'en avril cette lettre était en miettes comme si les souris s'y étaient mises. A Noël, je lui avais écrit ainsi de mon côté :

Noël.

SARN

Cher tisserand,

Veuillez trouver ici une chemise de locronan. Si vous la portez, il paraît que vous n'attraperez ni la petite vérole ni d'autres maladies. Je l'ai tissée de chanvre en prononçant quelques vieilles paroles magiques, des bonnes et point de mauvaises. Je pense souvent au jour où nous avons regardé les libellules, au moment du trouble des eaux, quand les nénuphars étaient en fleur. Adieu donc et que Dieu vous garde.

Votre servante,
Prue Sarn.

Le 7 avril, le matin brillait de si vives couleurs qu'il me fit songer au tissage ; aussi, en parcourant le champ où je semais les graines vernies, je chantais le *Pont d'orge* :

> *Sautez, dansez, ayez des ailes,*
> *Soyez rentrées à la chandelle,*
> *Ouvrez la grille dans l'espace*
> *Pour admirer le roi qui passe.*

Kester reviendrait-il de Londres à cheval ? me demandais-je. Il avait dit qu'il serait de retour pour la foire, à l'époque du trouble des eaux, quand les nénuphars, fleuris sur les bords de l'étang, contempleraient leurs anges et quand les libellules bleues et les demoiselles lustrées sortiraient de leur suaire.

Je rêvais ainsi lorsque, levant la tête, j'aperçus Tivvy qui accourait d'un air terrifié.

— Viens t'en vite, Prue ! dit-elle. Elle va très mal. Son thé n'a pas passé. « Fais-le fort, qu'il avait dit, ça lui fera plus de bien. » Et je lui avais obéi. Elle a trouvé que ça ressemblait à une tisane bien amère, mais elle l'a bu. Et voilà qu'au bout d'un moment, elle est devenue toute tranquille, je ne l'entendais même plus respirer. Alors elle a eu un haut-le-cœur et elle a chuchoté : « Va chercher Prue ! »

J'arrivai juste à temps pour embrasser mère, toute recroquevillée dans ses oreillers.

— Une tisane bien amère ! murmura-t-elle.

Puis elle sourit, fit un effort pour respirer et passa.

Un moment s'écoula. Alors je dis à Tivvy :

— Où est ce thé ?

Elle l'avait jeté.

— Gédéon, dis-je, y avait-il quelque chose de mauvais dans le thé que tu as chargé Tivvy de donner à mère ?

— Est-ce que je peux savoir ce que Tivvy lui a donné ? répliqua-t-il.

— Oh ! Sarn, tu le savais bien ! s'écria Tivvy. T'as dit : « Fais-le fort. » Tu l'as dit !

— Tiens ta langue, sacrée petite menteuse ! hurla Gédéon, ou je te forcerai à raconter à Prue ce que nous avons fait, toi et moi, dans la soupente, l'autre dimanche.

A ces mots, Tivvy devint écarlate et se tut.

Il me fut impossible de rien tirer d'eux. Je fis chercher le docteur pour savoir de quoi mère était morte. Il me demanda si nous avions l'habitude de lui faire prendre de la *digitalis*, nom étrange que je ne connaissais pas. Il me l'épela et je l'écrivis. Non, je n'en avais jamais entendu parler. Alors il dit :

— Du doigtier ! Du doigt-de-Notre-Dame ?

— Du doigtier ? répondis-je. Non. Pourquoi en aurais-je donné ?

— Pourquoi, vraiment ? répliqua-t-il en me lançant un coup d'œil perçant.

— Ce qui m'intrigue, Monsieur, dis-je, c'est ce qui a bien pu faire mourir mère. Elle commençait tout juste à se remettre.

— C'est aussi ce que je voudrais savoir, répondit-il.

— Peut-être pourrions-nous demander une enquête, Monsieur ?

— Vous accepteriez qu'on fasse l'autopsie ?

— Mais oui, s'il le faut.

— Non, si vous y êtes disposée, il n'y en a pas besoin.

Quel homme bizarre ! Je n'y comprenais absolument rien.

— J'étais dans le doute, dit-il, mais si vous y consentez... Ce n'est que la vieillesse sans doute. Ils passent souvent ainsi, au printemps. Une enquête, c'est une grande dépense et bien de l'ennui... juste pour un soupçon minuscule... et la pauvre femme ne s'en trouverait pas mieux... alors si vous y êtes disposée, nous ne nous embarrasserons pas d'une enquête.

Je ne trouvais aucun sens à tout cela, mais sachant que le docteur était fort instruit, je renonçai à essayer de le comprendre. Car dans un homme qui a été au collège et a reçu une bonne éducation, il y a autant de mystère que dans la sainte Trinité. Aussi, affairée par l'inhumation et tout ce qui s'ensuivit, je n'y pensai plus. Mais je pleurai longuement ma pauvre mère qui, dans son cercueil, ressemblait à un oiseau gelé dont l'hiver a abrégé les jours.

CHAPITRE IV

Par un matin de mai

La vie devint plus immobile que jamais à Sarn, privée des douces manières de mère. Elle me manquait beaucoup plus que si j'avais dépendu d'elle, car ceux dont nous sentons davantage la perte sont ceux qui, d'une manière ou d'une autre, dépendaient de nous. Une mère se trouve bien plus gênée ou tourmentée sans les petits êtres qui s'accrochaient naguère à ses jupes que pendant qu'ils étaient là ; elle n'a plus de cœur à l'ouvrage. De même, durant ces jours d'avril qui s'allongeaient, il m'arrivait parfois de m'asseoir en pleurant au souvenir de ses petites mains levées dans un geste de prière, et de la tendre façon dont elle m'accueillait, le soir, quand je rentrais fatiguée.

Gédéon et moi restions seuls, avec, de temps en temps, la compagnie de Tivvy. La besogne continuait, comme toujours, plus triste peut-être. Gédéon ne traversait jamais la cour sans maudire Beguildy qui était encore en prison dans l'attente du jugement. Nous n'avions pas entendu parler de Jancis ni de sa mère depuis longtemps, et aucune lettre n'était venue de Kester.

Les marchés recommencèrent. J'entends par là que nous y allions de nouveau, ayant assez de provisions pour emplir une échoppe. L'un de nous s'y rendait tandis que l'autre surveillait la ferme, et j'appris que chaque fois que Gédéon s'y trouvait, Mlle Dorabella venait lui acheter quelque chose. On disait déjà partout qu'elle était amoureuse de lui et mon seul espoir était que ces ragots ne reviendraient pas aux oreilles du châtelain. Je n'étais pas surprise de son caprice pour Gédéon, qui était vraiment un bel homme vigoureux, doué de caractère et d'autorité, et bien agréable à regarder, d'autant plus que les jeunes messieurs étaient rares, à cette époque, à Lullingford, quelques-uns étant allés vivre à Londres, d'autres n'étant jamais revenus de la guerre.

Gédéon ne m'en parla jamais, mais je voyais qu'il était flatté de ce succès, et un jour qu'elle était venue demander un bol de lait à notre porte, il me sembla voir la main de Gédéon trembler un peu en lui tendant le bol. Néanmoins, s'il pensait à elle, je suis sûre que ce n'était que par désir et par ambition, et non par amour comme il en avait éprouvé pour Jancis. Je crois qu'il n'aima plus jamais personne après que ce premier amour eut été empoisonné; il semblait, en effet, que la malédiction eût atteint son sentiment comme elle avait atteint tout le reste.

Cependant, on ne pouvait douter qu'il ne fût très attiré par Mlle Dorabella, et quand ce n'était pas par elle, c'était par Tivvy. Il n'avait pas le moindre sentiment pour celle-ci, mais il était prêt à prendre d'elle tout ce qu'elle pouvait donner, comme bien d'autres garçons l'eussent fait après un tel bouleversement et la perte d'une femme aimée. Quand il n'était pas au travail, il semblait rechercher la compagnie de Tivvy, poussé par une sorte d'angoisse, et il ne pouvait supporter que nous parlions de mère. J'en étais d'autant plus étonnée que, durant sa vie, il n'avait jamais paru l'aimer beaucoup. Je me souviens qu'à la fête de mai, au moment où nous partions pour le marché (car deuil ou non, les provisions devaient être vendues) je lui dis que je revoyais la place où mère se tenait la dernière fois qu'elle nous y avait envoyés. Il sursauta, regardant d'un air inquiet l'endroit que j'indiquais comme s'il eût craint de l'y voir apparaître. Parfois je remarquais qu'il jetait les yeux vers le fauteuil avec un air sombre et anxieux. Tout cela me troublait, car rien n'était plus différent de ses manières habituelles. Pour le reste, il était le même, ainsi que la ferme, le lac, le printemps.

Mai fit son apparition, chaud et magnifique.

Les feuilles et les bourgeons, les pétales entrouverts puis envolés, les souffles d'air tiède et les ondées de pluie chaude, fondirent comme chaque année sur la terre. Les merles maintenaient leur charme tout le long du jour et les coucous s'y mettaient dès quatre à cinq heures du matin. Les foulques et leurs petits prenaient leur vol sur l'étang, les merles d'eau construisaient leurs nids bien abrités, les hochequeues jouaient sur la berge, et le héron considérait son ombre allongée dans l'étang limpide, comme s'il se fût demandé combien de temps s'écoulerait encore avant qu'elle devînt aussi longue que celle du clocher. Les feuilles des nénuphars, vertes et luisantes, reposaient comme des bateaux vides, car le temps de leur floraison n'était pas encore venu. Dans la forêt, les jeunes feuilles des arbres croissaient, l'herbe plus haute commençait à onduler, le blé pointait, vif et brillant. Les jonquilles se fanaient dans le pré tandis que les jacinthes apparaissaient, gonflant comme une vapeur bleue les pentes des bois. Tout était renouvelé. Mais plus les couleurs devenaient éclatantes, plus je songeais à Kester et à son tissage, et plus je m'en voulais de me réjouir du printemps alors que ma pauvre mère reposait dans sa tombe fraîche.

Au milieu de cette belle saison, il vint un jour où les aubépines qui bordaient l'étang se trouvèrent si abondamment couvertes de fleurs qu'elles formaient à leur pied, dans l'eau, une solide muraille blanche. Quoiqu'il fût midi, les chants des oiseaux avaient un charme presque aussi puissant qu'à l'aube, car à ce moment de l'année ils semblent infatigables.

Nous dînions à la cuisine avant d'aller terrer les pommes de terre. Tivvy nous aidait comme elle le faisait souvent alors, quoiqu'elle reçût bien peu de remerciements de Gédéon qui, toujours sombre et maussade, sursautait par moments comme au son d'une voix.

La cuisine était agréable après la chaleur du dehors, car l'été était précoce. Le soleil répandait des taches claires sur les dalles, et le lilas de l'entrée, qui achevait de fleurir et n'en était que plus odorant, nous envoyait par la fenêtre ouverte une fraîcheur vivifiante.

Une ombre passa devant la croisée et un coup léger se fit entendre à la porte. Cela me rappela le jour où Jancis en fuite était tombée à notre seuil, dans la neige. Je m'en fus ouvrir. Elle était là de nouveau, appuyée au montant, pâle comme un fantôme et tout enveloppée dans un châle; et dans ce châle, j'entrevis un bébé à peine plus gros qu'une poupée.

— Oh! Jancis! m'écriai-je. Comment as-tu pu venir jusqu'ici?

Elle regardait derrière moi d'un air aussi sauvage et aussi égaré qu'une sirène des anciens contes à la recherche de son amant mortel.

Elle ne me donna ni un regard ni une parole, non plus qu'à Tivvy. Nous n'existions pas pour Jancis, à cette heure. Elle se glissa dans la salle comme une buée venue des montagnes froides ou une ondée de pétales secoués des arbres fleuris, ou une revenante surgie du fond des eaux. Elle portait la robe qu'elle mettait d'habitude les jours de fête et qui était encore blanche bien que froissée et déchirée ; elle ne lui seyait pas autant que sa robe bleue, mais, avec le châle blanc, elle lui donnait l'aspect d'un esprit flottant dans l'air tandis qu'elle s'avançait dans notre salle. Et la voilà tombant comme une masse et posant le bébé aux pieds de Gédéon qui était au bout de la table, assis dans son grand fauteuil. Comme la table n'était pas desservie, je songeai, en voyant Jancis à ses pieds, à ce récit de la Bible, où Jésus étant à un festin, une pauvre femme vint demander quelque chose, et on la réprimanda ; alors elle répondit qu'aux chiens mêmes on ne refusait pas les miettes. Il semblait que toutes les bonnes choses de la vie fussent étalées là, sur notre table de chêne, au point de la faire craquer. Il y avait les fruits de l'amour, le pain de la tendresse quotidienne, la coupe pour étancher toutes les soifs, le sel pour assaisonner l'existence, et toutes ces menues joies qui font de la vie une bonne et douce aventure ; et Gédéon en disposait. Sarn, de l'étang de Sarn, était le maître de ce festin et il pouvait dire, s'il le voulait : « Viens que je remplisse ton assiette et ta timbale. » Ou bien il pouvait tout refuser.

Jancis, agenouillée dans le rayon de soleil, avait l'air d'un flocon de neige au moment du dégel. On s'attendait à la voir fondre et disparaître en un clin d'œil. Je me rappelais le jour où elle était venue dans la laiterie, avec l'espoir que Gédéon allait lui proposer de se marier tout de suite ; et la nuit où je lui avais souhaité bonne chance quand Beguildy était parti à la recherche du septième enfant; et cette autre fois où je l'avais vue venir vers moi entre ses bœufs blancs comme une image ressuscitée de l'ancien temps. Je l'entendais encore chanter *Gravier vert* ce soir de Noël où elle s'était enfuie, je revoyais le reflet verdâtre des carreaux sur son visage et retrouvais sa manière de dire :

— Oh! Je voulais jouer au gravier vert !

Ses gestes et ses paroles passés semblaient flotter autour d'elle tandis qu'elle était agenouillée ainsi, avec ses cheveux blonds répandus sur ses épaules. Elle était si pâle, toute blanche et or, près de Gédéon, triste et sombrement vêtu, qu'elle paraissait venue d'un autre monde ainsi que le bébé, tout blanc lui aussi et dont la petite tête qu'on entrevoyait dans les plis du châle était recouverte d'un clair duvet blond. Il ne ressemblait pas du tout à Gédéon. Il avait l'air, non pas d'un vrai bébé, mais d'un elfe né par une nuit d'été sur le pétale d'un nénuphar. Oh! c'était le plus étrange petit être que j'aie jamais vu !

Je m'étais appuyée au montant de la porte et les larmes roulaient sur ma figure. Afin de ne pas éclater en sanglots, je me promettais d'offrir à Jancis le meilleur repas de sa vie, dès que cette scène aurait pris fin. Je lui donnerais un œuf tout frais de notre meilleure poule dont les œufs valaient fort cher parce qu'elle était d'une lignée de combattants. Pourquoi éprouvais-je un tel plaisir à la pensée de lui voir manger justement cet œuf, alors qu'un tout autre œuf eût été aussi bon et plus gros? Je ne saurais le dire. Je me promis ensuite de donner un bon bain au poupon, qui semblait vraiment avoir roulé dans la cendre. Mon Dieu! comme je le nourrirais de lait et comme je nettoierais le vieux berceau d'osier et ferais une petite courtepointe pour que, bien rassasié, il pût dormir au soleil ! Sans doute perdrait-il peu à peu ce regard triste et vieux qui lui donnait l'air de savoir toutes choses et de n'en être guère satisfait. J'aurais déjà voulu le voir jouer avec une grosse balle de coucous.

Pendant tout ce temps, Tivvy, assise près de Gédéon, la bouche ouverte de surprise, avait l'air aussi épouvanté que si elle eût aperçu un revenant.

Gédéon semblait pétrifié. On ne voyait sur son visage aucun sentiment, ni de pitié ni de colère. Tout cela appartenait au passé, comme une vieille histoire oubliée dont Jancis aurait été l'héroïne. Mais pour quelles raisons l'avait-elle été, qui était-elle, que faisait-elle ? il n'aurait su le dire, car il avait perdu jusqu'au souvenir de cette histoire. A Noël, si elle était venue, peut-être, dans sa rage, l'eût-il jetée à terre ; mais peut-être aussi l'eût-il ensuite prise dans ses bras. Maintenant il n'était plus capable ni de la frapper ni de la caresser.

Tout son sentiment pour elle était mort dans l'incendie de cette nuit de septembre, et le crime du père était retombé sur la pauvre fille. Lorsque le regard de Gédéon se posa sur elle, il vit ses meules en flammes et le reflet pourpre du feu dans ses yeux bleus, comme on voit dans un matin clair les dernières lueurs furieuses de l'orage. Elle n'était plus rien d'autre pour lui. Sa haine envers Beguildy restait toujours aussi sauvage, mais pour elle il ne ressentait plus rien, ni haine, ni désir, et d'amour encore moins. Mlle Dorabella s'était emparée de son esprit, Tivvy avait satisfait son corps ; il n'y avait plus de place pour Jancis.

Gédéon restait là, dans notre cuisine silencieuse où, néanmoins, murmurait encore le souvenir de tous les Sarn qui s'y étaient succédé, depuis Tim qui avait la foudre dans le sang, jusqu'à père, trépassant dans un ronflement lugubre après un accès de colère. Je pensais à mère, filant jour après jour en ronronnant comme une petite poulette, à toutes les autres femmes de Sarn et à moi-même, trimant jusqu'à la mort pour le maléfice. Je voyais ce maléfice comme une plante semblable à l'attrape-mouche qui attire les créatures vivantes dans sa salle de festin, puis, quand elles sont installées, s'empare d'elles et les enveloppe de telle façon qu'elles ne peuvent plus ressortir. Un lourd parfum venu des lis jaunes, au pied de la fenêtre, me faisait penser à la chambre d'un mort. Je souhaitais d'entendre parler Jancis et de voir tout terminé, d'une façon ou d'une autre, afin de pouvoir vivement m'occuper du bébé; mais elle ne disait rien et les minutes passaient. Au dehors, l'étang était comme un miroir encadré dans un précieux travail d'orfèvrerie verte. Aucun son, sauf le chant mélancolique des oiseaux et le bourdonnement d'une abeille, entrée par mégarde dans la cuisine et qui, peu satisfaite, en ressortait.

Enfin Jancis releva la tête et, regardant Gédéon, s'écria :

— Sarn! Sarn!

En l'entendant, il me sembla qu'autour de nous, des êtres invisibles, pressés les uns contre les autres comme les pétales de la pivoine blanche, l'écoutaient aussi et se demandaient ce qui allait résulter de cette rencontre.

Elle joignit les mains sans quitter Gédéon du regard et, paraissant oublier l'enfant, comme s'il eût dû parler ensuite pour lui-même :

— Te rappelles-tu, Sarn, dit-elle, comme nous jouions aux conquérants, autrefois, avec les grands escargots roses et blancs du bord de l'eau? Tu gagnais presque toujours et je perdais. Te rappelles-tu comme je voulais jouer au gravier vert?

Sa voix frêle se tut un instant et il se passa alors une chose étrange. Pendant que je la regardais, il me sembla que les paroles de la vieille chanson étaient redites au loin par plusieurs voix chantant en chœur, à la façon de nos chanteurs de village, tous grands amateurs de musique. C'est ainsi que je l'entendis, avec les notes gracieuses des sopranes et le roulement des basses, tandis que les contraltes et les ténors reprenaient les paroles et s'en donnaient à cœur joie. Tous, semblait-il, chantaient avec ardeur comme s'ils eussent plaidé pour Jancis. Le son était étouffé, lointain, mais les voix étaient nombreuses.

> *Gravier vert, gravier vert, ah! l'herbe est si verte*
> *La plus jolie fille qu'on ait jamais vue.*
> *Te laverai de lait, te vêtirai de soie,*
> *Ecrirai ton nom avec une plume d'or.*

Qu'entendis-je au juste, je ne le sus jamais. Notre pasteur assure que c'est mon imagination qui jouait alors avec le passé. Je ne sais. Mais imagination ou réalité, je l'entendis vraiment, ce chœur, bien chanté, chaque note sonnant clairement, chaque partie bien nette, quoique très lointaine.

— Te rappelles-tu le soir que tu m'as vue dans la lumière rose, Sarn, quand tu t'en revenais de Lullingford avec les moutons? Et le jour que nous avons trouvé le nid de mésanges dans le boqueteau, avec quatorze petits dedans, et que tu m'as embrassée une fois pour chaque petit?

Gédéon restait toujours muet et immobile.

— Et quand je me suis sauvée et que Prue m'a recueillie, tu m'as dit, debout au milieu de la cuisine : « Embrassons-nous, fillette! » Et dans la laiterie, un jour, tu m'as dit que j'avais l'air d'être faite d'aubépine et de lait. Et chez Callard, le soir que je tenais le bébé, pendant qu'il leur faisait répéter à tous : « Le combat de taureau est une mauvaise chose », te rappelles-tu que le grand-père Callard s'est écrié : « Je vois deux petits dans ses bras, le nôtre et celui qu'elle aura. » Et le bal de la moisson, quand les hommes sifflaient si bien et que nous dansions.

Un frisson passa sur le visage de Gédéon en l'entendant rappeler cette moisson, et je m'étonnai que Jancis osât y faire allusion jusqu'à ce que je comprisse qu'elle avait oublié la cause de la rancune de Gédéon. Tout ce qu'elle savait maintenant c'est qu'il ne l'aimait pas ; la raison lui importait peu.

— Et quand père s'en est allé à la recherche du septième enfant et que tu es venu, et que nous avons été si heureux ensemble ? Oh ! même le matin qui a suivi le retour de père, nous l'étions encore, et tu disais : « Plus que cinq jours, ma petite chérie ! » Et je répondais : « Que Dieu te rende heureux ! » Et depuis ce moment-là, je ne t'ai pas revu jusqu'à maintenant !

Comme Gédéon ne faisait toujours aucun signe, elle posa une main sur son bras.

— T'en souviens-tu, Sarn ? dit-elle.

— Oui, répondit-il avec indifférence. Je m'en souviens, mais il y a de ça longtemps. C'est de l'histoire ancienne.

— Mais le bébé ne l'est pas. Voici le petit, Sarn ! Le tien et le mien.

Elle souleva l'enfant comme pour le lui mettre sur les genoux, mais il le repoussa.

— Un gars ! dit Jancis. Pas une fille pour t'encombrer de femmes. Un gars, pour garder bientôt les cochons et dans quelques années conduire la charrue. Oui.

Je suis sûre qu'il sera un bon fils pour toi, et qu'il travaillera bien et récoltera deux fois plus que son grand-père n'a saccagé.

Le pauvre petit remua comme s'il eût déjà senti sur lui ce lourd fardeau. Gédéon le regarda. On eût dit que le bébé était soudain devenu visible à ses yeux dès l'instant qu'il se rattachait au but de sa vie. Puis il eut un rire bref et cruel.

— Ça ? dit-il. C'est ça que tu m'offres pour m'aider ? Merci. Si ça vit, ce qui n'est pas sûr, ça ne sera jamais bon à rien, qu'à paresser dans la maison et à se gaver de douceurs.

L'enfant se mit à crier, comme s'il eût deviné qu'on ne l'acceptait pas. Là-dessus, Gédéon repoussa la table de côté et se leva. Il se dirigea vers la porte du fond, qui était la plus proche du potager, et s'y arrêta un instant.

— Tu feras mieux de t'en retourner d'où que t'es venue, dit-il. On n'a point besoin de vous ici, ni de l'un ni de l'autre.

Et sur ces mots, il sortit en refermant la porte derrière lui.

Jancis resta où elle était, comme muette de stupéfaction. Une plume légère portée par le vent, un pétale de nénuphar suivant le fil de l'eau ne sont pas plus égarés qu'elle ne le fut alors. Je courus à elle, la relevai et la portai avec le poupon jusqu'au banc, car elle était si légère que c'en était pitoyable.

— Allons, murmurai-je, ne dis rien avant d'avoir pris quelque chose. Mets la bouilloire, Tivvy, veux-tu, pendant que je vais chauffer du lait pour le petiot.

Jancis restait silencieuse, mais bientôt des larmes commencèrent à couler sur ses joues. Elle but une gorgée de thé. Alors je lui demandai comment elle était venue jusque chez nous.

— J'ai marché, répondit-elle. Et le pauvre petit était si lourd ! On ne croirait jamais, quand on le voit, quel poids c'est à porter.

Comme il était visible qu'il pesait à peine plus qu'un gros poulet, je compris combien la pauvre Jancis devait être affaiblie pour que ce petit fardeau lui parût si pesant.

— A quoi ta mère pensait-elle donc de te laisser faire cette longue marche ?

— Mère est morte.

— Bonté divine ! Quelle tristesse ! C'était une bonne et brave femme.

— Tu es bien aimable, dit Jancis sans chaleur.

Elle était comme celle qui, au jeu des couleurs précieuses, a tout risqué sur la carte qu'on nomme la précieuse et a tout perdu. Elle était hors du jeu maintenant et n'avait plus rien à perdre ni à gagner. Je n'osai pas lui parler de son père et elle n'en dit rien.

— Eh bien ! tu es chez toi ici, repris-je. Tu le sais ma chère Jancis.

— Je ne peux pas être chez moi ici, puisque Sarn ne m'aime pas, Prue.

— Mais tu es chez toi ! m'écriai-je. J'ai juré sur le Livre d'obéir à Gédéon comme une servante, une femme et un chien, mais aujourd'hui je lui tiendrai tête. Tu dormiras cette nuit dans mon lit, mon enfant. Toi et le petit, vous êtes ici chez vous dès maintenant.

Elle sourit tristement comme pour dire : « Est-ce bien vrai ? » sans bouger, avec son bébé sur les genoux. Mais voilà que Tivvy, dont la mauvaise humeur semblait grandir, s'écria :

— Va-t-elle vraiment coucher ici, Prue Sarn ? Je ne crois pas ! Tu ne sais peut-être pas que je vais épouser Sarn. Oui ! il faut qu'il m'épouse, aussi bien pour lui que pour moi.

Jancis avait rouvert les yeux et la considérait avec ce regard qu'avait autrefois une sorcière que j'avais connue quand elle vous révélait vos pensées.

— Je sais, Tivvy, que cela vaudrait mieux pour toi qu'il t'épouse, répondis-je assez sèchement et sur un ton ironique (car je n'avais jamais pu la souffrir). Et je crois qu'il ferait bien de ne point trop tarder, vu que tu es la fille du sacristain ! Mais le voudra-t-il ? Je suis bien sûre que non. Cela me fait deuil pour toi, Tivvy, et je n'en aurais jamais dit un mot devant Jancis, si tu n'avais pas commencé.

Tivvy était devenue pourpre, mais elle ne broncha pas.

— Je dis que ça vaudra mieux pour lui comme pour moi, répondit-elle.

— Je ne vois pas (Dieu me pardonne d'avoir été si dure pour cette fille !) comment ça pourrait servir Gédéon en aucune façon de t'épouser.

— Oh ! je te le ferai voir bientôt.

— Il a aimé Jancis autrefois, Tivvy. Elle était sa promise, sa femme et tout, sauf la bague.

Elle ne prêta aucune attention à mes paroles.

— Je vais te dire pourquoi il vaudra mieux que Sarn m'épouse, reprit-elle. La tisane de doigtier ! Voilà pourquoi.

— La tisane de doigtier ? Es-tu folle, Tivvy ?

— Tout le monde sait que je n'entends rien aux herbes. Tout le monde sait que Sarn donnait des feuilles de doigtier à la vache. Toi et moi savons bien que le docteur a dit que ta mère avait l'air d'avoir pris de la digitale.

Elle parlait de plus en plus lentement, en se penchant sur la table où elle appuyait ses mains.

— Tout le monde sait, Prue Sarn, que ton frère regardait Mme Sarn comme un fardeau. Tout le monde sait qu'il veut être riche. Et *moi*, je sais, et s'il ne m'épouse pas bientôt, tout le monde le saura aussi, ce qu'il y avait dans le thé qu'il a fait pour sa mère et qu'il m'a dit de donner très fort.

— Qu'est-ce que c'était ? demandai-je, le cœur battant.

— Du doigtier !

Elle fit claquer le mot comme un coup de dent. Je compris que c'était la vérité.

— Je peux le prouver, ajouta-t-elle, car mère était justement venue ce jour-là apporter à Mme Sarn le peignoir qu'elle lui avait fait ; et quand je suis redescendue avec le thé que Mme Sarn venait de prendre, j'en ai donné une tasse à mère, car il en restait, et elle a dit tout de suite : « C'est de la tisane de doigtier. » Oui, mère sait très bien ce qui a fait mourir Mme Sarn, mais elle restera aussi muette qu'une souris pourvu que Sarn m'épouse.

— Je ne croirai jamais cela ! m'écriai-je.

— Tu le croiras. Tu le crois déjà ! répliqua Tivvy.

C'était vrai, et pour Jancis aussi. Elle fit entendre une sorte de gémissement et murmura :

— C'était prédit, Prue ! Ça devait arriver. Je n'ai plus de foyer maintenant, plus de foyer nulle part sur toute la terre ! Ni moi ni le petit ne savons où aller. Qu'est-ce que nous allons faire, mon bébé ?

L'enfant, content du repas qu'il venait de prendre et voyant qu'on lui parlait, sourit doucement. Jancis ferma les yeux, comme indifférente désormais à ce qu'on pouvait dire. Mais Tivvy, s'approchant du banc, lui chuchota :

— Si tu passes la nuit ici, je raconterai tout, Jancis Beguildy !

Alors je regrette d'avouer que je perdis patience. Je courus à elle et lui administrai une belle paire de gifles.

— Va-t-'en ! lui dis-je. Va-t'en, fille cruelle, avant que je t'assomme ! Je n'ai jamais haï personne, mais je te hais. Comment oses-tu être aussi méchante envers cette pauvre enfant. Tu peux arranger ce que tu voudras avec Gédéon, mais quand tu rentreras ici, c'est moi qui m'en irai. Et pour l'instant, file !

Je dois dire qu'elle sortit vivement, stupéfaite de voir la douce Prue Sarn dans une telle colère.

— Maintenant repose-toi et reste tranquille, ma chérie, dis-je à Jancis. Je vais aller parler à Gédéon.

— Non, Prue, ne tourmente pas Sarn. Mais je vais me reposer. Oui, bébé et moi nous en avons bien besoin. Nous allons prendre un long repos, Prue. Et merci mille fois de tout ce que tu as fait.

Je sortis. Gédéon était au travail besognant comme dix. Je crois que les méchantes paroles qu'il avait dites à Jancis n'avaient été qu'un moyen d'endurcir son cœur. Je crois qu'une graine d'amour y dormait encore qui, sans Tivvy, eût pu croître et fleurir.

Comme il n'était pas dans ma nature de dire les choses à moitié, j'allai droit à lui et lui dis :

— Tivvy prétend que tu as donné du poison à mère. Est-ce vrai ?

— Sacredié ! cette fille mérite une bonne raclée ! s'écria-t-il. Et si elle m'oblige à l'épouser, c'est ça le cadeau de noces qu'elle aura.

— C'est vrai, tu lui as donné de la tisane de doigtier pour qu'elle la porte à mère, dis ?

— Mère répétait qu'elle aimerait mieux être morte que vivante. Et puis elle nous causait de l'embarras.

Il n'essaya ni de nier, ni d'atténuer quoi que ce fût ; ce n'était pas son caractère.

— Assassin ! m'écriai-je, que je ne te voie plus !
— T'as juré de m'obéir.
— Un crime délie de tous les serments.
— Je ne veux point de Tivvy ici, elle n'est bonne à rien.
— Tu n'as pas l'embarras du choix, il me semble. C'est Tivvy ou la pendaison, autant que je peux voir. Je te sauverais si je le pouvais, car tu es mon frère, après tout, et je tiens quand même à toi. Quand on a travaillé près d'un compagnon, sillon par sillon et bêche pour bêche, aussi longtemps que j'ai travaillé avec toi, mon garçon, on a un sentiment pour lui, à moins qu'on ne le haïsse. Et toi, je ne peux pas te haïr, bien que je m'y sois efforcée tout à l'heure. Gédéon, pourquoi as-tu fait une chose aussi horrible ? Il faut t'en repentir dans la cendre et dans la poussière et ne penser à rien d'autre, sinon le diable te marquera et tu n'arriveras à rien de bon dans cette vie, et puis tu descendras au plus profond de l'enfer dans l'autre monde. Ta propre mère, Gédéon !...

Mais il répondit seulement :
— Elle avait dit qu'elle aimerait mieux être morte que vivante, et elle était un grand embarras.
— Eh bien ! je m'en vais, je t'en avertis ! lui criai-je avec violence.
— J'espère que tu resteras jusqu'à la fenaison et la moisson, répondit-il très froidement tout comme s'il n'avait rien fait de mal, et je crois qu'à son point de vue il le pensait réellement.
— Non, dis-je. Arrange-toi avec Tivvy.
— Elle n'est bonne à rien pendant la moisson. C'est une fainéante.
— Je resterai jusqu'à son retour, et pas une minute de plus. Et je ne promettrais même pas, si je ne savais

qu'elle a grand hâte d'être mariée. Je suis désespérée de toi, Gédéon, désespérée de toute façon !

— T'as aucune raison de l'être. Qu'est-ce que j'ai fait ? Envoyé dormir une vieille femme qui avait sommeil. Et quant à Tivvy, c'est elle qui me l'a demandé.

Calme ? Oh ! il était aussi calme que l'étang lorsqu'il est recouvert de glace.

— Et Jancis ? m'écriai-je. Qu'est-ce que tu vas faire de ce pauvre mioche que tu lui as fait mettre au monde ? Ils ne sont ni vieux ni effrontés, eux !

Au lieu de répondre, il tendit le doigt vers le sol noirci de la cour, puis il dit :

— Tu sais de qui elle est la fille.

Ensuite, il ajouta tout bas, comme s'il m'eût oubliée :

— Pourtant, je l'ai aimée, autrefois !

Je le laissai alors à ses pensées et courus à la maison. J'ouvris la porte de derrière en criant :

— Jancis, ma chère, voici un œuf de la belle poule ; je vais le battre dans du lait pour toi.

Mais personne ne répondit et comme j'entrais dans la cuisine, je vis que le banc était vide.

Je me précipitai dans la cour et sur la route, cette bonne route construite il y a si longtemps par les Romains. Mais l'âge de cette route n'était rien auprès de celui de l'étang ; car si les eaux avaient été troublées deux mille fois depuis qu'elle avait été faite, ainsi que le prétendait notre pasteur, elles l'avaient été bien des milliers de fois auparavant et le seraient encore, jusqu'à ce que toute la terre fût desséchée et recroquevillée comme le fourreau rejeté par la libellule.

Je courais sous la chaleur tout du long de cette route, où la terre sablonneuse étincelait dans la lumière entre les ombres courtes et foncées. Je dépassai le premier tournant, tout proche, puis le suivant, et le suivant encore, dans la crainte que Jancis n'eût marché plus vite que je ne le supposais. Mais personne n'était en vue sur le chemin; nulle mère blanche et or portant sa poupée blanche et or. Seule la camomille, en touffes sur les talus, avait leur couleur, et son parfum puissant faisait battre mon cœur pendant que je courais. Alors je me dis qu'elle était peut-être montée dans ma chambre pour laver le petit. Je courus de nouveau vers la maison, en appelant et en cherchant de tous côtés. Mais il n'y avait personne dans les chambres, sauf Minet qui me regarda tristement et entra devant moi dans chaque pièce. Je cherchai dans la grange, dans la soupente, dans l'étable. Pourquoi pensais-je qu'elle y pouvait être, je ne saurais le dire, sinon que j'avais terriblement hâte de la retrouver. Je m'en fus dans le sentier du bois, imaginant qu'elle avait eu l'idée de s'y promener, car Gédéon l'y avait souvent accompagnée un bout de chemin quand elle s'en retournait chez elle. Je courais toujours, en appelant si fort que les ramiers s'envolaient avec un grand bruit d'ailes, mais personne ne répondait. Seule la forêt m'entourait. Seules étaient dorées les renoncules vernies dont les touffes, sur les berges de l'étang, se doublaient dans l'eau claire auprès des murailles blanches et vertes des aubépines. Un sentiment de solitude et d'angoisse m'envahit. Je courus vers Gédéon, qui était derrière la maison, dans le jardin.

— Je ne trouve Jancis nulle part ! lui criai-je.

— Je lui ai dit de s'en retourner d'où elle était venue, répondit-il de la même façon qu'auparavant comme pour s'endurcir.

— Elle ne le pouvait pas, repris-je, puisqu'elle n'avait pas d'argent et que sa mère est morte ; et quant à son père, la cour d'assises seule peut dire ce qui est advenu de lui, Jancis n'en sait rien. Elle avait parcouru toute la route à pied, depuis Silverton, Gédéon. Elle n'avait pas un sou pour le coche. Toutes ces lieues qu'elle avait faites pour venir près de toi ! Et de quelle façon l'as-tu reçue ?

Sans répondre, il reprit son travail.

— Il faut que tu viennes à la recherche de la pauvre fille, dis-je, et tout de suite ! A la minute même, il faut que tu viennes. Cherchons-la partout. Oh ! pense à un autre endroit, vite, Gédéon, car je ne sais plus !... Et s'il n'y a rien d'autre, il n'y a plus que...

Avec un grand frisson, je lui montrai du doigt l'étang.

— Quoi ? dit-il furieux. Quoi ? Tu voudrais me faire peur, n'est-ce pas ?

Il planta sa bêche dans la terre comme si un ennemi y eût été caché, et il me suivit autour de la maison et des bâtiments de la ferme. Puis il remonta la route en disant qu'on l'avait peut-être prise en voiture, ce qui me fit craindre pour sa raison, car il n'y avait que nous sur cette route pour y passer en voiture, à part ces chariots-fantômes que les gens prétendaient, certaines nuits, entendre rouler et grincer. Mais Gédéon revint aussitôt, n'ayant vu aucune trace de Jancis.

— Il faut draguer l'étang, dis-je. Pas besoin d'aller loin sans doute. Si petite et si légère, elle a dû vite perdre pied. Et elle n'a pas eu le temps de s'éloigner beaucoup. Elle doit être partie par la levée, là...

Ainsi que je l'ai déjà dit, cette large chaussée de pierre, construite par les Romains, allait du seuil de notre maison jusque vers le village enfoui au fond des eaux, où certains soirs, disait-on, tintaient des cloches.

Nous découvrîmes bientôt que j'avais raison, en apercevant juste à l'endroit où la levée entrait dans l'eau un des chaussons du bébé. J'avais remarqué que le ruban en était parti et que l'enfant était sur le point de le perdre ; il l'eût même sûrement perdu tout de suite s'il eût été, comme les autres, occupé à gigoter et à rire pour essayer ses forces. Mais ce n'était qu'une misérable petite créature de cire molle, et sans doute le chausson avait tenu jusqu'au moment où, plongé dans l'eau froide, l'enfant avait lutté pour mourir comme il ne l'avait jamais fait pour vivre.

Ils étaient là, dans un lit de nénuphars. Sans un mot, nous les emportâmes jusqu'à la maison. Je les lavai, les habillai de blanc, et nous les étendîmes sur le lit de mère, tout entourés de fleurs, – lilas, aubépine, jonquilles, et ces coucous dorés avec lesquels le petit eût joué plus tard.

Durant tout ce temps, Gédéon ne prononça pas un mot et les regarda à peine ; puis il reprit sa besogne au jardin.

Pendant les trois jours qui précédèrent l'inhumation, les voisins accoururent, de près comme de loin. Car le retour de Jancis, l'enfant, la noyade avaient fait une histoire comme on n'en avait jamais eu de nos côtés, où tout était si calme, même au temps du grand-père Callard.

On vint la regarder ; les femmes pleuraient, bien que, de son vivant, elles eussent été dures comme pierre envers elle ; les garçons se tenaient à l'écart, sans parler, et la contemplaient avec des yeux pleins de désir.

— Les péchés des pères !... dit le sacristain en récitant une oraison sur les deux pauvres créatures. Et non seulement les péchés des pères, car il est inutile d'adoucir nos paroles, mes frères, et bien que ce soit fort triste à dire, la pauvre fille a eu ce qu'elle méritait, l'enfant n'étant pas né dans le mariage. Non, mes frères, et ce n'était même pas un enfant d'accordailles puisqu'elle n'avait pas reçu la bague. Qui était le père, nous l'ignorons, continua-t-il en regardant Gédéon d'une manière qui prouvait assez qu'il le savait et qu'il le dirait si Gédéon n'épousait pas Tivvy. Nous ne le savons pas, mais ce que nous savons c'est d'où elle venait. Nous savons qui était son père, mes amis, et qu'elle avait été conçue par le serviteur du diable. Nous savons que brûler des meules n'était rien, et moins que rien, auprès de ce qu'il faisait en secret. Ce qui est arrivé n'est que ce qu'on pouvait prévoir, car « ce qui a germé dans les os sortira dans la chair ».

— « Vous les reconnaîtrez à leurs fruits ! » Matthieu, VII, ajouta Sammy.

Puis, baissant les yeux un long moment sur les deux têtes dorées, comme on contemple un oiseau rare qu'on ne reverra plus, il murmura tout bas, et je fus seule à l'entendre parce que j'étais près de lui :

— « Si aimables et si agréables durant leur vie, ils n'ont point été séparés dans leur mort. »

Et poussant un profond soupir, il oublia de citer chapitre et verset.

Les enfants Callard vinrent deux par deux, et comme ils passaient au pied du lit, en regardant le bébé posé dans les bras de sa mère, ils s'écrièrent soudain, tous ensemble, comme ils faisaient à propos du combat de taureau :

— Oh ! qu'elle est jolie, la petite poupée !

Le meunier hocha trois fois la tête, comme pour dire : « Voilà deux petits chats qui sont où ils doivent être. »

Puis grand-père Callard se leva et prononça :

— Deux décès en un mois ! Ça me rappelle censément le temps de la grande épidémie, où les vivants étaient tout plein las de porter les morts en terre. Et c'est une chose bizarre, mes amis, que ces deux-là soient partis quand leur âge mis ensemble ne fait pas trente ans ; tandis que j'en ai nonante-un et que je n'ai pas encore attrapé cette peste qui désole ce vieux monde, cette peste qu'est la mort.

Gédéon ne disait toujours rien. Mais la nuit qui précéda l'enterrement, je l'entendis remuer, et craignant que, dans une minute d'égarement, il ne se laissât aller à un geste désespéré (car s'il était lent et calme dans la vie quotidienne, il était capable de brusques résolutions), je courus pour voir ce qui se passait.

Il était debout près du lit, et, au moment où j'entrai, il venait d'étendre la main pour soulever dans ses grands doigts bruns l'épaisse et jolie tresse de cheveux blonds dont la pauvre Jancis avait toujours été si fière. Quand il se retourna en entendant mes pas, il eut l'air d'un garçon pris en faute, baissa la tête et marmotta, comme pour expliquer son geste, et cela l'expliquait en effet.

— Je l'ai aimée, autrefois !

CHAPITRE V

Le dernier jeu des conquérants

Notre pasteur m'a recommandé de tout rapporter sans rien omettre; car la révélation entière d'un drame fait naître la compassion dans les cœurs, tandis que la demi-connaissance des choses rend les êtres plus durs que s'ils ne savaient rien. Sans cela, je n'aurais jamais tenté de décrire les trois mois que nous vécûmes à Sarn entre la mort de Jancis et l'époque du trouble des eaux. Il est des faits si difficiles à raconter qu'un homme même très instruit hésiterait devant cette tâche; et comme, en dépit de ma belle écriture, je ne suis rien moins qu'instruite, j'ai grand-peine, en certains cas, à trouver les mots nécessaires. Il me semble d'ailleurs que, dans notre misérable langage, les mots nous manquent pour tout ce qui importe le plus. Aussi quand surviennent de graves événements, sommes-nous réduits au silence et à une émotion si forte que notre cœur paraît sur le point de se rompre. Dans la vie de l'au-delà, dont je commence à entrevoir quelque chose, peut-être trouverons-nous les mots dont nous avons besoin; mais nous ne les avons pas encore. Si donc je ne réussis pas dans mon entreprise, vous voudrez bien me pardonner et combler les trous de mon récit par les touches de votre imagination.

Ce qu'il y eut de plus étrange durant cette période, ce fut son silence. Gédéon avait toujours été taciturne, mais il devint alors aussi muet que le meunier. Il allait et venait sans qu'un mot traversât ses lèvres, et parfois il s'arrêtait brusquement au milieu de sa besogne, comme s'il venait d'être frappé d'un grand coup. Ses pensées sans doute. Puis il redressait ses larges épaules et se remettait au travail. Je me disais que cela passerait avec le temps, et comme rien n'était encore fixé entre lui et Tivvy, j'avais résolu de ne pas laisser le pauvre garçon tout seul et de rester quelques mois encore à ses côtés.

Tivvy était dans tous ses états, elle était décidée à avoir Gédéon mais elle craignait fort les revenants, et comme on dit qu'ils sont très méchants dans un endroit où une mère et son enfant sont morts ensemble, elle n'osait plus s'aventurer dans nos parages. Nous vivions donc au milieu d'un silence pesant et compact qui se solidifiait autour de nous comme une eau gelée ou du lait caillé. A part les oiseaux qui continuaient leur vie sans s'occuper de nous, rien ne résonnait à Sarn ; et, le soir, quand ils se taisaient, le silence était tel que je pouvais entendre la barque de Gédéon heurter à petits coups, comme pour attirer l'attention, le bord de la levée où elle était amarrée. Quand Gédéon, certains soirs, était dehors à sarcler les jeunes blés ou à faire les foins, je tendais un appétissant morceau de viande à notre chat pour le seul plaisir de l'entendre miauler et de lui dire :

— Bravo ! Tu as miaulé, tu es un bon Minet.

Lorsque Gédéon était là, il restait aussi muet qu'un

noyé; mais un soir que nous soupions tard par un beau clair de lune, après la fenaison, je le vis se pencher tout à coup en disant :

— As-tu vu ?

— Quoi ?

— Quelqu'un qui vient de passer près de la porte, dans une robe blanche.

Mais ce ne fut qu'en juillet, pendant des journées très orageuses et très sombres, que ses bizarreries s'aggravèrent.

J'étais assise sur le seuil de la porte pour avoir un peu d'air, car, à la fin de la journée, une légère brise venait de l'étang. Je cardais de la laine, dont les touffes blanches posées sur ma robe noire devaient me faire ressembler à une pie. Le feuillage du lilas retombait mollement sous la chaleur, et l'étang avait un aspect de plomb fondu au milieu des grands arbres qu'on aurait dit découpés dans du fer. Les nénuphars, tout du long de la berge, reposaient sur l'eau lourde, et leurs boutons blancs brillaient parmi les feuilles. Les oiseaux étaient silencieux, tous à couvert en raison de la grande chaleur ; ceux de l'étang eux-mêmes restaient dans les roseaux, et la barque ne heurtait plus les marches, comme si le jour où le passager dût venir était maintenant fixé et qu'il n'eût plus rien à faire qu'à l'attendre.

Tout à coup, Gédéon parut en hâte au coin de la maison ; il portait encore ses gants de tailleur de haie et sa serpe, car c'était son travail ordinaire entre la fenaison et la moisson. Il s'arrêta en m'apercevant, mit la main à son front, puis éclata de fureur :

— Pourquoi que tu t'assois comme ça à faire semblant d'être mère ?

— Je n'ai jamais fait semblant d'être mère, lui dis-je. Qu'est-ce qui te prend ?

— Mère s'asseyait là, des fois, à carder la laine. J'ai cru que c'était elle.

— Je n'y peux rien, répondis-je. Mais qu'est-ce qui te faisait courir ainsi ?

— J'étais en train de tailler la grande haie d'épine, et voilà qu'elle est venue sur le dessus, tout en blanc.

— Mais qui donc ? criai-je, impatientée.

— Jancis, répondit-il d'une voix naturelle, non pas comme s'il eût conté une chose étrange, mais comme s'il eût dit qu'il venait d'apercevoir Tivvy ou Polly.

Sans ajouter un mot, il retourna au travail, mais en abandonnant la haie. Il ne discutait pas ce qu'il voyait ; il annonçait simplement qu'il le voyait, et voilà tout. Une autre fois, ce fut pendant qu'il sarclait le grand champ de blé. Il revint précipitamment à la maison avec sa houe et tous ses outils, en disant qu'il avait vu Jancis labourer avec ses deux bœufs blancs dans le champ d'orge, et que l'enfant était assis sur l'une des bêtes.

— Ecoute, Gédéon, lui dis-je, il ne faut plus penser à Jancis, sinon tu vas être comme un possédé, et un possédé est bien près de devenir fou. Ne songe plus qu'à faire ta besogne et à économiser comme d'habitude. Oublie Jancis et mère jusqu'à ce que tu sois plus calme.

— Je ne pense point à Jancis. C'est elle qui vient.

— Eh bien ! pense à d'autres choses, et elle ne viendra pas.

— Quelles choses ?

— A devenir riche et à acheter la maison.

— Pour quoi faire ?

— Pour la même raison qu'autrefois, parce que tu la veux.

— Je ne la veux plus.

— Mais pourquoi ? Tu la voulais tant que tu as empoisonné mère et chassé Jancis. Sans parler de tout ce que tu as fait avant ça ! Il faut que tu en aies eu joliment envie pour agir comme tu as agi !

— Eh bien ! J'en veux plus !

— Mais pourquoi ?

— Quelque chose est mort quand je les ai vus dans l'eau.

— Alors, pense à Tivvy. Elle serait contente d'aller au bal de la chasse, j'en suis sûre.

— Je ne veux point de Tivvy. J'aimerais mieux être pendu.

— Mlle Dorabella alors. Elle est toquée de toi. Prends-la et elle paiera ce qu'il faudra pour te débarrasser de Tivvy.

— Dorabella est brune. Je veux une femme blonde. Petite. Avec des yeux bleus. Une femme comme le lait et l'aubépine.

— Eh bien ! pense à moi alors. Tiens-moi compagnie de temps en temps.

— Puisque tu vas t'en aller.

— Pas avant que tu sois plus calme, mon garçon. Je resterai encore quelque temps si tu reprends courage et ne t'obstines pas dans ton deuil.

Mais ce fut peine perdue. Moins d'une semaine plus tard, il accourut en disant :

— La voilà encore !

— Où ? Au labour ?

— Oui. Et le champ d'orge est aussi chauve qu'une foulque.

— C'est de la mauvaise graine, tout simplement, Gédéon. C'est parce que tu en as acheté au lieu de semer les nôtres.

Mais mon cœur était lourd et je me demandais comment tout cela allait finir. J'en venais à désirer le retour de Tivvy.

Cela devint pour lui une habitude de dire :

— Elle est revenue dans le bois aujourd'hui.

Ou bien de s'écrier :

— Regarde ! La voilà qui s'avance sur la levée. Là ! Maintenant elle remonte, toute trempée. Là ! Elle est partie !

Un jour, il me dit que, de la barque, elle lui avait fait des signes. C'était toujours dehors qu'il la voyait ; aussi la maison lui était-elle comme une sorte de refuge. Dès que cette peur étrange s'emparait de lui, il rentrait et s'apaisait aussitôt. J'étais bien aise qu'il ne vît jamais rien à l'intérieur de la maison ; j'étais bien aise aussi qu'il ne fût pas troublé par des sons. On eût dit que, frappé au cœur en l'apercevant dans l'eau, il avait perdu la faculté de choisir ce qu'il voyait, mais qu'il pouvait encore choisir ce qu'il entendait. Malheureusement, au début du mois d'août, alors que le blé venait de mûrir, il rentra pour me dire qu'elle avait chanté *Gravier vert* de l'autre côté de l'eau.

— Le son vient de par là ! murmura-t-il avec angoisse.

J'allai fermer la fenêtre.

— Tu ferais mieux de te mettre du coton dans les oreilles, répliquai-je.

En vérité, c'était pitoyable de voir un homme comme Gédéon trembler à la vue d'une blancheur dans la haie ou d'un écho sur l'eau. Il se boucha les oreilles, et la première partie d'août se passa bien. Puis vint l'époque de la foire de Sarn. Le soir que les baraques furent installées, nous nous mîmes à souper de bonne heure. Nous venions de recevoir une lettre de Mlle Dorabella, apportée par un de ses serviteurs, et qui nous donnait des nouvelles de Beguildy. J'ouvris la lettre et la lus à Gédéon qui, pour écouter, enleva le coton de ses oreilles. On avait, paraît-il, traité Beguildy avec indulgence, considérant que ce qui était arrivé à sa fille avait été une condamnation suffisante.

Gédéon poussa un juron et sa haine s'enflamma avec une nouvelle violence en apprenant cette sentence bénigne. J'eus l'espoir que cela le guérirait de ses hallucinations; mais, peu après, il retomba dans sa mélancolie et me dit qu'il avait vu mère dans le bois où paissaient les cochons.

— Mais, bonté divine! m'écriai-je. Ce n'était que Polly! Elle est déjà grande pour son âge et mère était toute petite.

— Non, reprit-il. C'était mère. Elles me poursuivent, Prue.

— Allons, allons! lui dis-je, en lui tapotant l'épaule comme à un enfant.

Dans ces moments-là, il semblait vraiment aussi faible et aussi craintif qu'un petit garçon dans l'obscurité.

— Tu verras que tout ira bien, continuai-je. Il faut avoir du courage et oublier. Tu aimais tant le jeu des conquérants, autrefois. Il faut y jouer maintenant avec tes propres pensées.

Il me regarda d'un air vague comme s'il ne m'eût pas comprise; puis il reprit :

— Ce qui ne lui a pas plu, c'est que je dise du mal du petit. Elles sont tout plein chatouilleuses, les mères, pour ce qui est de leurs enfants.

Nous restâmes un instant silencieux, et tout à coup il s'écria :

— Tu l'entends? La voilà qui chante *Gravier vert*!

Il écouta un long moment, bien que je n'entendisse rien. Puis, se penchant en avant, il m'assura qu'elle venait par la levée. Son visage était couvert de sueur comme s'il eût été pris d'une terreur mortelle. Mais, en vérité, le temps eût suffi à provoquer cette sueur, car il faisait à la fois chaud et humide. C'était la pire des températures de Sarn, où l'on n'avait jamais beaucoup d'air parce qu'on se trouvait dans un creux, et où la proximité de l'étang donnait une humidité excessive. A ces moments-là, les murs ruisselaient de telle façon que des traces brillantes apparaissaient sur la chaux, pareilles au sillage des escargots. Une brume s'élevait de l'eau, formant des traînées et des touffes blanches comme de la laine qui s'épanouissaient et se groupaient en masses grumeleuses vers le centre de l'étang. Parfois une couronne de buée s'étirait à la manière d'une écharpe; à d'autres moments, elle prenait l'aspect d'une femme flottant dans l'air. Sans doute était-ce l'un de ces fantômes nuageux qu'avait vu Gédéon; car ils montaient et disparaissaient sans cesse du côté de la levée, portés par la brise légère qui courait sur l'eau. Au mois d'août, nous avions toujours de fortes brumes soir et matin, et, ce jour-là, elles étaient particulièrement désagréables, à cause de l'orage de la nuit précédente, suivi par une journée de lourde chaleur. Je dis désagréable, car je détestais ces brumes. Elles étaient parfois si épaisses que la ferme, le bois et l'église y disparaissaient comme si l'étang se fût changé en lait et avait tout submergé.

— Ecoute ! dit Gédéon. Entends-tu le *Gravier vert* ?

Son esprit plein de force avait tant d'autorité sur le mien que je crus presque entendre un chant plaintif. Alors, dans son grand fauteuil, Gédéon eut soudain une expression tendue et passionnée comme un homme en proie à un sortilège, et il se mit à chanter lui-même la chanson. De même que le pasteur quand il donne sa bénédiction, il leva sa main droite avec solennité en regardant, par la porte ouverte, l'étang, la levée et la lente vapeur blanche qui se caillait. Il chantait comme poussé par une force obscure. On voyait qu'il n'y pouvait résister. Il avait une belle voix de basse et quoiqu'il eût commencé très doucement, le son grandit peu à peu et parut bientôt emplir la salle. Quelle expression il donnait à ce chant enfantin ! Tout son amour pour Jancis, son désir de lui offrir de belles choses et de la conduire au bal comme une dame, puis toute l'horreur et la détresse de sa fin. Ensuite, il parut plus à son aise d'avoir ainsi cédé et remis tout en paix. Les yeux toujours fixés vers l'entrée, il s'écria :

— Voilà Jancis ! Toute trempée. Elle sort de l'étang.

Je lui répondis que je ne voyais rien.

— Mais regarde l'eau qui dégoutte de sa robe ! Tu vois, là et là, partout où elle passe. Oh ! ce qu'elle est trempée !

Il me montra du doigt le sol où, en effet, on voyait de l'eau dans tous les petits creux des dalles, comme si l'étang eût trouvé le moyen de s'y infiltrer.

— Ecoute le bruit de la vase dans ses souliers ! Il est boueux, l'étang ! Regarde comme elle avance lentement, lentement. Elle marchait de cette façon-là quand elle allait filer avec le grand rouet. Elle ne peut point aller vite tant ses jupons sont lourds. Ça monte, c'est essoufflant pour elle avec le mioche à porter !

Et il ajouta d'un air tourmenté :

— Je regrette de m'être moqué du petit !

Un long moment s'écoula. Le silence de la salle était bien pire que le soir où père était mort. On eût dit que toute la vie de Sarn – nous et nos bestiaux, les arbres pleins d'oiseaux, les sentiers des bois avec leurs bêtes – tout avait sombré et rejoint l'ancien village au fond de l'étang. Je commençais à croire les récits de Gédéon qui différaient peu, en somme, de la plupart des histoires de revenants que nous avions entendu raconter.

— Regarde maintenant ! murmura-t-il. Elle va vers la porte de la laiterie. Ah ! elle est partie ! C'est là que je lui ai dit « non » avant qu'elle s'en aille chez Grimble. Tiens ! la voilà qui revient ! Comme sa tête blonde brille ! Ça me rappelle la lumière qui se baladait dans la maison neuve, à Lullingford.

Il était penché et regardait d'un œil fixe le passage obscur qui menait à la laiterie.

— Là, tu vois comme c'est mouillé ! dit-il. On dirait qu'elle a apporté tout l'étang avec elle. Je ne pensais pas qu'elle s'en viendrait dans la maison. On croit un château imprenable tant que personne ne l'attaque, mais maintenant...

Il fixa longuement du regard les dalles humides.

— Ah ! elle est partie ! dit-il. Comme une abeille dorée qui s'envole en chantant. Qu'elle est jolie !

Il demeura ainsi un long moment, perdu dans sa rêverie. Puis il se leva en me disant qu'il allait voir les bêtes, car la nuit approchait. Il parlait comme à l'ordinaire, ce qui me fit penser que la terreur ne pesait plus sur son esprit. Mais au moment de sortir, il se retourna et, me regardant de la même façon que le soir où Beguildy était allé à la découverte du septième enfant, il me dit :

— Si je suis en retard, mets la clé sur la porte de l'étable.

Je me promis d'aller à sa recherche s'il tardait seulement d'une demi-heure. En vérité, je faillis y aller immédiatement ; quelque chose m'y poussait. Mais comme il ne sortait que pour aller voir les bêtes, c'eût été assez bizarre de courir après lui. Je restai donc où j'étais, tâchant de trouver dans le livre de Beguildy, que j'avais acheté à la vente, et dans la Bible un moyen de conjurer ces sorcelleries.

Il y avait à peine une demi-heure que je lisais et il pouvait être environ neuf heures, bien que la brume et le silence rendissent la nuit assez noire, quand on tambourina soudain à la porte et Tim se précipita, suivi de Polly.

— Oh! Prue, Prue! Nous venions de ramener les cochons et nous étions en retard parce que le noiraud s'était obstiné dans la jonchaie... Nous les avions rentrés sans faire de bruit, vu que maître Sarn se serait mis en colère de nous voir revenir si tard, et nous cherchions des vers luisants dans la haie du verger, quand voilà maître Sarn qui sort... Alors nous nous sommes cachés, et en regardant à travers la haie nous l'avons vu, près de l'eau, qui se penchait comme un cheval qui a le vertige. Alors j'ai dit à Polly ce que le grand-père Callard ne fait que répéter : « Sarn? qu'il dit, oh! Sarn, il paraît qu'il est censément devenu fou du beau fantôme qui est dans l'étang; il ne redeviendra jamais ce qu'il était »... Et juste au moment que je disais ça tout bas à Polly, voilà maître Sarn qui lève la tête et qui regarde tout autour de lui; mais on ne voyait rien que le brouillard. Alors il va vers la levée en marchant comme s'il était endormi, il descend jusqu'à la barque, défait l'amarre, entre dans le bateau, prend les rames, et le voilà qui se met à ramer à grands coups, tout droit au bout de la levée, jusqu'au milieu de l'étang... Alors nous avons couru pour essayer de l'apercevoir, mais il était dans la brume. Nous avons entendu pendant un moment le bruit des rames et j'aurais bien voulu être dans la barque. Mais aussitôt après, j'ai été content de me trouver sur la berge. Le bruit des rames s'est arrêté !

— Oui! s'écria Polly. Arrêté net !

— Nous ne respirions plus pour essayer de l'entendre, mais rien! C'était comme le texte que le pasteur nous a lu dimanche dernier : « Il y eut un silence sur toute la terre jusqu'à la neuvième heure. » Ah ! c'était terrible !

— Oh ! Il fallait venir tout de suite ici, dis-je. Allons, vite ! après ?

— Rien du tout, répondit Tim, excepté un grand plongeon. Je n'en ai jamais entendu un pareil, même pas quand le veau tavelé est tombé à l'eau.

— Oui, bonté divine ! ajouta Polly. C'en était un plongeon !

— Alors tout est devenu tranquille, nous avions beau ne pas respirer, nous n'entendions plus rien du tout. J'ai crié le nom de Sarn, mais personne n'a répondu. Ça m'a fait peur, et à Polly aussi, et nous avons couru pour te prévenir.

La barque ! Il fallait trouver la barque ! Je descendis la levée en toute hâte et enlevai ma jupe ; mais je n'eus pas à nager, car la barque revenait, poussée par la brise qui soufflait de l'autre rive et envoyait le courant vers nous. Ce courant était très violent à l'époque du trouble des eaux. C'était sinistre de voir cette barque vide qui glissait lentement, lentement. Je l'arrêtai, sautai dedans et pris les rames que Gédéon avait rentrées, car même à cette heure il n'avait rien pu faire avec négligence ou inattention. Tout en ramant, je criai aux enfants d'aller chercher le sacristain, qui était notre plus proche voisin. Ils ne se firent pas prier et furent bientôt hors de vue. J'avançai alors vers le milieu du lac, tâtant l'eau avec les avirons, regardant de tous côtés, criant son nom, tout en sachant qu'il était trop tard. Je m'évertuais encore à ramer et à appeler quand j'entendis la voix du sacristain qui criait de la berge :

— Nous allons y aller, Sam et moi, pendant que vous vous reposerez un peu. Mais on ne retrouvera jamais

Sarn. On ne peut pas draguer l'étang par là. C'est trop profond. On n'a jamais retrouvé ceux qui sont tombés de ce côté.

Ils me remplacèrent, et comme ils approchaient du milieu du lac, je les entendis chanter, comme nous l'avions fait, autrefois, au-dessus de père :

> *Tes bonnes actions et tes mauvaises, cher homme,*
> *Devant le Seigneur se retrouveront.*

Mais ils ne dirent rien du gazon à sa tête et à ses pieds, car c'est l'eau qui était sa tombe. Oui, toute cette vaste étendue d'eau n'était pas de trop pour servir de tombeau à un homme aussi fort. Une demi-lieue de brume à sa surface n'était pas un trop grand linceul. Car s'il s'était trompé, s'il avait fait du mal et, dans sa vigueur, blessé d'autres êtres, il n'avait, du moins, jamais agi bassement, ni gâché son travail, ni menti. « Une montagne de granit, de quartz et de silex », m'avait-il dit un jour, à propos de sa dureté ; et c'était vrai. Il ne pouvait pas plus céder que le granit ne peut s'effriter à la manière du grès.

Ainsi il avait joué pour la dernière fois aux conquérants, et l'enjeu n'était plus une coquille blanche et rose, mais sa propre vie. Et comme l'autre joueur était Celui que personne ne peut jamais espérer vaincre, sa vie, en un instant, avait été réduite en poussière. C'est ainsi que Gédéon Sarn perdit sa dernière partie.

CHAPITRE VI

Le trouble des eaux

Ce fut une nuit de peine et d'horreur que rien n'a jamais pu me faire oublier. Le sacristain et Sammy étaient repartis après de vaines recherches. Seule sous l'édredon de brouillard, dans ce lieu rempli de fantômes, je récitai la prière pour les agonisants; puis, assise près du feu, je demeurai heure après heure, plongée dans cette obscure indolence de l'esprit qu'apporte une grande douleur ou une grande épouvante. Ce fut la plus étrange veille de fête que j'aie jamais connue et la plus terrible nuit de toute ma vie. Je me rappelais de quelle manière Gédéon m'avait interdit de descendre dans l'eau pour me guérir de mon infirmité comme le faisaient les gens d'autrefois, et maintenant c'était lui qui était descendu là pour se laver de sa propre malédiction! Puis je pensais à la blonde Jancis, à son bébé, à Mme Beguildy, à père et à ma pauvre mère, tous disparus. La mort avait été bien active à faucher parmi nous, en vérité! Oui, ce fut une veillée amère pour moi qui avais toujours tant désiré que ceux que j'aimais eussent une vie paisible.

L'année précédente, on avait choisi Jancis pour le jeu

de la chaise, où l'on invitait toujours la plus jolie fille. Je la revoyais dans sa robe bleue, avec une couronne de fleurs d'été sur la tête et un bouquet à la main. Deux forts garçons l'avaient soulevée sur sa chaise, tandis que tous les autres passaient à tour de rôle en se demandant lequel d'entre eux elle choisirait. Il y avait là tous les garçons, mais une seule fille ; aussi vous pouvez penser dans quelle impatience était chacun. On lui avait donné un bouquet, et l'un des gars tenait près d'elle une cuvette pleine d'eau. Elle y avait plongé les fleurs après avoir fait son choix, et en avait aspergé la figure de son élu, à la grande joie de toute l'assemblée. Elle avait naturellement choisi Gédéon, qui s'était placé le dernier dans la file pour le plaisir de voir renvoyer tous les autres alors qu'il était sûr de ne pas l'être. Elle l'avait gentiment giflé avec le bouquet tout en riant de son doux rire limpide ; puis il l'avait soulevée et posée à terre, comme le jeu le voulait, et l'avait ensuite embrassée, ce qui n'était pas dans les règles.

Je méditai alors sur la bizarrerie des choses qui avaient voulu qu'elle lui aspergeât d'eau le visage, comme pour l'avertir qu'elle le baptiserait dans l'étang en l'entraînant vers la mort et que cette fête décidait de sa destinée. Je soupirai en me disant : « Nous sommes tous des marionnettes et c'est Lui qui dirige la pièce. »

Je me rappelai aussi comment Gédéon avait gagné une guinée pour avoir sifflé le mieux et le plus nettement. Il sifflait fort bien et il savait aussi rester impassible devant les grimaces des farceurs qui essayaient de le faire rire. Car dès qu'il s'agissait pour lui de gagner de l'argent, il devenait tellement sérieux que rien au monde n'eût pu le dérider. Beguildy sifflait bien aussi, mais c'était au concours de bâillements qu'il gagnait le prix, suivi de près par le grand-père Callard.

En me remémorant toutes ces choses, mon cœur se fendait, car est-il rien de plus douloureux que le souvenir des fêtes joyeuses d'autrefois? On se dit: « Ah! celui-ci ou celle-là était des nôtres à ce moment! » On se rappelle que la joie de vivre vous rendait si fort qu'on s'égayait même des plaisanteries qui raillaient les choses grandes et solennelles. « Une oie marche sur ma tombe! » disait l'un de nous en éclatant de rire. Et l'on songe que celui-là est sous un tertre de gazon depuis longtemps.

C'est ainsi que le souvenir de la foire de l'an passé me fit pleurer comme ne l'avait pas fait la mort de Gédéon.

En vérité, cette mort fut une aventure étrange, puisqu'il ne mourut ni dans son lit ni d'accident, mais qu'il s'éloigna dans la brume par sa seule volonté, et disparut. Comme nous ne le retrouvâmes jamais, il me semble qu'aucune autre fin n'aurait pu convenir à une existence si volontairement détachée de tous les agréments et de toutes les faiblesses humaines. Sans doute n'appartenait-il plus à personne depuis qu'il avait sacrifié celle qui lui était le plus proche. Il s'était consacré à la terre et à l'eau, se faisant là une existence à son idée. Le roc, les eaux agitées, le sol résistant, les arbres qui gémissent sans plier sous l'orage, tout cela était de sa famille, bien qu'il ne les aimât point. Il s'en était emparé, les avait vaincus, marqués de son empreinte; et l'on eût dit qu'en agissant ainsi, il était tombé parmi des brigands qui l'avaient conquis à leur tour et asservi.

Sans doute ne pouvait-il pas mourir comme les autres hommes, ni reposer sous six pieds de terre et une pierre tombale. Non. Il lui fallait l'espace et la liberté; il lui fallait errer à son gré dans les sombres remous de l'eau, parmi ses propres fermes et ses bois. Comment pourrait-on pleurer une telle fin ? Pleure-t-on devant un coup de tonnerre ou une trombe ? Non. Je ne pouvais verser des larmes sur lui que lorsque je me rappelais les rares moments où il s'était abandonné, comme la nuit de l'incendie, quand il avait mis sa tête sur son bras et avait éclaté en sanglots.

Je ne cessai de penser à lui toute cette nuit-là. L'obscurité contenait une terreur glaciale. Une épouvante s'élevait de ce lieu solitaire qui paraissait ne plus faire partie du monde. Je sentis qu'il me serait impossible d'y passer une autre nuit et je me demandai ce qui allait advenir du bétail, puisque personne n'oserait mettre les pieds chez nous après de tels drames. Non, certainement ! Le sacristain avait carrément refusé, ce qui montrait bien que tous en feraient autant. Personne n'achèterait la ferme ; je pouvais laisser redevenir bois et landes les champs que nous avions labourés ; mais il fallait prendre soin des bêtes tant qu'elles étaient là. Néanmoins, j'étais décidée à ne pas rester plus longtemps et à fuir comme on avait fui autrefois certaines cités de la plaine. Ce n'était pas tant à cause du lieu en lui-même qu'à cause de ce que Gédéon en avait fait. Je partirais demain. Mais que ferais-je des bêtes ? Je n'en savais rien. Si je priais quelqu'un de leur donner au moins à boire, on répondrait : « Non, non, Mamzelle, on verrait peut-être bien des choses étranges par là. »

Enfin j'aperçus l'aube bénie ; le brouillard devint une vaste nuée brillante qui enveloppa tout ; mais à mesure que le soleil montait, puissant, chaleureux, irrésistible, la brume se levait lentement d'une seule masse, si bien qu'on aperçut enfin l'étang où les foulques nageaient comme des abeilles courent entre deux parois. Puis le tronc des arbres se dégagea en partie et le bois parut couvert de neige. Enfin le brouillard se leva tout à fait et s'évanouit parmi les nuages de l'aube. Ceux-ci disparurent bientôt et il n'y eut plus que le ciel d'un bleu de pervenche. Dès que la brume se fut dissipée, je vis que le bouleversement de l'étang avait eu lieu pendant la nuit et que ses eaux étaient maintenant lourdes, troubles et toutes bouillonnantes, à tel point que les nénuphars s'agitaient sur leur ancre.

Quand apparut le soleil, une idée me vint à l'esprit. C'était jour de foire, il y aurait beaucoup de monde dans le pays. Pourquoi ne pas emmener les bêtes, les mettre dans un enclos et prier quelqu'un de les vendre ? On pourrait les avoir à bas prix. Oui, c'est ce qu'il fallait faire ! Aussi, quand je leur eus donné leur pitance et que j'eus trait les vaches, je les réunis dans la cour, toutes prêtes, mis la maison en ordre, tirai les rideaux, et m'en fus demander au sacristain la permission d'installer un enclos pour y mettre mon bétail ; ensuite le marchand de vaisselle le vendrait aux enchères en même temps que sa marchandise. Cela ne plaisait guère au sacristain, mais sachant qu'il n'avait aucune autorité pour me refuser, d'autant plus que la foire se tenait dans nos bois, il ne put qu'accepter ma proposition. Tivvy me regardait méchamment ; fort désireuse d'être maîtresse à Sarn, sans parler de son amour pour Gédéon, elle semblait me reprocher tout ce qui s'était passé. Mais je n'avais pas de temps à perdre ; les premiers chars arrivaient sur le champ de foire.

Il était encore d'usage, dans chaque hameau, de décorer de branchages et de fleurs le char qui amenait les gens. Souvent aussi, la jeunesse s'en venait à pied, les hommes d'un côté, les femmes de l'autre, en chantant sur la route. Mais ils s'en retournaient par couples, filles et garçons.

Quand je passai, on dressait déjà dans les baraques la bière aromatisée, les bonshommes de pain d'épice que Moll aimait, les galettes à la menthe, les cailloux montés en broche et les peignes qui se tenaient hauts et droits dans les cheveux. Une femme avait allumé un feu et préparait l'énorme bol de bouillie pour le concours où l'on verrait qui mangerait le plus vite cette pâtée brûlante. Les chars avançaient dans le bois avec un bruit qui me rappelait notre fête de la moisson. Les gens caquetaient comme une troupe de geais jusqu'au moment où, arrivés sur le champ de foire, on leur annonçait la disparition de Gédéon. Je pouvais deviner l'instant où les occupants d'un char l'apprenaient, car un silence tombait aussitôt sur eux. Puis ils se disaient sans doute qu'ils étaient près de l'église, sur un terrain consacré, tandis que le lieu maudit se trouvait à l'autre bout de l'étang; ils se sentaient alors ragaillardis et le papotage reprenait. J'aperçus maître Huglet et maître Grimble, unis comme deux fripons, et qui me lancèrent un mauvais regard au passage.

Tout le long du chemin, on voyait de grands vols de libellules, lustrées et magnifiques, au-dessus des touffes cramoisies du sang-de-dragon, c'est-à-dire du géranium sauvage. Je me disais : « La brise agite les feuillages, les nénuphars sont en fleur, les libellules sortent de leur suaire, mais Kester Woodseaves m'a oubliée. » Car il aurait dû être revenu. Mais pourquoi se souviendrait-il d'une femme maudite, défigurée, presque accusée de sorcellerie ? Non, il ne pensait plus à moi. Il fréquentait sans doute cette jeune femme dont il disait qu'elle ne se privait point de minauder à tout propos.

De retour à la maison, je groupai les moutons, les porcs, les vaches et les bœufs et, montée sur Bendigo, je les menai à la foire. Heureusement, toutes les bêtes m'aimaient et allaient où je les dirigeais. Puis je revins mettre les poules, les canards, les oies et les dindons dans des cageots et des hottes que je transportai sur la brouette, en les tenant enfermés pour n'avoir pas à les rattraper. Tout le monde semblait abasourdi de me voir traverser le bois à cheval en poussant devant moi mon troupeau, car les bêtes faisaient un grand fracas, bêlant, mugissant, grognant, dans ce bois qu'elles n'aimaient pas. Comme elles passaient près de l'étang, je vis leurs images confuses dans l'eau trouble, et cela me rappela le reflet du cortège le jour que nous avions enterré père. Enfin, les champs, les granges, la cour et les étables étant vides, je plaçai Minet dans un cabas et fermai la porte à clé. Maintenant, pensai-je, les revenants pourront être les maîtres du logis, oui, tous, jusqu'à ce Tim qui avait la foudre dans le sang. Le serment que j'avais fait à Gédéon ne me liait plus. Rien ne me retenait ici. Pourquoi y serais-je restée, puisque je ne pouvais désormais y travailler pour personne ? Je n'avais plus que la route. Laquelle ? Je n'en savais rien ; mais je savais qu'elle serait solitaire. J'avais empaqueté quelques objets que je comptais laisser au meunier pour qu'il les emportât à Lullingford ; à part cela, je ne possédais que les vêtements que j'avais sur le dos, la vieille Bible et mon cahier.

C'est ainsi que je quittai la ferme où les Sarn avaient vécu depuis des éternités. Je trouvais dur d'abandonner les champs où j'avais tant travaillé, mais rester eût été plus dur encore. Je frissonnais, en pensant que le clocher de l'église se tendrait cette nuit vers la maison hantée, à travers l'eau, par-dessus cet endroit sombre et profond où gisait Gédéon.

Au moment où je revenais sur le champ de foire, on procédait à la vente aux enchères dont l'argent était versé dans une pinte d'étain. Ne voulant pas prendre part aux amusements, je m'assis sur le mur du cimetière en attendant que la vente fût finie et que je pusse partir. Les enchères allaient bon train, car on se disait que le bétail n'était pas maudit, bien qu'il vînt d'un mauvais lieu. Le sacristain acheta Bendigo, le père de Moll prit les bœufs pour son patron, Callard eut quelques-unes des vaches; le reste alla à d'autres et je fis cadeau de Minet à Féléna qui me semblait avoir bon cœur, bien qu'elle ne fût pas convenable – ou à cause de cela, peut-être.

— Avez-vous eu des nouvelles du tisserand, Prue ? me demanda-t-elle.

— Non, répondis-je. Nous n'en avons pas reçu depuis un bon bout de temps.

— C'est un homme unique, reprit-elle. Oui, il ne me semble pas fait de notre étoffe. C'est comme s'il venait de très loin. Vous rappelez-vous le jour que nous avons joué son âme au jeu des couleurs précieuses, vous et moi ? Mais je pense que cette âme, une belle dame de la ville l'a attrapée à cette heure.

Tandis qu'elle me parlait, je sentais, et je l'avais déjà senti, seule et assise sur le mur, qu'on me jetait au passage des regards bizarres, des coups d'œil méchants; je voyais des mouvements de lèvres, des haussements d'épaules, et je remarquais que certains s'écartaient de moi. Je me demandais ce que cela voulait dire; je me disais bien que les vieux contes qu'on avait fait courir à mon sujet dans les fermes éloignées avaient pu grossir; je me disais aussi qu'un malheur suffit parfois à mettre tout le monde contre vous, en faisant croire aux autres que c'est la main du Seigneur qui punit un péché; mais cela n'expliquait pas les regards que je voyais et qui me perçaient le cœur, car j'y lisais de la haine. J'avais toujours aimé mes semblables; j'étais comme celle qui se tient au carrefour avec un bouquet dont elle voudrait faire présent au monde qui passe au galop devant elle; mais le monde, en passant, me piétinait. Oui, en ce jour de la mi-août, époque du trouble des eaux, je me sentais écrasée.

Je réfléchissais et me demandais ce que j'allais faire. J'espérais trouver des fermiers qui, se rendant à Bramton, me prendraient au passage pour me conduire à moitié route de Silverton. Si je partais maintenant, je ne trouverais pas de voiture et, d'autre part, on ne devait me verser l'argent de mon bétail qu'une fois la vente terminée, pour que le vendeur pût toucher sa commission. De toute façon, il me fallait rester là.

La femme du meunier s'en vint doucement me dire qu'elle était arrivée au début et avait entendu beaucoup de choses sur mon compte, que Huglet et Grimble avaient lancé toutes sortes de mensonges ici et là, avec des clignements d'yeux, des hochements de tête et des « malheur! une fille si convenable! » à l'un ou à l'autre « il faudrait faire quelque chose... le pasteur devrait voir ça! » Elle me dit que j'étais le sujet de tous les bavardages et que les gens, dès qu'ils étaient las de discuter sur la mort de Gédéon, se mettaient à dauber sur moi. Les plus jeunes avaient été élevés avec des histoires contant de quelle façon je parcourais le pays, la nuit, sous la forme d'un lièvre et me faufilais dans un passage sous le mur du cimetière. Les paroles que Mlle Dorabella avaient prononcées autrefois à la *Pinte de cidre* étaient restées dans la mémoire de tous; puis l'incendie avait fixé sur nous une idée de malédiction. Bien que Beguildy en fût l'auteur, on se disait que le Seigneur ne l'aurait pas laissé faire si la ferme eût été un peu convenable. Puis le suicide de Jancis avait aggravé dix fois plus encore la situation; et enfin la mort de Gédéon acheva tout.

Il y avait là quelque chose qu'on ne comprenait pas. La seule raison de tant d'infortunes ne pouvait être, à leur avis, que la malédiction de Dieu. Il devait y avoir eu un Jonas dans notre navire, se disait-on. Mère avait toujours été bien vue de tous et Gédéon fort estimé du voisinage parce qu'on le sentait destiné au succès; il semblait que moi seule étais la cause de cette malédiction. Tout cela s'était formé lentement dans les esprits, comme il arrive d'habitude à la campagne, mais une fois formée, cette croyance était devenue solide et on aurait eu maintenant bien du mal à les en détourner.

Telle était la raison de ces regards haineux, de ces mouvements de recul, de ces chuchotements. J'étais la sorcière de Sarn, la femme maudite, marquée par Dieu d'un bec-de-lièvre. J'étais l'amie de Beguildy, ce vieux mécréant, suppôt de Satan; or les semblables s'attirent. Et maintenant, qui pis est, je restais seule.

Il faut dire que, de nos côtés, quoi qu'on en pense autre part, quelqu'un qui vit seul devient suspect. Cela tient sans doute à ce que, dans ces fermes éloignées et perdues à l'intérieur des montagnes et des marais où, durant les longs hivers, le vent hurle tout autour de la maison comme une troupe de loups, on conte de terribles légendes : hommes assassinés au moment de rentrer chez eux; retour éploré de lugubres fantômes devant les fenêtres de leurs anciennes demeures qu'ils ne voient plus que du dehors; sinistre musique de la troupe des morts; hurlement des sorcières comme celle que je semblais être, galopant avec les feuilles brunes dans la rafale; menaces des voleurs de grands chemins embusqués aux carrefours. Si bien que personne n'osait rester seul et que, personne n'eût condamné quelqu'un à la solitude sans raison sérieuse ; lorsqu'on vous voyait à l'écart, autant dire que vous étiez damné.

Il m'est impossible d'exprimer à quel point tout cela me fendit le cœur. Dans une âme qui ne s'épanouit qu'à la chaleur et qui n'a pas besoin de paroles pour sentir autour d'elle le moindre mouvement d'amour ou de haine, un simple geste d'antipathie suffit à flétrir toute floraison.

— Oui, dit la femme du meunier, je sais un peu ce que c'est, car on a raconté aussi que mon homme était maudit, et il en a bien l'air, vraiment. Alors je lui ai dit : « Prends garde à Grimble ! » Il est tout plein faux, ce Grimble. Huglet est toujours à hurler, mais on sait ce qu'il pense. Avec Grimble, on ne sait quasiment rien. Il s'en va lancer un mot par-ci, un mot par-là, comme le duvet du chardon, et vous ne vous doutez de rien ; mais, bonté divine, quelle récolte de chardons ! Et je suis bien sûre qu'il en reste encore à fleurir.

Elle achevait ces mots quand Tivvy accourut vers moi, tout en noir, car elle avait prétendu être la promise de Gédéon, et elle me dit :

— Tu m'as giflée, Prue Sarn ! Eh bien ! tu vas voir !

A ces mots, sautant sur le mur, elle s'écria :

— Vous tous, bonnes gens, écoutez, je veux vous apprendre quelque chose. Je suis une femme trompée. Sarn avait promis de m'épouser, il y a aujourd'hui cinq mois, et voilà cinq mois que je devrais être Mme Sarn, car il m'aimait bien ; mais elle l'en a empêché. Oui, Prue Sarn l'en a empêché. Elle m'a tant effrayée que je n'ai plus osé revenir. Et même elle m'a battue ! J'avais peur d'elle, parce qu'elle était une sorcière. Elle voulait être la maîtresse, vous comprenez. Elle ne pouvait souffrir qu'une autre personne dise son mot. Et vous voyez ce qui est arrivé ! Elle est la maîtresse maintenant; et le lendemain du jour où mon pauvre Sarn est décédé, elle vend tout. Oh! c'est une créature sans cœur! Il n'y a point de méchanceté qu'elle ne ferait. Dire que sans elle il y a cinq mois que je serais Mme Sarn! Ah! ça la rend forte, d'être sorcière!

J'étais stupéfaite de sa voix furieuse; puis je me souvins qu'elle attendait un enfant de l'amour, ce qui était d'autant plus terrible qu'elle était la fille du sacristain. Ce que celui-ci ferait en l'apprenant, je n'osais pas y penser; aussi Tivvy cherchait-elle à rejeter ses torts sur quelqu'un.

Elle n'avait pas plus tôt fini que Grimble s'avança. Avec son long nez pointé vers le sol, il semblait choisir là ce qu'il avait à dire.

— Bonnes gens, s'écria-t-il, c'est aujourd'hui un jour solennel. Dans cette eau que vous voyez repose un bon fermier. Oui. Un homme qui aurait fait de grandes choses à Sarn. Regardez son labour! Il serait devenu riche, pour sûr. Et il était le promis d'une jeunesse bien honnête, et bien convenable aussi, vu que son frère peut citer autant de versets que n'importe qui, à ce que dit même grand-père Callard.

— Oui, c'est vrai! s'écria le vieux, de la carriole où il était assis. Mais le père Camperdine aurait presque pu le battre, celui que Beguildy a mis dans une bouteille, que je veux dire. Oui, il était fameux aussi pour les versets quand il avait bu un coup! Je l'ai entendu, des fois, qui en déroulait tant qu'il aurait fallu une toise de bois pour les mesurer. Quand il était à jeun, il n'en sortait pas un. Quel vieux paillard dans ces moments-là! Mais quand il avait un coup de trop, ah! bonté divine, c'était quasiment un miracle!

— Comme je le disais, reprit maître Grimble de sa

voix modérée, son frère peut citer un texte, son père est sacristain, sa mère est la femme légitime du sacristain, c'est donc bien sûr qu'elle est une bonne fille. Et vous avez entendu ce qu'elle a dit. Je vous le répète, c'est la vérité, et plus que la vérité. Ecoutez. Depuis le jour de sa naissance, Prue Sarn a été maudite par le Seigneur. Elle ne peut point s'empêcher de faire ce qu'elle fait, puisqu'elle est entre les mains de Satan. C'est pour ça qu'elle court à travers la lande comme vous le savez. C'est pour ça qu'elle s'entendait avec Beguildy qui lui enseignait toutes ses sorcelleries, car les pareils s'assemblent. C'est pour ça qu'elle n'a qu'à jeter un regard sur celui-ci ou celui-là, sur un mioche, ou un animal, ou un champ de blé, et aussitôt il dépérit, dépérit et meurt. Et elle peut tuer tout de suite aussi bien. Voyez ce qu'elle a fait de mon chien, auquel je tenais tant. Oui, et elle est capable de choses plus noires encore, terriblement noires. De quoi sa mère est-elle morte ? Bonnes gens, elle est morte d'avoir bu de la tisane de doigtier. Empoisonnée ! La femme du sacristain s'en porte garant. Et qui soigne donc une mère malade ? Sa fille. Eh bien ! braves gens, qu'est-ce que vous dites de ça ?

Un murmure se fit entendre dans la foule ; on avança et on se bouscula pour me voir, assise sur le mur, pétrifiée de stupéfaction. Mais personne ne dit mot. Les campagnards ne condamnent pas si vite. Ils étaient comme de l'amadou prêt à prendre feu, mais la pierre ne s'en était pas encore approchée.

— Et de pire en pire, continua Grimble. Mais d'abord que Tivvyriah et sa mère se lèvent et s'en viennent dire si c'est vrai ou non. Allons, oui ou non ?

— Oui, répondirent-elles ensemble.

— Et pourquoi cette malheureuse Jancis Beguildy et son pauvre mioche se sont-ils noyés ? Qui était seule avec eux dans la maison quand la chose est arrivée ? Prudence Sarn ! Pourquoi donc que Jancis gênait la sorcière ? Parce qu'elle savait des choses. Elle connaissait les tours diaboliques que son père manigançait avec cette fille maudite ; et comme elle n'avait point d'argent, elle l'a menacée de parler si on ne lui en donnait pas. Mais Prudence Sarn n'a rien voulu entendre. Alors, un jour qu'il n'y avait là que la faible créature, empêtrée de son mioche, et Prue Sarn qui est forte comme un homme, Jancis Beguildy a péri dans l'eau.

On entendit de nouveaux murmures, mais il fallait, pour faire éclater la foule, plus que la mort de cette fille de sorcier, pas très en odeur de sainteté elle-même.

— Il y a pire encore, reprit Grimble. Quand Sarn s'est mis à fréquenter Tivvyriah, ça n'a pas plu à sa sœur. Elle tenait censément à demeurer la maîtresse. Elle ne voulait point d'autre femme dans la maison. C'est pour ça qu'elle s'était débarrassée de sa mère. Oui, mes amis, elle aurait mieux aimé ne pas avoir de frère que de le voir marié.

Un soupir passa dans la foule, où l'on aurait bien compté trois cents personnes, car la foire était importante.

— Alors, qu'a-t-elle fait ? continua Grimble, en me jetant un regard de haine affreux à voir. Eh bien ! quand la nuit est venue avec la brume, au moment où Sarn puisait de l'eau pour le bétail, elle l'a poussé ; et puis elle a pris la barque pour tromper le sacristain ; et elle a tellement effrayé les enfants du meunier qu'ils n'ont pas osé dire la vérité.

Il attendit une minute que tout le monde eût compris. Puis il ajouta :

— Un bec-de-lièvre ! Une sorcière ! Trois meurtres sur la conscience !

A ce moment Huglet brailla :

— Faut point laisser vivre une sorcière !

Le silex était maintenant contre l'amadou. Une grande clameur retentit.

— Jetez-la par terre !
— Des pierres !
— A l'eau !

Nul n'était près de moi pour me protéger, sauf des gens que personne n'aurait écoutés. Le sacristain était retourné chez lui. C'était un honnête homme ; sans doute m'eût-il défendue. La plupart étaient étrangers dans le pays. Certains n'étaient ni pour moi, ni contre moi.

Féléna poussa son mari en lui disant de parler en ma faveur, mais on lui cria :

— Tu risques quasiment d'être damné toi-même, berger ! Comment que tu paies ton loyer, dis ?

La foule avançait vers moi comme la crue d'un fleuve en hiver. On envoya quelqu'un à l'église pour y chercher la sellette à plongeon, et la voix de Huglet retentit à nouveau :

— Faut point laisser vivre une sorcière !

Je crois qu'à ce moment je dus m'évanouir de terreur, car je ne me souviens plus de rien jusqu'à l'instant où le froid de l'eau me fit revenir à moi. J'étais à demi étouffée, comprimée par les cordes qui me liaient à la sellette, et les rugissements de Huglet résonnaient à mes oreilles comme le vacarme d'un énorme démon.

CHAPITRE VII

« Ouvrez la grille dans l'espace pour admirer le roi qui passe »

Je repris connaissance en me demandant quel était ce grand bruit et en croyant que Bendigo s'était échappé. Puis je me souvins que le sacristain l'avait emmené et je cherchai du regard la cause de ce vacarme, puisque tous les chevaux des chars étaient à la ferme de Plash jusqu'au soir. Alors, levant les yeux, j'eus le sentiment que j'étais morte et que je me trouvais maintenant au paradis.

Devant moi, me contemplant du haut de son cheval, avec un long regard si étincelant de vie que, n'eussé-je été sûre du contraire, j'aurais pu croire qu'il m'aimait, se tenait Kester Woodseaves. Il semblait avoir légèrement vieilli et son visage s'était encore affiné comme si l'âme se fût activement employée à le ciseler. Quant à ses yeux, toute la clarté du ciel y était réfléchie, sans parler de je ne sais quel sourire qui contenait toute la bonté humaine. Son regard m'enveloppa de la tête aux pieds. Aussitôt je fus en paix. Oui, liée à la sellette, dans une situation si humiliante qu'aucune femme respectable n'aurait voulu y être vue par aucun homme, et encore moins par celui qu'elle aimait, je me sentais pourtant en paix. Maintenant je ne craignais plus rien, je ne me souciais plus de rien. Kester était là ; il avait pris les choses en main. Qu'est-ce qui pouvait m'atteindre ? Ma foi était telle que, malgré les trois cents personnes soulevées contre moi et Kester seul pour me défendre, je savais que j'étais en sûreté. J'aurais pu m'étendre et m'endormir sur cette vieille planche comme sur une couette, tant mon esprit était à l'aise.

— Eh bien ! dit-il enfin. Eh bien ! Prue, ma chère, vous voilà mal en point !

Il me sourit légèrement comme pour me dire : « Mais ce n'est pas pour longtemps ! »

— Oui, répondis-je d'une voix qui tremblait de joie, bien mal en point, Kester Woodseaves.

Il jeta un regard alentour et reconnut Féléna. Elle accourut vers lui comme si elle eût été son esclave.

— Défaites ça, voulez-vous ? lui dit-il en désignant les cordes.

Tout en les détachant, elle chuchota :

— Je n'ai pas peur de ce qu'ils peuvent me faire. Je lui obéirai. C'est un homme pour qui on peut mourir.

— Y a-t-il ici un camarade qui veuille bien tenir mon roussin une minute ? dit-il.

— Oui, répondit Callard, et de bon cœur.

Avant de descendre, Kester regarda encore autour de lui et s'écria :

— Eh bien ! vous aviez une belle fête, vraiment ! La dernière fois c'était un petit taureau blanc. Cette fois, c'est une femme plus blanche que le lis. Je sais très bien qui vous a monté la tête.

Certains baissèrent le nez, mais la plupart étaient

furieux de se voir privés de leur amusement. Kester s'avança vers Grimble.

— Nous nous sommes déjà querellés, Grimble, dit-il. Vous êtes trop plat et trop retors pour qu'on vous traite comme un homme. Si la correction que je vais vous donner ne vous plaît pas, vous pouvez vous battre avec moi quand vous voudrez. Mais vous n'êtes bon qu'à faire rire de vous. Votre nez est trop long, Grimble, et il se fourre trop dans les affaires des autres.

Là-dessus, il lui lança un violent coup de poing, et Grimble, qui était un vrai couard, se mit à glapir de telle façon que tout le monde éclata de rire.

Puis Kester, s'approchant de Huglet, lui dit :

— Vous, vous jouez cartes sur table. Vous ne faites rien en secret. Malheureux, je vous entendais hurler depuis Plash ! Voulez-vous vous battre ?

Mais Huglet, bien qu'il fût énorme, ne tenait pas à lutter, il connaissait la réputation de Kester et il hésita un bon moment. Toutefois, la plupart des gens n'étaient pas renseignés sur Kester, et, même s'ils l'avaient été, cela n'aurait rien changé, car ils voulaient à tout prix un divertissement. C'est sur quoi Kester avait compté.

— Un match de lutte ! crièrent-ils, mis de nouveau en bonne humeur, bien que personne n'eût pu dire si cela durerait.

— Hurrah ! s'écria le vieux Callard, hors de lui tant il était excité.

Et les enfants, à la vue de Kester, se rappelant leurs leçons, se croisèrent les mains sur le ventre en chantonnant :

— Les combats de taureaux sont une mauvaise chose.

J'en aurais ri si je n'avais été si inquiète de Kester.

— Un cercle ! Faites un cercle !

— Ah ! camarades, voici un bon terrain bien uni, dit Kester en désignant un endroit près de la berge.

On y traça un cercle. Kester arracha sa veste et son gilet, et Huglet en fit autant sans enthousiasme. On se hâtait de parier. Puis la lutte commença. Je m'attendais à voir Huglet broyer tous les os de Kester. Mais non ! Il était solide et, de plus, lutteur expérimenté. Chaque fois que Huglet semblait sur le point de le renverser, il lui glissait entre les bras, tout prêt à recommencer. Deux ou trois fois, Huglet le fit chanceler au point qu'une de ses épaules toucha presque le sol, mais chaque fois, il se dégagea d'un mouvement brusque et inattendu ; ce n'était qu'un coup manqué, cela ne comptait pas. Cependant j'avais grand-peur que Huglet, par sa force de brute, ne brisât les reins de Kester ; je voyais qu'il le désirait et ne pensait plus qu'à cela tant il haïssait l'homme qui, par deux fois, l'avait privé de son plaisir. Je me demandais pourquoi Kester ne tentait pas, par quelque feinte, de le jeter à terre, mais Féléna chuchota :

— Il a une idée en tête, pour sûr, le tisserand. Il ne lambine pas pour rien.

Kester se rapprochait de plus en plus de la berge. Je m'en étonnais car, de ce côté, la vase était fort glissante. Mais soudain, ce fut fait. Comment ? Je n'en sais rien. Kester prétend que ce fut grâce à un nouveau coup appris à la ville. Quoi qu'il en soit, en un clin d'œil, Huglet fut projeté non par terre, mais jusque dans l'eau. Il y fit un plongeon et quand il reparut, avec une certaine difficulté, car il était tombé de toute sa hauteur dans la vase gluante, de tels éclats de rire s'élevèrent qu'il en blêmit. Il était vraiment comique à voir. Le meunier, qui se tenait tout près, sourit pour la première fois de sa vie, comme pour dire : « Un autre chat à l'eau ! »

Kester resta immobile une minute, respirant longuement et reprenant haleine. Puis il enleva la bride des mains de Callard, posa son pied sur l'étrier et se mit en selle.

— Je voudrais bien, dit Féléna, je voudrais bien être en selle devant vous, tisserand !

Je n'ai jamais vu une adoration comme celle qui brillait dans ses yeux verts. Mais Kester ne parut point le remarquer.

— Prue ! dit-il.

Je me levai.

— A la moisson de Sarn, ai-je parlé de retour ou de séparation ? me demanda-t-il.

— De retour, dis-je dans un murmure.

— Alors, venez ici, Prue Woodseaves !

Il se pencha, m'entoura de ses bras, me souleva sur la selle. C'était comme mon rêve d'autrefois ; et de même que dans ce rêve, Féléna le regardait d'un air suppliant auquel il restait insensible. Puis la rumeur de la foule s'évanouit ; les rires, les jurons de Huglet et de Grimble, les applaudissements des petits Callard et la voix aiguë du grand-père contant un match de lutte d'il y a cent ans, tout disparut et se perdit dans l'air calme. Seule, la brise du soir soulevait les feuillages comme un amoureux soulève la longue chevelure de sa bien-aimée.

— Vas-y, mon vieux roussin ! dit Kester à sa monture.

Et nous partîmes au petit galop vers les montagnes bleues et mauves.

— Mais non ! m'écriai-je. Il faut que ce soit une séparation, Kester ! Vous devriez épouser une fille belle comme un lis. Vous voyez bien que j'ai un bec-de-lièvre !

Mais il ne voulut rien entendre. Il ne discuta pas.

Seulement, quand j'eus fini de plaider contre moi-même, il tira brusquement sur les rênes et, me regardant dans les yeux, me dit :

— Plus de ces tristes discours ! J'ai choisi mon paradis. Il est sur ta poitrine, ma chère promise.

Et à ces mots, il pencha vers moi sa belle tête et me baisa sur les lèvres.

....

Ici finit le récit de Prue Sarn.

TABLE

Préface, par J. de Lacretelle 7

LIVRE PREMIER

I.	L'étang de Sarn	13
II.	Les abeilles sont averties...................	18
III.	Prue porte les invitations...................	33
IV.	Torches et romarin...........................	38
V.	La première javelle tombe....................	48
VI.	Sellez vos rêves avant de les chevaucher......	59
VII.	Reinettes et jargonelles	69

LIVRE DEUXIÈME

I.	À cheval vers le marché	79
II.	La pinte de cidre	94
III.	... Ou mourir à la peine	106
IV.	Le sorcier de Plash........................	114
V.	La veillée d'amour.........................	122
VI.	Le jeu des couleurs précieuses	130
VII.	« Le maître est ici »......................	144
VIII.	L'apparition de Vénus......................	150
IX.	Le jeu des conquérants	157

LIVRE TROISIÈME

   I. La louée 175
  II. Le combat.................................... 188
 III. La plus belle des écritures................... 200
  IV. La fuite de Jancis........................... 216
   V. Libellules 245

LIVRE QUATRIÈME

   I. Les fêtes de la moisson 259
  II. Beguildy cherche un septième enfant.......... 282
 III. Le maléfice mortel........................... 306
  IV. Par un matin de mai......................... 320
   V. Le dernier jeu des conquérants............... 342
  VI. Le trouble des eaux 355
 VII. « Ouvrez la grille dans l'espace pour admirer le roi qui passe » 370

Dans la collection Les Cahiers Rouges

Alexis (Paul), **Céard** (Henry), **Hennique** (Léon), **Huysmans** (JK), **Maupassant** (Guy de), **Zola** (Émile)	Les Soirées de Médan
Andreas-Salomé (Lou)	Friedrich Nietzsche à travers ses œuvres
Arbaud (Joseph d')	La Bête du Vaccarès
Audiberti (Jacques)	Les Enfants naturels ■ L'Opéra du monde
Audoux (Marguerite)	L'Atelier de Marie-Claire ■ Marie-Claire
Augiéras (François)	L'Apprenti sorcier ■ Domme ou l'essai d'occupation ■ Un voyage au mont Athos ■ Le Voyage des morts
Aymé (Marcel)	Clérambard ■ Vogue la galère
Barbey d'Aurevilly (Jules)	Les Quarante médaillons de l'Académie
Baudelaire (Charles)	Lettres inédites aux siens
Beck (Béatrix)	La Décharge ■ Josée dite Nancy
Becker (Jurek)	Jakob le menteur
Begley (Louis)	Une éducation polonaise
Benda (Julien)	Tradition de l'existentialisme ■ La Trahison des clercs
Berger (Yves)	Le Sud
Berl (Emmanuel)	La France irréelle ■ Méditation sur un amour défunt ■ Rachel et autres grâces
Berl (Emmanuel), **Ormesson** (Jean d')	Tant que vous penserez à moi
Bernard (Tristan)	Mots croisés
Bibesco (Princesse)	Catherine-Paris ■ Le Confesseur et les poètes
Bierce (Ambrose)	Histoires impossibles ■ Morts violentes
Bodard (Lucien)	La Vallée des roses
Bosquet (Alain)	Une mère russe
Brenner (Jacques)	Les Petites filles de Courbelles
Breton (André), **Deharme** (Lise), **Gracq** (Julien), **Tardieu** (Jean)	Farouche à quatre feuilles
Brincourt (André)	La Parole dérobée
Bukowski (Charles)	Au sud de nulle part ■ Factotum ■ L'amour est un chien de l'enfer (t1) ■ L'amour est un chien de l'enfer (t2) ■ Le Postier ■ Souvenirs d'un pas grand-chose ■ Women
Burgess (Anthony)	Pianistes
Butor (Michel)	Le Génie du lieu
Caldwell (Erskine)	Une lampe, le soir…
Calet (Henri)	Contre l'oubli ■ Le Croquant indiscret
Capote (Truman)	Prières exaucées

Carossa (Hans)	Journal de guerre
Cendrars (Blaise)	Hollywood, la mecque du cinéma ■ Moravagine ■ Rhum, l'aventure de Jean Galmot ■ La Vie dangereuse
Cézanne (Paul)	Correspondance
Chamson (André)	L'Auberge de l'abîme ■ Le Crime des justes
Chardonne (Jacques)	Ce que je voulais vous dire aujourd'hui ■ Claire ■ Lettres à Roger Nimier ■ Propos comme ça ■ Les Varais ■ Vivre à Madère
Charles-Roux (Edmonde)	Stèle pour un bâtard
Châteaubriant (Alphonse de)	La Brière
Chatwin (Bruce)	En Patagonie ■ Les Jumeaux de Black Hill ■ Utz ■ Le Vice-roi de Ouidah
Chessex (Jacques)	L'Ogre
Claus (Hugo)	La Chasse aux canards
Clermont (Emile)	Amour promis
Cocteau (Jean)	La Corrida du 1er mai ■ Les Enfants terribles ■ Essai de critique indirecte ■ Journal d'un inconnu ■ Lettre aux Américains ■ La Machine infernale ■ Portraits-souvenir ■ Reines de la France
Combescot (Pierre)	Les Filles du Calvaire
Consolo (Vincenzo)	Le Sourire du marin inconnu
Cowper Powys (John)	Camp retranché
Curtis (Jean-Louis)	La Chine m'inquiète
Dali (Salvador)	Les Cocus du vieil art moderne
Daudet (Léon)	Les Morticoles ■ Souvenirs littéraires
Degas (Edgar)	Lettres
Delteil (Joseph)	Choléra ■ La Deltheillerie ■ Jeanne d'Arc ■ Jésus II ■ Lafayette ■ Les Poilus ■ Sur le fleuve Amour
Dhôtel (André)	Le Ciel du faubourg ■ L'Île aux oiseaux de fer
Dickens (Charles)	De grandes espérances
Donnay (Maurice)	Autour du chat noir
Dumas (Alexandre)	Catherine Blum ■ Jacquot sans Oreilles
Eco (Umberto)	La Guerre du faux
Ellison (Ralph)	Homme invisible, pour qui chantes-tu ?
Fallaci (Oriana)	Un homme
Fernandez (Dominique)	Porporino ou les mystères de Naples
Fernandez (Ramon)	Molière ou l'essence du génie comique
Ferreira de Castro (A.)	Forêt vierge ■ La Mission ■ Terre froide
Fitzgerald (Francis Scott)	Gatsby le Magnifique
Fouchet (Max-Pol)	La Rencontre de Santa Cruz
Fourest (Georges)	Le Géranium ovipare ■ La Négresse blonde
Freustié (Jean)	Le Droit d'aînesse ■ Proche est la mer
Gadda (Carlo Emilio)	Le Château d'Udine

García Márquez (Gabriel)	*L'Automne du patriarche* ∎ *Chronique d'une mort annoncée* ∎ *Des feuilles dans la bourrasque* ∎ *Des yeux de chien bleu* ∎ *Les Funérailles de la Grande Mémé* ∎ *L'Incroyable et triste histoire de la candide Erendira et de sa grand-mère diabolique* ∎ *La Mala Hora* ∎ *Pas de lettre pour le colonel* ∎ *Récit d'un naufragé*
Garnett (David)	*La Femme changée en renard*
Gauguin (Paul)	*Lettres à sa femme et à ses amis*
Genevoix (Maurice)	*La Boîte à pêche* ∎ *Raboliot*
Ginzburg (Natalia)	*Les Mots de la tribu*
Giono (Jean)	*Colline* ∎ *Jean le Bleu* ∎ *Mort d'un personnage* ∎ *Naissance de l'Odyssée* ∎ *Que ma joie demeure* ∎ *Regain* ∎ *Le Serpent d'étoiles* ∎ *Un de Baumugnes* n *Les Vraies richesses*
Giraudoux (Jean)	*Adorable Clio* ∎ *Bella* ∎ *Eglantine* ∎ *Lectures pour une ombre* ∎ *La Menteuse* ∎ *Siegfried et le Limousin* ∎ *Supplément au voyage de Cook*
Glaeser (Ernst)	*Le Dernier civil*
Goyen (William)	*Savannah*
Guéhenno (Jean)	*Changer la vie*
Guilbert (Yvette)	*La Chanson de ma vie*
Guilloux (Louis)	*Angélina* ∎ *Dossier confidentiel* ∎ *Hyménée* ∎ *La Maison du peuple*
Gurgand (Jean-Noël)	*Israéliennes*
Haedens (Kléber)	*Adios* ∎ *L'Été finit sous les tilleuls* ∎ *Magnolia-Jules/L'école des parents* ∎ *Une histoire de la littérature française*
Halévy (Daniel)	*Pays parisiens*
Hamsun (Knut)	*Au pays des contes* ∎ *Vagabonds*
Heller (Joseph)	*Catch 22*
Hémon (Louis)	*Battling Malone, pugiliste* ∎ *Monsieur Ripois et la Némésis*
Herbart (Pierre)	*Histoires confidentielles*
Hesse (Hermann)	*Siddhartha*
Istrati (Panaït)	*Les Chardons du Baragan*
James (Henry)	*Les Journaux*
Jardin (Pascal)	*Guerre après guerre suivi de La guerre à neuf ans*
Jarry (Alfred)	*Les Minutes de Sable mémorial*
Jouhandeau (Marcel)	*Les Argonautes* ∎ *Elise architecte*
Jünger (Ernst)	*Le Contemplateur solitaire* ∎ *Rivarol et autres essais*
Kafka (Franz)	*Journal* ∎ *Tentation au village*
Kipling (Rudyard)	*Souvenirs de France*
Klee (Paul)	*Journal*
La Varende (Jean de)	*Le Centaure de Dieu*
La Ville de Mirmont (Jean de)	*L'Horizon chimérique*
Lanoux (Armand)	*Maupassant, le Bel-Ami*
Laurent (Jacques)	*Croire à Noël* ∎ *Le Petit Canard*

Le Golif (Louis-Adhémar-Timothée)	*Cahiers de Louis-Adhémar-Timothée Le Golif, dit Borgnefesse, capitaine de la flibuste*
Léautaud (Paul)	*Bestiaire*
Lenotre (G.)	*Napoléon – Croquis de l'épopée* ■ *La Révolution par ceux qui l'ont vue* ■ *Sous le bonnet rouge* ■ *Versailles au temps des rois*
Levi (Primo)	*La Trêve*
Lilar (Suzanne)	*Le Couple*
Lowry (Malcolm)	*Sous le volcan*
Mac Orlan (Pierre)	*Marguerite de la nuit*
Maïakowski (Vladimir)	*Théâtre*
Mailer (Norman)	*Les Armées de la nuit* ■ *Pourquoi sommes-nous au Vietnam ?* ■ *Un rêve américain*
Maillet (Antonine)	*Les Cordes-de-Bois* ■ *Pélagie-la-Charrette*
Malaparte (Curzio)	*Technique du coup d'État*
Malerba (Luigi)	*Saut de la mort* ■ *Le Serpent cannibale*
Mallea (Eduardo)	*La Barque de glace*
Malraux (André)	*La Tentation de l'Occident*
Malraux (Clara)	*...Et pourtant j'étais libre* ■ *Nos vingt ans*
Mann (Heinrich)	*Professeur Unrat (l'Ange bleu)* ■ *Le Sujet!*
Mann (Klaus)	*La Danse pieuse* ■ *Mephisto* ■ *Symphonie pathétique* ■ *Le Volcan*
Mann (Thomas)	*Altesse royale* ■ *Les Maîtres* ■ *Mario et le magicien* ■ *Sang réservé*
Mauriac (Claude)	*André Breton*
Mauriac (François)	*Les Anges noirs* ■ *Les Chemins de la mer* ■ *Le Mystère Frontenac* ■ *La Pharisienne* ■ *La Robe prétexte* ■ *Thérèse Desqueyroux*
Mauriac (Jean)	*Mort du général de Gaulle*
Maurois (André)	*Ariel ou la vie de Shelley* ■ *Le Cercle de famille* ■ *Choses nues* ■ *Don Juan ou la vie de Byron* ■ *René ou la vie de Chateaubriand* ■ *Les Silences du colonel Bramble* ■ *Tourguéniev* ■ *Voltaire*
Mistral (Frédéric)	*Mireille/Mirèio*
Monnier (Thyde)	*La Rue courte*
Morand (Paul)	*Air indien* ■ *Bouddha vivant* ■ *Champions du monde* ■ *L'Europe galante* ■ *Lewis et Irène* ■ *Magie noire* ■ *Rien que la terre* ■ *Rococo*
Muller (Charles), **Reboux** (Paul)	*A la manière de...*
Mutis (Alvaro)	*La Dernière escale du tramp steamer* ■ *Ilona vient avec la pluie* ■ *La Neige de l'Amiral*
Nabokov (Vladimir)	*Chambre obscure*
Nadolny (Sten)	*La Découverte de la lenteur*
Némirovsky (Irène)	*L'Affaire Courilof* ■ *Le Bal* ■ *David Golder* ■ *Les Mouches d'automne*
Nerval (Gérard de)	*Poèmes d'Outre-Rhin*
Nizan (Paul)	*Antoine Bloyé*
Nourissier (François)	*Un petit bourgeois*

Obaldia (René de)	*Le Centenaire* ■ *Innocentines*
Peisson (Edouard)	*Hans le marin* ■ *Le Pilote* ■ *Le Sel de la mer*
Penna (Sandro)	*Poésies* ■ *Un peu de fièvre*
Peyré (Joseph)	*L'Escadron blanc* ■ *Matterhorn* ■ *Sang et Lumières*
Philippe (Charles-Louis)	*Bubu de Montparnasse*
Pieyre de Mandiargues (André)	*Le Belvédère* ■ *Deuxième Belvédère* ■ *Feu de Braise*
Ponchon (Raoul)	*La Muse au cabaret*
Poulaille (Henry)	*Pain de soldat* ■ *Le Pain quotidien*
Privat (Bernard)	*Au pied du mur*
Proulx (Annie)	*Cartes postales* ■ *Nœuds et dénouement*
Radiguet (Raymond)	*Le Diable au corps suivi de Le bal du comte d'Orgel*
Ramuz (Charles-Ferdinand)	*Aline* ■ *Derborence* ■ *Le Garçon savoyard* ■ *La Grande peur dans la montagne* ■ *Jean-Luc persécuté* ■ *Joie dans le ciel*
Revel (Jean-François)	*Sur Proust*
Richaud (André de)	*L'Amour fraternel* ■ *La Barette rouge* ■ *La Douleur* ■ *L'Etrange Visiteur* ■ *La Fontaine des lunatiques*
Rilke (Rainer-Maria)	*Lettres à un jeune poète*
Rivoyre (Christine de)	*Boy* ■ *Le Petit matin*
Robert (Marthe)	*L'Ancien et le Nouveau*
Rochefort (Christiane)	*Archaos* ■ *Printemps au parking* ■ *Le Repos du guerrier*
Rodin (Auguste)	*L'Art*
Rondeau (Daniel)	*L'Enthousiasme*
Roth (Henry)	*L'Or de la terre promise*
Rouart (Jean-Marie)	*Ils ont choisi la nuit*
Rutherford (Mark)	*L'Autobiographie de Mark Rutherford*
Sachs (Maurice)	*Au temps du Bœuf sur le toit*
Sackville-West (Vita)	*Au temps du roi Edouard*
Sainte-Beuve	*Mes chers amis...*
Sainte-Soline (Claire)	*Le Dimanche des Rameaux*
Schneider (Peter)	*Le Sauteur de mur*
Sciascia (Leonardo)	*L'Affaire Moro* ■ *Du côté des infidèles* ■ *Pirandello et la Sicile*
Semprun (Jorge)	*Quel beau dimanche*
Serge (Victor)	*Les Derniers temps* ■ *S'il est minuit dans le siècle*
Sieburg (Friedrich)	*Dieu est-il Français ?*
Silone (Ignazio)	*Fontarama* ■ *Le Secret de Luc* ■ *Une poignée de mûres*
Soljenitsyne (Alexandre)	*L'Erreur de l'Occident*
Soriano (Osvaldo)	*Jamais plus de peine ni d'oubli* ■ *Je ne vous dis pas adieu...* ■ *Quartiers d'hiver*
Soupault (Philippe)	*Poèmes et poésies*
Stéphane (Roger)	*Chaque homme est lié au monde* ■ *Portrait de l'aventurier*
Suarès (André)	*Vues sur l'Europe*
Teilhard de Chardin (Pierre)	*Ecrits du temps de la guerre (1916-1919)* ■ *Genèse d'une pensée* ■ *Lettres de voyage*

Theroux (Paul)	*La Chine à petite vapeur* ■ *Patagonie Express* ■ *Railway Bazaar* ■ *Voyage excentrique et ferroviaire autour du Royaume-Uni*
Vailland (Roger)	*Bon pied bon œil* ■ *Les Mauvais coups* ■ *Le Regard froid* ■ *Un jeune homme seul*
Van Gogh (Vincent)	*Lettres à son frère Théo* ■ *Lettres à Van Rappard*
Vasari (Giorgio)	*Vies des artistes*
Vercors	*Sylva*
Verlaine (Paul)	*Choix de poésies*
Vitoux (Frédéric)	*Bébert, le chat de Louis-Ferdinand Céline*
Vollard (Ambroise)	*En écoutant Cézanne, Degas, Renoir*
Vonnegut (Kurt)	*Galápagos*
Wassermann (Jakob)	*Gaspard Hauser*
Webb (Mary)	*Sarn*
White (Kenneth)	*Lettres de Gourgounel* ■ *Terre de diamant*
Whitman (Walt)	*Feuilles d'herbe t.1* ■ *Feuilles d'herbe t.2*
Wolfromm (Jean-Didier)	*Diane Lanster* ■ *La Leçon inaugurale*
Zola (Émile)	*Germinal*
Zweig (Stefan)	*Brûlant secret* ■ *Le Chandelier enterré* ■ *Erasme* ■ *Fouché* ■ *Marie Stuart* ■ *Marie-Antoinette* ■ *La Peur* ■ *La Pitié dangereuse* ■ *Souvenirs et rencontres* ■ *Un caprice de Bonaparte*

Cet ouvrage a été imprimé en France
par CPI Bussière
à Saint-Amand-Montrond (Cher)
en mai 2013

N° d'Édition : 17778. — N° d'Impression : 2002913.
Première édition : dépôt légal : avril 2008.
Nouveau tirage : dépôt légal : mai 2013.